W9-DJN-272

La tempestad de Giorgione, c. 1508.

La tempestad

Colección Autores Españoles
e Hispanoamericanos

Esta novela obtuvo el Premio Planeta 1997,
concedido por el siguiente jurado:
Alberto Blecua, Ricardo Fernández de la Reguera,
Víctor García de la Concha,
José Manuel Lara Hernández, Antonio Prieto,
Carlos Pujol y Martín de Riquer.

Juan Manuel de Prada

La tempestad

Premio Planeta
1997

PLANETA

Córcega, 273-279, 08008 Barcelona (España)

Realización de la sobrecubierta: Departamento de Diseño de Editorial Planeta

Ilustración de la sobrecubierta: detalle de «El retorno del Bucentauro al muelle en el día de la Ascensión», de Canaletto, colección Aldo Crespi, Milán (foto © Bridgeman/Index)

Primera edición: noviembre de 1997

Depósito Legal: B. 42.853-1997

ISBN 84-08-02294-6

Composición: Foto Informática, S. A.

Impresión y encuadernación: Printer Industria Gráfica, S. A.

Printed in Spain - Impreso en España

A mi madre,
para que no se quede huérfana de hijo

Habría que escribir una novela que tuviera la consistencia de una pesadilla. Una novela cuyo tiempo transcurriese pastoso y opresivo como los sueños. O que ni siquiera transcurriese.

André Pieyre de Mandiargues

Cuerpo feliz que fluye entre mis manos,
rostro amado donde contemplo el mundo,
donde graciosos pájaros se copian fugitivos,
volando a la región donde nada se olvida.

Vicente Aleixandre

Lo más patético del crítico de arte no es tanto que se equivoque y no entienda, sino que *entiende* de una cosa que... no comprende.

Ramón Gaya

AGRADECIMIENTOS Y ADVERTENCIAS

Como el espectáculo de la generosidad es infrecuente y suele quedar apabullado por ese otro espectáculo más numeroso de la depredación y la zancadilla, quiero consignar aquí los nombres de mis benefactores. La tempestad *se habría quedado en aguacero si mi padre no se hubiese agotado en la mecanografía de un manuscrito bastante impracticable que le robó horas de sueño y reservas de salud; suya es, además, la interpretación sobre el cuadro de Giorgione que Alejandro Ballesteros expone en el capítulo octavo, una interpretación que nada tiene que envidiar a las proferidas por los especialistas más sesudos. A Iñaqui debo el apoyo y la compañía incesantes, la abnegación secreta y el escrutinio de erratas: él es mi bálsamo y mi lenitivo. Silvia ungió este libro con su sonrisa incesante. A Luis García Jambrina le sigo debiendo, entre otros tesoros, el acicate de la amistad; mientras yo escribía esta novela, su primogénita se iba gestando en el vientre de Mercedes: es una alegría y un alto honor que la aparición de este libro coincida con el parto. Blanca siempre me llama ingenuo cuando se enfada conmigo, pero creo que sigue apreciando esa ingenuidad y también mi entusiasmo febril por la literatura, sólo comparable al que me inspira la contemplación de su rostro. Aunque ya no me sufrague las borracheras en Balmoral. Luis Alberto de Cuenca sigue siendo un amigo tozudo e indeclinable, capaz de revolver la Biblioteca Nacional para satisfacer mis requerimientos. También José Luis García Martín y Antonio Sánchez Zamarreño soportaron mis telefonazos extemporáneos.*

La tempestad *es una novela desaforada, romántica en la muy extensa significación del término, beligerante contra el realismo, aunque acepte modos de expresión suficientemente transitados. El relato policíaco, el folletín y la intriga, incluso los resortes de la literatura* pulp *y el cine de bajo presupuesto me han servido de esqueleto para expresar mis sentimientos más desolados y mis zozobras más íntimas, y también para hacer una vindicación del arte entendido como religión del sentimiento. Cuando publiqué* Las máscaras del héroe, *algunos comisarios políticos quisieron identificarme con su protagonista, Fernando Navales, para instaurar una caza de brujas; siento no poder brindarles ahora un personaje igual de odioso que les sirva como coartada para sus espumarajos. Esos mismos comisarios políticos intentaron entonces enterrar mi carrera entre «materiales de derribo» (utilizaban esta expresión, quizá porque su vida es una escombrera);* La tempestad *—siento decepcionarlos— no bebe de fuentes literarias, pero confesaré que me resultaron imprescindibles los magníficos estudios que Salvatore Settis ha dedicado a Giorgione.*

Termino citando a Julien Gracq, devoto como yo de la nocturnidad gótica y las atmósferas opresivas: «Ojalá puedan movilizarse aquí las potentes maravillas de los misterios de Udolfo, del castillo de Otranto y de la casa Usher, para comunicar a estas frágiles sílabas un poco de la fuerza de hechizo que han conservado sus cadenas, sus fantasmas y sus ataúdes: el autor no hará otra cosa que rendirles a propósito un homenaje explícito por el encanto que siempre han derramado de forma inagotable sobre él.»

Salamanca, octubre de 1997.

I

Es difícil y obsceno soslayar la mirada de un hombre que se desangra hasta morir, pero más difícil aún es sostenerla e intentar zambullirse en el torbellino de pasiones confusas y secretos póstumos que se agolpa en sus retinas. Es difícil y laborioso asistir a la agonía de un hombre anónimo (pronto sabría que se llamaba Fabio Valenzin, traficante y falsificador de arte), en una ciudad inexplorada, cuando la noche ha alcanzado ese grado de premeditación o alevosía que hace de la muerte un asunto irrevocable. Es difícil y desazonante contemplar cómo se desangra un hombre sobre una calle nevada e intentar traducir las blasfemias extranjeras y quién sabe si embarulladas o reveladoras que masculla un segundo antes de morir. Es difícil e ingrato presenciar el derramamiento de una sangre que se escapa del pecho y no disponer de un algodón para restañarla, ni de palabras que sirvan de bálsamo o siquiera de viático, ni tampoco de ese rapto de decisión que se precisa para reclamar auxilio o avisar a la policía. Es difícil y desesperanzador escuchar los estertores de un hombre que va a expirar en mitad de una calle desierta, mientras el agua de los canales desfila como un ataúd dormido, y no poder alborotar al vecindario para demandar ayuda, o alborotarlo, pero obteniendo a cambio un silencio inhóspito que reverbera en la piedra. Es difícil y fatídico tropezarse con un asesinato en una ciudad abandonada de Dios y de los hombres y verse involucrado en su resolución, cuando uno ha viajado hasta allí con el propósito de dilucidar otros asuntos más amables. Hizo falta que Fabio Valenzin expirase entre mis brazos para que yo cobrara conciencia de la fatalidad que me acechaba; pero la fatalidad iba a ensañarse conmigo, mientras Venecia fuese el paisaje de mis vigilias: a la presencia de la muerte se sumaría pronto la presencia abrupta del amor, ese otro cataclismo quizá más definitivo.

Había viajado a Venecia en busca de un cuadro que conocía a través de reproducciones fotográficas y de la profusa bibliografía de los especialistas, que durante décadas o quizá siglos habían aventurado hipótesis sobre su significado. Yo mismo había dilapidado mi juventud en la exégesis de ese cuadro, me había abismado durante años en el enigma de sus figuras y, después de arduas investigaciones y pesquisas, había asestado a la posteridad una especie de mamotreto o tesis doctoral, en el que incorporaba otra interpretación más a las ya existentes. Ese cuadro en el que había depositado mis desvelos se titulaba *La tempestad*, y lo había pintado Giorgione (si es que Giorgione existió, y no fue un mero aglutinador de espectros, como Homero), en las postrimerías de su existencia, allá por 1505. Quizá resulte superfluo describir la composición de *La tempestad*, pues la tradición iconográfica ya se ha encargado de reiterarla hasta el empacho. Sobre el fondo de una ciudad que conserva el aire fantasmagórico de las arquitecturas soñadas, y en medio de la campiña, vemos a la derecha a una mujer desnuda (pero hay un arbusto que mitiga el fulgor de su carne), amamantando con cierta voluptuosa tristeza a su hijo, indiferente a lo que la rodea, mientras a la izquierda un hombre ataviado según la moda de la época y con bordón de peregrino asiste a la escena, como un intruso que, sin embargo, hubiese disfrutado en el pasado de la intimidad y quizá de los favores de esa mujer. No sabemos si la mujer es patricia o plebeya (la carne sin tapujos todo lo iguala), no sabemos si el hombre vigila o espía o pasea, pero sabemos, pues el paisaje lo sugiere, que sobre ellos se cierne el oprobio de la incomunicación, el estigma de un silencio quizá más elocuente que los reproches o las excusas. A sus pies hay un riachuelo que desfila rumoroso bajo un puente de madera, y hay también unas ruinas que florecen entre la maleza, como símbolos de un amor demolido, y unos árboles que se encrespan y se agitan, rizados por un aire que presagia cambios atmosféricos; dominando el cuadro, vemos un cielo torvo, opresor, encapotado de nubes inmóviles, entre las que asoma, súbito como una cicatriz, un rayo que ya desencadena la tormenta, una tormenta ofensiva como el recuerdo de un pecado o la persistencia de un sentimiento reducido a cenizas.

En *La tempestad*, por primera vez en la historia de la pintura, el paisaje deja de ser un elemento meramente ornamental, para erigirse en síntoma o representación de ese amasijo de pasiones que acaecen dentro del hombre. El tema del cuadro, quizá demasiado críptico o alambicado, lo habían intentado descifrar los especialistas (también yo mismo) acudiendo a la mitología y a las identificaciones alegóricas, o bien a la incesante inspiración del santoral y los episodios bíblicos: se había afirmado que el cuadro representaba a Moisés rescatado de las aguas, al joven Paris alimentado por una osa bajo especie humana (aquí el relámpago y las ruinas serían una premonición del aniquilamiento de Troya), o incluso una versión mundanizada del descanso de san José y la Virgen, en su huida a Egipto; hipótesis más o menos verosímiles que no habían logrado difuminar la sospecha de que Giorgione hubiese querido camuflar con falsos hermetismos la inexistencia de un tema concreto, o la posibilidad de que simplemente aludiera a las tempestades que se desenvuelven en los paisajes recónditos del corazón. Yo había sucumbido, como tantos otros, a la fascinación de ese cuadro, lo había incorporado a la argamasa febril de mis obsesiones, y había ido tejiendo una urdimbre de interpretaciones insatisfactorias, para ultraje de mis pestañas y perseverancia del insomnio. Después de casi cinco años dilapidados en el estudio de Giorgione, había querido visitar Venecia, para corroborar que la búsqueda de un significado había merecido la pena. Viajaba con ese mismo júbilo expectante de los novios que celebran sus bodas (pero yo había descartado las efusiones núbiles), con ese desasosiego trémulo que aflige a los profanadores de santuarios. Viajaba impulsado por esa secreta codicia que produce la resolución inminente de un misterio que nos ha hecho envejecer y nos ha sometido a fatigas impronunciables. Viajaba a Venecia con la convicción apenas susurrada de estar recuperando una juventud de la que ya sólo me quedaban algunos rescoldos. Quizá siempre viajamos en busca de esa juventud, aunque a la postre sólo cosechemos vejez, y desaliento, y más complicaciones de las debidas.

Enero descendía con rigor, como un cloroformo frío no exento de cierta placidez. Venecia se iba delineando al fondo bajo una coraza de nieve, sostenida en un costoso equilibrio que parecía anticipar su demolición. Una bruma viscosa se posaba sobre la laguna, se adhería como un crustáceo a la piedra y desdibujaba los contornos, otorgando a los palacios que flanquean el Gran Canal un aspecto de fábricas clausuradas, donde los desconchones de las fachadas semejaban llagas en la anatomía de un leproso. Algo tenía Venecia de leproso que se obstina en mantenerse erguido, cuando ya el veredicto de su extinción ha sido decretado, algo tenía Venecia de muerto que no logra disimular el acoso de la corrupción. Las farolas que iluminaban a cada trecho la Riva degli Schiavoni eran apenas retazos de una luz que se iba adelgazando en la niebla, como una sutilísima baba de caracol, a medida que el vaporeto hendía las aguas del Gran Canal, con ese rumor de tartana exhausta que tienen los vaporetos en invierno, cuando el hielo se incrusta en sus motores y los hace renquear. El vaporeto, procedente del aeropuerto de Marco Polo, apenas transportaba a media docena de turistas solitarios y legañosos que habían renunciado a comunicarse entre sí, prolongando la somnolencia del viaje o contagiados quizá por esa tristeza irrevocable y muda que tienen las ciudades a punto de zozobrar; porque Venecia estaba a punto de zozobrar: el agua de la laguna había trepado a los malecones, había invadido el vestíbulo de los palacios y el atrio de los templos, había extendido su epidemia de cieno y oleajes mansos hasta los mosaicos de la basílica de San Marcos, que se recortaba al fondo como un mamut resignado a su suerte, con los cimientos reblandecidos por la humedad y las cúpulas panza arriba, respirando el aire oxidado de la noche.

Yo me había situado en la proa del vaporeto, abandonando la cabina reservada a los pasajeros, donde aquella media docena de turistas embotados cabeceaban su cansancio, y me había acodado sobre la barandilla, para refrescarme con la embestida de un aire que olía a algas ateridas. Desafiaba el frío con un optimismo prepotente, como si la ciudad se estuviese inaugurando en exclusiva para mí. Diez minutos antes, habíamos atravesado la isla de Murano con una lentitud exasperante, con un chapoteo amortiguado, como si la tripulación del vaporeto hubiese querido rendir tributo a tanta decrepitud: amarradas al muelle, había media docena de pequeñas embarcaciones que, mecidas por el oleaje, chocaban entre sí, como catafalcos que se tambalean, y los edificios de la isla, que quizá albergasen talleres de vidrio, tenían un aspecto de mausoleos proletarios (si la contradicción es admisible) donde se amontonan los cadáveres, después del azote de una epidemia. El fanal del vaporeto iba descifrando la oscuridad, desentrañando la niebla impronunciable con esa temeridad del buzo que se adentra en un mar de sargazos. Entonces, al principio de forma casi imperceptible, pero en seguida con tesón, empezó a nevar.

Quizá la nieve fue la primera señal disuasoria que me brindó Venecia, la primera intuición del infortunio que me aguardaba entre sus calles, un infortunio que iría germinando con la lentitud de las maldiciones, con ese mismo sigilo invasor con que la nieve caía sobre la laguna, cuajándose al instante, como si hubiese caído sobre una superficie seca. Yo contemplaba aquel fenómeno que desafiaba las leyes físicas con el mismo agradecido estupor con que los judíos debieron de acoger la lluvia de maná en mitad de su éxodo: no sabía que la nieve visitase las ciudades litorales (un tanto pueblerinamente, pensaba que era un patrimonio de la meseta), no sabía que la nieve pudiese descender sobre el mar y mantenerse intacta, sin llegar a derretirse. En apenas cinco minutos, la nevada se había hecho tupidísima, y la laguna quedó alfombrada de una blancura casta que el vaporeto deshonraba con su proa, a medida que avanzaba. Atrás dejábamos una estela de agua removida y muy negra, pero en seguida la nieve volvía a extender su piadoso manto sobre la desgarradura. Nunca había asistido a una nevada tan concienzuda, nunca había asistido al espectáculo desatado de una naturaleza que contradice sus propios códigos y nos instala en un ámbito de irrealidad. Nevaba sobre la laguna, nevaba sobre Venecia, nevaba sobre mí con una terquedad que tenía algo de premonición o advertencia, de anticipada fatalidad que no logré entender.

Horas más tarde, mientras sostenía el cuerpo exánime de Fabio Valenzin (pero yo por entonces ignoraba su nombre, y lo seguiría ignorando hasta que me sometieran a los primeros interrogatorios policiales), mientras escuchaba la respiración de su herida y contemplaba el penacho de vapor que brotaba del orificio donde se había alojado certeramente la bala, mientras asistía con impotencia a su desangramiento (la nieve absorbía la sangre y la hacía desaparecer, como un delincuente escrupuloso que borra las huellas de su crimen), entonces sí, comprendí que Venecia había volcado sobre mí el maleficio que se reserva a los intrusos, pero hasta ese momento no tuve conciencia de estar infringiendo las fronteras de un territorio que no me pertenecía: me limitaba a contemplar con deslumbrado deleite el descenso de la nieve sobre Venecia, como pavesas de un incendio que, tras arrasar la ciudad, vuelven a caer, convertidas ya en ceniza. Y Venecia era una ciudad arrasada por mil incendios, reales o simbólicos.

A mi izquierda, poco antes de enfilar el Gran Canal, me pareció entrever la isla de San Giorgio Maggiore, con la iglesia de Andrea Palladio alzando frente a las inundaciones su campanario, como un mástil que ya intuye el naufragio. Yo también debería haber intuido el desastre que me acechaba, pero el atolondramiento o la ingenuidad me impedían interpretar los avisos del cielo. No sabía que iba a ser testigo de un asesinato y que me iba a involucrar en una pesquisa policial, tampoco sabía que iba a enamorarme de la mujer equivocada (pero el amor no se elige, está regido por mecánicas celestes o inaccesibles a nuestra voluntad), mucho menos que ese amor abrupto y ese asesinato inexplicable abolirían para siempre al hombre que yo era y lo suplantarían por otro acaso más adulto, pero también más deteriorado por la perplejidad y los desengaños: crecer es deteriorarse. Yo pensaba ilusamente que las ciudades y las vidas ajenas discurrían sobre nuestra memoria sin imprimir carácter, como un agua que resbala inofensiva y apenas nos deja en la piel una frescura fugaz o un escalofrío, y tuve que viajar a Venecia para desmentir esta impresión. Nadie altera sus hábitos impunemente, nadie se inmiscuye en otras vidas sin padecer un contagio irreversible, nadie otorga a otro su odio o su amistad sin recibir a cambio un cargamento de culpas y confidencias no deseadas y lágrimas retenidas. Nevaba sobre Venecia con esa terquedad que el cielo reserva para las ciudades que ha decidido derogar del mapa.

—San Marcos —anunció uno de los tripulantes, para despabilar a los turistas que no salían de la modorra o el desaliento.

Allí se erguían, junto al embarcadero, dos columnas monolíticas, sobresaliendo directamente del agua, puesto que la marea había querido apropiarse de la plaza más célebre del mundo, esa costosa pieza que, invierno tras invierno, se fundía con la laguna y amagaba con entregarse a ella, como una Atlántida que aún vacilase en su determinación. En lo más alto de las columnas descansaban, fundidos en bronce, el león alado de san Marcos y la estatua de san Teodoro, símbolos ostentosos de una dominación que había claudicado muchos siglos antes. El *acqua alta* anegaba el embarcadero, construido con tablones más bien enclenques, y buscaba el cobijo del palacio de los Dogos, bajo las arquerías de columnas que formaban un encaje de piedra. Cruzaba la plaza, desde el atracadero hasta la Mercería, un largo pontón que permitía a los recién llegados atravesar a pie enjuto aquel escenario que la complicidad de la nieve y las inundaciones convertían en una visión casi submarina. Los tripulantes del vaporeto se despedían en una lengua impracticable, híbrida de dialecto veneciano e inglés macarrónico, y nos miraban con esa piedad resignada y fúnebre que suscitan los condenados a destierro, cuando se los abandona a su destino, en la playa de una isla que sólo frecuentan las alimañas y los navegantes sin brújula.

No quise dejarme vencer por esa sensación de ostracismo, aunque el recibimiento de una ciudad sumergida no contribuía precisamente a infundirme entusiasmos. Avancé con prevención sobre el pontón, cuidando de no resbalarme; la nieve amortiguaba mis pisadas, y crujía bajo mis pies con una levísima crepitación, como un animal invertebrado que no se atreve a proferir un grito cuando lo aplastan (pero la nieve se repone de los pisotones, también de la sangre que se vierte sobre su blancura, como en seguida tendría ocasión de comprobar), y me transmitía una especie de remordimiento de conciencia, más o menos el mismo que debe de sentirse después de haber infringido una virginidad o abofeteado una inocencia. La plaza de San Marcos, invadida por las inmundicias que la marea arrastraba, tenía ese aire expoliado y mustio de los salones de baile, a la conclusión de una juerga con invitados que se han emborrachado hasta el vómito y han sembrado el suelo de vidrios rotos. La marea llegaba hasta los soportales, penetraba en las tiendas desbaratando la mercancía de los escaparates y se reservaba su derecho de admisión en los cafés más exclusivos, esos cafés con pianola y molduras rococó que algunos literatos cosmopolitas se habían encargado de banalizar. Los propietarios de las tiendas y los camareros de los cafés (estos últimos con una mayor desgana, como corresponde a su condición asalariada) alargaban su jornada en labores de achique, pero lo hacían con esa enojada parsimonia de quienes cumplimentan un trámite o acatan una maldición bíblica. Eran las únicas personas que se avistaban en la plaza, y su presencia resignada contribuía a exagerar la desolación del lugar.

Y era aquélla una desolación infecciosa, una bienvenida agria que disuadía al viajero de proseguir su exploración. Yo llegaba a Venecia muy modestamente becado por mi universidad, sin otro salvoconducto que la dirección de un hostal decoroso (si por decoro se entienden sábanas limpias y un retrete no demasiado comunal) y una carta de presentación que, supuestamente, me brindaría la hospitalidad de Gilberto Gabetti, director de la galería de la Academia, el museo que albergaba *La tempestad* de Giorgione, y quizá la autoridad más eximia en arte véneto, de Giovanni Bellini a Tintoretto. Prefería, en cualquier caso, la hospitalidad displicente de un desconocido al ninguneo que me habían infligido durante casi un lustro en la universidad, donde me había tocado, en los años de mi formación, ejercer de recadero para el catedrático Mendoza y reírle las gracias sin que me rechinaran los dientes, escuchar sus proezas amatorias y lamerle el culo en un alarde de tragaderas, pues de él dependía mi permanencia en el feudo académico. El catedrático Mendoza, que había dirigido mi tesis, era un riguroso observante de los privilegios que concede el escalafón, y no se privaba de encomendarme tareas denigrantes que aplastasen mi estima: tenía que entretener a los alumnos más estrepitosos o pelotas antes de que osaran irrumpir en su despacho, tenía que atender sus peticiones triviales, tenía que confirmarles la nota insatisfactoria del último examen parcial, que yo mismo había corregido. Muy de vez en cuando, el catedrático Mendoza, a modo de incentivo, me mandaba pasar a su despacho, me preguntaba rutinariamente por el estado de mis investigaciones y, antes de que yo acertase a farfullar una respuesta también rutinaria, me endosaba un par de sustituciones: el catedrático Mendoza viajaba mucho a la capital para asistir a congresos, intrigar en círculos de poder y repartirse entre la legión omnívora de sus amantes, y esta propensión al nomadismo lo alejaba cada vez más de sus obligaciones docentes. Durante años, como digo, había tenido que sufrir el despotismo del catedrático Mendoza, con el consuelo remoto de que algún día me haría el favor de promocionarme en el escalafón o recomendarme a un colega o amañar un tribunal de oposiciones (yo necesitaba imperiosamente un destino fijo), por eso no me asustaba en exceso tropezarme con la hostilidad de Gilberto Gabetti, como tampoco me asustaba demasiado el recibimiento desabrido de Venecia.

El pontón se interrumpía bruscamente al desembocar en la Mercería, un dédalo de callejuelas donde se amontonan con una promiscuidad fenicia las *boutiques* más exclusivas con las tiendas de *souvenirs*, las librerías de viejo con las sucursales bancarias. El pontón se interrumpía bruscamente, pero no la inundación, así que me resigné a proseguir mi marcha hasta el hostal a través de aquel agua viscosa, apenas adecentada por una capa de nieve que se retraía a mi paso. Me empapé los pantalones hasta la altura de la rodilla (y eso que caminaba de puntillas, haciendo equilibrios malabares con el equipaje), también los faldones de la gabardina, y estropeé para siempre un par de zapatos que no estaban preparados para las excursiones fluviales. Era lastimoso y ridículo aparecer de aquella guisa en una ciudad extranjera, pero las humillaciones corporales nunca afligen tanto como las servidumbres morales, en las que ya era un experto, después de un lustro de doctorado. En Venecia, la numeración de las casas no se restringe a los límites de una calle, sino que se extiende a todas las calles que componen un distrito (hay seis distritos en Venecia, y yo aún me hallaba en el de San Marcos, revolviendo esquinas y desandando callejones): también en su ordenación urbana ha querido esta ciudad ser excepcional, como lo es en su asentamiento y en la acumulación casi empalagosa de belleza. La nieve se había ido afinando hasta transformarse en cellisca cuando por fin me topé con el Albergo Cusmano, situado al abrigo de un soportal que más bien parecía un túnel en ruinas; había sobre el dintel un letrero fluorescente que emitía un zumbido poco tranquilizador, y las paredes del soportal, de un ladrillo desmigajado por la humedad, tenían un tacto reptil que hubiese espantado a otro viajero menos complaciente que yo.

—Buenas noches —farfullé con escasa convicción, seguro de estar formulando una inconveniencia.

La mujer que regentaba el hostal volvió la cabeza, requerida más por la campanilla que sonó cuando empujé la puerta que por mi saludo afónico, pronunciado además en un italiano detestable. Tenía una mandíbula altanera, unos ojos pardos y demasiado grandes, de mosaico bizantino, unas facciones inusuales, como de adusta exuberancia, y unos senos bajo el suéter negro a los que ya no convenía el calificativo de adustos. Vestía desaliñadamente, y, sin embargo, había algo de premeditado en su desaliño, pues no prescindía de unos zapatos de tacón, ni tampoco del carmín en los labios, que sí eran adustos, a diferencia de los senos. Aunque había alcanzado los cuarenta, se mantenía en ese estado de sazonada madurez que va asimilando las arrugas sin escándalo. Yo esperaba encontrarme con otra patrona menos distinguida (quizá con rulos y mandil), y me dejé vencer por un ramalazo incongruente de deseo, casi por una erección.

—Vaya nochecita —dijo ella, y miraba con piedad no exenta de grima mis ropas chorreantes.

—Tenía reservada una habitación a nombre de Alejandro Ballesteros.

Intentaba chapurrear un italiano que se me había quedado rudimentario y mohoso desde mis excursiones escolares, mochila al hombro, allá en la adolescencia. Ella, por antipatía o afán de distanciamiento, recurrió al inglés:

—Veamos.

En la alfombra del vestíbulo quedaba marcado el contorno de sus tacones, como diminutas herraduras que avivaron mi erección. Vista de espaldas, mostraba un culo en la frontera misma del exceso: la falda se le apretaba ignominiosamente en las caderas y estrangulaba sus glúteos, que imaginé ligeramente asimétricos y, desde luego, blandos. Confesaré que me gustan los culos asimétricos y blandos.

—Sí, señor, aquí está. Le corresponde la habitación 107. Permítame su documentación.

Detrás del mostrador había un calorífero con la resistencia incandescente. Las orejas me ardían, con el cambio de temperatura, y sospeché que no tardarían en hincharse con algún sabañón.

—Español —constató con una sonrisa que no desmentía la adustez.

Había pronunciado esa palabra en castellano, pero con ese líquida, como para mortificarme, y se había encogido de hombros (los senos se rebulleron en el suéter, quizá también fuesen blandos y asimétricos), lo cual me hizo sentir más estúpido o subalterno, como si no me bastase con el sambenito de las ropas caladas y la erección furtiva en un recodo del calzoncillo.

—Haga el favor de seguirme.

En el hostal no había ascensor (en Venecia están proscritos los automóviles y los ascensores), y las escaleras, tan angostas que apenas dejaban sitio para mi equipaje, estaban también alfombradas, como el suelo del vestíbulo: la dueña del hostal clavaba allí sus tacones sin miramientos, pero la alfombra no crujía ni crepitaba, a diferencia de la nieve que yo había hollado de camino hacia allí, quizá porque no había ninguna virginidad que infringir ni inocencia que abofetear. Subía los escalones sin contonearse (la falda le empaquetaba el culo), y sus pantorrillas adquirían una súbita musculatura que afinaba los tobillos y en cambio dilataba las corvas, donde la piel formaba hoyuelos, equidistantes de los que se le formarían en la juntura de la espalda con las nalgas. Reparé también en la depresión de su nuca, que el pelo recogido en un complicado moño dejaba al descubierto. El peligro de la observación es que uno puede terminar pareciendo un manual de anatomía, pero mi oficio, que consiste en escudriñar cuadros durante horas, me obliga a ser observador.

—Justo enfrente tiene el servicio. En la habitación hay lavabo y teléfono —me iba instruyendo como el guía de un museo—. A ver si es de su gusto.

Quizá no fuese del gusto de un huésped insigne, pero cumplía las expectativas de un profesor ayudante no demasiado remilgado. El espejo del lavabo era raquítico y tenebroso y había perdido el azogue, y el colchón de la cama parecía muy combado por el uso (y no por un uso pacífico), pero a cambio la ventana ofrecía vistas a una plazoleta recóndita, iluminada con tacañería por un farol que albergaba dentro de sí un cementerio de insectos. El canal que cincundaba la plazoleta no había llegado a desbordar su cauce, y sus aguas tenían esa tristeza longeva de las criaturas que han sido enjauladas. Justo detrás de la plazoleta se alzaba el campanario de la iglesia de San Stéfano, escorado hacia la derecha, como un faro que se rinde al oleaje.

—Perdone, ¿cómo se llama? —dije un poco a quemarropa, pero sin abandonar el inglés distanciador y diplomático.

La penumbra de la habitación agravaba las comisuras de sus párpados, y les añadía unas patas de gallo que no me disgustaron.

—Dina Cusmano —respondió con sorpresa o coquetería—. Pero no veo...

La interrumpí antes de que recriminara mi osadía:

—Disculpe, sólo quería agilizar el trato.

Un segundo después de pronunciar esta frase ya me avergonzaba de haber introducido el verbo «agilizar», que parecía proponer otras intenciones gimnásticas. Pero ella me lo perdonó, añadiendo motivos de intimidad:

—Si sale de noche, ésta es la llave del portal —y me indicó una más gruesa y reluciente—. A estas horas suelo cerrar, porque estoy sola y no aguanto en vela.

Había desdeñado el inglés, y recurría al dialecto veneciano, que en sus labios sonaba menos tosco, como una vaga reminiscencia del catalán.

—Yo duermo justo encima de usted. Si quiere puedo prepararle un café.

Quizá fuese ella la osada, y yo tan sólo un tímido contagiado de esa temeridad que proporciona el mareo de un viaje todavía reciente. Me retraje como un caracol en su concha:

—Déjelo, muchas gracias, estoy agotado, quizá mañana.

Salió de la habitación sin volverme la espalda (ni el culo), no sé si por delicadeza o mortificación. Creo que había deseado a Dina Cusmano como podría haber deseado a cualquier otra mujer, con esa lujuria indiscriminada que a veces nos fustiga a los hiperestésicos. Escuché el rumor amortiguado de sus tacones, ascendiendo un nuevo tramo de escaleras y recorriendo el pasillo también alfombrado de su vivienda, mientras me iba despojando de los zapatos que rezumaban una infusión de algas y de los calcetines empapados y de los pantalones que suscitaban grima. Ahora las pisadas de Dina sonaban justo encima de mí, sin una alfombra que las mitigase, pero mi erección había remitido porque de repente los pies me escocían de puro anquilosamiento, y me entretenía acercándolos a la estufa, para sentir el cosquilleo grato del calor arracimándose en los dedos. Supe distinguir el golpeteo seco de los tacones sobre unos baldosines (Dina no compartía el retrete comunal con sus huéspedes), y también el chirriar de un grifo, y el chapoteo nítido que producía un líquido al chocar contra la loza del váter. Era turbador, pero también placentero, saber que Dina estaba orinando, y más turbador aún sospechar que ella sabía que los ruidos se comunicaban a través de las paredes. Orinó con alivio o avidez, y sólo hacia el final entrecortadamente, un segundo antes de que se oyera el estruendo de la cisterna. Por la ventana se veía la torre inclinada de San Stéfano, y también la escritura de la nieve, una escritura monótona y cursiva que me ayudó a distraer la atención. Recordé entonces (aún no era medianoche) que había prometido llamar a Gabetti, el director de la Academia, para advertirle de mi llegada. Marqué el número, que me sabía de memoria, y conté los tonos (hasta cinco) que se sucedieron antes de escuchar una voz al otro extremo de la línea; era una voz renuente y como fastidiada.

—Perdone, ¿hablo con Gilberto Gabetti? Soy Alejandro Ballesteros, el español.

Se hizo un silencio fricativo que apenas duró un segundo.

La voz de Gabetti sonaba algo deteriorada por las interferencias, como si cada palabra fuese un pisotón desconsiderado a la nieve que alfombraba Venecia.

—¡Por fin, Ballesteros! Me preguntaba si ese condenado avión no se habría dado la vuelta, a mitad de camino. ¿Ha llegado sano y salvo?

Su castellano era intachable y aristocrático, con una dicción que parecía aprendida en una escuela de oratoria.

—Sí, señor, el vuelo apenas se retrasó media hora. Espero no haberlo despertado...

—En absoluto, en absoluto, querido —se me antojó impostado aquel tono de camaradería—. Precisamente ahora estaba leyendo los últimos capítulos de su tesis. Por cierto, ¿dónde se aloja?

Supe que Dina, la dueña de la pensión, se había acostado porque el somier de su cama recibió la carga de su cuerpo con un quejido de manso desaliento, como un amante postergado que no se atreve a rechazar la visita intempestiva de esa mujer que lo traiciona con otros. Yo también me dejé caer sobre la cama (sobre la hondonada del colchón, debiera decir, para mayor exactitud), suscitando idénticas protestas en el somier. Desde aquella posición, con la cabeza reclinada en la almohada, la ventana sólo me mostraba un rectángulo de cielo con el campanario de San Stéfano al fondo, como un acantilado de pesadilla.

—El sitio se llama Albergo Cusmano, en el distrito de San Marcos, pero no puedo ubicarlo muy bien. Venecia es un laberinto.

Adiviné la sonrisa forzada o condescendiente de Gabetti: yo mismo era consciente de haber incurrido en un tópico bastante tosco.

—Ya. ¿Qué ve por la ventana?

Desde hacía unos segundos me había desentendido de lo que estaba ocurriendo fuera, y miraba con insistencia al techo, demorándome en las manchas de humedad que extendían una cartografía caprichosa, de contornos muy accidentados, sobre el encalado.

—Una torre inclinada, eso es lo que se ve.

Pero yo había cerrado los ojos, para imaginarme mejor a Dina, que se habría tumbado en la cama sin arroparse, boca arriba, y estaría examinando también las goteras de su techo. Quizá se hubiese despojado de la falda que mortificaba sus nalgas y del suéter negro que a duras penas lograba contener sus senos, y también del sostén y de las bragas, que habrían dejado impresionada sobre su piel la marca lívida de unos elásticos. Quizá estuviese regodeándose en la excitación que le producía saber que un hombre la imaginaba desnuda, con toda la noche concentrada en su pubis.

—Una torre inclinada —repitió Gabetti tras una pausa, con una aspereza que llenaba las palabras de aristas—. El campanario de la iglesia de San Stéfano. —Y cambió el rumbo de la conversación—: ¿Le he dicho que me ha gustado mucho su tesis?

—Seguro que exagera —contesté, ablandado por el halago.

—En absoluto, la exageración no figura entre mis estrategias. Al pan, pan, que dicen ustedes, los españoles. —Achaqué su locuacidad al entusiasmo—. No estoy de acuerdo con alguna de sus conclusiones, pero el trabajo me parece soberbio.

Gilberto Gabetti era uno de los más venerados especialistas en arte véneto, si bien la veneración, casi pasmo, que le tributaban algunos compañeros de gremio, obedecía a un prestigio sustentado en la transmisión oral, más que a unos logros concretos en el campo investigador. El inabarcable talento de Gabetti nunca se había recogido por escrito (despreciaba el trabajo de los exégetas, esa hojarasca bibliográfica que sepulta el arte hasta convertirlo en una disciplina muerta), y toda su sabiduría nacía de la impregnación, del contacto directo con las obras de los maestros.

—Ya he manifestado que estoy en contra de quienes se obstinan en aportar nuevas interpretaciones a *La tempestad* —dijo con una dureza que me apabulló y me hizo dudar de la sinceridad de su juicio primero, pues el andamiaje de mi tesis doctoral se sustentaba, precisamente, en un esfuerzo de interpretación—. Giorgione fue el primer artista moderno, pintaba según las pasiones que le dictaba su ánimo, sin sujeciones a un tema previo. Recuerde las palabras de Vasari, que casi fue su contemporáneo: «Giorgione trabajó sin otra inspiración que su propia fantasía.» No veo por qué hay que buscar a toda costa símbolos y alegorías en sus cuadros.

Aunque había revestido sus afirmaciones de una cortesía que moderaba su dureza, el mensaje depravado que transmitían no dejaba resquicios a la duda: mis propuestas se le antojaban más bien majaderas o superfluas. Se me agolpó de repente todo el cansancio del viaje. Entonces sonó el disparo.

—¿Qué ha sido eso? —exclamé, incorporándome en la cama.

—¿Cómo dice?

Me asomé a la ventana, alargando hasta la tirantez el cable del teléfono. Enfrente del hostal, había uno de esos caserones o palacios que conservan su arrogancia intacta, a pesar del abandono de sus dueños; surcaba la fachada una balconada de arcos con pilastras de alabastro. Sobresaltadas por la detonación, media docena de palomas desalojaron el caserón donde a buen seguro tenían su vivienda e irrumpieron en el aire gélido con un revoloteo confuso y casi sonámbulo, como de polillas cegadas por un fogonazo de luz. A veces chocaban entre ellas, y sus alas se enredaban tumultuosamente, y se desprendía de sus cuerpos alguna pluma que aprovechaba su descenso lento para camuflarse entre la nieve.

—Oiga, Ballesteros, ¿qué demonios pasa? —Gabetti me interpelaba con un mal contenido enojo, indignado por la interrupción abrupta de nuestro diálogo.

Desde el interior del palacio, alguien había arrojado un objeto brillante y circular (quizá una moneda, quizá una sortija o un pendiente) que trazó una estela enferma, como de meteorito que se extingue, antes de zambullirse en el agua inmóvil del canal y caer en el légamo del fondo, sobre un lecho de algas e inmundicias que se lo tragarían para siempre.

—Oiga... ¿No me escucha? —insistía Gabetti, que de la exasperación había discurrido hacia un tono suplicante.

—Sí, hostia —yo mismo me escandalicé del exabrupto, pero no rectifiqué—, le oigo de siete sobras. Pero creo que ocurre algo raro.

—¿Dónde? ¿Qué es lo que ha visto?

Omití alevosamente la visión fugaz y delatora de aquel objeto que aún conservaba su brillo en las retinas de mi memoria.

—Ver no he visto nada —mentí—. Sólo me ha parecido oír un disparo.

Había cesado de nevar, y la noche se replegaba en las azoteas de los palacios, como inmovilizada por un ensalmo, o cediendo su protagonismo a lo que iba a suceder. Algún carillón remoto empezó a pronunciar doce campanadas.

—¿Un disparo? ¿Está usted seguro?

El portal del caserón, enmarcado también en un arco de alabastro, se abrió pesarosamente, con esa reticencia que tienen las puertas a dejar escapar los secretos que albergan. En el umbral, apareció un hombre de fisonomía demacrada, como de pergamino, y mirada pavorosa, donde quizá se almacenasen los residuos de algún crimen sin castigo. Se tambaleaba con esa ebriedad aturdida que tienen los resucitados. Cuando distinguí la mancha roja que afloraba en la pechera de su camisa y le contaminaba las solapas de la chaqueta, supe que él había sido el destinatario de ese disparo cuyo eco aún infamaba mis oídos. Se había tapado el boquete del pecho con una mano que en seguida se agolpó de sangre y dejó escapar por los intersticios de los dedos unos goterones, a medida que el hombre avanzaba, pegado a la pared del caserón, por la exigua orilla que deslindaba el edificio del canal. No tardó en resbalar sobre la nieve y caer de bruces con un impacto sordo.

—Ya hablaremos, Gabetti —me despedí, y creo que no llegué a colgar el teléfono.

Salí en estampida de la habitación, y mientras bajaba las escaleras, al notar el tejido aterciopelado de la alfombra bajo las plantas de mis pies, reparé en que estaba descalzo y en calzoncillos (ya no erecto, afortunadamente). Dina había dejado encendido el calorífero en mitad del vestíbulo, y la temperatura allí tenía un espesor de fragua, todo lo contrario que en el exterior, donde la respiración se coagulaba, recién abandonados los pulmones, y la nieve me acribillaba los pies. El desconocido boqueaba al otro lado del canal, ahogado por la sangre que ya le trepaba a la garganta, y de su herida todavía brotaba un hálito de vida, un penacho de vapor que quizá fuese el espectro de su alma.

—Espere, que voy —dije absurdamente, antes de aventurarme en el agua podrida del canal, que me cubría hasta la altura de las tetillas, y me las erizaba.

Era más fácil desenvolverse en el agua descalzo y en calzoncillos, pero el cieno del fondo tenía una consistencia execrable, un tacto de fauna abisal, y se iba removiendo a mi paso, y me envolvía con su corrupción. Crucé el canal en pocos segundos, pero la repugnancia que dejó instalada en mi piel duró varios días, impermeable a las restregaduras del jabón. El desconocido había aplastado con su mejilla el charco de sangre que la nieve se encargaba aplicadamente de aspirar, y me miraba con estupor o extrañeza o abatida gratitud, como se mira al samaritano que llega demasiado tarde a ofrecernos su auxilio, y yo lo incorporé apenas unos centímetros, recogiendo su nuca entre mis manos, para que no se ahogase en su propia sangre. Tenía un rostro afilado, y la palidez lo afilaba aún más, hasta hacerlo traslúcido, y vestía con ropas caras, quizá demasiado caras para malgastarlas como mortaja. Yo hablaba sin parar, le hablaba en un susurro, para apaciguar su agonía, como se apacigua con una nana el desvelamiento de un niño, como se apacigua con mentiras la suspicacia de una amante, hablaba sin parar para apaciguar mi propio nerviosismo, y él me miraba con una fijeza casi azul, con pupilas que se iban endureciendo en una esclerosis que anticipaba el rigor que luego se apropiaría de él, cuando ya fuese cadáver.

—Vamos a llamar a la policía, ¿eh? Vamos a llamar a la policía y a la ambulancia.

Hablaba por hablar, no se me ocurría otra forma de llamar a la policía que no fuese a grito pelado, suponiendo que la policía de Venecia patrullase por los canales, que ya era mucho suponer. El desconocido se desabotonó la camisa de un zarpazo (los dedos se le crispaban, y el ramaje de sus venas se abultaba bajo la piel de pergamino), y dejó al descubierto el orificio de la bala, que alguien le había disparado a quemarropa, quizá apoyando el cañón de la pistola en el esternón. La herida respiraba como una boca autónoma (su respiración también se coagulaba), y bombeaba una sangre epiléptica, al ritmo de las contracciones de un corazón que estaría hecho jirones, pero que aún ejecutaba su misión por inercia.

—La hostia puta —dije. Las palabras son como la sangre que se derrama a borbotones y sin sentido de la medida—. Me cago en la hostia puta, qué hago, joder.

El farol arrojaba una luz impertérrita sobre el canal, y el canal arrojaba un reflejo ámbar y ondulante sobre la fachada del palacio, sobre las ventanas de celosía que se abrían en el piso inferior. A una de ellas se asomó fugazmente un rostro de blancura abominable, con los ojos huecos y una nariz como el pico de un pajarraco, que se embozó con una capa antes de adentrarse otra vez en la tiniebla: fue una visión insensata que no podía corresponderse con una figura humana, salvo que las paredes de aquel caserón custodiasen un monstruo de las mitologías. Como la temeridad no figura entre mis virtudes, deseché la idea de perseguirlo, aunque escuché con nitidez su huida por la parte trasera del edificio, escuché su carrera sobre la nieve, una carrera sin remordimientos, porque después de perpetrar un asesinato no debe importar demasiado infringir una virginidad o abofetear una inocencia. Grité, para repudiar la congoja:

—¡Dina, despiértese! ¡Hay que llamar a la policía!

El desconocido manaba ya una sangre de alquitrán, ese último depósito que permanece anclado al fondo de las vísceras, y se aferraba a mis brazos sin consideración, me clavaba las uñas y me iba sembrando diminutas magulladuras, porque apretaba con esa fuerza del paroxismo. Me irritaba que aquella situación se prolongase indefinidamente:

—¡Dina, despierte! —Mi voz sonaba rasposa al paladar—. Y usted, dígame quién ha sido.

Lo zarandeé también sin consideración, pero a sus labios sólo acudía un vómito de sangre entremezclado de blasfemias. Dina había encendido la lámpara de su cuarto y empujado las contraventanas de madera que le obstruían la visión de la plazoleta; también ella, como las palomas sobresaltadas por la detonación, padecía los estragos de un sueño que aún le abotargaba el entendimiento. El moribundo extendió su mano derecha a un palmo de distancia de mi rostro (las venas ya no abultaban tanto, y habían adquirido una coloración verdosa), separando los dedos hasta descoyuntarlos: en el anular aún perduraba un círculo de lividez, la marca de una sortija que alguien le había arrancado abruptamente. El boquete del pecho había dejado de respirar y su cuerpo (su cadáver ya) se aflojó, anulando todas las resistencias. Sólo los ojos insistían en su fijeza azul.

—¿Llamo a la policía?

Dina aguardaba mis instrucciones encaramada casi en el alféizar, desdibujada por el horror y el acoso inminente de las lágrimas. La tela del camisón (yo la había imaginado desnuda, unos minutos antes, con toda la noche concentrada en su pubis) apenas velaba el temblor de su carne.

—Ya no corre prisa —dije, y me froté la sangre ajena en la camisa, la sangre todavía caliente que actuaba como un bálsamo contra el entumecimiento.

II

Hasta la prefectura de policía llegaba un jaleo de campanas disputándose la hora exacta y convocando a la oración a unos fieles que ya no existían, porque en Venecia sólo iban quedando cadáveres y sombras de cadáveres, aparte de los turistas, que no entendían ninguna liturgia, salvo el gregarismo. Había una plegaria de bronce celebrando el reflujo de las aguas, conmemorando el advenimiento de una mañana en la que quizá llegase a alumbrar el sol, como una moneda de cobre sucio entre los bancos de niebla. Cada vez que un nuevo campanario se incorporaba a la algarabía, me palpitaban las sienes con un dolor sordo, como atravesadas por un filamento de metal. El inspector Nicolussi quizá estuviese tan fatigado como yo, pero su adhesión a las ordenanzas o cierta lealtad a los postulados del masoquismo le impedían cejar en su interrogatorio; era un hombre erosionado por las vigilias, con una barba facinerosa que le abarrotaba las mejillas y el mentón y se despeñaba por el cuello. Frente a la barba, la calvicie que arrasaba todo su cráneo, con excepción de las sienes y el cogote, no pasaba inadvertida, al igual que sus labios, cuarteados y resecos y sin otro brillo que el concedido por el ascua de un cigarrillo (había consumido un paquete entero en apenas tres horas), en contraste con unos ojos vivaces, humedecidos por una secreción incontinente de los lacrimales: todo su rostro, y también el resto de su anatomía, se configuraba por la tensión entre contrarios. El inspector Nicolussi era flaco y fofo a la vez, quizá porque su oficio lo obligaba por igual al desvelamiento y al sedentarismo. Acababan de pasarle un primer borrador del informe forense.

—Valenzin murió en torno a las doce —dijo.

Distribuyó simultáneamente la mirada entre Dina y yo; además de vivaces, sus ojos eran autónomos o bizcos.

—¿Se convence ahora de que no le miento? Eso se lo vengo diciendo yo desde hace horas.

En el despacho de Nicolussi, además del subalterno que había mecanografiado nuestras declaraciones, había un traductor que actuaba de intermediario estéril, pues yo entendía sobradamente el italiano de Nicolussi (un italiano demasiado calenturiento y meridional), y sospecho que él también entendía mi español. Dina relajó sus labios con una sonrisa hastiada; había pasado, al igual que yo, la noche en vela, contestando preguntas formularias y ofreciendo siempre una versión de los hechos acorde con la mía. Se había encargado de notificar a la prefectura el asesinato de Valenzin, y había asistido al levantamiento del cadáver, quizá con más entereza que yo. El deseo un tanto abrupto que me había inspirado, recién llegado al hostal, se fue atemperando, a medida que discurrían las horas, hasta transformarse en otro sentimiento difuso que participaba de la admiración y la gratitud y la complicidad y también del temor. Una vez que llegaron las lanchas de la policía, mientras se acordonaba la plazoleta y se tomaban las primeras fotografías de Valenzin y el forense analizaba los estropicios que la bala había causado en su organismo, Dina y yo permanecimos en el vestíbulo del hostal, vigilados por un mocetón uniformado que debía de confundirnos con una pareja de adúlteros, a juzgar por la severidad con que nos miraba, y a juzgar también por la prevención que mostraba, colocando una mano sobre la culata de su pistola. Como ráfagas de una pesadilla, me asaltaban las imágenes de un crimen que no me concernía, y del que, sin embargo, era único testigo: la mirada casi mineral de Valenzin; la figura entrevista en el interior del caserón; la caída de aquel objeto brillante y circular que ahora reposaba en el fondo del canal, esperando que alguien lo rescatara del fango. Dina me había abrigado con una manta, me había acercado el calorífero a los pies y depositado en la rodilla una mano benefactora que aquietó mis temblores. Hubiese querido corresponder a su gesto, pero mis manos estaban enguantadas en la sangre de Valenzin, que ya se estaba secando, hasta formar una costra pegajosa, y exhalaba un olor agrio y espeso, como de sábanas mal ventiladas. Afuera, en la plazoleta, el inspector Nicolussi repartía instrucciones y recados entre sus subalternos; aunque todos iban calzados con botas de goma (katiuskas, las llamábamos de pequeños), eran frecuentes los resbalones, que en otras circunstancias hubiesen resultado hilarantes. «Tengo que estar horrorosa», dijo Dina, y en verdad lo estaba, con las greñas alborotadas y aquella bata decididamente chillona que me vedaba sus piernas y sólo dejaba asomar unas zapatillas en chancleta, unas zapatillas muy desastradas por el uso y casi rotas en las costuras (por el descosido se escabullían sus dedos meñiques) que arrimaba al calorífero, hasta casi incendiar la suela de goma, «para favorecer la circulación», se excusó. Yo contemplaba con un ensimismamiento impúdico el hormigueo de sus dedos, que amenazaban con rasgar definitivamente las costuras, y también los tobillos demasiado frágiles y los talones que habían perdido su condición curvilínea, aplastados por un exceso de caminatas. «Ahora viene lo peor —predijo Dina—: nos van a torturar con mil preguntas, tendremos que resultar convincentes», y yo quise espantar la congoja con una broma que parecía inofensiva: «Mientras sólo nos torturen con preguntas podemos darnos con un canto en los morros —recuerdo que utilicé esta expresión nativa, ininteligible para ella, antes de rectificar—: quiero decir que podemos estar contentos si no recurren a otros métodos más contundentes.» Dina se mordió el labio inferior, y por un segundo quedaron grabadas allí las marcas de sus incisivos, como una escritura pálida que se fue borrando al conjuro de sus palabras; ya mencioné antes que tenía unos labios adustos, quizá huérfanos de otros labios que apaciguasen su soledad: «Pierda cuidado —me dijo—, aquí los policías son muy pacíficos, a lo máximo que llegan es al insulto.» El mocetón encargado de nuestra vigilancia resopló con petulancia o enojo para subrayar su presencia. Me sentí ligeramente incómodo y quise desviar la conversación hacia otros asuntos más triviales o divagatorios, pero comprendí que era tarde: Dina había iniciado ese ademán irrevocable que precede a los descargos de conciencia. Hubiese preferido no ser el depositario de ese descargo (¿cuántas culpas ajenas tendría que acarrear en una sola noche?), pero Dina empleaba un tono de voz persuasivo, nada apiadado de sí mismo: «No es la primera vez que trato con ellos: ya me tocó soportarlos cuando maté a mi marido.» El calorífero aniquilaba la humedad de mis calcetines y me socarraba los pies, todavía anestesiados por el frío; ensayé un asentimiento que aspiraba a denotar aplomo y pesadumbre a partes iguales, pero no logré dominar mi sorpresa, y tampoco el pavor que me producía haber aterrizado en una ciudad donde la muerte era un asunto cotidiano. Dina volvió a depositar su mano sobre mi rodilla, como excusando mis flaquezas: «No se esfuerce. Lo maté sin remordimiento, en realidad tardé demasiado en hacerlo. Al día siguiente de haberme casado ya supe que había cometido un error. Pero en la juventud uno hace muchas locuras.» Volví a asentir, en señal de comprensión, aunque mi juventud no hubiese conocido el sarampión de la locura, y le sugerí con la mirada que callase, para no añadir motivos de sospecha en el policía que nos exploraba desde la penumbra, con vocación de maniquí o estatua. «Seguro que ese muchacho conoce de sobra la historia. Seguro que en alguna noche de borrachera ha venido con su pandilla de amigotes a cantarme canciones obscenas a la puerta del hostal. —Hablaba con un cansancio resignado, como si los ultrajes se hubieran convertido en una rutina que no mereciese la recompensa de la acritud—. En Venecia nos conocemos todos al dedillo, somos unos vecinos ejemplarmente maliciosos, pocos y mal avenidos. A mí me llaman *la Viuda Negra*, y huyen de mí como de una apestada.» La oscuridad se refugiaba en su rostro y lo contagiaba de arrugas que estimularon mi devoción; dejó caer los párpados con indolencia, y yo me pregunté qué evocaciones estarían desfilando en ese momento por sus ojos bizantinos, esos ojos que hubiese querido ungir con saliva para inmunizarlos del pasado. «Me casé con apenas veinte años. A esa edad todos somos rebeldes con causa, queremos huir no sabemos exactamente de qué, quizá del destino que otros nos han marcado. Mis padres trabajaban en una fábrica de harinas, en la isla de La Giudecca; la fábrica había dado en quiebra y no les pareció mal que yo me casase con el abogado que tramitaba su despido: si iba a ser su redentor, también podría ser su yerno. Al final, la indemnización que les asignó el juez no los sacó de la miseria, y mi boda, bueno, mi boda fue una calamidad. Carlo, mi marido, tenía un despacho en Mestre, al otro lado del Ponte della Libertà, en tierra firme, tres kilómetros al norte de esta ciudad que era mi cárcel. ¿Cómo no iba a casarme? Pero le dije antes que al día siguiente ya era consciente de mi error; nuestro noviazgo fue breve, apenas una representación donde cada uno mostraba lo mejor de sí. Carlo era un hombre rudo y estrepitoso, pero disfrazaba su rudeza de jovialidad, y eso le granjeaba simpatías y clientes; de puertas adentro, la rudeza se le agriaba, y la volcaba sobre el primero que se cruzaba en su camino. —Hizo una pausa y frunció el ceño, en un gesto de forzada exasperación—. No, no me quejaré de haber sido maltratada, golpeada, es fácil acostumbrarse a la brutalidad; mucho peor es aprender a convivir silenciosamente con el fracaso, despertarse cada día sabiendo que hay alguien que te odia sin motivo y sin tregua, o por motivos que ni siquiera intuyes. Hubo un tiempo en que me esforcé por contrarrestar ese odio; pensé, incluso, que un hijo podría concederme un simulacro de felicidad.»

No me costó imaginarla con quince o veinte años menos, recibiendo cada noche el aliento mudo del desprecio, el escozor de una barba mal afeitada que se frotaba contra sus mejillas, el acoso de una saliva embadurnando su cuerpo. No me costó tampoco imaginar su claudicación, el invencible asco que sacudiría su vientre cada vez que aquel cuerpo ajeno y sin embargo tan cotidiano se internaba entre su carne y se sacudía contra ella, con esa grosería furtiva que emplean los intrusos, depositando en algún recodo de su organismo una semilla estéril, antes de retirarse con una obscenidad o un reproche. No me costó imaginarla tendida sobre las sábanas, bautizada entre las piernas por una sustancia viscosa que la ensuciaba por dentro, como una epidemia de lava que siguiese ejerciendo su devastación, aun después de haberse enfriado. No me costó imaginarla con los ojos agigantados por el insomnio (los párpados caídos hubiesen mitigado la pureza del horror), recordando el tacto depravado de unas manos que habían macerado sus senos, el tacto incisivo de unos dientes que habían lastimado sus pezones, el tacto molusco de un falo que se replegaba después de inocular su veneno. «Lo ahogué con la almohada —dijo sin demasiada solemnidad—. Aplasté su cara con la almohada, y aplasté la almohada con mi cuerpo, como él antes me había aplastado con su odio. Lo hice sin premeditación, pero todavía me asusta pensar de dónde sacaría yo fuerzas para vencer su resistencia.»

Lo había hecho sin premeditación, y lo recordaba sin pesar, con esa misma temeraria lucidez que debió de asaltarla cuando decidió borrar la respiración de aquel hombre y escuchar los síntomas de su asfixia, bajo la almohada que sepultaría sus demandas de auxilio. Tampoco me costó imaginarla en mitad de la ejecución, sentada a horcajadas sobre aquel hombre que había sido su marido y su maldición, refrenando con la tenaza de los muslos los manoteos que prefiguraban su agonía. «Fueron casi diez minutos de lucha —contaba el suceso como si no le atañese, como si el remordimiento o la satisfacción de la venganza se hubiesen erosionado hasta convertirse en indiferencia—; su cuerpo ya estaba lívido y agarrotado, pero no cesaban las convulsiones, había dejado de respirar, pero sus dedos aún arañaban las sábanas con la misma ferocidad con que antes me habían arañado a mí», añadió, como sacudiéndose una remota perplejidad. Varios psiquiatras coincidieron en diagnosticarle una enajenación mental transitoria que redujo su responsabilidad y rebajó la condena: «Me cayeron doce años, pero sólo estuve tres en la cárcel», resumió, porque el inspector Nicolussi había empujado la puerta del hostal (un campanilleo anunció su entrada), precedido por el ascua de su cigarrillo. El mocetón encargado de nuestra vigilancia reaccionó cuadrándose servilmente, y el frío irrumpió en el vestíbulo como un mordisco a traición. «Otra vez volvemos a coincidir, Dina», dijo el inspector con esa mezcla de atolondramiento y amargura que nos produce tropezarnos con un pariente disoluto al que ya creíamos rehabilitado. «Otra vez, inspector, qué le vamos a hacer», replicó Dina, y esbozó una mueca de falsa contrición.

Ahora Dina también había encendido un cigarrillo, por cortesía del inspector Nicolussi, y sonreía con ese hastío que nace de la extenuación o de la reincidencia en unos mismos trámites tediosos. Se había vuelto a enfundar el suéter negro que unas horas antes yo habría catalogado como síntoma de luto y que ya sólo era explicable como síntoma de insolencia. La luz del amanecer iba detallando las vicisitudes de su rostro sin maquillar, y revelaba algunas flacideces más achacables al cansancio que a la edad. El despacho de Nicolussi tenía ese aire despojado de las viviendas que acaban de ser habitadas y de los hospitales demasiado concurridos, un aire de anonimato y asepsia que agigantaba mi desvalimiento y también la sensación de haberme adentrado en una pesadilla irrevocable. En el techo ronroneaba un fluorescente.

—Conque es usted profesor de arte —murmuró Nicolussi después de revisar someramente mi documentación.

En su escritorio se amontonaban informes de mecanografía destartalada y anotaciones hechas a vuelapluma.

—Especializado en pintura renacentista. Gilberto Gabetti, el director de la Academia, se lo podrá confirmar.

—Gabetti ya ha sido avisado. Está de camino. —Nicolussi reprimió un bostezo entre los labios cuarteados y resecos, que adquirieron un extraño fruncimiento; las lágrimas involuntarias que segregaban sus ojos se iban coagulando hasta hacerse legañas—. Conque profesor de arte —repitió con sorna—. Entonces conocería a Fabio Valenzin.

Esta vez me adelanté al intérprete con una prontitud que quizá delatase mi cólera:

—Oiga, ¿qué está insinuando? No había visto a ese hombre en mi puñetera vida.

Y recordé la fisonomía de Valenzin, demacrada y casi de pergamino, como de tahúr que hubiese rehuido, desde muchos años atrás, el influjo del sol. También recordé su mirada, inmóvil y perentoria, en la que parecía albergarse un pavor que no osaba decir su nombre.

—Yo no insinúo nada. Valenzin se dedicaba al tráfico de obras artísticas y a su falsificación. Estaba fichado por la Interpol, no me venga con pamplinas.

La irritación lo obligaba a fumar con más ansiedad si cabe, con larguísimas caladas que incendiaban su cigarrillo: el humo se había espesado en torno a sus facciones y me impedía leer en sus labios. Esta vez agradecí la mediación del intérprete.

—No tenía ni la más remota idea.

Y en mis palabras había una consternación sincera. Hubiese preferido mantenerme indemne y no saber lo que iba sabiendo, hubiese preferido disponer de un salvoconducto que me eximiera de prestar oídos a lo que no era de mi incumbencia, pero ya no podía retractarme. Dina intercedió por mí, aunque dudo que su intercesión me resultase beneficiosa, conociendo sus antecedentes:

—El chico dice la verdad. ¿Qué adelanta con seguir mareándolo?

Habría protestado por el tono maternal, indecorosamente maternal, que Dina empleaba para referirse a mí, si Nicolussi no se hubiera adelantado:

—Deje al chico que se defienda solito —y añadió con sequedad o desaliento—: Vamos a repasar su declaración, Ballesteros.

El funcionario encargado de transcribir el interrogatorio había incorporado a mis respuestas anacolutos y otros estropicios sintácticos que convertían la declaración en un galimatías, incluso para Nicolussi, que a veces se extraviaba en el barullo de frases subordinadas o yuxtapuestas o simplemente inconclusas.

—Esto no hay Cristo que lo entienda —reprochó a su subalterno antes de interpelarme—: Usted mantenía una conversación telefónica con Gilberto Gabetti cuando sonó la detonación. ¿Qué le hizo pensar que procedía del palacio que hay enfrente del hostal?

Volvían a repicar las campanas de las iglesias, esta vez con un tañido más exultante que repercutía dolorosamente en mi cabeza. El cielo de Venecia tenía un color ruinoso e inexpugnable (si la contradicción es admisible), como de cloaca que no se hubiese aireado en los últimos meses.

—Unas cuantas palomas huyeron despavoridas. Dormían allí, y el disparo las despertó.

Rehuí por perversidad cualquier mención a ese objeto brillante (seguramente el anillo de Valenzin) que una mano anónima había arrojado al canal: sabía que estaba delinquiendo por omisión, sabía que el embuste sólo contribuiría a embrollar aún más la investigación y de paso a embrollar mi inocencia, pero sobre mi voluntad actuaba esa avaricia de quien se sabe depositario de un tesoro y aspira en exclusiva a su propiedad.

—¿Nada más? ¿No pudo ver al asesino?

Me producía cierto rubor discurrir sobre conjeturas:

—Más tarde, mientras asistía a Valenzin, me pareció vislumbrar a alguien. Una figura humana, o vagamente humana. Era demasiado monstruosa, demasiado... *proterva* —vacilé en la elección del adjetivo, que dificultaría la misión del intérprete—. Pero ni siquiera estoy seguro de mi testimonio: la excitación quizá me hiciese ver lo que no existía. También escuché el rumor de una carrera, pasos que se alejaban, pero es una impresión confusa, no me haga mucho caso.

El intérprete superponía su voz como un débil eco que añadiese más imprecisiones a lo que ya era sobradamente impreciso. Nicolussi expelió una bocanada de humo que se quedó gravitando sobre su coronilla, como un halo de santidad; sus ojos se afanaban en los renglones torcidos de mi declaración.

—¿Y después?

—Después murió Valenzin. No conseguí que soltara prenda.

Tampoco mencioné que Valenzin, antes de expirar, había extendido ante mi rostro su mano derecha, para mostrarme la marca nítida de una sortija que hasta unos minutos antes había rodeado su dedo anular, en un ademán más elocuente que las meras palabras.

—No es de extrañar —constató Nicolussi frotándose la barba pugnaz que le trepaba desde el arranque del cuello hasta los pómulos, y más arriba aún—. La bala le había atravesado la tráquea.

Otro subalterno entró en el despacho después de solicitar permiso; tenía una voz pudorosa y disertativa, muy adecuada para la emisión de comunicados oficiales:

—El palacio está abandonado, como nos temíamos —dijo—. La Superintendencia de Bienes Artísticos e Históricos se lo vendió a precio de ganga a un millonario de Illinois, con la condición de que lo rehabilitase y habitara al menos un par de meses al año. El americano incumplió su compromiso, pero contrató un vigilante, un tal Vittorio Tedeschi, para que cuidase del palacio. —El subalterno parpadeó, calibrando si debía o no introducir consideraciones moralistas en su informe—. El tal Tedeschi es un individuo de vida disipada, señor. Por las noches suele abandonar su puesto y frecuentar los burdeles de Mestre. —Y todavía puntualizó con mojigatería o ensañamiento—: Burdeles ínfimos, señor.

Nicolussi se ensalivó los labios para disimular su impaciencia:

—¿Y a qué esperan para localizarlo?

—En eso estamos, señor. —El subalterno iba apagando su voz, hasta reducirla a un bisbiseo de confesionario—. Tampoco conviene causar demasiado revuelo: ya sabe lo histéricas que se ponen las putas cuando allanamos su morada.

Aquel lenguaje, entre leguleyo y beato, parecía asquear a Nicolussi, que despidió a su subalterno con un garabato de la mano que podría interpretarse también como una bendición. Los cristales del ventanal vibraron, como ante la inminencia de un maremoto, pero el maremoto era modesto y causado por las hélices de una lancha de la policía. Nicolussi se recostó sobre el respaldo de su butaca:

—Ahí tenemos a Gabetti, por fin.

Gilberto Gabetti era un hombre que frisaría en la setentena, pero que parecía embalsamado en una edad difusa. Tenía el cabello cano, cortado a navaja, como un cepillo de nieve, y la piel injuriada por manchas de vitíligo, pero sus facciones conservaban una elegancia afilada, levemente judaica, que no se dejaba erosionar por la vejez. Había dirigido durante cinco lustros el museo de la Academia sin aportar méritos universitarios ni adhesiones ideológicas, y aunque algunos envidiosos con afición a la arqueología le adjudicaban coqueteos con el fascismo, allá en la adolescencia, había sabido preservar su prestigio entre acusaciones e injurias, con esa ufanía displicente que practican los hombres de mundo. Había descendido de la lancha antes de que lo hicieran los policías que lo custodiaban, dando por supuesta su preferencia; caminaba con altivez, sin reparar en la nieve que absorbía sus pisadas, como antes había absorbido la sangre de Valenzin. Nicolussi habló a través del interfono:

—Ha llegado Gabetti. Dispongan el cadáver para su identificación. —Antes de aplastar el cigarrillo en el cenicero, lo remató con una calada imperiosa que chamuscó el filtro—. Acompáñeme, Ballesteros.

Dina me dirigió un asentimiento ritual o supersticioso, infundiéndome un aplomo que sólo se adquiere con la veteranía. Caminé detrás de Nicolussi por pasillos que repiqueteaban con el eco de una máquina de escribir y el eco de nuestros pasos y el eco de las muchas goteras que infamaban el techo. Nicolussi avanzaba casi de perfil, para ofrecer menos resistencia al aire, y me auscultaba de reojo, como si quisiera sorprender en mi actitud algún vestigio de debilidad. Nos reunimos con Gabetti en el patio de la prefectura, al abrigo de una bóveda que añadía a los saludos un retumbo de gravedad.

—Es un honor, señor Gabetti —saludé tendiéndole una mano náufraga que él estrechó con efusividad.

—No exagere, querido amigo, no exagere: yo soy muy poco honorable.

Era protocolario y austero a partes iguales. Reparé en sus manos, ultrajadas por las manchas de vitíligo, unas manos que se me antojaron expertas en la caricia, pero también en el latrocinio, manos casi reducidas a la osamenta, adelgazadas por un misticismo que podría haber pintado El Greco. Su mirada era también acariciante y delictiva, como si en el iris azul conviviesen mansedumbre y barbarie, abismo y sosiego.

—Hagan el favor de seguirme —dijo Nicolussi, que seguramente había pasado por alto estas ambigüedades.

Entre otras instalaciones, contaba la prefectura con una morgue de dimensiones exiguas, forrada de azulejos en cuyas junturas se alineaba la mugre. Tumbado boca arriba sobre una camilla, con los brazos derramándose como colgajos o jirones de carne, estaba el cadáver de Fabio Valenzin; no había una sábana que abrigase su herida, tampoco un paño que ocultase el falo con venas que parecían de alquitrán y los testículos como alforjas de una virilidad no muy bien abastecida. Valenzin (quiero decir, su cadáver) aún conservaba la mirada inmóvil y perentoria de su agonía, y sus mejillas, que yo recordaba rasuradas, empezaban a azulear con una barba póstuma. Tenía los orificios nasales obstruidos por sendos coágulos de sangre, y el pecho dividido por un costurón que se alargaba hasta el ombligo.

—Hubo que hacerle autopsia, como ya supondrá —se excusó el inspector Nicolussi ante Gabetti.

El vientre de Valenzin se hundía como si lo hubiesen aligerado de vísceras, y resaltaba el promontorio de la caja torácica, las costillas como cuerdas de un arpa sin música. Se oía el zumbido monocorde de un refrigerador, sepultando nuestras respiraciones.

—Siempre supe que acabarías mal, Fabio —dijo por fin

Gabetti con una retórica sin destinatario—. Mira que te lo advertí.

Y alargó una mano para borrar la mirada inmóvil del difunto; los párpados se bajaron sin oponer resistencia, como se bajan cuando los afloja el sueño. A continuación, extrajo un pañuelo del bolso de su chaqueta, y lo extendió sobre sus partes pudendas.

—¿Eran amigos? —preguntó Nicolussi con más torpeza que malicia.

—Dejémoslo en viejos conocidos. —No había concesión a la nostalgia en su respuesta—. Cuando Fabio comenzaba su andadura, yo trabajaba de tasador en las subastas. Apenas tendría veinte o veintidós años, pero sus falsificaciones ya causaban quebraderos de cabeza a los especialistas. Luego llegaría a ser un virtuoso del fraude, pero su propio virtuosismo llegó a cansarle: la impunidad, como usted sin duda sabe, resulta demasiado aburrida, por eso el criminal siempre deja alguna pista, para regodearse en la desazón y jugar al escondite con sus perseguidores. Además de irreprochable en su trabajo era muy fecundo: se calcula que llegó a falsificar más de mil obras de Picasso y Modigliani, Matisse y Renoir, Van Gogh y Cézanne, eligiendo siempre al pintor más cotizado, según las modas: hoy, esas obras se reparten por los salones privados de medio mundo. Pero él disfrutaba sobre todo imitando a los surrealistas, no hay nada tan gratificante como falsificar a un falsario. —Hablaba con una ecuanimidad algo burlona—. ¿Sabían que una vez hice negocios con él?

Esbozó una sonrisa de ingenuidad o perfidia, como un niño sorprendido en mitad de una travesura. Nicolussi y yo denegamos al unísono, con curiosidad creciente. Resultaba intempestivo mantener una conversación de esta índole en un depósito de cadáveres, pero Gabetti nos embaucaba con su voz balsámica, casi táctil:

—Ocurrió en el verano del 62. Lo recuerdo con nitidez

porque acababan de despedirme, o de prescindir de mis servicios, en una casa de subastas de Roma, precisamente porque Fabio Valenzin me había colado una remesa de Modiglianis falsos. Quise conocer al artífice de mi infortunio, y viajé hasta Milán, donde por entonces residía. Me apabullaron su juventud y su desparpajo, también su intolerable inteligencia. En desagravio por mi despido, me invitó a cenar, y alargamos la noche en un burdel lujosísimo, para ministros y magnates de la moda, ustedes ya me entienden. Las señoritas del burdel nos servían whisky en un jardincito muy coqueto, con columnas de estuco artificiosamente distribuidas entre matas de hiedra y acanto; como las señoritas eran distantes y antipáticas (creo que allí se ejercitaba el masoquismo) y se paseaban como sonámbulas, en bragas y sostén, por entre las columnas, Fabio mencionó las pinturas del belga Paul Delvaux. Yo estaba borracho y evocativo, y recordé que en mi niñez o primera adolescencia había conocido a Delvaux, e incluso había trabajado para él durante su corta estancia en Venecia, mezclándole los colores y cargando con su caballete: en el año 39, Delvaux estuvo de gira por toda Italia, estudiando la arquitectura clásica, que luego trasplantaría como telón de fondo de sus cuadros. «En su primera etapa, Delvaux era mucho más impúdico, sus mujeres no se paseaban sonámbulas, se masturbaban aparatosamente y se dejaban sodomizar por las estatuas; pero los cuadros de esta época se han perdido con los traslados de la guerra», informé a Fabio, que no cabía en sí de gozo. «O sea, que eran cuadros marranísimos», dijo él, iluminado por la lujuria. «Pues sí, bastante marranísimos», bromeé, «al menos aquellos cuya génesis presencié. Delvaux obligaba a sus modelos a verificar contorsiones muy explícitas». Fabio se quedó meditabundo y como calculando la magnitud del fraude que ya había planeado: «¿Qué le parece si montamos una exposición con esos cuadros? Usted sólo tendría que aliñar el engaño con su autoridad y escribir un texto muy campanudo para el catálogo», me propuso.

Quizá estuviese incorporando a la verdad circunstancias o anécdotas que la mejorasen, pero Valenzin no iba a recuperar el habla para desmentirlo.

—¿Y usted accedió? No me joda —profirió Nicolussi con esa veneración camuflada de escándalo que los policías profesan a los delincuentes más intachables.

—Bueno, ya me disculpé al principio: me había quedado sin una lira, al borde de la indigencia —exhaló una risita más bien viperina—. En un par de meses, Fabio perpetró treinta falsificaciones de Delvaux, entre lienzos y dibujos; todas ellas superaban en osadía pornográfica a los originales, o a la desvaída imagen que la memoria me brindaba de los originales. Había escenas de lesbianismo de gran crudeza genital, y creo que también de coprofilia. Anunciamos con estruendo la exposición, que en seguida reclamó la atención de los coleccionistas más morbosos, o sea, de todos los coleccionistas. Pero hete aquí, de repente, que el día de la inauguración los periódicos anuncian la venida a Milán del pintor belga.

—Conque les pillaron —lo interrumpió Nicolussi, íntimamente defraudado, aunque afectase alivio.

—Aguarde, aguarde, no se anticipe. —Gabetti era un sibarita de los preliminares—. La exposición ya no se podía desmontar, así que Fabio, que era un hombre de recursos, propuso que le hiciéramos una visita a Delvaux en el hotel donde se hospedaba. Todavía lo estoy viendo, sereno y desaprensivo, ante aquel carcamal surrealista: «Mire, maestro, nos disponemos a inaugurar una exposición con obras de su etapa juvenil, pero hemos oído circular el rumor de que podrían habernos incluido en el lote alguna falsificación. ¿Sería tan amable de acompañarnos a la galería y examinar las pinturas? No existe mejor veredicto que el del propio autor.» Delvaux era un hombre melenudo y un poco gilipollas, esto que quede entre nosotros: nos acompañó a la galería, examinó los cuadros con ese arrobo de los muy narcisistas y, después de dar tres o cuatro vueltas, descartó un par de lienzos y un dibujo muy escatológico, que quizá se pareciese demasiado a sus fantasías. Los demás le parecieron auténticos, y nos felicitó muy calurosamente por el rescate de obras que creía extraviadas. —Miró con enternecida fijeza el cadáver de Valenzin y suspiró—: Ése era Fabio, el muy granuja, capaz de engañar al mismísimo diablo.

Se hizo un silencio embarazoso, sólo alterado por el refrigerador, que continuaba emitiendo un zumbido funerario, un estertor de máquina que espera la jubilación o el desguace. El cadáver de Fabio Valenzin no parecía inmutarse ante los discursos panegíricos, y empezaba a adoptar esa rugosidad inerte que precede a la corrupción. El inspector Nicolussi se palpó los bolsillos del gabán, dispuesto a saltarse las ordenanzas y enturbiar con el humo de un cigarrillo la atmósfera intacta de la morgue. Apenas llevaba un cuarto de hora sin fumar, pero la abstinencia lo desazonaba.

—Supongo que sabrá —dijo— que, aparte de esas picarescas, se le atribuyen muchos expolios al patrimonio.

—Ya le dije que Fabio no soportaba que sus fechorías quedasen impunes —ahora Gabetti había suprimido la frivolidad, pero cierto refinamiento mundano le impedía ser absolutamente serio—. Se cansó de urdir timos, y empezó a saquear iglesias, incluso puede que sea responsable de algún robo espectacular, todavía no aclarado, a pinacotecas extranjeras. Pero nunca existieron pruebas concluyentes contra él: era escrupuloso y nada chapucero, no dejaba pistas. Yo siempre le advertía: «Mientras no me toques la Academia, por mí como si asaltas el Louvre.»

Se había referido a la Academia con un énfasis muy posesivo, como de sultán que no admite intromisiones en su harén, aunque sobrelleve y aun aplauda la promiscuidad y el adulterio entre extraños. Nicolussi iba a reprocharle algo, pero quedó desarmado por la sonrisa de Gabetti, que parecía encubrir un olímpico desdén.

—¿Deja familiares? —preguntó, en cambio, con un gesto mohíno.

—Si los tenía, desde luego, debía de haber renegado de ellos, porque jamás los mencionaba. Pasó su infancia en un orfanato siniestro, como tantos otros niños de la guerra. Residía en Venecia durante largas temporadas, pero era tan desastroso para los asuntos domésticos que alquilaba habitaciones de hoteles. Solía alojarse en el Danieli, no reparaba en gastos.

—Pues si nadie se hace cargo de él, habrá que enterrarlo en la fosa común —dijo Nicolussi con brutalidad.

—¿Fabio en la fosa común? —Gabetti se había escandalizado—. En vida, siempre cultivó una aristocracia espiritual, quizá interpretada de forma aviesa, pero aristocracia a fin de cuentas. No dejaré yo que la muerte lo obligue a la mendicidad.

Había ensayado una pose ofendida, una rigidez de álamo que no excluía cierto rictus de altanería.

—Usted encárguese de averiguar quién lo mató —dijo dirigiéndose a Nicolussi con la misma displicencia que emplearía un marqués ante su servidumbre—. Yo correré con los gastos.

El cadáver de Fabio Valenzin, iluminado por la luz lechosa de un fluorescente, se iba decantando hacia el mármol o el granito: el entramado de sus venas lo veteaba por dentro, y las excoriaciones y hematomas que afloraban a su piel semejaban incrustaciones calcáreas. El subalterno que antes había irrumpido en el despacho de Nicolussi, para informar con voz pudorosa y disertativa, se asomó a la puerta del depósito:

—¿Me permite, señor?

Sus facciones se habían iluminado con un júbilo que se

imponía sobre el cansancio burocrático. Nicolussi asintió con un bufido o una ronquera extraída de sus yacimientos de nicotina.

—Hemos capturado al Tedeschi de marras.

A Vittorio Tedeschi lo traían a rastras dos jovencitos con aspecto de haber ingresado muy recientemente en el gremio policial, porque en sus movimientos había esa sincronía envarada de quienes aún respetan las coreografías y ceremoniosidades que les han inculcado en la escuela de aprendizaje. Tedeschi no tendría más allá de treinta y cinco años, pero aparentaba quince más: el desaliño de su indumentaria (un pantalón de pana muy desgastado en las rodillas, unas botas de pescador muy festoneadas de barro, una zamarra que había adquirido el lustre oscuro de la suciedad) se agravaba con el desaliño de su fisonomía: tenía una dentadura famélica, apretada por los espumarajos de la cólera, una calavera muy angulosa y un cabello aplastado y grasiento, como si se lo hubiese lamido una vaca. Protestaba en dialecto veneciano, pero lo hacía con una tosquedad que raspaba su paladar y también los oídos de los presentes. Las reminiscencias de una borrachera aún le acorchaban la lengua.

—Como suponíamos, lo pillamos durmiendo la mona. —El subalterno, encantado con el cumplimiento de sus profecías, no rehusó tampoco esta vez la puntualización—: En un burdel ínfimo, señor.

Tedeschi se revolvió con dificultad; a la presión ejercida sobre sus brazos por los dos policías neófitos se sumaban unas esposas que inmovilizaban sus muñecas y las oprimían con un cerco de lividez. (También a Valenzin la sortija le había dejado un cerco de lividez en su dedo anular, pero el cerco ya se había disipado y también la sortija, a menos que alguien la rescatase del fondo del canal.) Lo habían cogido casi en volandas, e intentaba zafarse de sus aprehensores largando coces en el aire refrigerado, que pronto se impregnó de una tufarada que reunía el olor rancio del sudor, el olor calentorro del vino y el olor reseco de los vómitos y del semen vertidos en los últimos meses. No diré que sentí lástima por él, pero sí cierto aguijonazo de mala conciencia: a mí no me habían arrancado abruptamente de un lecho ajeno, a mí no me habían esposado ni traído a empellones hasta la prefectura. El inspector Nicolussi no resistió más la ausencia de un humo que encharcara sus pulmones y prendió otro cigarrillo.

—¿Lo conoce? —inquirió, sin cruzar su mirada con la de Tedeschi, que de repente se serenó, ante la visión de aquel cuerpo desarbolado sobre la camilla.

—Vaya si lo conozco. Es Fabio Valenzin, ¿quién no lo conoce en Venecia? Pero yo sería incapaz de hacerle eso. —Tedeschi hizo un ademán vago con las manos esposadas; no quedaba claro si se refería a su muerte, a su desnudez apenas mitigada por el pañuelo de Gabetti o a los estropicios que la autopsia había dejado en su anatomía—. Además, tengo coartada: puedo contarles lo que he estado haciendo, minuto a minuto.

Pero aquí se detuvo, al comprobar que la ingestión de alcohol o el frenesí de la carne mercenaria introducían lagunas en la geografía de una noche que quizá lo había arrastrado hasta regiones de inconsciencia o delirio.

—De entrada, ha estado haciendo lo que no debía —lo amonestó Nicolussi—: le pagan para vigilar ese palacio, no para que se escaquee y se vaya de putas.

—Me pagan una miseria, que conste —escupió Tedeschi con súbita conciencia de clase.

—Y usted adecentaba el sueldo con las propinillas que Valenzin le pasaba bajo cuerda, ¿no es así?

La perplejidad se apropió de Tedeschi, como una mancha de palidez o ictericia. También a mí me sorprendió la perspicacia del inspector.

—Le juro que lo que diga en esta habitación no figurará en el sumario.

Los subalternos de Nicolussi asimilaron con mansedumbre los métodos poco ortodoxos de su jefe, y Gabetti carraspeó, haciéndose el desentendido.

—Alguna vez he trabajado para él, no voy a negarlo —admitió Tedeschi con una voz contrita, casi subterránea—. No me asusta trepar por la fachada de una iglesia.

—¿Y llevarse un cuadro de una iglesia? ¿Eso tampoco le asusta? —Nicolussi deslizaba sus insidias sin renunciar a la socarronería—. Le advierto que robar en suelo sagrado, además de delito, es pecado mortal. ¿Cómo se dice? Sacrilegio.

El subalterno pudoroso y disertativo asintió, con gran conocimiento de la normativa religiosa. El cadáver de Fabio Valenzin empezaba a repelerme un poco, con su aspecto de reptil en hibernación, y ya me abofeteaba las narices con su olor a fiambre. Tedeschi se había abismado en un mutismo sin resquicios.

—Yo creo que un par de días en el calabozo le devolverán la locuacidad, amigo —dictaminó Nicolussi—. Y de paso podrá reponerse un poco, está usted hecho una piltrafa.

—No pueden arrestarme sin una orden judicial —dijo Tedeschi, pero imploraba, y no exigía—. Además, soy inocente.

El inspector Nicolussi dejaba que el humo le anestesiara la garganta y los bronquios; cuando lo expelió por las narices ya parecía instalado en el nirvana:

—Disponemos de setenta y dos horas para determinar su inocencia. Usted, mientras, quietecito en el calabozo.

Se llevaron a Tedeschi a rastras, más o menos como lo habían traído; por el pasillo, mientras lo conducían a las mazmorras de la prefectura, fue diseminando un arsenal de blasfemias e improperios. Me causaba bochorno (pero también un alivio vergonzante) que se me hubiera dispensado un trato de favor, sólo por ser extranjero en una ciudad que veneraba las divisas. Nicolussi se arrancaba con los dientes pellejos de sus labios resecos.

—Y usted, Ballesteros, tiene que firmar su declaración antes de irse —dijo—. La única condición que le pongo es que no salga de Venecia.

¿Cómo iba a salir de una ciudad que conspiraba contra mí? ¿Cómo escapar de Venecia, cuando el invierno se apodera de sus canales y acorrala sus calles y anega a sus habitantes con la maldición del olvido? ¿Cómo infringir el asedio de una ciudad que ya zozobra y nos arrastra en su demolición? Gabetti se erigió en mi protector:

—Yo respondo por él, Nicolussi, pierda cuidado. Será mi huésped, y lo someteré a un espionaje estricto. —Y añadió con malicia—: De momento voy a darle un paseo en góndola por el Gran Canal para que se lleve un recuerdo amable de su estancia aquí.

Volvimos al despacho del inspector, donde Dina aún aguardaba, con esa desesperación dócil que muestran las novias cuando se quedan solas en el andén de una estación. Ella también podría marcharse, después de estampar una firma que ratificara el contenido de su declaración. Al inclinarse sobre el escritorio, sus senos adquirieron gravidez, bajo el suéter negro que los maceraba y oprimía, como antes los habían macerado y oprimido las manos de su marido, que habrían dejado en ellos su huella y su viscosidad. Recuerdo que, al saber que me iba a instalar en casa de Gabetti, Dina me escrutó con esa ira mal contenida que nos otorga el desamparo. Yo sólo acerté a farfullar —la cobardía me trababa— que volvería al hostal para recoger mi equipaje.

III

—Pues claro que he leído su tesis doctoral, y con gran aprovechamiento —dijo Gabetti, sin que yo hubiese osado aludir a un asunto tan extemporáneo—. Hay una cuestión de fondo en la que me permitirá disentir: usted pretende explicar el enigma de *La tempestad* empleando la inteligencia, y da por sentado que Giorgione llegó a concretarlo pictóricamente después de arduas elaboraciones abstractas. Usted defiende que Giorgione aspiraba a un arte al alcance sólo de unos pocos iniciados: para eso se hubiese dedicado a los criptogramas, y no a la pintura. Cierto que apenas conocemos su biografía, pero Vasari, que casi fue su contemporáneo, nos dice que «dibujaba con el mayor placer», que le gustaba tocar el laúd en las fiestas cortesanas, y (fíjese bien) que «se deleitaba sin cesar en los goces del amor». Hasta tal extremo amó, que siguió manteniendo tratos carnales con la dama que se había rendido a sus requiebros, cuando la peste se ensañó con ella, y en la convicción de que la enfermedad se extendería a él por vía venérea: ¿cree usted que un hombre que se arroja así al suicidio, en su obsesión por recoger el último aliento de su amada y acompañarla en su descenso al Hades (porque el amor de Giorgione era pecaminoso, casi con seguridad adulterino), cogía los pinceles cuando se lo dictaba la estreñida inteligencia? No, amigo mío, Giorgione sólo obedecía al imperio brusco de la pasión o a la tortura de sus desolaciones, al regusto amargo que nos deja la carne o a la exultación que nos produce el acceso a la mujer amada. No busque símbolos ni misticismos ni intrincadas mitologías en su obra: incluso cuando trabaja de encargo, libera el manantial del sentimiento, y eso lo hace más próximo a nuestra sensibilidad. Lo que usted, y tantos otros estudiosos del cuadro, han calificado de enigma, no es sino la plasmación de un sentimiento. Complicado, incoherente, impreciso, si quiere incluso inexplicable, pero ¿es que acaso hay sentimientos que admitan una explicación? *La tempestad*, desengáñese, representa un estado de ánimo, una pasión del alma que entra en comunión con el paisaje. Giorgione fue el primer romántico, quizá también el último, porque los que vinieron después eran un hatajo de botarates.

Entendí por qué Gabetti había elegido una góndola como escenario de nuestro primer enfrentamiento dialéctico (la conversación telefónica, abortada por la muerte de Valenzin, había sido apenas un preludio o tanteo): quería hacerme sentir incómodo y ridículo. Gabetti se había encaramado en la proa de la embarcación, y me daba la espalda, arrebatándome así la condición de interlocutor y reduciéndome a mero oyente pasivo. Se sobreponía a los bandazos de la góndola flexionando someramente las rodillas, en un alarde de equilibrismo. En la superficie del agua asomaban, de vez en cuando, algas congeladas que iban a la deriva y mostraban su ramaje yerto, en actitud de súplica o despedida, como manos de un ahogado que aún conservasen la crispación en los dedos. Al virar hacia la derecha, el gondolero había proferido un sonido gutural, extrañamente lastimero, que se internó en la niebla y obtuvo la respuesta unánime de las gaviotas, en forma de graznido: habíamos desembocado en el Gran Canal, flanqueado de palacios que la nieve, al redondear sus aristas, había convertido en vastos arrecifes de coral. Aunque el nivel de las aguas había descendido respecto a la noche anterior, todavía se extendía hasta los vestíbulos porticados, y creaba una extraña ilusión óptica, como si las columnas se sustentaran sobre un cimiento líquido.

—Existe, además, un aspecto técnico en la pintura de Giorgione que usted, muy astutamente, escamotea —Gabetti me reprendía sin aspereza, como se reprende a un pecador venial—, un aspecto que las radiografías de sus cuadros han confirmado: fue el primer pintor que aplicó directamente el color en sus telas sin dibujo previo, lo cual le obligaba a retocar muy a menudo. Si realmente hubiese premeditado el tema de *La tempestad*, si, como usted sostiene, hubiese querido representar mediante alegorías un asunto de significado sólo accesible a espíritus iniciados, ¿no cree usted que primero habría ejecutado un bosquejo en carboncillo? El artista que planea minuciosamente sus composiciones, como el ladrón que planea el asalto a un banco, necesita fijar previamente y casi al milímetro sus itinerarios. Giorgione era un intuitivo, digamos un ladrón impulsivo: rectificaba sobre la marcha. No tengo que recordarle, pillín, que en *La tempestad*, en el lugar donde hoy figura el paseante con el bordón, Giorgione había pintado primero una mujer desnuda, bañándose en el arroyo, que suprimió en la versión final: eso echa por tierra la hipótesis de un tema preconcebido, ¿no le parece?

Se había vuelto con una agilidad impropia de su edad, casi felinamente, para sorprenderme en plena derrota. El viento que soplaba en el Gran Canal le había desbaratado el nudo del pañuelo, dejando al descubierto un cuello ajado y demasiado largo, casi como el pescuezo de una gallina.

—Supongo que tiene usted razón —consentí.

Gabetti asintió complacido ante la espontaneidad de mi reconocimiento.

—¿Sabe por qué he rehuido siempre escribir sobre cuestiones de arte? No soporto la charlatanería que emplean los críticos, no soporto esa jerga altisonante que, para glosar una pintura, la sepulta bajo toneladas de hojarasca, hasta hacer inaccesible su disfrute. Decía D'Annunzio que la crítica debe ser «el arte de gozar el arte», pero la pedantería de sus cultivadores la ha convertido en el arte de la prolijidad. ¡Al diablo con toda esa basura!

Se había dejado arrastrar por una suerte de vehemencia o euforia que se ensombreció cuando la góndola discurría a la altura del museo de la Academia: un agua verdosa se había adueñado de la plazoleta que servía de atrio al edificio, y se filtraba en sus paredes demasiado porosas.

—Hemos tenido que cerrar el museo al público —refunfuñó Gabetti—. Toda la planta baja se ha encharcado con las inundaciones. Y lo malo no es eso: el agua no tardará en retirarse, pero la humedad permanecerá allí, agazapada en la piedra, por los siglos de los siglos. No puede imaginarse los problemas que nos causa la humedad.

—Me los imagino —lo rectifiqué, algo molesto.

—Qué va, qué va. La humedad de Venecia es como una gangrena: en cualquier otra ciudad del mundo, la piedra actuaría de parapeto, aquí la piedra es su mejor cómplice, su hábitat natural. Llega el verano y, en lugar de remitir, se agrava: con el calor fétido, florecen hongos en el óleo, incluso crecen unos bichitos, como cochinillas de caparazón blando, que resisten cualquier insecticida. Más de la mitad del presupuesto se nos esfuma en gastos de conservación.

Su voz, como las piedras de Venecia, también se reblandecía y acongojaba al describir los síntomas de esa gangrena. Se había sentado enfrente de mí, en uno de esos asientos abominables, forrados con peluche, que los gondoleros acondicionan para los culos de los turistas más cursis o desprevenidos. La góndola deslizaba su quilla sobre las aguas con esa esbeltez incruenta que tienen los puñales cuando se internan en la carne y soslayan el hueso, propulsada por un remo que, a modo de pértiga, se clavaba en el légamo del fondo y a veces se quedaba atrapado entre bancales de arena o excrementos. Fatigaba a la vista el espectáculo incesante de los palacios, fatigaban las fachadas de un mármol condecorado de verdín, fatigaban los arcos ojivales con cresterías de alabastro, fatigaba la orfebrería de la piedra, fatigaba tal acumulación de belleza, a derecha e izquierda, y sólo la borrosidad de la neblina, sólo la palidez de la nieve sobre los tejados y chimeneas y cornisas y molduras, hacía habitable tanto dispendio arquitectónico. Las gaviotas golpeaban el silencio con un aleteo profuso, escoltando a las embarcaciones que transportaban víveres, a la espera de que algún marinero les tendiese una carroña, como premio a su perseverancia. Al llegar al puente de Rialto, la navegación se hacía más lóbrega y pesarosa, porque allí, bajo su gran ojo de mármol, el agua rielaba y la luz —la escasa luz de la mañana— dibujaba un reverbero fluctuante en la sombra, y nuestras respiraciones, apenas audibles, adquirían entre el chapoteo una resonancia frondosa que las convertía en respiraciones de cíclope: tuve entonces la sensación de que también mi vida ingresaba en un recinto cavernoso donde los reverberos de la luz y la resonancia de las pisadas y el eco de las voces harían fluctuar los contornos de la realidad. Un recinto que se alargaría como un túnel y me conduciría hasta regiones limítrofes con el infierno, páramos donde anidaban la locura o el insomnio, tierras movedizas que quizá me tragasen para siempre.

—Llévenos a la Madonna dell'Orto —indicó Gabetti al gondolero. Y, para no resultar descortés, me informó—: Es una iglesia que hay muy cerquita de casa. Chiara trabaja allí, restaurando un Tintoretto.

—¿Quién es Chiara?

Tardó en responder, como si tuviera que improvisar el grado de parentesco, o como si la mera mención de ese nombre le transmitiera una especie de embeleso.

—Mi hija, mi hija Chiara. El báculo de mi vejez —dijo ya al final, con un énfasis que no excluía la ironía.

El Gran Canal describía una curva suntuosa y se ensanchaba en un espejismo de estuario. Un brusco viraje de la góndola (tuve que aferrarme a los cojines de peluche para no perder la compostura) nos introdujo en el distrito de Cannaregio, donde la ciudad ya perdía su condición de escaparate y se iba haciendo decididamente guarra: las palomas sobrevolaban el laberinto de canales y defecaban al unísono, dejando estalactitas de mierda en los alféizares de las ventanas. El agua se remansaba y lamía con su lengua corrosiva las esquinas de los edificios, y transcurría lentamente bajo los puentes peraltados, repartiendo un lastre de inmundicias en los portales. Había tiendas que exponían su mercancía a una clientela inexistente: legumbres que tiritaban, sobreponiéndose a su condición vegetal; frutas rescatadas de alguna huerta inaccesible; pescados que aún respiraban por las agallas y se asfixiaban por un único ojo. Al fondo se atisbaba la isla de San Michele, la ciudadela donde se confinan todos los muertos de Venecia, pero antes de desembocar en la laguna, el gondolero enfiló a la izquierda, y se internó por vericuetos de aspecto desvencijado, como andenes de un astillero en los que se amontonan la chatarra y las piezas de desguace. Había empezado a lucir un sol tímido entre la niebla, y los retazos de su luz añadían motivos de herrumbre y abandono al paisaje.

—Desembarcaremos aquí —dijo Gabetti señalando una escalinata que sólo alzaba dos peldaños sobre el nivel del agua.

El gondolero acaparó sin rechistar el fajo de billetes que Gabetti quiso darle a cambio de sus servicios y se alejó sin despedirse, bogando en dirección otra vez al Gran Canal.

—Chiara aún no sabe que Fabio ha muerto. Esperemos que no le afecte demasiado.

—¿Se conocían?

Gabetti se encogió de hombros; quizá fuese de constitución algo enclenque, y el abrigo le añadiese corpulencia.

—Conocerse no tiene demasiado mérito en Venecia: aquí nos conocemos todos, mal que bien. —Lo había dicho como si le molestase ese exceso de vecindad—. Digamos que eran buenos amigos: Fabio le había enseñado algunos trucos que no se aprenden en la facultad de Bellas Artes.

—¿Trucos? ¿Qué trucos?

A mí mismo me sobresaltó mi pregunta, quizá enojosamente inquisitiva o más impertinente de lo que aconsejan las reglas de urbanidad. Pero Gabetti fue permisivo con mi desliz.

—Los trucos de la restauración, hombre, no se vaya a pensar que eran compinches. Cuando hay que reparar un cuadro, cuando hay que devolverlo a su estado primitivo, no siempre están claros los límites entre conservación y renovación. Hay, por ejemplo, alteraciones del color, oscurecimientos del óleo (esos desperfectos que algunos pipiolos confunden con el tenebrismo), que deben respetarse. Fabio le inculcó su meticulosidad.

Habíamos entrado en la iglesia de la Madonna dell'Orto, y avanzábamos por la nave central sorteando los charcos que se formaban entre las junturas de las losas; según me explicó Gabetti, debajo de la iglesia había unos sótanos o catacumbas que se inundaban en invierno y rezumaban un agua ferruginosa. Cada capilla contenía una muestra de pintura veneciana, pero la oscuridad y la desidia las recubrían con una pátina (ese tenebrismo apócrifo al que acababa de aludir Gabetti) que las hacía indescifrables; sólo una capilla había sufrido el expolio y un rótulo así lo señalaba: hasta que algún ladrón decidió adjudicarle otro paradero, allí había residido una *Madonna con Niño* de Giovanni Bellini. Entre las ojivas centrales del ábside, había cinco pinturas que representaban virtudes cardinales o teologales; todas ellas revelaban la ejecución veloz, el trazo enérgico, casi desmañado, de Tintoretto, igual que los dos lienzos inabarcables que cubrían las paredes laterales del ábside, multitudinarios de dramatismo, vertiginosos en su utilización de la luz y los contrastes: uno representaba la *Adoración del Becerro de oro*, y el otro *El Juicio Universal*, asunto predilecto de aquel galeote del pincel que fue Tintoretto. Encaramada en un andamio y alumbrada por un foco que perturbaba la penumbra del lugar, había una mujer que acababa de clausurar su juventud, pero que aún conservaba esa limpieza de rasgos que precede a las arrugas: era alta, de una fragilidad que parecía asociada a su delgadez, aunque luego, con la intimidad, llegase a averiguar que era una falsa delgada. La luz del foco habría arrasado otras facciones menos memorables, pero no las suyas, que se delineaban con nitidez sobre el amasijo de figuras que había pintado Tintoretto. También se delinearon con nitidez en mi memoria, y por eso quiero celebrarlas aquí: tenía el pelo apenas rubio recogido en una coleta, y las orejas como caracoles o jeroglíficos, con el lóbulo muy pegado al nacimiento de la mandíbula; tenía una barbilla ojival y, sin embargo, redondeada, y el cuello muy practicable para la tarea de los besos; tenía unos labios meditativos que humedecía con la lengua (así evitaba que se le cuarteasen), y una nariz de perfil aguileño, algo escorada hacia un lado (pero la asimetría no perjudicaba su belleza); tenía unos pómulos muy discretamente patricios sustentando las mejillas, y una frente también patricia, pero sus ojos eran, por contraste, unos ojos campesinos, acendrados en el dolor, ojos castaños y pequeños en comparación con otras circunstancias de su rostro. Aunque morena de tez, su porte era más bien germánico.

—Te presento a Alejandro Ballesteros, el catedrático español del que te hablé —dijo Gabetti exagerando a propósito mi grado en el escalafón—. Es especialista en Giorgione, seguro que tenéis mucho en común.

Chiara se volvió, abandonando su trabajo y sin preocuparse

de disimular un sincero júbilo; insensatamente (pues era demasiado precipitada mi devoción), recordé aquellos versos del poeta: «Rostro amado donde contemplo el mundo, / donde graciosos pájaros se copian fugitivos, / volando a la región donde nada se olvida.»

—Cuánto gusto —dijo, empleando por cortesía mi idioma.

Había dejado los pinceles y demás trebejos de su oficio sobre una repisa del andamio, había apagado el foco y se limpiaba las manos en un paño que previamente había humedecido con aguarrás. Iba vestida con un chándal, y sobre el chándal llevaba un holgado jersey masculino (quizá del propio Gabetti), que le anulaba los senos y cualquier otra turgencia de cintura para arriba. El pantalón del chándal, en cambio, sí hacía presentir un culo nada trivial y unos muslos donde el hueso pasaba inadvertido: ya dije que era una falsa delgada.

—Un día de éstos vas a matarte, como no tengas cuidado —la amonestó Gabetti, sufriendo ante las contorsiones que Chiara ejecutaba sobre el andamio.

Observé (pero era una observación ensimismada, nada lasciva) que, en su descenso, las bragas se le hundían entre las nalgas, favoreciendo su movilidad y temblor. De un salto, Chiara aterrizó junto a nosotros; arriba quedaban, como testigos implacables, los personajes que había pintado Tintoretto, en un amasijo de colores furiosos y perspectivas imposibles, coronados por un Cristo que administraba justicia, respaldado por la Virgen y por san Juan Bautista.

—Qué muchacha ésta. Se va a descalabrar —rezongó todavía Gabetti.

—Pues yo la veo muy ágil.

Había formulado este piropo estúpido mientras estrechaba la mano de Chiara, que tenía un tacto algo agrietado, como si el aguarrás le hubiese irritado la piel; con una placidez también estúpida, comprobé que el olor del aguarrás se había traspasado de su mano a la mía, que guardé en un bolsillo de la gabardina, con avaricia de fetichista.

—Gilberto es que debe pensarse que porque él padezca de reúma los demás también tenemos que padecer —dijo Chiara con coquetería algo maliciosa—. Pero para que te enteres, me conservo en forma.

—Como para no conservarte, con los madrugones que te pegas para correr. Claro que, luego, cuando vuelves con flato, a quien le toca aguantar tus lamentaciones es a mí —reveló Gabetti, y a continuación, muy teatralmente, exclamó—: ¡Ah, el deporte, legado nefasto de la Hélade!

Chiara lo tomó del hombro y soltó una carcajada: tenía la risa un poco descacharrada, adorablemente descacharrada, y la dentadura sin una sola mella, como dispuesta a la enumeración. Volví a recordar al poeta: «Cráter que me convoca con su música íntima, / con esa indescifrable llamada de tus dientes.»

—Es que la celulitis no perdona —dijo, y se golpeó las caderas.

—Celulitis, celulitis. Anda, calla, exagerada, si no quieres que los dioses te castiguen.

Yo era del mismo parecer que Gabetti, pero preferí no emitir mi juicio, para no parecer un adulador o un osado. Junto al andamio, había un capacho en el que Chiara guardaba los tubos de óleo y los pinceles y unos adminículos que lo mismo hubiesen servido para la restauración de cuadros que para la cirugía, al menos ésa era la impresión que se llevaría un lego en la materia; sobre este batiburrillo, había también, envuelto en papel de estraza, un lenguado de un amarillo tristísimo, con branquias como de barro.

—¿Qué tal va ese Tintoretto? —Gabetti quería postergar la razón de su presencia allí.

—Está llenito de craqueladuras, nunca he visto una cosa igual. —Chiara volvía a su idioma nativo cuando se imponían los tecnicismos—. La humedad ha alterado la composición química del óleo, algunos colores ya son irrecuperables. Y a ver cómo me las arreglo para detener la oxidación. —Antes de dirigirse a mí, hizo esa pausa que hasta los más políglotas requieren—: ¿Te gusta Tintoretto?

—Digamos que no me vuelve loco. Me parece demasiado desbocado, demasiado temperamental.

Me esforzaba por no resultar ni intransigente ni grosero, pero Gabetti no dejaba pasar la ocasión de zaherirme:

—Nuestro amigo es de los que aún creen que las virtudes del arte nacen de la inteligencia.

—Pues tendremos que convertirlo a la religión del sentimiento, ¿verdad, Gilberto?

Lo había interpelado a él, aunque fuese yo el destinatario gozoso de aquel mensaje; nunca me había sentido más permeable a las religiones foráneas. Ya me disponía a demostrar esa permeabilidad cuando Gabetti, con voz entre abatida y protocolaria, anunció la muerte de Fabio Valenzin.

—Ballesteros fue testigo —concluyó—. Precisamente estábamos hablando por teléfono. Tú dormías ya, pero no quise despertarte.

Chiara se quedó en silencio, mientras sus ojos campesinos se iban empequeñeciendo más y más. Algunos cabellos se le habían liberado de la coleta, y ella los apartaba del rostro con un gesto maquinal, y los remetía detrás de las orejas, pero los cabellos eran díscolos y repetían su insurrección, y entonces ella los aventaba con un soplido. Toda su jovialidad se había desmoronado en un momento, pero la tristeza no perjudicaba su belleza, como tampoco la perjudicaba el desviamiento del tabique nasal.

—¿Se sabe quién lo hizo? —murmuró con una seriedad afónica.

—Vete tú a saber. Fabio cultivaba amistades muy peligrosas. Granujas de muy baja estofa que lo ayudaban en sus operaciones, y una clientela de mafiosos que no perdonan las jugarretas. Y Fabio era muy amigo de las jugarretas.

—También era muy amigo mío.

Lo había dicho con una forma de pudor o nostalgia que me perturbó y convocó mis celos, unos celos por lo demás absurdos e ilegítimos. Gabetti le pasó una mano por la cara, para borrarle las lágrimas calladas que ya empezaban a reunirse en las comisuras de sus párpados, como unas horas antes había borrado la mirada inmóvil y perentoria de Valenzin. Chiara casi gimió:

—Me había enseñado este oficio. Me había enseñado a manejar un pincel, a examinar un cuadro y distinguir el deterioro natural de la edad de otros deterioros más nocivos.

Y se miró instintivamente la pechera del jersey cuya talla no se correspondía con su anatomía (mis celos se recrudecieron al pensar que quizá se lo hubiese prestado Valenzin), donde se agolpaban mil y un lamparones y restregaduras de óleo, con esa misma pavorosa perplejidad con que una niña sorprende la mancha de su primera menstruación sobre las sábanas. No se me antojaba Valenzin un maestro muy recomendable para su formación pictórica, pero me conformé con que su magisterio no se hubiese extendido a otros avatares de su biografía. En algún paraje recóndito de la iglesia, el agua se filtraba morosamente, con un goteo casi geológico.

—Tendrás que sobreponerte —dijo Gabetti—. Ya sabíamos que Fabio vivía sobre la cuerda floja.

Le costaba sobremanera actuar como emisario de noticias funestas, quizá porque su talante repudiaba la gravedad, y su disgusto o embarazo se traducían en una mayor apariencia de decrepitud. Estrujó el brazo de Chiara, pero su consuelo, debilitado por cierta premura, no resultaba del todo convincente:

—Tengo que hablar con la funeraria y organizar el entierro. También tengo que pasarme por la Academia, a ver si por fin han logrado desalojar el agua. Usted, Ballesteros —el tono paternalista también le quedaba forzado—, estará rendido, con todo este jaleo. En casa hay habitaciones de sobra. Ya tendrá tiempo de examinar con calma *La tempestad*.

Me sentí un poco miserable y como desleal con mi pasado por haber relegado el motivo de mi estancia en Venecia al arrabal de las misiones aplazadas, pero nada me apetecía menos que fatigarme en la contemplación del arte cuando la vida me suministraba otros argumentos. Vimos alejarse a Gabetti por el pasillo de la nave central, profanando el agua de los charcos y dejando detrás de sus pisadas una resonancia terca que repercutía en las bóvedas y en las hornacinas que custodiaban la imagen de algún santo sin feligreses. Chiara se volvió hacia mí, y mi pecho albergó el llanto que había preferido reprimir en presencia de su padre, el llanto que me mojaba las solapas de la gabardina como una llovizna tibia y que dejaría allí su rastro de sal, cuando se evaporase, como una concentración de dolor. Me atreví a acariciarle la línea de la mandíbula, y le auscultė muy someramente la garganta, allá donde se estaban fraguando sus sollozos. Alguien menos pusilánime que yo, la habría besado en el cuello y más abajo aún, en la confluencia de las clavículas, donde el hueso se repliega y deja una concavidad que se adapta como un estuche a los labios del que rinde pleitesía, también a la lengua que dicta letanías de saliva y adoración. Era grato y remunerador amortiguar con mi pecho las lágrimas de Chiara, aunque su proximidad me fuese a ensuciar la gabardina con restos de óleo; era grato constatar que no estaba del todo plana, que debajo del holgado jersey masculino alentaban unos senos apenas reseñables, pero suficientes para colmar la ofrenda de una mano; era grato aspirar el olor del aguarrás, como una brusca perforación de la pituitaria, y después, más reposadamente y extinguido el aturdimiento, el olor sin aditivos de una piel amiga.

—Perdóname, te pareceré una tonta —dijo, echándose hacia atrás, como impelida por un resorte. Los cabellos que se habían sublevado a la coleta y obstaculizaban su rostro hubiesen formado ya un mechón—. ¿No te importa que antes de marchar encienda una vela?

Había recogido el capacho donde guardaba sus adminículos y también el lenguado que quizá se hubiese empezado a pudrir. Aunque no estaba del todo repuesta, afectaba un aplomo que le comunicaba un aire de tranquilo misterio.

—¿Eres creyente? —inquirí a bocajarro, pero en seguida me arrepentí, porque la pregunta sonaba abusiva e inconstitucional.

—Según de qué cosas. —Había vuelto a emitir su risa descacharrada, pero en esta ocasión era una de esas risas que nos atrincheran frente a las enfermedades del alma—. Ya te dije antes que pensaba convertirte a la religión del sentimiento, ¿o es que no te acuerdas? Pero puedes estar tranquilo, la vela no es para ningún santo, sino para Tintoretto.

Junto a la sacristía, en un altar lateral, reposaban los huesos (seguramente apócrifos, como suele ocurrir con las reliquias) de Jacopo Robusti, apodado el Tintoretto, que había hecho de su dedicación a la pintura una enfermedad perpetua e insaciable. Chiara hurtó una lámpara votiva de una capilla adyacente y la depósito sobre el epitafio que conmemoraba la cronología y las hazañas generosas de aquel hombre; la luz de la llama, movediza y exigua, incorporaba al rostro de Chiara un prestigio de bronce y le lanzaba mordiscos que resaltaban sus angulosidades. Se había puesto en cuclillas sobre el mármol y hablaba con una voz antigua:

—Mis primeros recuerdos se remontan al invierno de 1966, cuando crecieron las aguas de la laguna casi dos metros y todos en Venecia preparaban la evacuación. Los católicos, y también los ateos menos convencidos, imploraban del cielo un milagro, y sacaban en procesión a las vírgenes y a los santos, los llevaban en andas por las calles que se habían convertido en ríos. Para alguien como yo, una niña de cuatro años que no sabía rezar ni entendía de jerarquías celestiales porque nadie me las había enseñado, la sensación de desastre era doblemente angustiosa. —Sus ojos se ahumaban con el aceite de la lámpara, se ahumaban y entenebrecían—. Yo quería invocar a alguien, y rogarle por mi salvación y por la de Gilberto, pero el santoral católico me resultaba exótico, y además yo quería encomendarme a un protector exclusivo, alguien a quien sólo desvelaran mis cuitas, porque pensaba que compartirlo con otras personas restaría efectividad a sus intercesiones. Yo vivía (y sigo viviendo) en una casa que, según la tradición, habitó Tintoretto; sabía también que, según la tradición, estaba enterrado en esta iglesia: como las coincidencias, en la mente de los niños, se rigen mediante mecánicas que los adultos no comprenden, resolví que, a partir de entonces, el pintor Tintoretto sería mi ángel de la guarda. Convencí a Gilberto para que me acompañase en góndola hasta esta iglesia: recuerdo que el agua transportaba en su corriente sillas y armarios y toda clase de enseres domésticos, también animales muertos y muchos papelotes con la tinta desleída. Entramos en la iglesia a bordo de la góndola; era como entrar en una cueva navegable que además escondiera pinturas rupestres. La nave central estaba anegada, pero el agua respetaba la tumba de Tintoretto y sólo llegaba a rozarla con el vaivén de unas olas que apenas eran olas: Gilberto me tomó en brazos y me puso sobre la lápida, impidiendo que me mojara; entonces era fuerte, o al menos yo magnificaba su fortaleza. Encendí una lámpara y me quedé allí durante un buen rato, leyendo en su llama las palabras que me dictaba mi ángel de la guarda: todavía no había aprendido el alfabeto, pero ya sabía descifrar la escritura del fuego, como las pitonisas. «Las aguas se van a retirar», exclamé, y Gilberto me sonrió con benevolencia, pero luego, cuando se cumplió mi designio, empezó a mirarme con un estremecido respeto.

Yo también la miraba con el mismo estremecido respeto, miraba con unción su perfil, que habría podido inspirar al mismísimo Giorgione, y me dejaba subyugar por el movimiento de sus labios, que por efecto de la lamparilla se doraban hasta tornarse incandescentes. Hubiese querido quemarme en su aliento, mezclar mi saliva con la suya, hubiese querido comulgar sus palabras (utilizaba un español macarrónico, con incrustaciones del italiano, y hasta del inglés), pero ya he dicho que soy pusilánime.

—O sea, que fuiste tú quien salvó Venecia —dije, para distraer el bochorno que me producía esa pusilanimidad.

—Eso pensé mientras fui niña. Pero nadie puede salvar Venecia, nadie puede ahuyentar la condena que le fue asignada desde el día de su fundación. —El fatalismo añadía una creciente rugosidad a sus labios—. Todos los inviernos, el mar sigue desbordando los canales, para recordarnos esa condena. Centímetro a centímetro, Venecia se va hundiendo, en una agonía lenta y grandiosa. Los residuos químicos de las fábricas envenenan la laguna, los drenajes en busca de agua potable han perforado los cimientos de la ciudad, y nadie se encarga de dragar y depurar seriamente los canales. Algún día dejaremos de ser una ciudad para ser un cementerio submarino, con palacios como mausoleos y grandes plazas para que paseen los muertos, pero nuestro deber es permanecer aquí hasta que sobrevenga el cataclismo, nuestro deber es permanecer aquí hasta que sobrevenga el cataclismo, nuestro deber es morir con la ciudad que nos eligió para el sacrificio. No se admiten las deserciones.

Su fatalismo había derivado hacia una intransigencia que me asustó. Aunque a mí no me incumbía la maldición (era un extranjero en Venecia, uno más entre los millones de turistas anónimos que se renovaban y respiraban efímeramente su leyenda, sin participar de ella), habría aceptado de buen grado que me incumbiese con tal de mantenerme a su lado:

era una elección contraria al raciocinio, pero no en vano me estaba iniciando en la religión del sentimiento.

—Eres joven aún para pensar en la muerte.

Chiara sacudió la cabeza. En sus ojos campesinos se agolpaba esa lucidez que sólo practican los visionarios:

—Nada más natural y placentero que planear tu propia muerte. Es mucho más doloroso asistir a la muerte de un amigo que se adelanta a su destino. —Se estaba refiriendo a Fabio Valenzin—. No tanto por el amigo que muere, sino por uno mismo. Cuando hablamos de un amigo muerto, estamos hablando de nuestra propia muerte, de esa parte de nosotros mismos que el otro se lleva consigo y se extingue con él. No lloramos por el amigo, sino por lo que ese amigo nos arrebata. Los muertos se abastecen con nuestra propia muerte.

La mecha de la lamparilla soltaba pavesas que, al contacto con el aceite, chisporroteaban y emitían un olor balsámico y adormecedor. Chiara se había incorporado ya (el chasquido de sus rodillas me lo anunció) y caminaba en dirección a la salida, con esa pesadumbre de los convalecientes a quienes se acaba de extirpar un órgano que aún desempeñaba sus funciones. Absurdamente, probé a santiguarme, pero me detuve al darme cuenta de que ese signo invocaría a un Dios que no me pertenecía. Como Chiara, yo también tendría que procurarme un ángel tutelar.

«Los muertos se abastecen con nuestra propia muerte», acababa de susurrarme Chiara en la penumbra de la iglesia de la Madonna dell'Orto, una paradoja que cobraba verosimilitud en Venecia, la ciudad que sobrevivía a costa de sus habitantes, la ciudad que se infiltraba en sus sueños y alimentaba sus vigilias, como la humedad se infiltra en la piedra y alimenta los desperfectos de un cuadro. Los turistas se mantienen inmunes a esta gangrena porque contemplan Venecia desde el otro lado de una vitrina de cristal, sin dejarse asimilar, pero hay forasteros incautos como yo que infringen las fronteras de esa vitrina y se encuentran, de repente, atrapados por el maleficio de una ciudad anómala, y asisten, entonces, a una transmutación de la realidad, a una enfermedad de los sentidos que distorsiona su percepción del mundo y les infunde un estado de desasosiego donde las premoniciones parecen más fidedignas que el testimonio de los sentidos.

Chiara y Gabetti vivían en la Fondamenta della Sensa, muy cerca de la Madonna dell'Orto (pero en Venecia la cercanía también tiene su grado de enrevesamiento), en una casa de color canela desvaído en cuya fachada figuraban un medallón con la efigie de Tintoretto, así como una placa que atestiguaba su presencia allí, durante su etapa de mayor furor creativo. Como tantos otros edificios de Venecia, reunía caprichosamente en su arquitectura formas góticas y musulmanas, con adherencias de otros estilos posteriores. La balconada del piso principal desplegaba una arquería gótica con molduras lobuladas, pero las ventanas del piso superior estaban protegidas por esas contraventanas de color verde sandía que constituyen el parapeto unánime y distintivo de una ciudad que vive a la defensiva. Bajo el revoque de color canela asomaban desconchones de ladrillo, y no faltaban aquí y allá capas de un cemento que a duras penas encubría las grietas y resquebrajaduras de la pared. Hasta la casa se podía acceder a través de un pontón que recorría la *riva* o acera, pero su portal estaba anegado hasta una altura de casi un palmo.

—Será mejor que te descalces y te remangues los pantalones —me dijo Chiara.

Acaté su recomendación, cada vez más resignado a una existencia anfibia. Subimos por una escalera de peldaños desnivelados y como reblandecidos por el orín de los gatos y quizá también de los transeúntes sorprendidos en un apretón. Las paredes, festoneadas de salitre, denunciaban los estragos del *acqua alta.* Para entretener el ascenso, hice lo que siempre hago cuando una mujer me antecede, lo mismo que había hecho la noche anterior mientras Dina me guiaba hasta la habitación que me había asignado: mirarle el culo y divagar líricamente a costa de sus proporciones. El culo de Chiara era escurridizo en su arranque, pero las caderas lo hacían copioso y mollar, y evitaban que se confundiera con los muslos; como las bragas, y también los fondillos del chándal, seguían metidos en el surco de las nalgas, pude figurarme cabalmente sus fronteras. En mi figuración (y esto ya empezaba a resultar preocupante, o propio de eunucos) no intervenía la lujuria.

—En este piso estaban los talleres de Tintoretto —me informó Chiara—. La Superintendencia de Bienes Históricos nos obliga a mantenerlos en buen estado, y a cambio nos cede el usufructo de la vivienda.

Había en aquellos aposentos una luz que los vivificaba y vaciaba de gérmenes; la distribución de los ventanales promovía las corrientes y las pulmonías.

—Estarás hambriento. —Chiara se había vuelto con síntomas de alarma o recato, como si recelara de mi escrutinio—. Voy a calentarte algo.

Y subió otro tramo de escaleras, esta vez con premura y después de entresacarse el chándal del culo. La vivienda de Gilberto Gabetti, de dimensiones muy amplias, admitía con tolerancia el desperdicio de los espacios: sus moradores habían levantado tabiques superfluos o decorativos que ni siquiera confluían con el techo (se detenían a dos metros de altura, como muretes que hubiese que salvar), habían llenado de recovecos el pasillo y abierto huecos en las paredes, como embocaduras de un escenario. Me desconcertó la ausencia de motivos pictóricos. Para alcanzar la cocina, primero había que jugar al escondite.

—Al principio, resulta un poco liosa —admitió Chiara—. Pero acabas acostumbrándote.

Me había acometido una lasitud que comparé con ese derrengamiento moral que deben de sufrir los curas párrocos (los pocos que van quedando) en la víspera de Pascua y otras efemérides litúrgicas, cuando todos sus feligreses reclaman mancomunadamente que les administren el sacramento del perdón y abarrotan el confesionario con paletadas de pecados que exceden el catálogo mosaico, pecados nefandos cuya mera enunciación repugna y pecadillos tan veniales que más bien parecen pejigueras de beata, pecados calenturientos y pecados de gélida crueldad, pecados que se regodean en la descripción escabrosa y pecados que rehúyen la explicación sucinta, pecados que admiten circunstancias atenuantes y pecados que sólo pueden atenuarse con el silencio, pecados mortales y pecados de mentirijillas, un atlas de pecados ajenos que impiden recapitular los propios y, además, imponen un juramento de silencio.

—Estás muy callado.

Chiara me había acercado una taza de leche que acababa de calentar en el fogón y un paquete de galletas que me supieron insípidas y revenidas. Mientras aguardaba mi respuesta, extraía del capacho el envoltorio de papel de estraza y le echaba un vistazo conmiserativo al lenguado, sosteniéndolo por la cola.

—Lo que estoy es un poco desquiciado —arranqué—. Vine aquí para aliviar una obsesión inofensiva, tan simple como ver un cuadro, y me encuentro metido en un embrollo. Vine a descansar la vista y antes de instalarme me obligan a presenciar un asesinato, me obligan a prestar declaración, me obligan a escuchar secretos inconfesables...

Hice un aspaviento de mal contenida furia que amilanó a Chiara.

—Perdona si te he molestado —se excusó con un susurro que parecía sinceramente afligido—. No sé qué me ha pasado contigo, que me he puesto a largar y a largar: en general suelo ser más reservada.

Pero la docilidad de sus palabras quedaba desmentida (o al menos compensada) por la contundencia de los machetazos que descargaba sobre el lenguado, para cortarle las aletas. El desorden de los cabellos, que ya no se molestaba en ahuyentar con soplidos, añadía un desmelenamiento de ménade a su fisonomía.

—No, no me malinterpretes, si estoy orgullosísimo de tu confianza. —El rubor me aturullaba, también me brindaba motivos para la presuntuosidad—. No me refería a ti, antes conocí a otras personas. —Recordé que tendría que volver al hostal de Dina, para recoger el equipaje, pero hallaba cierta voluptuosidad en aplazar mis deberes—. Y el caso es que a lo mejor estoy desquiciado por culpa de mis aprensiones, porque lo cierto es que sólo presencié el desenlace del asesinato, no su ejecución; lo cierto es que las declaraciones no me incriminan, sino todo lo contrario; lo cierto es que si no quiero compartir secretos, sólo tengo que inhibirme y poner distancias... Pero, bueno, siempre me queda algo así como un presentimiento de catástrofe.

Chiara le raspaba las agallas al lenguado para aligerarlas de residuos químicos o premoniciones de asfixia, y lo abría en canal.

—Nada, a partir de ahora mismo me desentiendo de todo y me dedico a lo mío, que es *La tempestad* —resolví.

No pude reprimir la dentera cuando Chiara introdujo su mano en el vientre del pescado y lo despojó de las tripas, exhibiendo luego un pingajo como se exhiben los trofeos de guerra.

—Pero esa aprensión de la que hablas te la causa Venecia. Ése es el misterio de Venecia, que todo sucede sin llegar a suceder. —Se había dirigido al fregadero, y exponía a la impiedad del grifo su mano enguantada de viscosidades. Hablaba como si estuviera absorta: quizá en ese momento intuí que era una mujer demasiado pendiente de los augurios, con una semilla de locura o desequilibrio—. Y esa falta de resolución que te trae tan inquieto también la encontrarás en *La tempestad*: también en ese cuadro hay un acontecimiento que no acontece, una amenaza que queda suspendida en el aire, un rayo que no llega a desatar la lluvia. Los personajes de *La tempestad* no parecen sobresaltados, nada altera su indiferencia, nada los inmuta. En *La tempestad*, como en Venecia, no llegan a desencadenarse los fenómenos, la vida pende, sostenida de un hilo, desafiando las leyes físicas, y esa inminencia que no llega a definirse nos causa apresión y desasosiego.

Sus palabras también causaban aprensión y desasosiego, y esa sensación de extrañamiento que a veces produce la clarividencia. Yo llevaba cinco años tratando de desvelar el enigma de *La tempestad*, ensayando controversias e interpretaciones, y no se me había ocurrido pensar que realmente representase el espíritu de Venecia, de la Venecia que se mantiene inmune a la trivialización del turismo, de la Venecia que se rige por un orden distinto al natural. Chiara estaba mudando las sábanas de una cama demasiado extensa para albergar a un solo durmiente, alisaba el embozo con sus manos que olían a pescado y aguarrás, mullía la almohada y me prestaba un pijama que llevaba bordadas las iniciales de Gilberto Gabetti a la altura del pecho, con una caligrafía entrelazada y feudal, rematadamente anacrónica.

—Para cualquier cosa que necesites, no dejes de llamarme.

Yo hubiera necesitado, más que cualquier otra cosa, que velase mi sueño y extinguiera mi desazón, hubiera necesitado el arrullo incesante de su aliento sobre mi pecho, como un oráculo beneficioso o un bálsamo que aquietase mis presagios, hubiera necesitado el contacto pacífico de su cuerpo junto al mío, para intercambiar temperaturas y poner a prueba la castidad, hubiese necesitado la aquiescencia de su respiración sobre mi respiración, pero hay necesidades que no pueden formularse. Cuando Chiara regresó a la cocina y me dejó solo, fui más consciente que nunca de mi desolación, también de la tupida telaraña que Venecia había tejido para mí, y de las escasas garantías que tenía de esquivar su trampa. Por la ventana de la habitación, que comunicaba con la balconada de la fachada principal, se colaba una luz ondulante, rebotada del canal, que ilustraba las paredes con garabatos temblorosos, como lombrices que colean. Cerré los postigos de color verde sandía, y entonces la oscuridad me arrojó a las sábanas.

Dormí muchas horas, con ese sopor espeso de los borrachos en plena resaca y los enfermos que acaban de salir del quirófano y se enfrentan a la anestesia. Dormí a trompicones, convocando en mi fantasía retazos de un aquelarre que no llegaba a concretarse: veía un anillo rescatado de las aguas y veía mis manos perplejas de sangre, veía a Dina pronunciando una sonrisa hastiada y veía el humo que desprendían los cigarrillos del inspector Nicolussi sobrevolando como una niebla los canales de Venecia, veía la nieve intacta sobre la laguna y veía a Gabetti extendiendo un pañuelo sobre las partes pudendas de un cadáver. Luego esas visiones se disgregaban y aparecía el escenario de *La tempestad*: la ciudad blanqueada por la distancia y el puente de madera sobre el arroyo, los sauces meciendo el plumón oscuro de sus hojas y las columnas rotas, esquilmadas por la intemperie. Yo era el peregrino que aparece en el cuadro, cruzaba el puente con pasos que levantaban un quejido en cada tablón, y contemplaba el desfile de las nubes, o su reflejo sobre el arroyo, contemplaba también la vibración de los sauces (cada hoja contenía su propia vibración, y me mostraba, según el capricho del viento, su haz sombrío o su envés plateado) y me adentraba en la maleza, y notaba el arañazo inofensivo de los helechos en las pantorrillas y la resistencia dúctil de la hierba bajo mis pies. Entonces me tropezaba con la mujer del cuadro, que amamantaba a su hijo pero estaba de espaldas a mí, contrariando la composición de Giorgione: soñé a la mujer con minuciosidad, soñé el intrincado camino de sus cabellos (soñé todos sus cabellos, uno por uno), el remolino de la nuca, el arco terso de la espalda, el escorzo del muslo, la curva del empeine; también soñé, instantáneamente, el tacto áspero de ese empeine, el tacto confiado del muslo y el tacto huidizo de la espalda, el sudor apenas perceptible de la nuca y el color apenas rubio de sus cabellos, como un violín que se deshilacha. Entonces el peregrino —que era yo—, al aproximarse, pisaba una rama seca que delataba su cercanía (pero en el sueño no sonaba el chasquido), y la mujer daba un respingo, y se volvía hacia él, y era Chiara.

No pude precisar si me miraba con hostilidad o enojo o mudo reproche, porque desperté abruptamente, con esa avidez del submarinista que se atraganta con la primera bocanada de aire, después de una inmersión prolongada que casi ha exterminado sus pulmones. Para que los míos se repusieran del ahogo, giré la falleba que mantenía clausurada la ventana, salí descalzo al balcón, que apenas sobresalía medio metro de la fachada, y me recosté sobre el balaústre. Era ya de noche: me horrorizó al principio que hubieran transcurrido tantas horas, me horrorizó la sensación de tiempo escamoteado, me horrorizó calcular la sucesión de acontecimientos que habrían sobrevenido, mientras yo permanecía recluido en la habitación, pero recobré la calma al recordar que Venecia suspende los acontecimientos y ralentiza el tiempo, lo estanca y convierte en una sustancia pastosa como los sueños. Un rocío sutilísimo (o quizá sólo fuese una condensación de la humedad) descendía sobre mí y me insultaba en pleno rostro. Me replegué contra la fachada, y descubrí entonces que el balcón se extendía a otras habitaciones, cuyas ventanas se alineaban a mi izquierda, como bostezos ojivales, resguardando el misterio de sus inquilinos o ese otro misterio más vacío que es la soledad.

De noche, Venecia (y más palpablemente el distrito de

Cannaregio) pierde su pátina de fastuosidad y adquiere una modestia de ciudad recoleta y lacustre, medieval y artesana. Intenté extender la mirada al horizonte, hacia el mar libre, pero la aglomeración de tejados y el espesor de la noche, cayendo como un catafalco de tinta, me lo impidieron. Anduve y desanduve el corto trecho del balcón, para desentumecer las piernas y liberarlas de ese molesto hormiguillo que aún perduraba en ellas, como una secuela obstinada del sueño. En la ventana contigua a mi habitación nadie se había preocupado de echar los postigos, y el cristal absorbía dentro de sí esa tinta espesa que mis ojos no habían sabido penetrar. Usé el cristal como si fuera un espejo, y logré discernir mis facciones, primero con esfuerzo y extrañeza, luego con esa vanidad aliviada que nos produce el reconocimiento propio y la coincidencia estricta con la imagen que tenemos de nosotros mismos. Tardé varios minutos en acostumbrarme a la negrura del cristal (que era a la vez espejo), y algún minuto más en distinguir lo que había detrás del cristal: una habitación gemela de la mía, con el mismo mobiliario reducido a lo imprescindible y la misma cama demasiado extensa. Con dificultad, logré desentenderme de mi reflejo, y fijarme sólo en los contornos de la habitación: era una tarea difícil, ya que, debido a un curioso efecto óptico, el cristal (que era a la vez espejo) mostraba dos imágenes que ocupaban el mismo espacio, dos imágenes que no se tocaban y, sin embargo, se superponían y completaban. De un lado estaba yo, en pijama, recostado sobre el balaústre del balcón; del otro estaban las paredes de una habitación contigua a la mía, y entre esas paredes una cama cuyas sábanas parecían abultarse, cobijando un cuerpo. Con el mismo sigilo que el personaje de mi sueño había empleado para aproximarse a la mujer del cuadro me acerqué yo al cristal, y comprobé que ese cuerpo pertenecía a Chiara. Dormía en diagonal, como si hubiese querido colonizar la cama, y lo hacía muy plácidamente, de espaldas a mí, con el cabello como un violín deshilachado sobre la almohada y arremolinándose en su nuca, que parecía impregnada de un sudor apenas perceptible. La sábanas vedaban su desnudez, pero no sus formas, que fui adivinando con morosa delectación: el arco terso de la espalda, el escorzo del muslo, la curva del empeine. Era el mío un espionaje impune que se dilató durante casi media hora (pero el tiempo en Venecia tiene una consistencia pastosa), un escrutinio que quise completar con el tacto. Como la ventana seguía actuando al alimón de cristal y espejo, jugué a extender mi mano y a hacer coincidir su reflejo con la silueta de Chiara: la ternura (esa pasión que consiste en inmiscuirse en las células de otro cuerpo) me iba deparando, en forma de grato cosquilleo, el tacto huidizo de su espalda, el tacto confiado del muslo, el tacto áspero del talón, y era una ternura correspondida, porque a la caricia ilusoria de mi mano respondía Chiara rebulléndose bajo las sábanas, como un cachorro que se despereza, erizándose de secreta felicidad. Se había dado la vuelta sobre el colchón, y ahora se ofrecían a mi exploración la frente patricia y los pómulos también patricios y las orejas como caracoles o jeroglíficos (era grato y turbador posar las yemas de los dedos sobre el cartílago), con el lóbulo muy pegado a la mandíbula, la nariz de perfil aguileño y los labios meditativos, los párpados campesinos y la barbilla que se redondeaba en el cuenco de mi mano, como se redondean los senos o las frutas en sazón. Prolongué la magia durante otra media hora más, dejé que durante media hora más el reflejo de mi mano reposase a través del cristal sobre sus mejillas, sin llegar a ofenderlas, y comprobé cómo Chiara seguía intuyendo mi presencia, a pesar de las barreras del cristal y del sueño.

Sólo al final me incliné para ungirla con un beso junto al nacimiento de sus cabellos, sólo al final me atreví a que mi reflejo extendiese la boca, además de la mano, en la oscuridad de la habitación, para que mis labios se llevasen la recompensa del sudor que la impregnaba en la frente. Ya me iba a retirar cuando descubrí otra figura en la habitación: era Gabetti, estaba recostado en la pared, y velaba el sueño de Chiara con la misma embriagada ternura que yo, sólo que en su caso no había un cristal que se interpusiera entre ambos. Con un escalofrío y un borrón de vértigo en la mirada, me aparté de allí.

IV

Durante una décima de segundo, o durante una fracción de tiempo aún más infinitesimal, nuestras miradas se habían cruzado en la oscuridad, como ladrones que coinciden en el expolio de una iglesia. Gabetti había sorprendido mi espionaje, a la vez que yo había descubierto el suyo (que quizá fuese consentido, o incluso auspiciado por Chiara, a diferencia del mío), y durante esa fracción de segundo se había entablado entre nosotros un reconocimiento recíproco que tenía algo de reto silencioso y delimitación del terreno, una medición de fuerzas que se había saldado con mi retirada. Ambos éramos merodeadores de una intimidad que no nos pertenecía, pero al menos la presencia de Gabetti la legitimaban vínculos consanguíneos, mientras que la mía sólo podía interpretarse como una intrusión o un ejercicio de insolencia que convierte al huésped en un allanador de moradas. Deserté del balcón, apremiado por una sensación de culpa que, sin llegar a concretarse en remordimiento, me iba a mantener agitado y confuso en lo que restaba de noche, como al pecador que se somete a una penitencia sin saber exactamente qué precepto ha quebrantado. En las yemas de los dedos aún conservaba el rescoldo de mi pecado (porque la ilusión, como el pensamiento, también delinque), el tacto dormido de una piel que hubiese querido profanar y hacer mía, aboliendo la barrera del cristal, y en mi memoria se resguardaba, como una penitencia imborrable, la mirada de Gabetti. Aunque mi anfitrión no fuese hombre que dejara traslucir sus pasiones, la impresión vívida que perduraba en mí, tras el episodio del balcón, no admitía la ambigüedad: Gabetti no me perdonaría la injerencia, tampoco la traición a su hospitalidad.

La noche se extendía como un páramo propicio a las cavilaciones. Cabía preguntarse cuáles eran los motivos, seguramente oscuros e inexplicables, que habían conducido a Gabetti hasta la habitación de Chiara, cabía preguntarse cuáles eran las razones de su acecho insomne, pero cierta conciencia de equidad me obligaba a declarar primero las mías, que tampoco eran claras ni explicables: el deseo casi nunca admite elucidación, nos acomete con una especie de alegría impune que no se transforma en arrepentimiento hasta que el propio deseo no se disipa, cuando ya las explicaciones se han convertido en una mercancía caduca. En estas y parecidas torturas empleé las horas que me separaban del amanecer, con esa complacencia algo masoquista que nos obliga a recrearnos en las circunstancias más vergonzantes de nuestro comportamiento, como el criminal se regodea en las circunstancias de su fechoría, mezclando en su estado de ánimo el propósito de enmienda y cierto orgullo satisfecho. Me intranquilizaba la certeza de haber sido sorprendido en mitad de un acto que un observador imparcial podría calificar de deshonesto (pero Gabetti no era un observador imparcial), y a la vez me aliviaba saber que en mi adoración no había deshonestidad. Yo no podía renegar de algo que había hecho sin malicia, del mismo modo que no podía borrar la huella que Chiara había dejado en mis dedos, el tacto huidizo de la espalda, el tacto confiado del muslo (casi como papel de biblia en las proximidades de la ingle, algo más áspero a medida que se iba decantando hacia la rodilla), el tacto encallecido del talón, que se hacía cóncavo en la planta del pie y se ramificaba en los cinco dedos y ya, por último, se tornaba sutilísimo en la curva del empeine. Cerré los ojos para avivar el recuerdo.

Transcurrió mucho tiempo antes de que Gabetti saliera al pasillo: aunque procuró imprimir a su retirada todo el sigilo que le permitía el conocimiento sensitivo de la casa, no pasó inadvertido para mi oído. Caminaba con paso apesadumbrado, como si también el remordimiento de haber sido sorprendido le influyese, y se detuvo ante mi cuarto antes de seguir adelante: me lo imaginé con la mano suspendida en el aire, dudando si golpear o no la puerta con los nudillos, pero un segundo más tarde ya se alejaba, quizá más cohibido que yo, hacia su habitación, donde daría rienda suelta a sus tribulaciones, como había hecho yo en las horas inmediatamente anteriores. Amanecía mansamente, y las campanas de las iglesias convocaban al rezo a unos feligreses que seguramente no responderían a la convocatoria. Aquella mañana, el tañido del bronce tenía una resonancia lúgubre, como si quisiese conmemorar la muerte de Fabio Valenzin, que a buen seguro había sido el más asiduo frecuentador del suelo sagrado que había conocido Venecia, aunque sus frecuentaciones no las dictase precisamente la devoción. Mientras me vestía con las mismas ropas del día anterior, esas mismas ropas que ya habían soportado varias remojaduras, escuché el lento desperezamiento de Chiara en la habitación contigua, remejiéndose en las sábanas como antes se había remejido al presentir la proximidad de una mano que se reflejaba en el cristal. También escuché (o creí escuchar) unos sollozos sofocados por la almohada, y una respiración ronca; volví a padecer una sensación de celos retrospectivos, los mismos celos ilegítimos que me asaltaron en la Madonna dell'Orto cuando Gabetti le comunicó a Chiara el asesinato de Fabio Valenzin.

—¿Qué tal ha descansado, Ballesteros?

Me sobresaltó la voz de Gabetti, pero más aún me sobresaltó su sinceridad risueña, sin vestigio de ironía. Yo había salido al pasillo procurando no hacer ruido, casi de puntillas, para burlar su vigilancia, pero mis precauciones habían resultado inútiles. Aún no se había despojado del pijama (un pijama exacto al que Chiara me había prestado, con las iniciales de caligrafía entrelazada y feudal bordadas a la altura del pecho), y me sonreía sin beligerancia, mostrando una dentadura recién lavada, como si los acontecimientos de la noche sólo hubiesen ocurrido en mi imaginación. Comprendí que era demasiado astuto, demasiado refinadamente astuto.

—Bien... Creo que bien —farfullé, agachando la cabeza, para no tener que afrontar otra vez su mirada.

—Y que lo diga. Ha dormido usted como un lirón, más de veinte horas seguidas. Ya me explicará el secreto, porque lo que es yo soy incapaz de esas hazañas. Tendría que tomarme un bote entero de pastillas, y ya tomo suficientes para combatir mis otros achaques. ¿Toma usted pastillas?

Había refugiado sus manos en los bolsillos del pijama, como si quisiera impedir que un amago de temblor o crispación en los dedos me distrajera de su sonrisa.

—No suelo, la verdad.

—Claro, claro, parezco imbécil. Cuando se es joven no hacen falta pastillas —dijo, y disfrazaba su malevolencia de ingenuidad—. Yo a su edad tampoco las probaba. Luego, con los años, cuando se mete uno en la cama, llegan en avalancha las desazones y los cargos de conciencia. ¿Sabe cómo combato yo el insomnio?

El tono de su voz, más bien acongojado y como predispuesto a la confidencia, no hacía aconsejable la sonrisa, pero Gabetti no renunciaba al cinismo.

—¿Cómo? —pregunté, esperando desencadenar esa confidencia.

—Contando ovejitas —dijo, para humillarme, y estalló en

una carcajada que provocó mi repeluzno—. Es el método clásico, ¿no?

Asentí. Gabetti me palmeó la espalda, en un gesto de indulgencia o paternalismo que contribuyó a mi derrota:

—En fin, lo mejor es que se pegue una buena ducha para despejarse. —Hizo una pausa, falsamente contrariada—. Claro que, ahora que lo pienso, no tiene usted ropa de recambio. Yo le prestaría uno de mis trajes, pero tampoco quiero que vaya hecho un adefesio. Un pijama prestado puede servirle a cualquiera, pero un traje ya es otra cosa: yo, además, me los hago a medida, no soporto esa vulgaridad democrática del *prêt-à-porter.*

Se le notaba ebrio de victoria: había conseguido infundirme un sentimiento de culpa, y a la vez me amonestaba sin aludir a mi falta, interponiendo entre nosotros una distancia infranqueable de palabras que no se pronuncian. Gabetti conocía mi secreto, del mismo modo que yo conocía el suyo, pero prefería anular esa complicidad con una dosis de fingimiento, muy propia de quien ya es experto en mantener un trato enrarecido con las personas que lo rodean. Un secreto que no se declara es como un pecado que no se confiesa: germina y se pudre dentro de nosotros, y sólo se puede alimentar con otros secretos.

—No se preocupe, Gabetti: iré a recoger mi equipaje al hostal —dije, intentando rayar a la altura de su cinismo—. Allí tengo ropa de recambio, y también el neceser para asearme.

—Lo acompañaría de buena gana, pero tengo todavía que rellenar unos papeles y telefonear a la prefectura: ya sabe, la burocracia de la muerte. —Extrajo una mano del bolsillo del pijama para atusarse el cabello blanco y cortado a cepillo—. Enterramos a Fabio a las once en punto, en el cementerio de San Michele. Espero que no falte a la cita.

De la habitación contigua llegaba un llanto apagado. Gabetti y yo guardamos un silencio compungido y respetuoso.

—Chiara es la que más sufre con todo este asunto —dijo sacudiendo la cabeza—. Me hubiese gustado mantenerla al margen.

—Tarde o temprano habría acabado enterándose. Es mejor que lo haya sabido por usted.

Chiara se había incorporado sobre la cama: delataban su movimiento los muelles del colchón y también sus esfuerzos para reprimir los síntomas del llanto. Se había sorbido los mocos y tomaba aire como si estuviese verificando una gimnasia respiratoria.

—Por cierto que, con todo este revuelo, aún no ha visto usted *La tempestad* —se excusó Gabetti, con una cortesía malhumorada, si la contradicción es admisible—. A ver si organizamos una expedición esta noche; ahora mismo es imposible entrar allí: el vestíbulo está encharcado.

—Me hago cargo.

Antes de marchar en busca de mi equipaje, aún tuve la oportunidad de ver a Chiara, recién levantada y simulando una somnolencia que se le había disipado mucho antes. El camisón adelgazaba su estatura y le daba cierto aire de sonambulismo; también el cabello desmelenado (pero su melena apenas alcanzaba los hombros) contribuía a desmejorarla, y robaba amplitud a sus facciones. Descubrí en sus mejillas unas porosidades, quizá tributarias del cansancio, en las que no había reparado hasta entonces.

—Le comentaba a Ballesteros que esta noche podríamos llevarlo a la Academia. —Gabetti se esforzaba por parecer risueño, pero su voz escondía cierto grado de desabrimiento—. ¿Qué tal has descansado?

Chiara ensayó un mohín indeciso:

—Supongo que bien. Qué otro remedio le queda a una cuando duerme sola, sino descansar...

Y nos miró a ambos con esa apiadada malicia que reservan las mujeres para sus pretendientes más obstinados. Supe que ella sabía de mi espionaje, y esa certidumbre me ruborizó. El contraluz le transparentaba el camisón, y recortaba la mancha oscura de su cuerpo: tenía un vientre todavía núbil, y unos muslos que al llegar a la ingle, en su cara interior (allá donde su tacto era como papel de biblia), se recogían en una concavidad, un pasadizo mínimo que admitía el escrutinio de la luz.

—¿Se ha sabido algo nuevo sobre la muerte de Fabio? —preguntó apartándose el pelo con ese gesto mecánico que la distinguía.

—Muy poquita cosa —murmuró Gabetti—. Llamé a prefectura, para que permitieran a los empleados de la funeraria retirar el cadáver. Ese inspector, Nicolussi, estaba cabreadísimo, se nota que tiene malas pulgas; el principal sospechoso, Vittorio Tedeschi, un truhán que tenía a su cargo la vigilancia del palacio, goza de una coartada indestructible: al parecer, se estuvo corriendo una juerga en un burdel de Mestre; las putas no olvidan a un cliente habitual y, por cierto, exorbitantemente generoso. —Gabetti difuminaba las escabrosidades de su relato con una sorna que no les restaba un ápice de exactitud—. Llegó a pagar hasta tres servicios en menos de dos horas, y copiosamente regados de alcohol, además. Alguien debería hacer un estudio sobre la generosidad fisiológica de los proletarios. —Rió con un desapego clasista, pero en el fondo estaba disfrazando su fastidio o su envidia ante proezas que nunca figurarían en su currículum—. A Nicolussi le escama mucho que un vigilante pueda permitirse estas orgías, pero el tal Tedeschi se ha negado a declarar sus fuentes de financiación: «Que me investigue el fisco —ha dicho—, pero no me encierren por un delito que no cometí.» Y Nicolussi, mal de su grado, lo ha tenido que sacar del calabozo, a falta de pruebas.

Chiara parecía inmersa en una suerte de trance; cabeceaba en señal de asentimiento ante el acopio de información que le suministraba Gabetti, pero su mirada tenía una fijeza casi fósil. El camisón le dejaba al descubierto las clavículas, que eran los arbotantes de su cuerpo, y el contraluz seguía desvelando lo que la tela pretendía vedar: tenía unos senos menguados, aunque su escasa firmeza los descabalase, como páginas de un libro que se desencuadernan. Quizá resulte digresivo cuando describo a Chiara, pero la belleza es siempre digresiva e irremediable.

—¿Y no han registrado la habitación de Fabio en el Danieli? —Seguía estando abstraída, pero no perdía la agilidad mental.

—Estaba más limpia que una patena —explicó Gabetti, con un símil religioso que en mi país hubiese sonado anacrónico, y en el suyo a buen seguro también—. Apenas encontraron un par de trajes, unos utensilios de aseo, algunas mudas, pero ningún objeto comprometedor: ni siquiera una agenda o una libreta de notas donde registrase sus citas. El recepcionista del hotel recordaba vagamente que Fabio había contratado con una empresa de mensajería el traslado de su equipaje. Nicolussi ha mandado revisar las facturaciones de estas empresas en los últimos quince días, pero el nombre de Fabio Valenzin no aparece por ninguna parte: seguramente sobornó a los transportistas, para no tener que inscribirse. Pero no me explico a cuento de qué tanto preparativo.

Intervine yo, venciendo mi timidez:

—Estaría preparando un golpe, y querría estar desembarazado para cuando llegase el momento de huir. Nada más natural que querer viajar sin impedimenta.

Gabetti parpadeó, perturbado por consideraciones que desbordaban su sagacidad:

—Pero yo lo hubiese sabido.

Calló en seguida, como arrepintiéndose de haber sugerido actividades poco compatibles con su cargo, actividades que no se compadecían con la probidad que se presume en alguien que ha sobrevivido a los nombramientos caprichosos y a las destituciones de los políticos. Su rectificación ya no resultaba convincente, porque las rectificaciones exigen parquedad, y Gabetti estaba perorando:

—Fabio no tenía secretos para mí. Cuando se traía algo entre manos se comportaba de un modo muy festivo, muy ostentosamente festivo, como si quisiera hacer pasar desapercibida la tensión. En circunstancias normales era, en cambio, taciturno, y no aguantaba las bromas, su estado natural se inclinaba más bien a la misantropía. Para el común de la gente, no existía el Fabio deprimido y misántropo, sólo se codeaban con el Fabio más dicharachero, que mareaba a sus interlocutores con un alud de chistes de dudoso gusto. Pero este temperamento febril era impostado: el verdadero Fabio sólo era conocido para unos pocos que lo habíamos tratado en épocas de sequía, cuando su clientela no le encargaba misiones imposibles y la policía se despreocupaba de sus movimientos.

Gabetti adoptó un continente de herida dignidad; el fruncimiento de sus labios acentuaba su perfil judaico, y las manchas de vitíligo que injuriaban su rostro parecían preludiar el advenimiento de la corrupción. Chiara se mantenía ensimismada e inaccesible, incluso para mi codicia, como la mujer de *La tempestad* se mantiene inaccesible a la codicia del peregrino que asiste a su desnudez, al otro lado del riachuelo.

—No estés tan seguro, Gilberto —dijo—. Fabio era demasiado complicado, incluso para ti, que te las das de psicólogo.

Hablaba con esa gravedad de las esfinges, una gravedad prematura que la ajaba por dentro y por fuera y la alejaba de mí, como un cuadro se aleja de sus espectadores interponiendo temas ocultos o alegorías abstrusas o perspectivas que desafían la verosimilitud.

—Voy a pegarme una ducha, a ver si me despabilo un poco —dijo.

Caminaba descalza sobre los baldosines, que durante unos segundos retenían el aliento de sus pisadas, la tibieza ambulante de sus pies, como el cristal retiene y cautiva el vaho de una respiración. Luego, las huellas se iban afinando, a medida que perdían el calor del molde, iban dejándose devorar hasta que sus contornos se desleían. Era una sensación hipnótica seguir la impronta de sus pies en el suelo, y asistir a su desvanecimiento progresivo, mientras ella se alejaba; una sensación tan hipnótica como perseverar en una pista que creemos verídica y al final resulta un espejismo.

Me infundía un temor plácido pensar que las pistas se pudiesen transformar en espejismos: y digo temor plácido porque esta transformación no me habría ocasionado demasiado trastorno, más bien creo que me habría inspirado un sentimiento liberatorio, como cuando descargamos un secreto o repercutimos nuestra culpa sobre alguien que nos escucha, un cura o un psicoanalista o un amigo desprevenido. Me infundía un temor plácido pensar que mis percepciones no eran del todo fidedignas ni concordantes con la realidad; me infundía un temor plácido pensar que, por influjo de Venecia, mis sentidos se habían averiado y que, por tanto, su testimonio carecía de veracidad. Del mismo modo que, mediante el tacto, había jugado a abolir los límites entre dos mundos separados por el cristal, no era descabellado suponer que la vista también me hubiese traicionado y añadido algo de ilusionismo o distorsión a las imágenes que yo había ido registrando desde mi llegada a la ciudad. ¿Quién me aseguraba que la visión fugaz de una sortija cayendo a un canal no era el fruto de una imaginación desbordada? Había, además, una razón poderosísima que me inclinaba a desestimar mis percepciones: soy una persona que ha hecho de la pasividad una norma de conducta. Es cierto que la pasividad puede granjearnos tiranías o dependencias (y en mi carrera académica las había sobrellevado con resignación), es cierto que nos granjea cierta fama de pusilánimes o sumisos y nos hace acatar la injusticia, pero también es cierto que nos evita quebraderos de cabeza. ¿Para qué rebelarse contra aquello que nos sobrepasa, si a cambio sólo obtendremos insatisfacción?

Aunque Gabetti me había procurado un plano de Venecia y unas botas de goma (coincidíamos en el número de calzado, como en la talla del pijama, pero ahí se detenían nuestras coincidencias), no logré alcanzar mi destino sin mojarme los calcetines y sin extraviarme al menos una docena de veces: manejarse en Venecia, fuera de las rutas gregarias que las autoridades municipales han establecido para encauzar los rebaños de turistas, exige del forastero una elevada provisión de paciencia y un sentido de la orientación lindante con las dotes adivinatorias. Sólo cuando el campanario torcido de San Stéfano asomó sobre los tejados enderecé mi rumbo, aunque todavía tuve que desandar algunos callejones sin salida. En la plazoleta que había prestado su decoración a la agonía de Fabio Valenzin sólo perduraban, aquí y allá, algunas manchas de nieve, como vomitonas pálidas sobre la piedra, pero de la sangre derramada no quedaba ningún vestigio: la noche se había encargado de hacerla desaparecer con su detergente de olvido. El palacio, que desde mi habitación del hostal me había sobrecogido, sólo era una de tantas edificaciones venecianas al borde de la ruina; la policía había clausurado sus accesos con tablones en aspa y bordeado su fachada con una cinta amarilla que anunciaba castigos para quienes se atrevieran a traspasarla. Había palomas en los aleros y cornisas, también en el balaústre del balcón, pero sus andares calmosos indicaban que se habían sobrepuesto a la alteración de sus hábitos. El soportal que resguardaba la entrada al Albergo Cusmano mantenía, sin embargo, su aspecto de bóveda demolida, y también el tacto reptil de sus paredes; me apreté contra una de ellas cuando escuché la voz del inspector Nicolussi:

—Tienes que ponerte en mi lugar, Dina. Yo no puedo ocultar pruebas. Eso se llama prevaricación.

Conservaba el mismo acento meridional que había impregnado su interrogatorio en la prefectura de policía, pero ya no parecía revestido por esa reciedumbre que se exige a los cancerberos de la ley; por el contrario, se había dulcificado hasta hacerse quejumbroso, y parecía a punto de ceder. La voz de Dina, en cambio, sonaba firme y casi masculina.

—Ya has prevaricado bastante por mi causa. No sé por qué ahora te vuelves tan puntilloso.

Dina había olvidado apagar el letrero de neón que anunciaba el hostal; el zumbido que lo aquejaba respaldaba mi respiración y la hacía pasar inadvertida. Las palabras de Nicolussi me llegaban nítidas (mucho más nítidas que en su despacho de la prefectura, donde las duplicaba y entorpecía un intérprete), aunque diezmadas por algún conflicto o escrúpulo moral:

—Diremos que no conocías de nada a Valenzin, que para ti era un turista como tantos otros.

—¿Como tantos otros? —Dina hablaba con resquemor, como escupiendo una burla de la que ella fuese a la vez remitente y destinataria—. A Valenzin lo conocíamos todos. Además, sabes de sobra que en mi hostal no abundan los huéspedes. Sólo de vez en cuando viene algún pobre despistado, como ese chico español, Ballesteros. Seguro que se lo recomendó algún bromista.

Abrumado por el bochorno, recordé que la dirección y el teléfono del hostal me los había suministrado mi director de tesis, el catedrático Mendoza, que visitaba Venecia con asiduidad, en viajes de intriga o placer, pues las intrigas y placeres autóctonos se le quedaban pequeños; alguien le habría contado los antecedentes de Dina, y Mendoza, que tantas humillaciones me había propinado en el feudo universitario, no se había resistido a seguir propinándomelas a distancia.

—Te juro que los jueces no sospecharán, ya sabes por experiencia propia que no llevan personalmente la investigación, siempre delegan en mí. —Aquí Nicolussi no había reprimido cierta vanagloria—. Delegaron cuando la muerte de tu marido, y delegarán también ahora: ellos, con tal de que les suministres un sumario de doscientos o trescientos folios, encantados de la vida. Pero compréndelo, Dina: yo no puedo llegar y decir que el equipaje de Valenzin no aparece, que lo facturó con destino desconocido. Me harían revisar, uno por uno, todos los recibos y comprobantes emitidos en los últimos meses por las empresas de mensajería. Hay pruebas que no se pueden escamotear.

Quizá Dina había equivocado la naturaleza de su negocio, quizá le hubiese compensado más instalar una consigna para viajeros en tránsito (hacia otra ciudad o hacia ultratumba), para forasteros que desean derogar alguna parcela de su pasado y desprenderse de los objetos que la habitaron, para delincuentes nómadas que quieren dejar en depósito las herramientas de su oficio o el botín que les asegura la jubilación. Volvió a hablar Dina, esta vez con menos severidad, pero conservando cierto aplomo adusto:

—¿Y qué nos inventamos? Porque yo no pienso reconocer que Valenzin tenía instalado aquí su santuario.

Me la imaginé acodada en el mostrador del vestíbulo, inclinándose ante Nicolussi, e imaginé a Nicolussi sojuzgado y pasivo (la pasividad es un acatamiento de la injusticia), reparando en los senos que quizá él también hubiese macerado. Imaginé los ojos de Dina, grandes y bizantinos, como un río que nunca acaba de discurrir, fijos en los de Nicolussi, que seguramente habrían perdido su vivacidad, y brillarían con esa fiebre sucia de la mansedumbre. Tampoco era descabellado imaginar lo que juntos habrían inventado años atrás, para rebajar la gravedad del conyugicidio: hay pruebas que no se pueden escamotear —y la muerte es una prueba irrebatible—, pero se pueden falsear sus circunstancias: una muerte por asfixia puede tapar una muerte por envenenamiento, como la nieve tapa la obscenidad de la sangre, basta con encargar la autopsia a un forense remolón, basta con entregar los resultados de esa autopsia a un juez negligente o partidario de delegar funciones.

—Ordenaré un registro rutinario del hostal. —Nicolussi también se explicaba rutinariamente, con ese pudor supersticioso que impide a los tahúres describir con alborozo sus trampas—. Cualquier excusa servirá: por ejemplo, que quiero comprobar si la habitación del español tiene vistas al palacio y determinar con exactitud qué puede verse desde allí.

—Al español no lo metas en más líos —lo interrumpió Dina, y yo agradecí la deferencia—. El pobrecito no tiene culpa de nada.

Su tono había sido reprobatorio al principio, pero luego se había vuelto maternal y no exento de cierta sorna. Nicolussi encendió un cigarrillo (lo supe porque discerní el frotamiento de una cerilla, fósforo sobre fósforo, y el bisbiseo de su combustión) cuyas primeras caladas lo mantuvieron callado; escuché, mientras tanto, otro frotamiento más débil, como si se estuviese acariciando la barba: no habría tenido tiempo para afeitársela, o quizá le crecía muy de prisa, con dedicación insomne, como a los muertos.

—Ese pobrecito ha salido mejor parado del envite que tú y que yo —dijo—, Gabetti le ha brindado su protección. Hay que joderse con el viejo; tenías que haber estado delante, cuando improvisó un panegírico de Valenzin y se puso a contarnos las batallitas que compartieron. No me extraña, Valenzin era de su misma calaña.

—Gabetti es un seductor —lo refutó Dina—. Encandila al más pintado.

—Claro que es un seductor. De menores. —Nicolussi rió su propia gracia, cuyo trasfondo se me escapaba; tenía una risa ventrílocua, muy discordante con la amargura que aplastaba sus palabras—. Un delincuente público y notorio, sólo que a él se le perdonan las faltas, y otros quedan marcados hasta los restos.

Se refería a Dina, pero había recurrido a un plural inconcreto para espantar el fantasma de un crimen que los vinculaba: había demasiados sobrentendidos en su conversación, demasiados silencios aquiescentes y alusiones veladas como para que se pudiese dudar de esa vinculación.

—Pero volviendo a lo que nos interesa —prosiguió Nicolussi—. Ordenaré un registro, y entonces, por accidente, alguno de esos pipiolos que tengo a mis órdenes se tropezará con la maleta de Valenzin. Tú dirás que un gondolero te la dejó en recepción un par de días antes, asegurándote que su dueño llegaría en seguida, que se había quedado entretenido tomando unas fotografías en el Gran Canal. Por cierto, ¿no se te habrá ocurrido abrirla?

—Ni loca —Dina respondió con prontitud, como pronunciando un anatema—. Valenzin me había contratado para que le guardase la mercancía mientras él sondeaba a su clientela; a cambio, me exigía discreción, y, sobre todo, un absoluto desinterés. Era puntual y muy generoso en el pago, tanto que, a veces, sospeché que, además de recompensar un servicio, estaba comprando mi curiosidad. Desde luego, consiguió anularla por completo: mi deseo de averiguar lo que esa maleta contenía no era tan acuciante como mi avaricia —se detuvo un instante, espantada por la brutalidad de la afirmación—. Jamás se me pasó por la cabeza andar remejiendo su maleta; además, aunque se me hubiera pasado, habría tenido que desistir: Valenzin la había acorazado con cerraduras de seguridad y dispositivos que sólo ceden ante la combinación correcta, eso más que una maleta parece una caja de caudales.

Pesa una barbaridad, supongo que estará blindada con planchas de metal, o con revestimientos que la protejan contra los escáneres. Y por dentro debe de ser como el maletín de un ilusionista, ya sabes, cajoncitos secretos y algún doble fondo. Recuerdo que en cierta ocasión la abrió delante de mí: no traía dinero en los bolsillos para pagarme y tuvo que recurrir al fajo de repuesto que escondía en la maleta, yo nunca había visto tanto billete junto. —Imaginé el tacto fenicio de esos billetes, el bajorrelieve intacto de sus cifras y sus efigies, el braille sinuoso del papel timbrado—. Por aquellos días se hablaba mucho en los periódicos y en la radio del robo a la iglesia de la Madonna dell'Orto, robo con escalo, decían, y yo esperaba encontrarme con cálices y custodias y con ese cuadro tan famoso de Bellini, la *Madonna con Niño*, pero allí sólo había camisas sucias y calzoncillos hechos un gurruño, calzoncillos con zurrapas, fíjate qué asco, los hombres solteros sois un desastre.

Se hizo un silencio incómodo, muy lacerante para Nicolussi y para mí, que éramos solteros y también almacenábamos calzoncillos con zurrapas, hasta juntar una remesa que justificara el gasto de lavandería. El celibato puede llevarse con mayor o menor donosura, incluso con engreimiento, pero detrás de la fachada hay una trastienda que contiene calzoncillos con zurrapas y también alguna noche desalmada, cuando las sábanas son un desierto y los párpados se resisten a descender su piadosa cortina, alguna noche negra y esmeradamente cruel que nos acosa y envilece con el cilicio de una mujer que sólo existe en nuestra nostalgia. Me apreté aún más contra la pared del soportal, que se adaptaba como una hornacina a mi espalda célibe, mi espalda incólume, de la que ningún dios se había dignado arrancar una costilla.

—No sé qué necesidad tenías de tratar con ese tipo —dijo por fin Nicolussi con un despecho incongruente.

—¿Y de qué iba a vivir si no? —Dina ya no era adusta, la ira le trepaba a los labios como un cuajarón de sangre—. Con el hostal no tengo ni para cubrir los gastos, lo sabes de siete sobras.

Y sus palabras escupían una sustancia muy parecida al desprecio, una sustancia fermentada en soledad, como un betún que enfangase a Nicolussi, como un alquitrán que lo ahogara por dentro y le recordase su cobardía.

—El caso es que Valenzin la palmó, no tenemos por qué discutir por algo que pertenece al pasado —dijo Nicolussi, y así resaltaba aún más su cobardía: el pasado alienta las discusiones, nos arroja un fardo de cuentas pendientes y nos hace esclavos de su legado—. Hay que solucionar rápido este asunto, porque la prensa se me echa encima en busca de carnaza. ¿Qué crees que puede esconder la maleta?

—Y a mí qué me cuentas. —Aún le duraba el enojo a Dina—. Algo gordo, seguramente, para que le costase la vida.

Algo tan gordo que Nicolussi prefería aplazar su examen, hasta contar con el respaldo de sus subalternos, para compartir con otros una revelación que su conciencia no quería asumir en solitario, ni sus espaldas célibes cargar sin ayuda. Venecia propiciaba la solidaridad en el delito, también el reparto de culpas y responsabilidades: la propia Dina ya me había advertido que los venecianos, como las razas que practican la endogamia, cultivaban una forma venenosa de vecindad que les permitía conocer los pecados ajenos. Ahora descubría que esas relaciones no se detenían en la mera invasión de la intimidad: también abarcaban contubernios y alianzas, una extraña masonería cuyas claves resultaban demasiado alambicadas para alguien lego como yo. Quizá porque mi profesión consiste en mirar cuadros, que son compartimentos donde la realidad se ensimisma, o quizá porque mi vida también era ensimismada como un cuadro, me abrumaba este trasiego de vecindades, invisible a primera vista.

—A las once es el entierro. Ya sabes, que no nos vean juntos —dijo Nicolussi cuando ya empuñaba el picaporte para salir.

El campanilleo de la puerta ensordeció la despedida de Dina, si es que esa despedida llegó a formularse. Nicolussi, siempre precedido por el ascua de su cigarrillo, se alejó con esos andares sesgados, como de perfil, que parecían precaverse contra los enemigos emboscados y las corrientes de aire; lo vi marchar desde mi refugio en el soportal, temeroso de que volviese la cabeza o recapitulara sus pisadas para prevenir a Dina de algún detalle que no hubiesen calculado en su conversación, o para besarla en los labios adustos, sobreponiéndose por fin a la cobardía. Los faldones de la gabardina le colgaban como andrajos de una derrota, y sus andares eran un poco patosos, casi palmípedos.

El letrero fluorescente había dejado de zumbar, interrumpiendo mis reflexiones. Dina lo había desconectado desde el interior, y ya se aprestaba a abandonar el hostal sin huéspedes, o con los huéspedes inertes de mi equipaje y la maleta de Fabio Valenzin, concienzudamente blindada. El campanilleo que anunció la salida de Dina fue menos estrepitoso (o quizá yo ya estaba precavido contra él, y me sobresaltó menos); antes de cerrar con dos vueltas de llave, se cercioró de que no dejaba las luces encendidas. Dina tampoco prescindía de los zapatos de tacón para ir al cementerio (dejaría en los senderos de tierra esas mismas marcas diminutas que había dejado sobre la alfombra del vestíbulo); eran el calzado menos recomendable para una ciudad atravesada de puentes con escaleras, pero afinaban sus tobillos y realzaban sus piernas, musculadas después de tantas caminatas y de haber atenazado a su marido en el trance de la asfixia. Dina se alzó el abrigo y también la falda para recomponerse la costura de las medias, y por un segundo vislumbré sus muslos oprimidos bajo la lycra, sus muslos muy blancos y desbordados por la celulitis (quizá se rozasen entre sí a la altura de la ingle), con una textura que imaginé como de harina, pero de una harina caliente y con grumos. Cerré los ojos, para que no me arrebatase la concupiscencia, y también por lealtad a Dina, que no se merecía el robo de ese instante.

Nadie se merece que le roben esos instantes en que se cree a salvo de los otros, indemne a sus miradas concupiscentes o acusatorias, nadie merece que le roben un instante de inocencia que sólo se convierte en un instante de impudicia por culpa de nuestro espionaje, pero desde mi llegada a Venecia no había hecho otra cosa que robar con los ojos y con el tacto y con el oído instantes que no me pertenecían, conversaciones que no me incumbían, crímenes que no requerían mi concurso. Quizá fuese la costumbre del hurto la que estuviese averiando mis sentidos, quizá fuese esta forma sublimada de cleptomanía la que me impulsó a otra forma más burda, venciendo mi talante inclinado a la pasividad. Escuché el taconeo cada vez más lejano de Dina, repiqueteando en callejones que no figurarían en el plano de la ciudad, y sólo cuando lo dejé de escuchar abandoné mi escondrijo y hurgué en el bolsillo del pantalón: creo que no llegué a temblar cuando encajé la llave en la cerradura y la hice girar dos veces, pero no por entereza de ánimo, sino porque la inmovilidad me había anquilosado. Sonó la inevitable campanilla, y el vestíbulo surgió ante mí, con su aspecto de mausoleo plebeyo y su temperatura de placenta, todavía deudora del calorífero que Dina había encendido la noche de mi llegada. Detrás del mostrador, colgado de una alcayata, había un manojo de llaves que recogí —ahora sí— con una mano bañada en sudor trémulo. Subí por las escaleras angostas que conducían al hostal, las mismas escaleras angostas que ya había subido, lastrado por el equipaje y precedido por Dina, que me había deparado la visión de su culo empaquetado en la falda, su culo blando y asimétrico. Dejé atrás el primer rellano, donde se alineaban las habitaciones de los huéspedes, unánimemente vacías, y ascendí hasta el piso superior, donde Dina había acondicionado su vivienda; yo todavía recordaba el martilleo de sus pisadas sobre el techo y el chapoteo de un chorro de pis golpeando contra la loza del váter, así que sólo tuve que buscar la puerta que se correspondía con mi cuarto, un piso más arriba. Más laborioso y desazonante fue encontrar la llave cuyas guardas se acomodasen a la cerradura; mientras me afanaba en la búsqueda, creí escuchar otra vez el zumbido sostenido del letrero fluorescente; definitivamente, mis sentidos estaban averiados. El pasillo respiraba con ese rumor espiral de las caracolas.

Las contraventanas estaban echadas con un ensañamiento que no dejaba ranuras; pulsé el interruptor de la luz, después de palpar a ciegas las paredes de una habitación que no difería demasiado de otras habitaciones donde la existencia es un trámite de horarios. Sobre la colcha que cubría la cama (allí dormía Dina, seguramente destapada y boca arriba, con toda la noche concentrada en su pubis), desperdigadas y también hechas un gurruño, como los calzoncillos de Fabio Valenzin (pero sin zurrapas), había algunas prendas que por cursilería o decoro denominamos íntimas: unos panties negros para mitigar la carne blanca y como de harina; un sostén muy barroco, con encajes y puntillas, para mitigar la gravidez de los senos; unas bragas mucho más austeras para mitigar la llamada oscura del pubis. Entre la pared y el armario, en un hueco que tenía algo de madriguera o cubil, estaba la maleta de Fabio Valenzin. Tumbada en el suelo, acorazada y revestida con una piel aproximadamente verde, se podía haber confundido con un galápago atrincherado en su caparazón; tal y como había señalado Dina, pesaba una barbaridad, aunque todo el peso parecía proceder del envoltorio, y no de la carga: al sacudirla, tuve la impresión de que estuviese vacía. La arrojé sobre la cama (las bragas y el sostén y los panties se convirtieron, por su proximidad, en retazos excluidos de un equipaje) y probé a hurgar en sus cierres con las llaves que había sustraído del vestíbulo.

La ofuscación me conminaba a concluir una tarea que jamás tendría que haber iniciado. Me había impuesto un voto de pasividad, y en un santiamén lo pisoteaba, adentrándome incluso en la actividad delictiva, que exige más diligencia y arrestos que la mera actividad cotidiana. Forcejeé con los cierres, les introduje horquillas que tomé prestadas del lavabo y tironeé de ellos hasta astillarme las uñas; al final, perdida la conciencia del sigilo, como esos ladrones destrozones que se desahogan con el mobiliario cuando el botín es exiguo, estrellé la maleta contra el suelo, la pisoteé y escupí, también le dediqué algunas blasfemias, pero nada la hizo desistir de su hermetismo.

Decidí llevármela y aplazar su descerrajamiento. Porque yo iba a descerrajarla, aunque tuviese que emplear dinamita.

Bastó, sin embargo, que el aire de la mañana me refrescase el calentón para que se amansaran mis ímpetus: la maleta de Valenzin pesaba como un cadáver que se desploma en nuestros brazos sin previo aviso, agarrotado ya por el rigor mortuorio y obstinado en cumplir a rajatabla las leyes de la gravedad, aunque en su cumplimiento tenga que arrancarnos las manos de cuajo. Arrastré la maleta a través de la plazoleta; los remaches de las esquinas se enganchaban con las junturas de las losas que empedraban el suelo, y hacían más penoso el traslado. Me acometió la certeza de que, por cada segundo que la maleta permaneciese en mi poder, se multiplicaban los riesgos de una detención de la que ya no me libraría ni la intercesión de Gabetti. Por el canal desfilaba el agua lenta de los desagües, el agua ciega y sorda y muda que digería sin rechistar las inmundicias y las carroñas y los anillos. Estaba ya dispuesto a desprenderme de la maleta, arrojándola al canal, cuando reparé en el palacio, con la fachada circundada por un precinto amarillo y las puertas cruzadas con trancas.

Me persuadí de que el palacio sería el escondrijo más seguro para la maleta, precisamente porque era el más trivial y desaconsejable: cuando el inspector Nicolussi y sus pipiolos emprendieran su búsqueda (y quizá no fuesen los únicos interesados en recuperarla), acudirían a parajes más rebuscadamente incógnitos, nunca al lugar donde Valenzin se había citado con su asesino. Las trancas estaban claveteadas con una inconsistencia muy chapucera, y no me costó arrancarlas, sobre todo en comparación con el derroche de energías que me había supuesto el traslado de la maleta. Saludaron mi entrada en el palacio unas palomas que anidaban entre las molduras de las paredes; con su vuelo abanicaban el espeso polvo de los cortinajes, que cayó sobre mí como una lluvia de ceniza. El vestíbulo estaba tapizado por sus excrementos, algunos todavía recientes, otros resecos y casi arqueológicos. Había escudos de armas coronando los dinteles de las puertas, mordidos por la desidia, y bustos que lloraban lágrimas de mierda ante el acoso de las palomas. El cielo raso estaba pintado con frescos de algún epígono de Tiépolo: celebraban las glorias antiguas de la estirpe que había habitado el palacio, y cuando ya no quedaban glorias que celebrar recurrían a la repetición banal de unos *putti* que revoloteaban sin rumbo, portando coronas de laurel. Los colores de los frescos se habían hecho indiscernibles, y los desconchones perforaban la narración de las glorias antiguas con su bostezo de lepra.

Subí la escalinata que conducía al *piano nobile* o piso principal; los remaches de la maleta golpeaban en cada peldaño, y su golpeteo retumbaba en el techo abovedado, donde los *putti* pintados al fresco habían sido suplantados por *putti* de estuco, todavía más abominables y mofletudos y gorjeantes. Cada cierto trecho, un espejo fatigaba la pared, con su marco de madera estofada desbordándose en cornucopias; para mi alivio, ningún espejo me reflejaba, pues el azogue estaba en mal estado o la capa de polvo que recubría el cristal era invariablemente tupida. Eran espejos donde ya sólo se reflejaban los muertos, espejos dimitidos de su función que dormían un sueño de siglos.

—¿Hay alguien ahí? —grité, recorrido por un escalofrío.

El *piano nobile* se alargaba en una perspectiva de habitaciones alineadas: el dintel de una puerta enmarcaba el siguiente, y así en una extensa sucesión que decrecía a la vista. Me respondió el aleteo de las palomas, como una palpitación que sacudiese la penumbra. Tuve la sensación viscosa de estar caminando por el estómago de una ballena; cada vez que una colgadura o cortinaje me rozaba la piel era como si un murciélago me estampase su beso.

—Eso tendría que preguntarlo yo.

Se había recortado una silueta al fondo, tras la hilera de aposentos que se empequeñecían como en un juego de muñecas rusas. Pertenecía a un hombre desaliñado en la indumentaria y en la fisonomía, avejentado por las vigilias y por esa «generosidad fisiológica de los proletarios» a la que se había referido Gabetti con envidia: fui reconociendo la dentadura famélica, la calavera muy angulosa y el cabello aplastado y grasiento, hasta recomponer la figura de Vittorio Tedeschi. Iba armado con una carabina más risible que amedrentadora, probablemente veterana en las escaramuzas de Garibaldi.

—Lo esperaba —me dijo en su tosco dialecto, con una convicción que se me antojó arbitraria.

—¿Cómo que me esperaba? Que yo sepa, no estábamos citados.

—Desde que lo vi en la prefectura, supe que volveríamos a encontrarnos —aseguró sin beligerancia, aunque no renunciase a la hosquedad—. Deje que lo ayude.

Tenía una mano nervuda, como de animal depredador; levantó en vilo la maleta y la trasladó hasta el aposento último, donde había instalado su cuartel. Dormía sobre un lecho señorial, respaldado por cuatro postes que antaño habrían sostenido un dosel; aunque las sábanas fuesen de holanda, parecían de arpillera, tal era la costra de suciedad y el mapa de orines que las ilustraban. Tedeschi deslizó la maleta debajo de la cama, al lado de un orinal que amontonaba las deposiciones de varias jornadas y un infiernillo en el que se cocinaba una dieta inalterable: el olor a chamusquina y la proliferación de plumas en el suelo me hicieron recordar que las palomas siempre abastecieron los sacrificios del Lacio. Peor que el hedor a paloma escaldada, peor que la fetidez de los excrementos, era sin embargo la ausencia de oxígeno.

—No vendría mal que ventilase un poco —dije.

Tedeschi asintió maquinalmente, y aprovechó el paseo hasta la ventana para desalojar el orinal sobre el agua del canal. Quizá esbocé una mueca de repugnancia.

—No sea tan exquisito. Usted tampoco está como para hacer la primera comunión.

Aún no me había aseado ni cambiado de ropa desde que salí de España, y a la roña del viaje se iban sumando las roñas del insomnio y los remojos y el tizne de aquel palacio, donde el polvo alcanzaba una densidad de hollín.

—¿Por qué estaba tan seguro de que volveríamos a encontrarnos? —le pregunté para congraciarme.

—En Venecia *siempre* nos volvemos a encontrar con quien se cruzó en nuestro camino. Usted y yo con mayor motivo: somos los únicos a quienes interesa que resplandezca la verdad.

En aquel aposento sólo resplandecía la cochambre. Tedeschi se sentó en un cogujón de la almohada, y se acercó una botella de vinazo que ocultaba detrás del catre; me hizo un ofrecimiento más bien disuasorio, antes de llevarse el gollete a la boca.

—¿Dónde pilló la maleta? Está usted hecho un lince.

—Valenzin tenía su santuario en el Albergo Cusmano, me enteré de casualidad —dije, restando méritos al hallazgo—. Pero seguro que eso usted ya lo sabía. Ahora sólo hacen falta las llaves que la abran: esa maleta es como un búnker, no hay modo de forzarla. —Apunté un ademán de desaliento y postración antes de disparar el tuteo—: ¿Tienes tú las llaves?

Tedeschi trasegaba el vinazo con un ansia parsimoniosa, si la contradicción es admisible; con el último buche se enjuagó las encías y el paladar, y también hizo gárgaras: sobre el cuello le apuntaba una nuez picuda, amenazando con rasgar la piel.

—Me parece que vas muy de prisa. ¿Tú crees que si tuviera las llaves iba a estar aquí, tan campante, departiendo contigo? A Valenzin se lo cargaron por culpa de esa maleta; el cabrón que le pegó el tiro le birló también las llaves, de las que Valenzin nunca se separaba, y antes de marchar anduvo revolviendo el palacio, en busca de la maleta, el hijo de la grandísima puta.

Se me antojaba una tarea ímproba o estrafalaria revolver un ámbito ya gobernado por el desorden y el caos y las amenazas de demolición, pero no tan ímproba ni estrafalaria como la visión que por un segundo se había asomado a una ventana, mientras yo asistía a Valenzin en su agonía: la blancura atroz de un rostro apenas humano, tuerto de los dos ojos y con la nariz como el pico de un pajarraco.

—¿Y qué contiene la maleta? —Me acuciaba esa quemazón de los perros que ventean su presa pero no llegan a atisbarla—. Por lo que dijo el inspector Nicolussi en la prefectura, usted era el compinche favorito de Valenzin.

Tedeschi se había incorporado y le seguía los pasos a una tórtola que picoteaba migas; cuando quiso remontar el vuelo, Tedeschi ya se había abalanzado sobre ella: entre sus manos depredadoras sostuvo el cuerpo de la tórtola, inmovilizando sus alas, mientras le auscultaba bajo el plumaje la tráquea y se la retorcía. La tórtola expiró sin protestas, tan sólo con un inoperante pataleo que era una convulsión póstuma, más que un signo de resistencia; tenía esa belleza esbelta de las bailarinas que se descalabran en mitad de un ejercicio gimnástico, y su garganta desvencijada estaba recubierta por un collarín de plumas de un gris vinoso e iridiscente.

—Ya tengo comida para hoy —dijo. Yo cerré los ojos, declinando su invitación antes de que llegara a formularla—. De compinche nada, Valenzin era un señorito y sólo quería criados. Criados que le hiciesen de mamporreros en golpes de poca monta: trepar a una sacristía, afanar unos candelabros o llevarse el joyero de una marquesa con Alzheimer —enumeraba con contrición sus cometidos subalternos—. Los robos de alcurnia se los reservaba para sí: le daban tanto gusto como follarse a una mujer guapa y casada, y no quería compartir ese gusto con la servidumbre.

—Pues parece que esta vez el marido cornudo se enfadó de veras.

Era una broma facilona, pero hasta un profesor de arte necesita estas recaídas en la vulgaridad. Tedeschi había golpeado con los nudillos la tapa de la maleta que yo antes había pisoteado sin infligirle una sola abolladura; seguía conservando un hermetismo rugoso y amordazado, y sonaba a hueco, como un caparazón del que hubiese desertado la tortuga, para darse un garbeo.

—El marido reparó su honor, pero no logró recuperar a su mujer —dijo Tedeschi prosiguiendo con el chiste—. La hemos raptado nosotros.

De nuevo me asaltó una indefinible alarma, la conciencia de haberme inmiscuido en asuntos de familia que no me concernían: sigue habiendo familias que no soportan una intrusión en su régimen endogámico, sigue habiendo familias que se enardecen ante la aparición de un advenedizo, sigue habiendo familias que se rigen según códigos impermeables a la ley de los demás hombres, familias que administran la venganza por su cuenta para extirpar la presencia de ese extraño que perturba su árbol genealógico. Venecia era una de esas familias reconcentradas en sí mismas, y yo era el extraño que transgredía sus estatutos, el advenedizo que se infiltra en su sangre y en sus ritos y sale manchado con un estigma que ya no se borra. Venecia era una de esas familias dispuestas al crimen con tal de salvaguardar su integridad decrépita. Sentía la impostergable necesidad de confiar mi alarma, pero quizá Tedeschi no era la persona adecuada.

—Y el marido cornudo hará lo posible por rescatarla —había dicho él, mientras yo paseaba, de un extremo a otro del aposento, como un animal enjaulado—. Acudirá al reclamo, no lo dudes.

—Oye, Tedeschi, ¿me guardas un secreto?

Seguía sosteniendo el cadáver de la tórtola entre las manos, que habían sido garras durante la estrangulación y ahora, súbitamente, se transformaban en guantes.

—Sólo tenemos que aguardar con paciencia. Terminará acudiendo al reclamo —insistió.

Me exasperaba que fuese él quien se erigiera en apóstol de la pasividad, cuando ya la pasividad y la cachaza eran armas obsoletas, tan obsoletas como su carabina, armas de alfeñique comparadas con el furor de una familia que se dispone a desagraviar una afrenta. Tedeschi seguía exponiendo sus planes de inoperancia, como un estratega que aún cree en los combates cuerpo a cuerpo y desconoce los avances de la balística.

—Te he preguntado si me guardas un secreto.

—Hombre, si no queda otro remedio.

Su mirada también era pasiva y escurridiza (a nadie le agrada cargar con secretos de otro), pero cuando reparó en mi semblante, seguramente desencajado o premonitorio de un ataque de histeria, se hizo más incisiva. A mis labios acudieron palabras en tropel, un borbotón que se resistía a ser coherente, porque los desahogos se anticipan a la voluntad:

—No sé por qué te elijo a ti, tampoco sé qué me ata a este sitio, en realidad no sé nada, no acierto a explicarme por qué me meto en tantos líos, yo tenía mi vida arreglada y en paz.

—Aquí mentía, la paz es un desarreglo y un artificio, también mentía al proclamarme libre de ataduras: me ataba un cuadro, y también me ataba Chiara—. No sé por qué no le dije toda la verdad a Nicolussi, quizá porque siempre me ha gustado jugar a los detectives, cuando investigo sobre un pintor me hago a la idea de que soy el protagonista de una novela policíaca, ya ves tú qué sandez. Pero no, no creo que fuese por jugar a los detectives, tenía miedo de decir toda la verdad porque la verdad desencadena el desastre, es como un botoncito que pulsas y cataplás, todo se te viene encima. Así que mejor no meneallo.

Había recurrido a esta locución autóctona y anticuada, pero ya antes había intercalado palabras en mi idioma, o palabras en mi idioma italianizadas grotescamente (los desahogos se anticipan a la voluntad, y yo requería aún un esfuerzo de la voluntad para traducir mis pensamientos españoles). Tedeschi, que sólo se manejaba con el dialecto veneciano, no entendió nada de aquel zurriburri, pero eso no disminuyó su receptividad:

—Anda, sosiégate un poco y echa un trago.

Me tendió la botella de vino, en cuyo gollete se aglomerarían los gérmenes de su saliva, pero el traspaso de gérmenes es una forma de sincera solidaridad, y a mí no me asistía el derecho de ser melindroso.

—Venga, Ballesteros, qué le ocultaste a Nicolussi.

El vinazo tenía una graduación de coñac y me incendiaba las tripas sin hacer escala en el estómago. Me dejé caer sobre el colchón cubierto de sábanas de holanda o arpillera, antes de que el desmayo de la borrachera me hiciese caer más aparatosamente, y conté, procurando esta vez que mis explicaciones fuesen menos aturulladas y políglotas, la secuencia completa de mis percepciones, desde que oí la detonación hasta que Fabio Valenzin expiró entre mis brazos, sin omitir la visión fugaz de la sortija ni el cerco de lividez que Valenzin ostentaba en su dedo anular, tampoco la aparición de aquel rostro rapaz o fantasmagórico en una ventana del palacio. Tedeschi cabeceaba apreciativamente, como si cada cabeceo fuese una reverencia aturdida, o una absolución a mis culpas. El colchón se combaba bajo el peso de nuestros culos, y se derrengaba sobre la maleta, que nos transmitía un calor incandescente, como si el monstruo que cobijase dentro hubiera despertado de su hibernación.

—Más tarde rescataremos el anillo —dijo—. Ahora vamos al cementerio, que ya llegamos tarde.

V

Al irrumpir en la laguna, después de dejar atrás el puente del Arsenal, el vaporeto describía una curva amplia, como ese primer capotazo que el torero ejecuta para avivar los aplausos de un público agradecido con los efectismos. El vaporeto lo ocupaban algunos turistas tempraneros que se habían anticipado al carnaval encasquetándose un gorro de bufón rematado con cascabeles. Se les notaba ufanos, tan ufanos que no entendían los insultos que Tedeschi les dirigía en dialecto veneciano; como, además, acompañaba los insultos de aspavientos, los turistas interpretaban que les estaba dando la bienvenida, y le correspondían inclinándose zalameramente y haciendo repicar los cascabeles.

—Míralos, qué pandilla de retrasados mentales. No les metieran a todos una guindilla por el culo... —y les exhibía su dentadura famélica, que palidecía al lado de las dentaduras japonesas y risueñas—. Qué recua de imbéciles, hay que joderse.

El frío se posaba sobre la laguna y se hacía salobre; luego se posaba sobre las mejillas y se hacía higiénico, tan higiénico que me sentí inundado de beatitud y júbilo, como quien regresa a una realidad doméstica, después de haberse debatido en medio de pesadillas que, mientras duraron, me habían parecido comprensibles, pero que, de regreso a la vigilia, se me antojaban absurdas y como incubadas por la fiebre: absurda era Venecia, con su horror de ciudad sitiada; absurdos eran los vínculos que implicaban a sus habitantes; absurdas y averiadas mis percepciones; absurdas y un poco ingenuas mis determinaciones, que participaban por igual de la expansión y el encogimiento de ánimo. Por primera vez en los últimos dos días, no me sentía cercado por augurios y amenazas, por primera vez la risa se agolpaba en mis labios, ante los exabruptos xenófobos de Tedeschi. La laguna se había desembarazado de la nieve que saludó mi llegada, pero estaba entorpecida por bloques de hielo a la deriva que el vaporeto ahuyentaba o embestía. Tedeschi, una vez descargada su aversión a los turistas, se había reunido conmigo en la proa del barco; tenía un aliento que echaba para atrás, como de bodega donde hubiesen fermentado los vinos menos potables, pero junto a su fetidez desprendía también un calor sin tapujos, ese calor de madriguera donde aún es posible el triunfo de algunas pasiones antiguas y universales: tuve la vaga impresión de haberme procurado un amigo. Tedeschi —según me explicó— había trabajado en la pesca de bajura, antes de dedicarse a la vigilancia de palacios expoliados y al expolio de palacios sin vigiliancia; seguía siendo pescador —me especificó—, porque hay vocaciones que imprimen carácter, vocaciones que se aceptan por fatalismo y tradición familiar, aunque hubiese tenido que desertar de su oficio cuando los peces desertaron de la laguna, hartos de esquivar lanchas motoras y de respirar por las agallas vertidos industriales. Ahora sólo le restaba el consuelo (pero era un consuelo masoquista) de montar en vaporeto para sentir bajo sus pies aquel suelo movedizo y verdeante que había sustentado su juventud; aunque la nostalgia no empañaba sus evocaciones, sí parecía derrotado por el desaliento: la contemplación de la laguna, parcelada por las boyas y rasgada por las estelas de espuma que dejaban a su paso los taxis acuáticos, le resultaba tan penosa como a un monarca debe resultarle la contemplación de un reino del que acaba de abdicar, un reino que había sido suyo y de sus antepasados (también los proletarios tienen genealogía), antes de ser esquilmado por el progreso.

Asentí a sus palabras y a su aliento, asentí al calor sin tapujos de su pesadumbre. La isla de San Michele era un cementerio amurallado y a simple vista inexpugnable, como una ciudadela que emergiese inopinadamente del mar: sus muros escarpados actuaban a modo de dique, y sobre ellos asomaban las copas de los cipreses, como picos de una verja. Durante siglos, la República de Venecia había practicado el segregacionismo con sus vecinos infectados, creyendo que así se mantendría pura e inmarcesible: los muertos a San Michele, los orates a San Servolo, los leprosos a San Lazzaro degli Armeni, los judíos a La Giudecca, y así hasta completar un archipiélago de marginación que no la había preservado de la mezcla racial ni de la lepra ni de la locura ni de la muerte ni de otras enfermedades y estragos. El vaporeto atracó en un embarcadero acondicionado para la carga y descarga de ataúdes, junto a una góndola funeraria (los peluches de los asientos habían sido cubiertos por crespones) que habría transportado el cadáver de Fabio Valenzin. Tedeschi y yo fuimos los únicos que descendimos en aquella parada: los turistas bufonescos proseguirían hasta Murano o Burano, para aprovisionarse de floreros de vidrio y tapetes de encaje con los que obsequiar a sus amistades.

—Adiós, pandilla de subnormales, que os folle vuestra putísima madre —se despidió Tedeschi, agitando bucólicamente su mano derecha, gesto que reprodujeron los turistas, agradecidos por tanta hospitalidad.

Los venecianos, habituados a convivir con la belleza, eligen sin embargo la vulgaridad —una vulgaridad ostentosa, lindante con lo cursi— cuando les toca cerrar los párpados y amueblar la tierra de la que proceden. De lo que no reniegan es de su soberbia clasista: si la ciudad se divide en distritos que mantienen la separación entre estamentos y gremios, el cementerio se reparte en áreas con fisonomía propia: panteones tapizados de hiedra para las familias más aristocráticas, tumbas blanqueadas para las monjitas y los frailes, tumbas enhiestas para los militares más heroicos, tumbas umbrías para los practicantes de alguna religión subalterna y nichos para la plebe. Las tumbas de los burgueses eran las más irreprochablemente horteras: sobre la lápida de mármol (o de algún sucedáneo del mármol), figuraban unos epitafios con la fotografía del fallecido, sonriendo con dientes muy blancos, cada vez más blancos a medida que pasaban los años y los demás colores se iban quedando desvaídos por la intemperie. Algunos retratos parecían la radiografía de un ectoplasma.

—Mira, allí están —me indicó Tedeschi, que se manejaba mejor que yo entre la multitud alineada de despojos.

Los venecianos profesan una especial inquina a sus muertos, y los vejan y humillan adornando sus tumbas con ramos de flores artificiales que envilecen el paisaje con su presencia repetida en cientos y cientos de hileras. La mañana se filtraba entre el ramaje fúnebre de los cipreses y se derrumbaba a mis espaldas. La tumba que le habían adjudicado a Fabio Valenzin no se liberaba de las ofrendas florales y la foto identificativa. El cura acababa de sacudir su hisopo sobre la fosa, y los enterradores corrían trabajosamente la lápida, con esa fortaleza que exhiben los empleados de mudanzas. En un discreto apartamiento, recostado sobre el tronco de un ciprés (pero, a juzgar por su gesto de fastidio, parecía como si estuviese evitando el derrumbamiento del árbol), distinguí al inspector Nicolussi; ni siquiera la estancia en suelo sagrado le disuadía del tabaco, que era su respiración asistida y también la droga que lo mantenía despierto: se cuidaba mucho de mirar a Dina, y ella se cuidaba de mirarlo a él, en una pantomima que los obligaba a mantenerse hieráticos y absortos en un horizonte de cruces.

El cura rezongaba sus responsos sin brío alguno, con la convicción de estar glosando el descenso de un alma a los infiernos:

—Si hemos muerto con Cristo, creemos que también viviremos con Él; pues sabemos que Cristo, resucitado de entre los muertos, ya no muere, la muerte no tiene ya dominio sobre Él. Porque muriendo, murió al pecado una vez para siempre; pero viviendo, vive para Dios. Así pues, haced cuenta de que estáis muertos al pecado, pero vivos para Dios en Cristo Jesús.

Valenzin iniciaba su viaje hacia la corrupción o hacia Dios en Cristo Jesús sin parientes que llorasen su partida, sin pésames ni lamentos hipócritas. Sólo a Chiara parecía conmoverle la marcha del amigo, sólo en ella no parecía protocolaria la compunción: aunque se había protegido con unas gafas de sol, supe que había reparado en mí, y que mi presencia le infundía cierta relajación que me hizo sentir importante. Se había levantado los cuellos del chaquetón, quizá para proteger su nuca, que es donde más vivamente se nota el hálito de la muerte, y sus cabellos se le desordenaban con el viento, más deshilachados que nunca, y se agolpaban en sus pómulos, con un color de otoño tibio.

—Oremos. Inclina, Señor, tu oído a nuestras súplicas, con las que imploramos tu misericordia, a fin de que pongas en el altar de la paz y de la luz el alma de tu siervo Fabio, al cual mandaste salir de este mundo. Por Nuestro Señor Jesucristo.

—Amén.

Era un amén escuálido, nada unísono ni convincente, que quizá se debiese más a la desgana que al agnosticismo. Gilberto Gabetti, a pesar de haber sufragado las exequias, parecía el más desganado de todos, el más descreídamente ansioso de que finalizaran los trámites. Había elegido con esmero su indumentaria, por eso me miró con reprobación y censura cuando advirtió que no me había cambiado de ropa y que ni siquiera había hecho concesiones al aseo. Tedeschi me deslizó al oído:

—Mira, ésa es la ex de Gabetti. Menuda pájara.

Y apuntó a una mujer muy delgada, cuya belleza no retrocedía ante la madurez, aunque fuese la suya una belleza erguida en un pedestal y protegida por la vitrina del desdén, una de esas bellezas que estimulan la idolatría y la genuflexión, nunca la piedad o cualquier otro sentimiento igualitario. Vestía un abrigo de visón (en Venecia, las mujeres pudientes son también suntuosas), y, por contraste, un pantalón vaquero, como si deseara resaltar su figura juvenil, cuando la juventud hacía décadas que había emigrado.

—Se llama Giovanna Zanon —siguió informándome Tedeschi—. Ahora está casada con un empresario hotelero, una de las mayores fortunas de Italia.

Como si adivinase el contenido de nuestra conversación, Giovanna Zanon formuló una sonrisa inescrutable, como de sacerdotisa que planea el holocausto de todas las vírgenes vestales que tiene a su servicio; sonreía sin aflojar la mandíbula, para no descomponer la majestad de su rostro, pero no podía evitar que las arrugas se le agolpasen en las comisuras de los labios, hasta convertir la piel en un hojaldre. Fue una sonrisa que me llenó de zozobra, también de una especie de sometida fascinación.

—Mal asunto, chico. Se ha fijado en ti, mal asunto. —Tedeschi chasqueó la lengua—. No dejes que se te acerque.

—¿Por qué dices eso?

—Esa mujer es mala hierba.

Me resistía a incluirla en estas categorías botánicas, pues bastaba que fuese la madre de Chiara para que su altivez me resultase menos antipática: el amor es una sustancia volátil, además de un estado de excepción, y sus emanaciones se extienden a la parentela del objeto amado. Giovanna Zanon me miraba con los ojos entrecerrados, con ese esfuerzo que los miopes realizan cuando no quieren rebajarse a llevar lentes correctoras; era un gesto que aumentaba su aire de insolencia, también su belleza insoportablemente estatuaria. El cura había alzado la voz, un poco molesto por causa de nuestros cuchicheos.

—Desata, Señor, el alma de tu siervo Fabio de todo vínculo de pecado; para que resucitado viva gozoso en la gloria, entre tus Santos y elegidos. Por Cristo Nuestro Señor.

—Amén.

Sólo con un exceso de hipocresía u optimismo se podría ubicar a Valenzin entre tan bienaventurada compañía. La comitiva fúnebre habría sido indecorosamente reducida si a los allegados no se hubiesen adherido unos cuantos periodistas: empuñaban libretas, e incluso algún magnetófono. Giovanna Zanon se volvió hacia ellos, quizá harta de su acoso, y muy melifluamente comenzó a adoctrinarlos; me señaló con el mismo desparpajo impúdico con que antes Tedeschi la había señalado a ella.

—Te está azuzando a los perros.

Miré con atolondramiento a Tedeschi, todavía sin comprender.

—¿Cómo dices?

—Los periodistas. Les está explicando quién eres, o quién supone ella que eres, después de haber leído los periódicos. —Tedeschi sacudía la cabeza, admirando la malignidad de aquella mujer—. En las crónicas de sucesos se hablaba de un español que presenció el asesinato. Te van a dar la tabarra de cojones.

Temblé ante la posibilidad de otro interrogatorio igualmente extenuante, pero mucho más grosero que el oficiado por Nicolussi en la prefectura. El cura ya crucificaba el aire, disolviendo la reunión, cuando me incrustaron en los morros la primera grabadora.

—¿Es usted el español que atendió a Valenzin en su agonía?

Me negué a mí mismo, pero la mudez (no quería hablar, para que no me delatase el acento) la interpretaron como un síntoma de claudicación, así que arreciaron en sus preguntas:

—¿Hasta cuándo piensa quedarse en Venecia?

—¿Es cierto que se hospeda en casa de Gilberto Gabetti?

—¿Conocía los antecedentes de Fabio Valenzin?

Procuré encauzar mi huida por los senderos de grava que se abrían entre las hileras de tumbas, pero los periodistas, más atléticos o irreverentes, brincaban por encima de las lápidas, apoyándose en los epitafios, y pisoteaban las flores de trapo o de plástico, ante la sonrisa desvaída de los difuntos. A veces, un ciprés se interponía en mi camino, y me obligaba a fintear, en un juego del escondite que me hizo sentir un poco imbécil. También habían abordado a Tedeschi, pero él accedía gustoso a sus solicitudes, y les respondía con mucha prosopopeya, mintiendo y arrojando su aliento sobre los magnetófonos, para marearlos con los efluvios. Cuando alcancé el paseo central, arranqué a correr, hasta toparme con una pared de nichos cuyo mármol rezumaba verdín. A mis espaldas resonaban los embates del mar, como un rugido de fondo solidario con los latidos de mi corazón.

—Vamos, no seáis tan bellacos, ¿no veis que el señor está asustado?

Giovanna Zanon tenía una voz malvada y acariciante, como de terciopelo donde se agazapa la humedad de algún veneno. Cuando me tomó del brazo me abofeteó la primera vaharada de su perfume, un perfume que mezclaba el olor de la lavanda y el espliego. El tacto del visón era grato y remotamente sexual.

—Hala, hala, fuera de aquí, no hagáis que me enfade.

Los reporteros se dispersaron, en una demostración de mansedumbre que me apabulló: quizá estuviesen especializados en noticias de sociedad, y Giovanna Zanon fuese una de sus proveedoras más constantes (de noticias y de sobornos).

Me maldije mentalmente por haberme dejado socorrer, y por haberme mostrado vulnerable ante ella, y me propuse mantener alta la guardia mientras durasen mis tratos con aquella mujer. Giovanna Zanon aún esperó a comprobar cómo los reporteros se retiraban cabizbajos y subyugados por el apremio de su voz, como alimañas de circo que, amonestadas por su domadora, renuncian a un desayuno de carne humana y se consuelan con la dieta vegetariana que ella les ha impuesto, una dieta que acabará por mellar sus uñas y sus dientes afilados para la cacería. Las uñas de Giovanna Zanon quizá fuesen afiladas, pero no pude determinarlo, porque estaban enfundadas, como el resto de sus manos, en unos guantes confeccionados con un ante tan sutil que revelaba la protuberancia de los nudillos y el bajorrelieve de las venas. Sus dientes quizá también estuviesen enfundados y corregidos por una ortodoncia, pero conservaban cierta amenaza carnívora cuando los mostraba levemente bajo la sonrisa (de nuevo el hojaldre de arrugas en las comisuras de los labios); Giovanna Zanon sonreía cuidándose de no desbaratar los bricolajes que sustentaban su rostro.

—Hay que ver cómo son estos chicos de la prensa —dijo—. No respetan a las personas.

Hablaba con una afectación muy pijotera, como si también hubiese sometido sus cuerdas vocales a una operación que extirpase resonancias plebeyas. Observé que su cuello, allá donde no alcanzaban las cremas hidratantes, estaba muy ajado y surcado por estrías. Los reporteros, privados de mi testimonio, se encarnizaban con los demás asistentes al entierro, que respondían vaguedades o se emboscaban en un silencio enfurruñado. Chiara y Gabetti desfilaron junto a mí, pero no detuvieron el paso, ni siquiera esbozaron un saludo: mantuvieron la mirada fija al frente, como si yo me hubiese tornado invisible o espectral, o como si la animadversión que le profesaban a Giovanna Zanon la hiciesen extensible a quienes se acogían bajo su protección. También Tedeschi pasó de largo, pero sin encaramiento ni displicencia, lanzándome un guiño que no supe interpretar, o cuya interpretación me alarmó: era ese guiño entre divertido y salaz que el hermano mayor dedica al benjamín de la familia, infundiéndole ánimos en la hora de su desvirgamiento. Acometido por una súbita grima, intenté zafarme de Giovanna Zanon, pero ella opuso resistencia y se negó a soltarme el brazo.

—¿Pero desde cuándo un caballero le niega su apoyo a la mujer que acaba de salvarlo? —dijo con recochineo.

El inspector Nicolussi también había tomado a Dina furtivamente del brazo, y, detrás de un seto de boj, la aleccionaba en su lenguaje privado de sobrentendidos y reticencias. Giovanna Zanon me llevaba casi en volandas; era una mujer altiricona, incluso zancuda (y eso que no llevaba zapatos de tacón), que al caminar hacía un extraño esguince con las caderas, como si quisiera evitar el contoneo y al mismo tiempo encubrir una leve cojera. Disponía para sus desplazamientos por la laguna de una lancha motora, conducida por un muchacho con aspecto de grumete, demasiado efébico como para no suponerlo pluriempleado, aunque el uniforme de chófer lo disfrazara de respetabilidad.

—Me permitirá que sea su anfitriona —me dijo, invitándome a pasar primero a la cabina de la lancha.

Era un recinto acristalado, cuya portezuela de acceso obligaba a entrar casi a rastras. El suelo estaba recubierto de moqueta, y en vez de bancos sin respaldo había divanes de un terciopelo burdeos: no supe determinar si la decoración era versallesca o prostibularia. Un gato siamés se desperezaba sobre un cojín, y se lamía los bigotazos con una lengua como de colibrí, larguísima y titilante; saludó a su ama con un maullido y trepó por su abrigo de visón.

—Estáte quieto, cuchicuchi, que me vas a dejar sin ropa.

Giovanna Zanon se había quitado el abrigo haciendo muchas contorsiones, pues el angosto reducto de la cabina no permitía otras maniobras. Debajo llevaba una especie de corpiño sin tirantes, muy encorsetado, de seda negra con adornos de lentejuelas y pedrería; supuse que la pedrería sería apócrifa, pues no me imaginaba al empresario hotelero tan millonario como para sufragar ese dispendio, aunque nunca se sabe. El corpiño le oprimía la cintura y realzaba sus senos, los realzaba superfluamente, pues ya la silicona los hacía túrgidos como racimos; la piel del canalillo era, por contraste, moteada y mustia. Un doble collar de perlas que supuse auténticas distraían la atención del escote. Giovanna Zanon le hizo una señal al barquero o chófer, y el motor se puso en marcha, con una trepidación que retumbaba en la cabina y nos obligaba a vocear:

—¿Y usted a qué se dedica?

Había reparado en mi desaliño indumentario, y a buen seguro ya me habría adjudicado algún oficio manual o pedestre. La proa de la motora piafaba sobre la laguna, dando tumbos sobre el oleaje. Dejábamos atrás, en el embarcadero de San Michele, a los demás, que no disponían de transporte privado.

—Soy catedrático de universidad —exageré—. Especialista en pintura del Renacimiento.

Giovanna Zanon asintió apreciativamente mientras le rascaba el cogote a su gato siamés sin despojarse de los guantes, quizá para no llevarse en las uñas un regimiento de pulgas. La motora dejaba un hachazo de espuma a sus espaldas; una metralla de salpicaduras acribillaba los cristales de la cabina.

—Me encanta, me encanta —dijo Giovanna Zanon palmoteando con exultación—. En casa tenemos alguna cosita del Renacimiento, pero dudamos de su autenticidad. ¿Sería mucho pedirle un dictamen de experto? Un dictamen pagado, por supuesto.

Anunciaba el salario como una concesión caritativa o un aguinaldo. Yo buscaba en su fisonomía rasgos que repitieran o anticiparan los de Chiara, buscaba reminiscencias de Chiara en Giovanna Zanon o viceversa, ese temblor o vaga resemblanza que se traslada de una generación a otra y nos permite fijar las filiaciones, como el pulso de una pincelada o el uso del difumino nos permiten fijar la autoría de un cuadro. Pero la búsqueda, hasta entonces, resultaba infructuosa.

—No se preocupe, yo lo haría gratis —dije, y en seguida lamenté esa concesión a la liberalidad, que redundaría en mi desprestigio.

—Pues no sabe cuánto se lo agradezco. Una siempre está a expensas de peristas sin escrúpulos, como ese Valenzin.

Se había descalzado para masajearse los dedos, pero los zapatos no podían apretarle ni hacerle daño, porque eran planos y muy poco angostos. Era falsa como la pedrería de su corpiño.

—Pensé que Valenzin era amigo de la familia —vacilé al vincularla con Chiara y Gabetti—. De su antigua familia, quiero decir.

Giovanna Zanon se había desprendido del gato siamés, propinándole una palmadita en el culo. Estiró sus piernas zancudas y las mantuvo suspendidas a la altura de mis rodillas, como si estuviese ejecutando algún ejercicio de gimnasia abdominal o me ofreciese sus pies para la adoración o el lavatorio. Bajo las medias, conté hasta diez dedos de uñas esmaltadas, a juego con el terciopelo de los divanes. Me pedía un dictamen de experto, pero también un masaje de pedicuro.

—Vamos, a qué espera.

Los pies también le olían a lavanda y espliego, y tenían un tacto como de mármol viscoso, un tacto nada dúctil que contradecía el recuerdo que me habían dejado en las manos los pies de Chiara, cuando los acaricié a través del cristal. Sostuve la mirada de Giovanna Zanon, no por insolencia o afán retador, sino turbado por su impiedad: tenía unos ojos casi líquidos, de un color como de vinagre añejo que destila su veneno muy lentamente, unos ojos nada aldeanos ni campesinos, a diferencia de los de Chiara. Sus labios ya no sonreían, para no alterar la tirantez de las mejillas.

—Su hija, en cambio, lamentó mucho su muerte —me atreví a susurrar.

Pensé que la trepidación del motor habría apabullado mi comentario, pero Giovanna Zanon tenía el oído avizor (no sé si la expresión es válida), o quizá supiese adivinar los pensamientos, como Chiara adivinaba el flujo y reflujo de las mareas y el espionaje de los extraños. Noté que sus dedos se habían encogido, como garras retráctiles.

—¿Cómo que mi hija? —El enojo fruncía sus labios—. ¿Es que no sabe calcular las edades?

El gato siamés se había erizado con la electricidad estática que ya almacenaba la cabina, y enarcaba el rabo, en señal de amenaza. Farfullé alguna incoherencia, pero Giovanna Zanon me exigía una reparación más explícita:

—¿Cuántos años me echa? Venga, venga, ¿cuántos?

Fui a hablar, pero no encontraba la voz. Los dedos de sus pies habían desgarrado la lycra y me arañaban.

—No sé, cuarenta y tantos... Así, a bote pronto, no sabría decirlo con exactitud...

Giovanna Zanon, algo más apaciguada, no me dejó terminar:

—Cuarenta y alguno, dejémoslo ahí. —Quizá temiese que alguien pujase hasta la cincuentena—. ¿Y sabe cuántos tiene su queridísima Chiara? Treinta y cuatro, ni uno menos. Ya no es ninguna niña.

La iglesia de los Jesuitas recortaba los ángeles de su fachada en el cielo gris. Venecia parecía flotar sobre una gasa de luz o sobre la palidez de una acuarela. Giovanna Zanon inspiró aire hasta agotar el oxígeno de la cabina; los senos se le abultaron en el corpiño, y mostraron las estribaciones del pezón. Recurrió al tuteo como forma de crueldad:

—Perdona, pero eres un ingenuo.

—¿Yo un ingenuo? —me defendí, pero el rubor me restaba autoridad—. No veo por qué.

—Un ingenuo y un pobre diablo, eso es lo que eres. Te has dejado engañar por ese par de estafadores.

Que llamase estafador a Gabetti apenas me inmutó; que extendiese ese calificativo a Chiara me soliviantó muy sinceramente, con ese grado de sinceridad y enconamiento que sólo cultivan los ingenuos. El ruido del motor se amortiguó mientras la lancha disminuía su velocidad y abatía la proa, adentrándose ya por los canales.

—No me parece muy ético insultarlos, ahora que no pueden defenderse —murmuré.

—Cómo se nota que no los conoces. Te voy a poner en antecedentes.

Giovanna Zanon había probado a cerrar los párpados, pero no tardó en volver a abrirlos: el vinagre de sus ojos le escocería en la conjuntiva. Una bandada de gaviotas se disputaba los despojos que alguien había arrojado al canal desde una ventana; al paso de la lancha, en lugar de disolverse, envalentonadas quizá por el hartazgo, las gaviotas nos increparon en su lenguaje de graznidos, y algunas, incluso, embistieron la cabina con sus picos corvos y sus alas jurásicas, que sonaban como bofetadas blandas sobre el cristal. Me extrañó que Giovanna Zanon fuese tan prolija en la exposición de esos antecedentes (pero la mentira se desenvuelve mejor en la locuacidad):

—A Gilberto siempre le gustaron las lolitas, ¿sabes?, yo creo que es un poco pederasta. Aunque quizá la pederastia sea una sublimación de su impotencia. Cuando lo conocí ya era un hombre maduro, cuarentón, con esa mezcla de compostura y frivolidad que tanto fascina a las muchachas. Vivía a salto de mata, asesorando a coleccionistas de arte, organizando exposiciones y pronunciando conferencias itinerantes, siempre sobre el mismo asunto, pero con un gracejo que las hacía distintas. Asistí a una de estas conferencias, un profesor del instituto me lo recomendó. ¿Tengo que decir que la seducción fue fulminante? —La exoneré con un ademán permisivo—. Yo era una adolescente con la cabeza a pájaros, y Gilberto me pareció irresistible, con su aureola de aventurero y su exquisita sensibilidad. Tuvimos un noviazgo bastante tempestuoso, no tanto por las tempestades sexuales, que siempre se quedaban en aguaceros, sino por la oposición de mis padres, que llegaron a amenazar con denunciar a Gilberto por estuprador de doncellas.

Profirió una carcajada que sonó como el graznido de las gaviotas, nada que ver con la risa descacharrada de Chiara. Prosiguió con desfachatez:

—¡Menudo estuprador! A Gilberto no se le levantaba ni con poleas, era una nulidad en la cama, pero para una chica de dieciséis años, romántica y sin aspiraciones de procreación, la impotencia no constituía un obstáculo disuasorio. —No mencionó otras aspiraciones más estrictamente venéreas, quizá satisfechas en el tráfico mercenario—. ¿Sabes cómo obtuvimos el permiso de mis padres para casarnos? Pues fingiendo un embarazo, ya ves tú qué sarcasmo, un embarazo que luego tuvimos que desbaratar inventándonos un aborto fortuito. —Una mentira tapa otra mentira, como la nieve tapa la obscenidad de la sangre, pensé yo—. El matrimonio me enseñó lo que un noviazgo irreal ni siquiera me había dejado intuir. No sé por qué razón los hombres reserváis vuestros secretos y sólo los reveláis cuando son ofensas irrevocables, cuando el ofendido u ofendida no puede inhibirse. Toda esa brillante mundanidad que Gilberto administraba en público no se correspondía con las torturas que lo asediaban en privado: se sabía sin dotes para pintar, pero aun así quería perdurar en la memoria de sus contemporáneos con obras equiparables a las obras de los maestros, que él mismo había juzgado con gran perspicacia crítica. Ja, la perspicacia crítica no suele acompañarse de talento.

Giovanna Zanon se había arrellanado en el diván, y sus pies ya se acostumbraban a la madriguera de mis manos, perdían su tacto de mármol viscoso y su olor de perfume caro, se iban domesticando y adquiriendo una exudación que los hacía maleables. Le había faltado decir que la perspicacia crítica es el asilo y la coartada de quienes, como yo, no aguantamos la intemperie del talento, porque el talento es indómito y exige una intrepidez máxima, la intrepidez de quien reniega de su inteligencia: el arte es una religión del sentimiento. La lancha parecía atrapada en una maraña de canales, como veredas entre la fronda de palacios cuyas azoteas apenas dejaban resquicio a la luz.

—Esa esterilidad que tanto le martirizaba quiso curarla engendrando un hijo que fuese a la vez su discípulo y el depositario de sus enseñanzas, un hijo que lo venerase y lo ayudara a envejecer. —Giovanna Zanon había introducido un retintín irónico en su monólogo, esa malignidad de quienes aspiran a disfrazar sus calumnias de chismes inofensivos—. Yo puse mi fecundidad a su disposición, pero no hubo manera: la biología era adversa. Así que adoptamos una huerfanita.

Hasta entonces había escuchado su exposición sin denotar asombro ni incredulidad, como se supone que debe escuchar una persona pasiva. Los ojos de Giovanna Zanon se hicieron opacos y definitivos como un crepúsculo.

—¿Chiara? —pregunté con alarma.

Giovanna Zanon asintió con teatralidad o calculado énfasis. La lancha había atracado junto a un palacio de color rojo sanguina, con una doble *loggia* o galería porticada. Una hiedra aterida trepaba por la fachada y lanzaba sus zarcillos a los alféizares de las ventanas, en demanda de hospitalidad, pero alguien había amputado los zarcillos con una podadera, en un ensayo de jardinería sádica. El timonel nos franqueó la portezuela de la cabina. Giovanna Zanon se calzó los zapatos, dando por concluido mi masaje, y se echó el abrigo de visón por encima de los hombros.

—Bueno, he dicho que la adoptamos, pero debo rectificar, porque aquello fue un empeño personal de Gilberto —prosiguió. El gato siamés había vuelto a encaramarse en su abrigo, y ella lo amonestó con un cachete en el hocico—. Yo sólo puse mi firma en los papeles, pero ya le había advertido a Gilberto que esa huerfanita no iba a despertar mis instintos maternales, ni muchísimo menos: ¡buena soy yo para encariñarme con extraños! Chiara fue el espejo en el que Gilberto se miraba: la fue moldeando a su gusto, en un ejercicio de adoración del que yo quedaba excluida.

Al palacio se entraba bordeando uno de sus costados, a través de un jardín que no se divisaba desde el canal (los venecianos custodian con avaricia sus jardines, y los cultivan para su exclusivo disfrute), un jardín muy nemoroso y propicio a la composición de églogas, con estatuas de alabastro decapitado que se refugiaban entre el follaje, como centinelas en su garita, y una fuente de estilo morisco, con zócalo de azulejos, que añadía un estribillo inalterable al gorjeo de los pájaros. Entre la celosía de los árboles se atisbaba un cielo muy poroso de nubes que pronto chocarían entre sí.

—Al principio me sentí postergada, un poco como debieron de sentirse en la antigüedad aquellas esposas de los señores feudales después de haber parido al primogénito, sólo que en mi caso ni siquiera me quedaba el consuelo de la maternidad. Chiara crecía y era el antojito de Gilberto, nada más le importaba en el mundo. Recuerdo que una vez se comparó con el personaje de ese cuadro de Giorgione, ¿cómo se llama?, *La tempestad*, atento sólo a la niña que crecía y se iba haciendo adulta, según las directrices que él le había marcado, aunque a su alrededor el paisaje anunciase tormenta. Yo entonces le escupí: «Pero la mujer de ese cuadro está amamantando a su hijo, quizá el hijo que ha concebido con la ayuda de ese hombre. A Chiara y a ti nadie os va a sobrevivir, sois estériles como las mulas.» —Tragó saliva, pues el despecho aún le resecaba el paladar—. Nunca me lo perdonó.

Recordé aquellas palabras que Gabetti había pronunciado en la góndola: «No, amigo mío, Giorgione sólo obedecía al imperio brusco de la pasión o a la tortura de sus desolaciones, al regusto amargo que nos deja la carne o a la exultación que nos produce el acceso a la mujer amada. No busque símbolos ni misticismos ni intrincadas mitologías en su obra.» Gabetti no le había perdonado a Giovanna Zanon ese sarcasmo, y a mí no me iba a perdonar las intromisiones eruditas en un cuadro que le pertenecía.

—Precisamente, sobre *La tempestad* estoy investigando —dije con un desasosiego mal disimulado.

—¿En serio? —Giovanna Zanon se volvió, entre divertida y compasiva—. Pues ya te anticipo que Gilberto te dificultará todo lo que pueda y más. Si hay algo intocable en el mundo, después de su niñita, es ese cuadro: nunca se lo prestó a otros museos, ni siquiera cuando montaron una exposición monográfica sobre Giorgione en Viena. Su negativa fue sonadísima, hasta intervinieron las autoridades diplomáticas. Gilberto alegaba un mal estado de la pintura que a nadie convenció. Y con otros profesores que vinieron antes que tú, para analizar *La tempestad*, no tuvo clemencia: rebatió públicamente sus conclusiones y los dejó en ridículo. —Ladinamente contuvo una sonrisa—. Hay que reconocer que, como sofista, Gilberto no tiene competidor.

Salió a abrirnos una criada filipina que se frotaba las manos con el mandil, quizá para borrar de ellas algún olor culinario; saludó a su señora encorvándose hasta la exageración, y la descargó del abrigo y de los guantes, antes de retroceder.

—Hoy seremos tres a comer —anunció Giovanna Zanon

antes de que la filipina reanudase sus tareas—. El señor es mi invitado.

Giovanna Zanon caminaba con un principio de descoyuntamiento, con esa gracia filiforme de las cigüeñas y los esqueletos. El culo lo tenía demasiado plano para mi gusto (los vaqueros delataban las liposucciones), pero mis gustos no coinciden con las doctrinas de la moda, más bien se oponen a ellas. Había cruzado el vestíbulo y me convocaba desde un pequeño gabinete en penumbra.

—Pasa, pasa, no te quedes ahí como un pasmarote. Quiero enseñarte una cosa.

El gabinete, que tenía algo de capilla o celda monacal, estaba iluminado por una lamparilla de aceite que me recordó, inevitablemente, otra lámpara que Chiara había depositado sobre la tumba de Tintoretto la mañana anterior, como ofrenda votiva, la lámpara que quizá todavía alumbrase la oscuridad de aquella iglesia.

—Y bien, ¿cuál es tu opinión?

La llama de la vela derramaba su luz sobre una *Madonna con Niño* de dimensiones más bien modestas. Aunque la escenografía austera del gabinete y la disposición de la luz alargaban las figuras y les conferían cierto aspecto de icono griego, había rasgos que confirmaban la autoría de Giovanni Bellini: el cuidado minucioso, casi miniaturista, por el paisaje de fondo; la fisonomía de la Virgen, conmovida por una *pietas* que superaba y desmentía esa «serena armonía» que había preconizado Mantegna; la postura un poco quejicosa del Niño, que parecía a punto de ahogarse y de saltar al cuello de su Madre, quizá para estrangularla: Bellini pintaba unos Niños de facciones prematuramente adultas, a veces un poco monstruosas. Apenas una pulgada separaba la mano de la Virgen de la planta del pie del Niño, esa pulgada que separa el amor del erotismo. Aquella tabla había sido robada de la iglesia de la Madonna dell'Orto.

—¿Es auténtico? —me apremió Giovanna Zanon.

Ya ni siquiera me escandalizaba el latrocinio:

—Desde luego, tiene la marca de Giovanni Bellini, aunque el Niño revela un pincel menos diestro, quizá el de algún aprendiz poco aventajado de su taller. —Sin introducir una inflexión, pasé del dictamen a la ponderación crematística—: ¡Pero esto le habrá costado una millonada!

Giovanna Zanon, a la luz tenue del gabinete, cobraba un aspecto de reptil disecado o reptil en hibernación. Los senos, bajo el corpiño, parecían feraces y rebosantes de leche, pero de una leche en todo caso uperisada y con estabilizantes.

—Cuando me divorcié de Gilberto, juré que no volvería a casarme por amor —dijo, sin venir a cuento, o quizá como circunloquio para no incurrir en la grosería de las cifras—. Pero, dime, ¿seguro que no es falso? Ese Valenzin era capaz de imitar a Bellini y a todo su taller junto, si se lo proponía. Y le ayudaba esa pelandusca.

—¿Cómo que esa pelandusca? —En italiano, la palabra sonaba más explícita y abreviada, más intransigente y acusatoria.

—Ya te dije que eres un ingenuo. Tienes que espabilar mucho.

Quizá tuviese que espabilar, quizá tuviese que crecer y aprender los mecanismos de la incredulidad.

—Más ingenua es usted. —Giovanna Zanon parpadeó, agredida en su orgullo—. Una falsificación del *Cinquecento* no superaría la prueba del carbono catorce, ni el examen con rayos ultravioletas. Llame a un técnico y convénzase.

La ira me estimulaba la secreción de saliva. Giovanna Zanon cerró los ojos con infinito asco cuando sintió las salpicaduras sobre su rostro; me preparé para la invectiva, pero su voz era ofidia y atinadamente sinuosa, como recién salida de un letargo:

—Pensé que eras de confianza —dijo—. Pero ya veo que no te diferencias de todos esos peristas e intermediarios.

Iba a protestar, pero me contuve al notar la presión blanda de su mano en la bragueta, cinco dedos en total (pero parecían ocho al menos, como ocho son las patas del alacrán, sin contar el aguijón) inspeccionando el bulto del calzoncillo.

—¿Qué pasa? ¿Te reservas para esa pelandusca?

Seguía utilizando una palabra más explícita y abreviada, más intransigente y acusatoria, pero las ofensas son menos graves cuando la carne crece. La mano de Giovanna Zanon tenía algo de ramaje yerto, era como la mano de un ahogado o como las algas que asoman en su deriva a la superficie de los canales. La *Madonna* de Bellini se había vuelto de perfil, desaprobando aquel acercamiento que ni siquiera respetaba la separación de una pulgada, esa distancia que media entre el amor y el desahogo.

—Espero que no le pague así a los estafadores con los que trata.

—Tutéame —me ordenó.

Sus ojos de vinagre se aclaraban en la penumbra, ahora tenían un brillo tártaro. Las motas del canalillo parecían gotas de un ácido que le corroyese la piel; empecé a lamer esas motas, con más perplejidad que excitación, desdeñando los montículos más objetivamente deseables (pero detesto las simetrías), le restregué la espalda que también estaría moteada y le desabotoné los pantalones, le inspeccioné con una mano de gañán el culo demasiado plano para mi gusto. La besé en el cuello ajado, un beso en cada arruga del cuello, como si estuviese datando su cronología con la prueba del carbono catorce. Giovanna Zanon olía a lavanda y espliego, pero por debajo del perfume olía como yo, la fisiología nos igualaba a pesar de los potingues y las abluciones diarias. Entonces pregunté:

—¿Qué había entre Chiara y Valenzin?

Reconozco que la pregunta era intempestiva y anacrónica, más anacrónica que intempestiva, porque se refería a un pasado al que sólo se remontaban mis celos. Giovanna Zanon se apartó de mí, como si quisiera restablecer esa distancia que media entre el desahogo y el aborrecimiento.

—Tú eres imbécil o qué. —Ahora le correspondía a ella escupirme su ira y su saliva—. Y a mí qué coños me importa lo que hubiera, ojalá le pusiesen los cuernos a Gilberto, ojalá Valenzin se la follara a sus espaldas. Ojalá te la folles tú también y el viejo se pegue un tiro. Ojalá os matéis todos por ella, me divertirían mucho vuestros entierros.

La reprensión aspiraba a la severidad, también al menosprecio, pero las circunstancias le restaban dramatismo: aún sus pezones estaban erizados por la lujuria, y los pantalones vaqueros se le habían escurrido hasta las rodillas, mostrando unos muslos demasiado desnutridos y dependientes del fémur. Se oyó un timbrazo que abortó su furia y la obligó a recomponer su atuendo; la llama de la lamparilla se conmovió cuando la criada filipina abrió la puerta de la calle.

—¿Ha venido ya la señora? —preguntó una voz que era displicente con el servicio pero íntimamente sojuzgada.

—Sí, señor. Está en el gabinete del vestíbulo con un invitado.

Nada delataba nuestro escarceo, salvo la mirada censoria de la *Madonna*. Apareció un hombre de constitución endeble y rostro como de gárgola, muy atildadamente inepto; tuvo que agacharse al entrar en el gabinete para no tropezar con los cuernos en el dintel. Sonreía a mansalva con esa seguridad dentífrica que sólo tienen los recaderos y los botones.

—Querida, ya fui a recoger los disfraces al sastre. Este año vamos a ser la sensación, ya lo verás.

Acezaba un poquito, como la mascota que demanda el beneplácito del amo; imaginé con más regocijo que misericordia las humillaciones perrunas y gatunas que su esposa le asestaría cuando no hubiese invitados delante.

—Te presento a mi marido, Taddeo Rosso, de los Rosso

de toda la vida —dijo Giovanna Zanon masticando el escarnio—. Este joven es Alejandro Ballesteros, catedrático de arte. Lo he invitado a comer.

Taddeo Rosso reparó en la suciedad de mi gabardina, agravada por la penumbra, pero en seguida restableció su sonrisa:

—Giovanna tiene muchos amigos extranjeros —constató—. Es una suerte, porque así nos mantenemos en contacto con el mundo. Venecia es, ¿cómo diría yo?, una ciudad muy endogámica.

Actuaba con esa flema pacífica de quienes están habituados a la postergación o al espionaje a través del agujero de la cerradura. Parecía que Giovanna Zanon era partidaria del mestizaje cultural, y que Taddeo Rosso lo consentía.

—Por supuesto, asistirá usted a nuestro baile de máscaras mañana por la noche —intervino ella devolviéndome el tratamiento honorífico.

—Lo siento, no tengo disfraz ni dinero para alquilarlo.

Taddeo Rosso parpadeó sin llegar a comprender. Tardé en discernir el bigotito que le delineaba el bozo, como un labio supernumerario, un bigotito más bien fascistoide que se interrumpía brevemente, en la hendidura que hay debajo de la nariz.

—¡Pero eso no es inconveniente! Giovanna y yo siempre encargamos algún disfraz de repuesto, para poder elegir, ¿verdad, querida? —Sólo obtuvo un bufidito a modo de respuesta—. A ver, Isabella, acércate al señor, para que vea los disfraces.

Se había dirigido a la criada filipina, que aguardaba en el vestíbulo con un cargamento de máscaras y de túnicas, cada una colgada de su respectiva percha. Miré a Giovanna Zanon con desaliento o hastío, quizá con una remota nostalgia de lo que no habíamos llegado a consumar, pero Giovanna Zanon era rencorosa y no aceptaba la reconciliación.

—¿Qué le parece ésta, por ejemplo?

Taddeo Rosso se tapaba el rostro con una máscara de porcelana que concordaba con aquella blancura abominable que se había asomado a una ventana de celosía, tras el asesinato de Valenzin. También concordaban los orificios abiertos a la altura de los ojos con las cuencas vacías que yo había entrevisto, y la nariz como el pico de un pajarraco. Temblé, no tanto por el descubrimiento como por el rescate de una visión que creía urdida por la fantasía. Giovanna Zanon captó mi nerviosismo y volvió a sonreír taimadamente: de nuevo, un hojaldre de arrugas se agolpó en las comisuras de sus labios, de nuevo sus dientes mostraron una amenaza carnívora. La criada filipina nos anunció que la comida ya esperaba en la mesa.

VI

Fue una comida ciertamente calamitosa. Taddeo Rosso se esforzaba por resultar ameno, un empeño estéril que Giovanna Zanon dificultaba, rectificando sus pretendidas ingeniosidades con pullas que dejaban al magnate escarmentado y a un punto de las lágrimas: intuí que su convivencia era irrespirable, pero ya se sabe que ciertas relaciones se afianzan con la escasez de oxígeno. Si algo envanecía a Taddeo Rosso y lo ayudaba a sobrellevar esas momentáneas postraciones que le infligía su esposa, era referirse al baile de máscaras que celebraría a la noche siguiente en su palacio, coincidiendo con la inauguración de los carnavales, un baile cuyos preparativos le ocupaban el resto del año y al que asistían las familias más heráldicas de los contornos, y también los magnates rivales. «Para rendirme pleitesía», añadió con una pomposidad que quedaba incongruente en un hombre que vivía de hinojos, maritalmente de hinojos. Taddeo Rosso se exaltaba refiriéndome los orígenes del carnaval veneciano, sus vicisitudes y esplendores, sus prohibiciones y recaídas, hasta el acabamiento final: «Lo que hoy pervive es apenas un simulacro, un artificio para atraer turistas», dijo con ese orgullo cívico de quien se cree último custodio de una tradición ancestral. Giovanna Zanon jugaba con los cubiertos de plata, los hacía chocar entre sí, en una esgrima que a veces acallaba la murga de Taddeo Rosso.

Supe así que el carnaval había alcanzado su mayor lustre en las épocas más aciagas y convalecientes de la República, cuando las epidemias de peste se recrudecían y el aire se envenenaba con los vapores mefíticos que desprendían los cadáveres, hacinados en alguna isla o estercolero limítrofe. La población sana, incluyendo en esta facción a quienes aún podían maquillarse los bubones con polvos de arroz, se contagiaba entonces de un frenesí orgiástico que sólo era el reflejo eufórico de ese otro contagio que los iba diezmando: los carnavales se prolongaban durante meses, invadiendo la cuaresma, y a los bubones de la peste se agregaban los bubones de la sífilis, cultivados en esa promiscuidad que favorece el anonimato. Los médicos y cirujanos encargados de la salubridad, para no desentonar entre la multitud festiva y copulante, idearon una careta distintiva de su gremio, con un pico hueco, relleno de sustancias desinfectantes que inhalaban por la nariz y los protegían de los miasmas. Esta careta, que al principio era disuasoria y de mal agüero (los venecianos rehuían a quienes la portaban, como se rehúye a los pajarracos lúgubres que merodean la carroña), terminó siendo asimilada por el carnaval, e incorporada al elenco de sus personajes, en su mayoría originarios de la *commedia dell'arte*: Arlequín, Colombina, Polichinela y demás comparsería.

—Hay que ganarse al enemigo, ésa es la enseñanza —concluyó Taddeo Rosso. Se había vuelto a encasquetar la máscara del médico de la peste, y su voz retumbaba en la oquedad nasal, adquiriendo una resonancia antiquísima—. Si no puedes vencerlo, corrómpelo, perviértelo, inocúlale tus hábitos.

Giovanna Zanon me observaba con una curiosidad malsana:

—Pero el señor Ballesteros no es de los que se dejan pervertir —dijo, calculando por lo alto mi resistencia, quizá recriminando mi cobardía—. Es de los que prefieren huir antes que complicarse la vida. ¿O me equivoco?

Estaba sentada justo enfrente de mí, y enarbolaba los cubiertos como si fuesen herramientas quirúrgicas, o artefactos de dominación que me ensartaría, llegado el trance. Me había interpelado intimidatoriamente, pero fue Taddeo Rosso quien respondió:

—Vamos, mujer, no exageres. Sólo es un poco cohibido, pero eso se soluciona con el trato. ¿Le reservo entonces el disfraz del médico de la peste para el baile de máscaras?

Asentí, vacunamente. Taddeo Rosso ya se disponía a reanudar su cháchara inepta, pero Giovanna Zanon lo despachó a sus aposentos, arguyendo que tenía que discutir conmigo algunos asuntos privados. Me colmó de maligna felicidad asistir al azoramiento de Rosso, que a duras penas logró limpiarse el bigotito con la servilleta y farfullar una despedida; tanta sumisión reclamaba una explicación patológica. Cuando nos quedamos solos, Giovanna Zanon se levantó de la mesa y la rodeó, hasta situarse detrás de mí; había buscado un símil adecuado para sus andares zancudos, y por fin lo hallé: Giovanna Zanon caminaba como las mantis religiosas cuando se yerguen para iniciar la ceremonia del cortejo, que es también la ceremonia de la depredación.

—Me preguntaste antes por Chiara y Fabio Valenzin, por lo que había entre ellos.

No supe si se disponía a brindarme una respuesta menos iracunda o si me estaba proponiendo que reanudáramos nuestros escarceos en el punto donde los habíamos suspendido, por culpa de esa pregunta intempestiva o anacrónica (la posterior llegada de Taddeo Rosso no hubiese sido impedimento para Giovanna Zanon, si acaso acicate). Me estremecí cuando posó sus manos sobre mis hombros, con levedad de palomas que se posan en una cornisa. Bromeé, para espantar pensamientos turbios:

—Sí, pero no se lo volveré a preguntar, no sea que me mate en mitad del berrinche.

Levantó su mano derecha y la trasladó a mi frente, como si quisiera contagiarse de mi temperatura (la temperatura se contagia, como el frenesí y la sífilis y la peste). Empujó hacia atrás mi cabeza, hasta que el cogote reposó sobre su vientre, que también era plano y escarpado como su culo.

—Eran uña y carne —comenzó—. Digamos que Fabio Valenzin representaba para ella el mundo exterior, con su abanico de peligros y fascinaciones. Gilberto la quería incontaminada y para él sólo, como Dios quiere a sus monjas de clausura, con el cutis intacto y la entrepierna también intacta. —Quise apartar el cogote de su vientre, en señal de protesta, pero Giovanna Zanon lo apretó aún más, clavándome los pedruscos de su corpiño—. Tuvieron broncas bastante acaloradas a propósito de Chiara, nunca delante de ella, claro está; presumían de caballeros y ventilaban sus diferencias sin testigos. Se suponía que Chiara apuntaba dotes artísticas, y Valenzin era partidario de que completase sus estudios en el extranjero; Gilberto no veía la necesidad, habiendo tantísimo arte en Venecia, y le inculcó a la muchacha un amor reverencial por esta ciudad de mierda.

«Algún día dejaremos de ser una ciudad para ser un cementerio submarino, con palacios como mausoleos y grandes plazas para que paseen los muertos, pero nuestro deber es permanecer aquí hasta que sobrevenga el cataclismo», me había dicho Chiara con esa intransigencia de quienes son adeptos de una religión fanática y se saben predestinados al martirio, esa forma placentera de santidad. Giovanna Zanon apenas había probado bocado, y las tripas le rugían rumorosamente bajo el corpiño, pero a lo mejor los rugidos procedían de otros órganos que tampoco habían sido saciados.

—Los triunfos siempre son parciales: Chiara siguió al lado de Gilberto, pero aquellas dotes artísticas que apuntaba se quedaron en agua de borrajas. —Y parecía, a juzgar por el júbilo que enaltecía sus palabras, que el fracaso de Chiara la aliviaba de otros gravámenes—. Fabio Valenzin disfrutó, en cambio, de las dulzuras que reporta la derrota: encauzó la vocación frustrada de Chiara y utilizó sus habilidades técnicas para convertirla en una repetición de sí mismo.

Giovanna Zanon también encauzaba su vocación uterina y utilizaba sus habilidades para deslizar subrepticiamente la mano que había posado sobre mi hombro (la mano que había sido paloma sobre una cornisa) hasta mucho más abajo, casi hasta la entrepierna, que no quería dejar intacta. Yo me hice el impertérrito:

—¿Cómo que en una repetición de sí mismo?

Por los ventanales del salón se veían las estatuas del jardín, ajenas al inexorable acoso de la vegetación. El cielo, que se había ido abarrotando de nubes plomizas, se rayó con un primer relámpago.

—En una falsaria. —Giovanna Zanon pronunció con deleite esta palabra—. Valenzin le fue encargando chapucillas, al estilo de los pintores del *Cinquecento,* que descargaban sobre sus aprendices los trabajos más engorrosos. Chiara tiene mucho instinto imitativo, es una parásita.

La tormenta arrojaba su metralla sobre los ventanales y hacía rodar sus truenos sobre el tapete de las nubes, como si se estuviese jugando a los dados la aniquilación de Venecia.

—Valenzin se pasaba las horas con su discípula en el estudio que Chiara había instalado en la buhardilla de la casa. —Gradualmente entendí la obscenidad que me estaba sugiriendo—. Y yo he oído a Gilberto llorar muchas noches, mientras Valenzin le enseñaba a Chiara asignaturas que él no dominaba.

Casi llegué a sucumbir a la instigación de su aliento, a la maniobra infalible de sus palabras, más clamorosas que una denuncia, pero entonces me volví, para contemplar su rostro, y vi cómo los hilos de agua que resbalaban por el cristal de los ventanales se reflejaban en sus mejillas, como una lepra imaginaria que le derritiese la piel y se la desmenuzara, a pesar de tanta cirugía. Me venció un intolerable asco.

—Creo que se me está haciendo tarde —farfullé.

Marché de aquel lugar demasiado complicado o pernicioso para mi ingenuidad. Caía una lluvia furiosa y unánime sobre el jardín del palacio, sobre las estatuas de alabastro decapitadas, sobre el aljibe de la fuente, percutiendo con furia y anulando el estribillo del caño. Llovía sobre los canales, agua acribillando otra agua, un bautismo violento que no se había anunciado y que, sin embargo, los canales acataban solidariamente, con la misma circunspección con que acataban los residuos de las palanganas y los orinales, llovía sobre los canales que ya pronto se desmandarían otra vez y llovía sobre las callejuelas de Venecia, sobre las plazas repentinamente desiertas en cuyos soportales se amontonaban los turistas despavoridos, con sus gorritos de trapo y cascabeles, consternados ante el desfile vertical de la lluvia, que les estropearía los carnavales, o el simulacro de carnavales que las autoridades organizaban, para allegar divisas. Llovía con fragor y desmesura sobre los caserones y palacios de Venecia, que apenas daban abasto para desalojar tanta agua por los canalones, y llovía sobre las iglesias en cuyas bóvedas anidaban las goteras y los frescos de Tiépolo. Llovía un agua que limaba las aristas de los edificios y resquebrajaba la piedra y alentaba mis pensamientos caóticos, un cúmulo de impresiones desordenadas que me impedía discurrir con método. Yo siempre había discurrido con método antes de llegar a Venecia, la perspicacia crítica que había elegido como herramienta de trabajo me obligaba a la reflexión pausada y el argumento lógico, pero Venecia ya me había ganado para la religión del sentimiento, había excavado dentro de mí rutas que la razón desconoce, me había invalidado para el examen consciente de la realidad y el análisis ponderado. Llovía sobre Venecia, con pretensiones de diluvio o eternidad, y el aire adquiría una textura de ceniza húmeda que hasta entonces sólo había respirado en las alucinaciones, o en esas noches de insomnio y congoja, cuando los pulmones se convierten en fábricas de llanto.

«Y yo he oído a Gilberto llorar muchas noches, he visto sus ojos de iris azul esmaltados de odio, sus ojos donde conviven mansedumbre y barbarie inmóviles sobre la almohada, decantándose hacia la ferocidad, sus ojos que hasta ese momento sólo estaban preparados para la vista aguzándose de sentidos que no le pertenecían, el oído y el tacto y el olfato y el gusto, los cinco sentidos agolpados en esa mirada, y también las averías y los achaques que afligen a los sentidos, el espejismo y la obcecación, la hiperestesia y el abismo. Y yo he oído a Gilberto llorar muchas noches, he visto cómo sus ojos urdían un castigo mientras Chiara y Valenzin alargaban sus encuentros en la buhardilla, he visto sus ojos que escuchaban el levísimo crepitar de las sábanas, tan parecido al levísimo crepitar de la nieve cuando la pisan, tan parecido a una virginidad que se infringe o una inocencia que se abofetea. Y yo he oído a Gilberto llorar muchas noches, con ojos que han desterrado la mansedumbre y se han rendido a la barbarie, con ojos averiados que han imaginado o presentido una mancha de sangre sobre las sábanas, las sábanas y la nieve se reponen en seguida de los pisotones, pero los ojos de un hombre humillado no se reponen jamás, queda en su retina un borrón que los ofusca y enceguece y sólo se redime con otra mancha de sangre», ése era el discurso que Giovanna Zanon no había llegado a pronunciar, aunque los discursos no requieren la explicitud, basta la sugerencia de una frase y el abono de una saliva que lubrique o halague nuestros oídos. Me extravié al menos una docena de veces antes de avistar la casa donde habitaban Chiara y Gabetti, junto a la iglesia de la

Madonna dell'Orto. Llegaba con las ropas en remojo, adheridas a la piel, que pronto dejaría de ser impermeable al reúma. Chiara estaba en el portal, acodada en una jamba, y como esperando que escampase.

—También a ti te pilló el chaparrón —me voceó. Hacía falta vocear para que la lluvia no dejara afónicas las palabras.

—Yo es que soy gafe. Desde que llegué no hago más que mojarme.

Nos quedamos callados durante casi un minuto, hipnotizados por la cadencia urgente de la lluvia, como dos turistas que ven malogradas sus vacaciones. Chiara tenía un perfil de camafeo o ángel prerrafaelita, de un quietismo que sólo perturbaba su nariz, aquilina y algo escorada hacia un lado (pero la asimetría acrecienta la belleza); se repasaba los labios con una barra de lanolina, para que no se le cuarteasen.

—Qué fastidio, ahora que empezaba a bajar la marea —dijo. Vestía el mismo chándal que utilizaba para encaramarse a los andamios, el chándal que le hacía un culo nada trivial, como de falsa delgada—. Yo había salido a correr, pero a ti quién te mandaba mojarte, si estarías bien calentito en el palacio de esa bruja.

Me envaneció el disgusto que se traslucía en su semblante. El celibato es más llevadero si uno se cree protagonista de imaginarias rivalidades femeninas.

—¿Verdad que sabe cómo engatusar a los hombres? —insistió para lacerarme.

La tormenta y el sudor le habían apelmazado los cabellos, que ya no eran un violín deshilachado. Giovanna Zanon la había llamado falsaria y parásita y también pelandusca (en realidad había empleado otra palabra más explícita y abreviada, más intransigente y acusatoria), pero Giovanna Zanon no merecía mi crédito, tampoco mi piedad.

—No te creas que me dejo engatusar así como así. Soy duro de pelar.

Esbocé una sonrisa blanda que me restó credibilidad y me dejó expuesto a sus reproches.

—Tú sabrás lo que haces, ya eres mayorcito para elegir tus amistades. —El enfado le añadía una severidad casi varonil—. Pero a Gilberto no le ha gustado ni una pizca que te fueras con ella; esa mujer nos ha hecho todo el mal que ha podido: mientras vivió en esta casa estuvo sembrando la cizaña y ahora que vive lejos cuenta de nosotros infamias. No, no te disculpes, es tan culpable quien escucha como quien habla, no hay infamia si no hay un destinatario que la reciba.

Se había sofocado quizá desmesuradamente, y parecía a punto de claudicar bajo el peso de tantas infamias. Extendí una mano hacia su cuello, una mano curativa que apenas la rozó, pero entre cuyos dedos viajaba la veneración.

—Ni toda la suciedad del mundo podría mancharte —dije.

Ahora escribo estas palabras y se me antojan grandilocuentes, pero entonces las pronuncié con una convicción que excluía la retórica, y así las debió de considerar Chiara, porque recobró el aplomo y ya no necesitó recostarse en la jamba del portal para mantenerse erguida.

—Perdóname, eres un cielo.

Acercó su rostro al mío (ni siquiera una pulgada que los deslindase), y frunció sus labios con el anuncio de un beso. Yo le ofrecí la mejilla para recibirlo, pero estaba como aturdido de felicidad (también la felicidad, como el estupor o la consternación, nos paraliza), y no se la ofrecí con la suficiente prontitud, quiero decir que no ladeé la mejilla con esa sincronía que se exige en los besos protocolarios, de tal modo que las comisuras de sus labios se tropezaron con las comisuras de los míos. El contacto fue muy breve y como al desgaire, pero bastó para que notase el calor indígena de sus labios y su sabor de lanolina. Confieso que enrojecí.

—Voy a pegarme una ducha, porque estoy sudadísima. ¿Vienes o te quedas?

Chiara, en cambio, no estaba aturdida, o si lo estaba sabía disimularlo. Subió las escaleras al trote, reanudando los ejercicios gimnásticos que el chaparrón había malogrado. El rescoldo de su beso aún me palpitaba en la comisura de los labios, como el anuncio de un sarampión o el primer síntoma de una fiebre. La lluvia lavaba las infamias, las arrastraba por los desagües del olvido.

—Yo también subo. Qué voy a hacer aquí, como un pasmarote.

—Gilberto tenía proyectado enseñarte *La tempestad*, pero no sé yo, con este chaparrón —me dijo Chiara—. Se marchó esta mañana a la Academia y todavía no ha vuelto: no habrán acabado de achicar agua.

Siempre que se refería a Gabetti lo hacía por su nombre de pila, jamás aludía a los vínculos de paternidad y filiación que los unían, quizá porque esos vínculos eran difusos y abarcaban otras formas secretas de adoración. Chiara se mantenía indemne a la suciedad, pero las asechanzas de Giovanna Zanon seguían germinando dentro de mí, las infamias se extirpan como el cáncer, un beso las arrasa y minimiza, pero existe el riesgo de metástasis.

—¿Me enseñas tu estudio, Chiara?

—Te advierto que no tiene nada de particular. Y está hecho una leonera.

Oí su risa descacharrada, como un sortilegio que desvaneciera las últimas hilachas de mi suspicacia. A medida que la escalera ascendía hasta la buhardilla, la luz iba decreciendo hasta adquirir una calidad acuaria, como si nos estuviésemos adentrando en una gruta tapizada de algas. Era una luz verdosa, de consistencia casi anfibia, que se masticaba y hacía jadear. Chiara no jadeaba, estaba habituada a respirar esa atmósfera.

—Es como un refugio dentro de la casa —dijo mientras hurgaba con la llave en la cerradura—. Cuando me viene la inspiración puedo tirarme días enteros encerrada aquí, como de ejercicios espirituales.

Recorría el techo abuhardillado una lucerna que en días soleados filtraría una luz cenital, pero que, con el repiqueteo de la lluvia, convertía el estudio en una caja de resonancia. Había allí, en efecto, un desorden de leonera, con bastidores a medio armar desperdigados por el suelo, lienzos secándose en las paredes (pero el grado de humedad dificultaba la labor), trapos para limpiar los pinceles que parecían cuadros de Pollock y tubos de pintura exprimidos y hechos un gurruño. Había un caballete muy sucio de churretones, como un esqueleto condecorado de medallas, y un fogón donde Chiara guisaría sus platos ascéticos mientras durasen los ejercicios espirituales. Había una puerta desenganchada de los goznes que comunicaba con un cuarto de baño más bien angosto, y un camastro que tampoco invitaba a la compañía o el conocimiento bíblico, apenas un jergón con las sábanas revueltas. Había sobre la cama, clavada con cuatro chinchetas en la pared, una lámina de *La tempestad*, un póster de tamaño natural, sesenta y ocho por cincuenta y nueve centímetros en los que cabía todo el mundo, con el rayo suspendido sobre la mujer desnuda que amamanta con cierta voluptuosa tristeza a su hijo, sobre el peregrino que asiste a la escena, sobre la ciudad erizada de torres, sobre los árboles y el puente y el riachuelo y las ruinas que sirven de fondo a las figuras principales. El color predominante en *La tempestad* es el verde, un verde que se mezcla con azul de cobalto en el cielo preñado de nubes, un verde que se encrespa de sombras movedizas en el follaje de los árboles, un verde que se irisa de oro en las aguas del riachuelo y se matiza de ocres en la hierba, para respaldar el advenimiento de la mujer que se muestra desnuda al espectador, apenas velada por un arbusto y por un paño que trepa a sus hombros, a modo de esclavina. En *La tempestad* predomina el verde, y en el aire de la buhardilla también predominaba un verde casi acuático, un verde movedizo como los hilos de la lluvia que descendían en tropel por el cristal de la lucerna.

—No me habías dicho que *La tempestad* fuese tu cuadro de cabecera.

Imprimí a mi voz ese malestar que, por coquetería y no tanto por decepción, aparentamos cuando descubrimos que nuestros confidentes nos han escamoteado alguna migaja de su intimidad.

—Anda, tonto, a ver si te vas a enfadar ahora. Ya te dije que *La tempestad* representa el misterio de Venecia.

Ella sí representaba el misterio de Venecia, tenía su misma belleza herida y su trastienda de universos interiores que los turistas nunca llegarían a comprender, ni siquiera a atisbar. En mi esfuerzo por restaurar la complicidad, quizá estuviese empeorando la situación:

—Giovanna Zanon me dijo, entre otras maldades, que Gabetti, quiero decir Gilberto, se creía un personaje de este cuadro, el peregrino que contempla a la mujer desnuda. La mujer desnuda serías tú, claro.

—¿Y el niño? ¿Quién sería el niño? ¿Un hijo incestuoso que guardamos en la mazmorra del castillo? Hay que ser muy retorcida para inventarse esas sandeces.

Le puse un dedo en los labios antes de que prorrumpiera en bajezas que la habrían devaluado.

—¿Puedo echarle un vistazo a tus cuadros? —le pregunté, como quien espanta de un manotazo una telaraña que interfiere en su felicidad.

—Qué vergüenza, son horrorosos. —Chiara se había sonrojado, y agachaba la vista: su modestia parecía verídica—. Bueno, mientras me ducho te dejo que los mires, pero con la condición de que luego no me hagas comentarios.

No se encerró en el cuarto de baño hasta arrancarme una señal de asentimiento. La puerta no encajaba en el marco y dejaba rendijas por las que hubiera podido robar algunos fragmentos de su desnudez, como la noche anterior había robado algunos fragmentos de su sueño, pero el amor no se puede sustentar sobre la contemplación furtiva, exige el beneplácito y la correspondencia de quien es mirado. Un cuadro también exige beneplácito y correspondencia, no puede exhibirse ante nuestro desinterés, salvo que sea un cuadro pésimo o simplemente aplicado, en cuyo caso la actitud más piadosa consiste en desviar la mirada. Eso hice yo ante los cuadros de Chiara, antes de que su mediocridad afectara a la imagen más bien platónica que sobre ella me había ido fabricando: «Ni toda la suciedad del mundo podría mancharte», le había asegurado, en un arrebato de optimismo, pero lo que no habían logrado las instigaciones de Giovanna Zanon podían lograrlo, a poco que bajase la guardia, aquellos cuadros, porque nada mancha tanto como el desengaño. Eran cuadros irreprochables en su trazo, pasmosos en su captación de la luz y en sus estrategias compositivas, de un virtuosismo que sólo se puede aprender en el trato con los maestros, pero la originalidad exige que ese trato sea insumiso, y Chiara se había dejado influir demasiado dócilmente. Preferí pensar que el mimetismo (esa variante imitativa de la mediocridad) no era tanto un vicio propio de Chiara como un vicio que otros le habían inculcado —quizá Gabetti, para asegurarse su dependencia; quizá Fabio Valenzin, como ejecución de una venganza—, estrangulando en ella cualquier apunte de innovación. Preferí pensar que ese vicio poseía cura y que yo era el antídoto.

—Ese hombre que te acompañaba en el cementerio... ¿Cómo se llama?

Su voz me llegaba desde el cuarto de baño, sobreponiéndose a mis cavilaciones y a la letanía de la lluvia. El agua de la ducha salía en estampida, pero se aquietaba en los hombros de Chiara, se bifurcaba en sus senos y se remansaba en su vientre, antes de despeñarse en catarata por los muslos y morir a sus pies, como un súbdito que se prosterna. Combatí los excesos de la imaginación y la pujanza del deseo cerrando los ojos.

—Te refieres a Tedeschi, el guardián del palacio.

—Sí, a él me refiero. —Se estaba enjabonando el arco terso de la espalda, el escorzo del muslo, la curva del empeine—. Ha estado como un ánima en pena, todo el santo día, merodeando por ahí. Cuando salí a correr, me siguió a distancia. Parecía como si estuviese esperando tu regreso. ¿Tenéis algún asunto pendiente?

Me alarmó que Tedeschi hubiese relajado sus deberes de vigilancia sobre la maleta de Valenzin; yo lo había supuesto, durante todo aquel tiempo, atrincherado en el palacio, quieto e insomne como aquellos dragones de las mitologías que incubaban los tesoros. Pero el destino de aquellos dragones era siempre monótono e ineludible: la insana codicia de los héroes les arrebataba el tesoro, después de exterminarlos con el tajo de su espada.

—¿Asunto pendiente? Ninguno —mentí, pero esta vez la mentira, que hasta entonces había sido un juego inofensivo de ocultaciones, me avergonzó—. Se habrá propuesto resolver el asesinato él solito.

La lluvia, al repiquetear sobre la lucerna, me acosaba como el huésped intempestivo que golpea la aldaba de la puerta, suplicándonos cobijo. Junto al fogón, había un aparador de baquelita, cojo de las cuatro patas, con cajones que fui abriendo sin curiosidad, o en todo caso con esa curiosidad nada delictiva que nos impulsa a saber más sobre las personas que amamos y a infringir el coto vedado de su intimidad, aun a riesgo de descubrir en ese coto motivos que corrompan o enturbien nuestro amor. En los cajones del aparador reinaba el mismo desorden que en la buhardilla, un desorden que en otra persona hubiese suscitado mi rechazo, pero que en Chiara me resultaba venial e incluso reconfortante, porque la hacía más accesible. Camuflado entre servilletas y manteles que no respetaban los dobleces, encontré un sobre con fotografías. Supe cuál era su contenido porque el celuloide de los negativos asomaba por una esquina; vacilé antes de abrirlo, no tanto por la mojigatería o escrúpulo de inmiscuirme en un pasado que no me incumbía, como por el temor de que ese pasado incluyese manchas que no admitiesen detergente. Levanté la lengüeta del sobre y extraje las fotografías con ese temblor del tahúr que desprecinta una baraja compuesta de naipes cuyos dibujos no reconoce; eran fotografías campestres, lo cual las convertía en exóticas, pues Venecia es una ciudad colonizada por la piedra que sólo deja crecer la hierba en los jardines de sus palacios. Eran fotografías tomadas al final de la tarde, cuando la luz oblicua alarga las sombras, fotografías en formato menor, sin demasiada definición, o con una definición espectral que las aproximaba a esos retratos desvaídos por la intemperie que ilustraban los epitafios del cementerio de San Michele.

Tardé en identificar al hombre que aparecía en algunas, porque la proximidad del objetivo le distorsionaba las facciones sonrientes que rehuían el acoso de la cámara, y además el hombre interponía una mano, taponando el objetivo como se tapona el boquete de una herida donde se agolpa la sangre. Tardé en reconocerlo, porque su mirada no era pavorosa, sino risueña, su mirada no era inmóvil ni perentoria, sino ajetreada por la felicidad, y su fisonomía no era demacrada y como de pergamino, no era el suyo un rostro que almacenase los residuos de un crimen sin castigo, sino más bien el rostro de alguien que se cree inmune a los castigos y no previene la muerte que le acecha en algún recodo. Fabio Valenzin se protegía de la cámara sin demasiado empeño, como a veces nos protegemos del halago, como a veces retrocedemos ante la caricia, con esa resistencia falsa y remolona que en realidad es un acicate para quien nos halaga o acaricia.

Abruptamente, el retratado se convertía en retratista, y era Chiara la que aparecía en las fotografías, también huidiza y también sonriente, ofreciéndose de perfil a la cámara, ensayando muecas que afectaban enojo y encubrían una aceptación: tenía el pelo partido en crenchas y recogido en una coleta, pero de la coleta se escapaban unos mechones o guedejas que le caían con una levísima ondulación sobre las mejillas, delineando su mandíbula. No logré precisar el momento en que Chiara dejaba de posar espontáneamente para convertirse en modelo que ensayaba gestos y seguía las indicaciones de Valenzin, porque la transición era paulatina y no revelaba premeditación, tan sólo un lento decantamiento hacia la languidez, esa discreta domesticidad de quien acata y accede y transige. Eran primeros planos con diferencias casi imperceptibles, apenas un cambio en el modo de entornar los párpados o en el sesgo de su nariz o en la estudiada disposición de sus guedejas, que enmarcaban una mirada de voluptuosa tristeza. Chiara permanecía indiferente al espionaje de la cámara, que retrocedía unos pasos para mostrarla de cuerpo entero, sentada sobre la hierba y desnuda, en la misma postura que la mujer del cuadro de *La tempestad*, con una pierna flexionada hacia atrás sobre la que descansaba todo el peso de su cuerpo y otra también flexionada pero levemente erguida, con el vientre como una guitarra muda y los senos como animales núbiles y perplejos. Casi cinco siglos mediaban entre Chiara y la mujer que había pintado Giorgione, casi quinientos años con su equipaje de muerte y corrupción, pero ante mis ojos estaban ambas, equidistantes e igualmente vivas, como ejemplares repetidos de un mismo sueño, como víctimas propiciatorias de una misma obsesión.

—¿Pero es que quieres enterarte de todo?

Chiara había salido del cuarto de baño (sólo un albornoz mitigaba su desnudez) y me miraba sin censura ni reprobación, con esa pesadumbre cansada de quien hubiese preferido callar y se ve obligado a rendir cuentas. Asentí con infinita veneración e infinito temblor:

—De todo.

Parecía una resucitada que regresa de ultratumba, quinientos años después, envuelta en el vapor de la ducha, envuelta también en la luz de la buhardilla, que contenía dentro de sí todos los matices del verde.

—Te habrán parecido indecentes —dijo.

Había esparcido las fotografías sobre la cama y se había subido el cuello del albornoz.

—Quién soy yo para juzgar cosas que no conozco. Más indecente he sido yo, fisgoneando tus cajones.

Nadie merece que le roben un instante de inocencia, y mucho menos cuando ese instante pertenece al pasado o al capítulo de los arrepentimientos. Por la abertura de los faldones se escapaban sus rodillas y también el arranque de los muslos, la presentida morbidez de la carne. Había cesado el chaparrón, pero la buhardilla conservaba su aspecto de gruta submarina.

—Quieres enterarte de todo, y ayer mismo preferías no saber —comenzó con la voz consumida por la nostalgia o los remordimientos—. Créeme si te digo que es mucho mejor la ignorancia. En fin, allá tú.

Estaba descalza, y se frotaba los pies entre sí; reparé en sus dedos, que tenían algo de animales crustáceos adheridos a la roca, dedos muy pequeños y como anquilosados que se amontonaban unos encima de otros y dificultaban la enumeración. Anochecía sobre Venecia.

—Creo que desde niña amé a Fabio —reconoció al fin, y yo asentí a sus palabras, que ratificaban mis celos retrospectivos—: lo amé sin esperanza y en secreto, porque sabía que ese amor no sería nunca correspondido, sabía que Fabio estaba inmunizado frente al sentimiento. Su vida había sido un aprendizaje de la soledad: era huérfano como yo, pero él ni siquiera había tenido a nadie que respaldara sus desazones o le curara las heridas que nos va dejando la soledad, y eso lo había secado por dentro y curtido por fuera, lo había dejado inservible para las emociones. Yo pensé equivocadamente que podría extirparle esa enfermedad, pero mis esfuerzos chocaron una y otra vez contra un caparazón impenetrable. En lugar de su amor, sólo obtuve un sucedáneo estéril, un sentimiento envilecido que me hizo infeliz hasta el agotamiento. Era como padecer claustrofobia y tener que vivir en una madriguera, alimentándome siempre con el mismo aire viciado. Soy una ilusa, creía que con mi ayuda ese aire se desinfectaría, pero ocurrió justo lo contrario: Fabio me contagió su mal.

Quizá yo también había sido un iluso al pensar que podría disipar el influjo que otros hombres habían ejercido sobre ella.

—Pero eso que me estás contando es una monstruosidad —dije.

—Supongo que sí. —El atardecer excavaba su rostro, oxidaba su voz, hasta adelgazarla en un susurro—. Una monstruosidad que consentí y de la que soy responsable, porque participé activamente de ella, entré en el juego y me dejé atrapar. Fabio nunca llegó a corresponder a mi amor, pero en cambio empezó a profesarme una devoción morbosa y acaparadora, me convirtió en algo así como un objeto de idolatría. —Aquí, inevitablemente, me ruboricé, porque yo también había cedido a esa tentación—. Cuando me acariciaba (y casi nunca me acariciaba: el contacto de otra piel le quemaba en los dedos), parecía estar reconociendo los contornos de una obra de arte, nunca llegó a verme como lo que realmente soy, una mujer de carne y hueso que a veces arde de deseo y a veces se consume de tristeza.

Tuve miedo de que el amor estéril de Valenzin se reencarnase en mí, prolongando su maldición. Bajé la vista al suelo y fui escalando sus piernas, la curva alabeada que iba desde el tobillo hasta la pantorrilla.

—Entonces Fabio empezó a tomarme como modelo de sus cuadros, o de sus falsificaciones. Me estudiaba durante horas, como el taxidermista estudia la pieza que va a disecar, antes de extraerle las vísceras. Quizá necesitaba cosificarme para que su devoción fuese más completa, quizá necesitaba modelarme a su gusto, estilizarme o empalidecerme como hubiese hecho un pintor del Renacimiento.

—El mismo Giorgione —dije.

El atardecer también había debilitado mi voz, ambos hablábamos un poco hacia dentro, en un ejercicio de introspección.

—El mismo Giorgione, por ejemplo —corroboró Chiara—. Pero no se puede sostener indefinidamente una relación asimétrica, por mucho tesón que pongamos en su mantenimiento. Yo agoté las reservas de mi tesón, acabé exhausta y al final tuve que rendirme.

Y esa misma rendición se trasladaba a sus palabras, que brotaban de sus labios con una laboriosidad parturienta. Cuando calló parecía desgajada de sí misma, convaleciente de una operación que la hubiese vaciado de recuerdos. Las fotografías, esparcidas sobre la cama, habían perdido su aura de obscenidad.

—Así que ya ves, eso es lo que hay. Te advertí que es preferible la ignorancia —dijo.

Decidí que su versión de los hechos no podía encubrir ninguna impostura, y no hallé mejor modo de demostrárselo que mediante un abrazo. La felpa del albornoz, humedecida por la ducha reciente, tenía un tacto como de musgo que mitigaba las aristas de los omóplatos.

—Y ahora Fabio se ha muerto, y se ha llevado consigo todo ese tesón que yo puse para rescatarlo.

Había una pudorosa demanda de socorro en sus palabras, aunque su tono no fuese todavía implorante ni angustioso.

—¿Lo sabía Gabetti? —pregunté.

—Yo nunca lo fui pregonando por ahí, pero tampoco lo podía ocultar. —Chiara se desasió de mi abrazo como si de repente la asaltara un prurito de lealtad al difunto—. Sí, claro que lo sabía. Lo sabía y lo lamentaba: Fabio no era el hombre que él hubiese deseado para mí.

Yo no podía abolir la imagen de Gabetti con los ojos de iris azul esmaltados de odio, sus ojos donde convivían mansedumbre y barbarie decantándose hacia la ferocidad, mientras Valenzin le enseñaba a Chiara disciplinas que él no dominaba. Había visto a Gabetti velando el sueño de Chiara con embriagada ternura, pero aún me resistía a extraer conclusiones sucias o impronunciables. Sonó un teléfono, disuadiéndome con sus timbrazos de perseverar en mis lucubraciones.

—En seguida vuelvo.

Bajo el albornoz su cuerpo tenía una calidad moviente, como concebida para la alfarería de unas manos que auscultasen su esbeltez y también sus precipicios. Durante los minutos que permanecí a solas en la buhardilla, me entretuve revisando las fotografías que Fabio Valenzin le había tomado, fotografías sin esbeltez ni precipicios ni siquiera temblor humano, fotografías desoladas y estériles que no aceptaban la ofrenda de la vida. El verdadero arte reproduce o interpreta la vida, pero el arte espurio la traiciona y enjaula, la embalsama y momifica. El crepúsculo descendía sobre la lucerna, y se cernía sobre mí, y me arrojaba su espesor de ciénaga.

—Era Gilberto. En un par de horas nos espera en la Academia. —Chiara se había asomado a la puerta para transmitirme el mensaje—. Me ha pedido que llevemos una linterna, porque, con las inundaciones, han tenido que cortar la electricidad, para prevenir los cortocircuitos.

VII

Tantos años rehuyendo las biografías ajenas, tantos años renunciando a compartir el pasado de mis interlocutores, tantos años a la defensiva, evitando que los otros pusieran en funcionamiento los engranajes atroces de su memoria, tantos años procurando soslayar ese lastre de confidencias que se arroja sobre nosotros al menor descuido, se iban ahora al traste. Como mis percepciones no son del todo fidedignas ni concordantes con la realidad, como mi temperamento es por naturaleza irresoluto y mis sentidos tienden a la divagación, había aceptado hasta entonces las versiones interesadas como verdades irrefutables. Esta credulidad me había eximido de adoptar decisiones costosas, me había mantenido ileso en un mundo demasiado habitado de escollos, aunque, en contrapartida, me hubiese convertido en una especie de navío sin brújula, a merced de timoneles caprichosos. Ahora, después de escuchar a Chiara y a Giovanna Zanon, descubría que la verdad depende siempre de la perspectiva de quien la formula, descubría que la verdad particular de cada uno puede falsear los hechos o no entenderlos o desvirtuarlos en su beneficio, descubría que nadie es infalible ni omnisciente ni siquiera bienintencionado, y este descubrimiento me afianzaba en la suspicacia, que quizá sea un estado perfecto de lucidez, además de un estado constante de desesperación.

Mientras Chiara se vestía, fui recapitulando mentalmente las obligaciones que había postergado desde mi llegada a Venecia: la visita al museo de la Academia, el rescate del anillo, la recuperación de mi equipaje, el descerrajamiento de la maleta donde quizá Fabio Valenzin guardase sus expolios. Fue una recapitulación sin premiosidad (no importaba demasiado retrasar esas obligaciones, Venecia suspende los acontecimientos y ralentiza el tiempo, lo estanca y convierte en una sustancia pastosa como los sueños), que alterné imaginando los dilemas de Chiara ante el ropero, su elección premeditada de unas prendas en detrimento de otras que se quedarían enfurruñadas o resentidas en la percha, sin poder satisfacer su codicia ni quebrantar su celibato. Como esas prendas descartadas, yo también era codicioso y célibe.

—Espero que vayas bien preparado —me advirtió Chiara, y al principio no supe sí se refería a mi indumentaria, más bien cochambrosa—. Gilberto te va a someter al tercer grado.

—¿Cómo que al tercer grado?

—Te obligará a defender tu interpretación de *La tempestad*, y luego te la irá rebatiendo, punto por punto, hasta dejarte sin argumentos. Es su estilo, no deja títere con cabeza.

Pero a mí ya me había decapitado mucho antes, después de nuestro encuentro en la prefectura de policía. Jugué a hacerme el invulnerable:

—Veremos quién ríe el último —dije—. ¿Tú con quién vas?

Antes de que pudiera precaverse, la atraje hacia mí y la besé en los labios, ya no en las comisuras ni protocolariamente, sino más bien con un beso indagatorio que buscaba la llamada indescifrable de sus dientes.

—Yo tengo que mantenerme neutral. —Soltó una risa que fue derivando hacia el susurro a medida que sus labios perdían neutralidad, como habían perdido su sabor a lanolina después de la ducha—. Sólo voy de espectadora.

Abarqué su rostro entre mis manos, como un vasto incendio que compendiara todas las hogueras del deseo, y la besé en la frente donde ya latían las arrugas, la besé en las sienes, que le palpitaban con una fiebre recóndita, la besé en los ojos campesinos (pero por encima de los párpados) y en la nariz escorada y en las mejillas que más de una vez habrían acogido el itinerario insistente de las lágrimas. Deletreaba su rostro y tenía la sensación de estar enumerando caóticamente el mundo.

—No debemos hacerle esperar —dijo—. Cuanto más tardemos, más se cabreará.

Y en la travesía por el Gran Canal, montados en el taxi acuático que nos llevaba a la Academia, mientras el motor de la lancha rasgaba las aguas con precisión de escalpelo, llegué a creerme dueño de una callada música que acababa de aprender en los labios de Chiara y que reverberaba en las fachadas de los palacios, también bajo la arcada del puente de Rialto, y en la desembocadura de los canales afluentes, donde el agua intensificaba su chapoteo. Venecia se había salvado, un año más, de las mareas, pero aún no parecía repuesta del amago de naufragio: había en su respiración ese jadeo húmedo del ahogado que retorna a la vida con los pulmones encharcados de pólipos. Sólo los campanarios alzaban su envergadura en medio de tanta postración.

—¿Habías estado antes en la Academia? —me preguntó Chiara.

Había entrelazado su mano con la mía, en un gesto nada neutral, sus dedos se arracimaban en los intersticios de los míos, como la cera se adapta al molde, en un gesto que me envalentonaba, antes del enfrentamiento dialéctico con Gabetti. Denegué con la cabeza.

—Te parecerá un museo en miniatura, comparado con el Prado —dijo—. Precisamente, sus dimensiones modestas lo salvan de los rebaños de turistas. Fue creado por decreto de

Napoleón, durante la dominación francesa, y abastecido con pinturas procedentes de la desamortización.

Contemplé el perfil de su rostro, erosionado como el de Venecia por las sucesivas invasiones de hombres que la habían venerado o mutilado moralmente, pero inasequible a su dominación. Los extranjeros se habían agolpado sobre Venecia y la habían arañado con sus zarpas, o se habían obstinado en redimirla de su decadencia, pero Venecia se mantenía fiel a su designio, que no era otro que el de hundirse grandiosamente en la laguna, para convertirse en un cementerio submarino con palacios como mausoleos y grandes plazas para que paseen los muertos. Hubiese querido exonerar a Chiara de ese designio, pero Venecia era un contrincante irreductible. La galería de la Academia había sido levantada sobre un antiguo convento lateranense, con ese desparpajo que tiene la arquitectura laica en tiempos de descreimiento; sobre la fachada habían empotrado, a modo de excrecencia, una portada neoclásica que rechinaba al lado de la iglesia de planta gótica. Un pontón facilitaba el acceso a la Academia desde el embarcadero.

—Ahí tienes a Gilberto, dispuesto a darte una lección —me susurró Chiara cuando el taxi acuático ya atracaba. Desenganchó su mano de la mía, como impelida por un resorte—. Espero que no te dejes acoquinar.

Gabetti atravesaba el pontón, como un anfitrión obsequioso que recibe a sus invitados en el atrio de su palacio, aunque luego se disponga a servirles un banquete con comida envenenada.

—Bueno, Ballesteros, ha llegado el gran momento —me saludó; aunque se abstenía de sonreír, el cuerpo se le columpiaba dentro del traje—. ¿Trajiste la linterna, Chiara?

Un chorro de luz deslumbró a Gabetti cuando nos tendió su mano para ayudarnos a desembarcar; dirigió a Chiara una mirada a mitad de camino entre la devoción y la reprimenda:

—Ya está bien, ya está bien —protestó sin ira, protegiéndose con el antebrazo—. ¿O es que quieres dejarme ciego?

—¿Ciego tú? —Chiara se descacharraba de risa—. El día que te quedes ciego todos los cuadros de Venecia se pondrán de luto.

Gabetti agradeció sin palabras el piropo: ya no quedaban residuos de reprimenda en su mirada.

—Es usted un privilegiado, Ballesteros —me sermoneó mientras cruzábamos el pontón—. Va usted a ver *La tempestad* en un museo despoblado de visitantes, con nocturnidad y alevosía. *La tempestad*, cuyo significado le ha sido escamoteado a los especialistas más sesudos, se entrega a usted, como una virgen en el tálamo. ¿Qué más se puede pedir?

—Se puede pedir que no seas tan retórico —lo amonestó Chiara, violando su promesa de neutralidad.

En el zaguán de la Academia había charcos como restos de una naumaquia: durante los últimos días, los empleados del museo, comandados por Gabetti, habían sostenido una pugna heroica con las mareas, a las que habían hecho claudicar. Se respiraba allí el olor narcótico y liberador de la lluvia cuando empapa la piedra; en un recodo del vestíbulo, como vestigios de una refriega, se amontonaban las escurrajas de la inundación: algas que aún destilaban un licor cenagoso, y también otras menudencias que los venecianos desaguaban en el Gran Canal.

—Les he dado la noche libre a los vigilantes —dijo Gabetti con esa despreocupada perfidia del funcionario que se salta los reglamentos—. Estaban los pobrecitos para el arrastre, llenos de agujetas, y con unos catarrazos que van a tardar en curar. Les pagan una birria, pero cuando hay que achicar agua, arriman el hombro como el que más.

Gabetti se había apropiado de la linterna y nos alumbraba el camino y las paredes florecidas de hongos. Estábamos subiendo unas escaleras que conducían a la pinacoteca, y nuestros pasos se redoblaban en las esquinas con un eco furtivo, no sé si delincuente.

—¿Quiere decir que ha dejado desprotegido el museo? —pregunté con legítimo escándalo. Yo, a diferencia de Gabetti, era muy puntilloso en la observancia de los reglamentos—. Eso es una irresponsabilidad.

Busqué la aquiescencia de Chiara, pero sólo obtuve su encogimiento de hombros. Gabetti rió con una desfachatez no exenta de soberbia:

—Encima de que le concedo el privilegio de visitar el museo sin testigos... —Y se rindió a la nostalgia—: Ahora que Fabio nos ha dejado, ya no quedan ladrones de fuste en Venecia.

Aún atisbé por el hueco de la escalera el rectángulo de noche que se colaba a través de la puerta principal, expedita a cualquier paseante o ladrón intempestivo. Atravesábamos una sala con techo artesonado, reservada a cuadros del *Trecento*, vírgenes hieráticas que revelaban influencias bizantinas, trípticos que narraban episodios hagiográficos, con fondos sobredorados y una labor de marquetería que distraía la atención de la pintura y la desviaba hacia los marcos. Gabetti hacía zigzaguear la luz de la linterna sobre aquel santoral profuso, como un padre que comprueba el sueño de sus vástagos. En las salas contiguas, el *Quattrocento* estaba representado por Piero della Francesca, Andrea Mantegna y Cosmè Tura, entre otros: las figuras ganaban en expresividad y también en morbidez, la perspectiva empezaba a intervenir en las composiciones, y el fondo de los cuadros ya no se resignaba a esa monocromía de los iconos.

—Como comprobará, en la Academia somos muy respetuosos de la ordenación cronológica —me aleccionó Gabetti—. Si los especialistas en arte no fuesen tan zotes y emplearan un poco el sentido común, si no se enfrascaran tanto en el estudio de un solo autor o una sola obra y se apartaran las anteojeras, se darían cuenta de que en pintura nada se inventa de golpe.

Sus peroratas no requerían destinatario, o si lo requerían era tan sólo para apabullarlo con su inteligencia afiladísima, pero supe que las dirigía a mí, calibrando mi debilidad, como los maestros de esgrima lanzan un ataque de glisada, para que el espadachín primerizo se ponga en guardia aturulladamente y desguarnezca los flancos. También el edificio de la Academia tenía desguarnecidos los flancos, y cualquier allanador podría asaltarlo a placer.

—La verdad, no creo que sea ése mi caso —dije.

—El paisaje, por ejemplo —continuó Gabetti, que ni siquiera me había brindado la posibilidad de defensa, según un grosero principio de ostentación verbal—. Los exégetas de *La tempestad* ponen los ojos en blanco y exclaman arrobados: «¡Oh, aquí se inventa el paisaje! ¡Aquí la naturaleza adquiere protagonismo!» Mamarrachadas. El paisaje no es fruto de una invención puntual, sino el resultado de un larguísimo proceso. Los pintores flamencos y tudescos empezaron a desarrollar un gusto por los fondos exóticos, y esa moda no tardó en ser importada a Italia. Los clientes que encargaban cuadros a Giotto o Mantegna exigieron que sus encargos recogieran la moda, y muy poco a poco ese fondo secundario fue erigiéndose en tema central del cuadro. Fíjese en esta *Piedad* de Giovanni Bellini, por ejemplo: es un cuadro diez años anterior a *La tempestad*, aproximadamente; en él, el paisaje ya cobra un protagonismo que, para la época, casi resulta irreverente.

Detrás del Cristo exánime y macilento, detrás de la Virgen anciana que lo miraba con una tristeza antigua y lo acogía en su regazo y le alzaba la nuca apenas unos centímetros (como yo le había alzado la nuca a Fabio Valenzin, para que no se ahogase en su propia sangre), se delineaba sobre el horizonte una ciudad de terso cromatismo, al estilo de Durero, alzando entre la vegetación sus torres de aguja, sus murallas con adarves dentados, sus iglesias traspasadas de crepúsculo. Nos hallábamos en una sala con dimensiones de gabinete, como aquel otro donde Giovanna Zanon me había acorralado, con la excusa de autentificar una *Madonna con Niño,* también de Giovanni Bellini; un tabique divisorio que no alcanzaba el techo se interponía en mitad de la sala, obstruyendo la visión de *La tempestad.*

—*Voilà,* querido —anunció Gabetti, cediéndome el paso al otro lado del tabique, con una inclinación un poco bufonesca—. He aquí la causa de sus desvelos.

La primera impresión, agravada por la luz de la linterna (una luz como de quirófano, que blanqueaba los colores), no negaré que fue decepcionante: vista al natural, *La tempestad* perdía su matización cromática y parecía mucho menos oscurecida por los siglos, como si las fotografías le añadiesen un tenebrismo postizo: el verde sombrío de los árboles se convertía en un verde demasiado plano, y el verde de las nubes, que en las láminas aparecía teñido de cobalto, adquiría una fosforescencia de cartel de neón; también la mujer que amamantaba a su hijo tenía una piel paliducha o incluso sonrosada, sin esa morenez que había impulsado a algunos intérpretes a identificarla con una cíngara. La decepción y el desconcierto se disiparon cuando Chiara dijo:

—Desde luego, una luz tan directa no es la más adecuada para examinar un cuadro.

—Pero para el tipo de examen que le voy a hacer a Ballesteros sirve cualquier luz —terció Gabetti, que ya se relamía, anticipando el varapalo que me había reservado—, ¿no es así, querido? Imagine que está usted ante el tribunal que enjuicia su tesis; imagine que Chiara y yo somos un par de catedráticos un poco remisos a sus conclusiones; imagine que, para convencernos, tiene que improvisar un discurso, explicando el tema escondido que, según usted, eligió Giorgione.

Su voz se alargaba por las salas desiertas, por el laberinto de esquinas y callejones ciegos que era el museo de la Academia, a aquellas horas de la noche. La linterna se posaba sobre el lienzo de *La tempestad*, distorsionando sus colores, y a continuación se posaba sobre mí, en un penduleo mareante.

—Esto me parece una pantomima un poco chusca, pero en fin, si lo que quiere es rebatir mis hipótesis tendrá que emplearse a fondo —lo reté; detrás de la linterna adiviné las facciones de Gabetti súbitamente anonadadas—. Usted sin duda sabrá lo propensos que eran los dioses a practicar el incesto: desconocían las leyes de la genética y los tabúes, y fornicaban desaforadamente con sus hijas, engendrando una estirpe tarada. Zeus procuró por todos los medios acostarse con su hija Afrodita, pero sus requiebros y hechizos no surtieron el efecto deseado; Afrodita no cedía al cortejo paterno, y entonces Zeus, para humillarla, hizo que se enamorara de un mortal.

Callé por un segundo, temeroso de que mi interpretación fuese entendida por Chiara como un sarcasmo, pero no descubrí síntomas de incomodidad en su rostro.

—Adelante, adelante —me apremió Gabetti.

—Zeus eligió como instrumento de su castigo al bello Anquises, rey de los dárdanos, que también fue joven e inexperto antes de que la guerra de Troya lo convirtiera en un anciano atribulado. Una noche, mientras Anquises dormía en su choza de pastor, allá en el monte Ida, Afrodita descendió a la tierra, disfrazada de princesa frigia, y yació con él sobre un lecho formado con pieles de osos y leones. Cuando se separaron al amanecer, Afrodita le reveló su identidad y le hizo jurar que guardaría en secreto el encuentro. Anquises se horrorizó al saber que había profanado la virtud de una diosa, un desliz que estaba castigado con la muerte, e imploró el perdón de Afrodita. Ella le aseguró que nada tendría que temer, siempre que no violase su juramento; también le predijo que su hijo sería célebre y conmemorado por los poetas. Anquises, arrastrado por la bravuconería, no tardó en rendirse al perjurio: algunos días después, mientras se emborrachaba con sus compañeros en un convite, sintió cómo se iba aflojando su lengua. Les servía el vino una joven de formas turgentes, que habría sido doncella si Anquises no hubiese ejercido sobre ella el derecho de pernada; aunque piadoso, no era hombre que renunciara a sus privilegios. Uno de los comensales ponderó: «¿No te parece esa muchacha más apetecible que la mismísima Afrodita?» A lo que Anquises respondió incautamente: «Habiéndome acostado con ambas, la pregunta se me antoja absurda, además de sacrílega: la hija de Zeus la supera con creces.»

—Vana pretensión la de Afrodita —dijo Gabetti, que se había recostado sobre una pared, y seguía enfocando el cuadro de Giorgione—. A los hombres nos encanta mostrar nuestros trofeos, es una tentación irresistible.

La voz de Chiara resonó en la oscuridad:

—Mejor os iría si practicarais la discreción.

Supe que me estaba solicitando un juramento de silencio sobre lo que acababa de ocurrir entre nosotros, sobre lo poco que acababa de ocurrir entre nosotros.

—A Zeus, desde luego, le disgustó mucho esta jactancia —proseguí—. Si hasta ese momento el despecho le había resultado más llevadero, al haber conseguido que su hija se rebajara a cohabitar con un mortal, la petulancia de Anquises lo enfureció. Zeus le arrojó un rayo al rey de los dárdanos, con el propósito de fulminarlo, pero erró en la puntería, y sólo logró alcanzarlo de refilón en las piernas.

—Hasta los dioses son falibles —dijo Gabetti para restar solemnidad o convicción a mi discurso.

—Parcialmente falibles. La sacudida del rayo debilitó de tal modo a Anquises que ya nunca más pudo mantenerse erguido sin ayuda de un báculo. En cuanto a Afrodita, parió al hijo que había concebido con el perjuro, lo llamó Eneas y cumplió rigurosamente con los deberes de la lactancia, pero no quiso volver a saber nada de Anquises: aunque el rey de los dárdanos lloró y penó, suplicando su rehabilitación, Afrodita sólo le ofreció su desamor. Había perdido el apasionamiento por él, incluso le profesaba cierta aversión, cierta tímida aversión, puesto que los dioses no pueden permitirse el lujo de ser demasiado rotundos en sus efusiones.

Gabetti cabeceó apreciativamente, pero dejó que fuese Chiara quien extrajese conclusiones:

—La mujer desnuda, entonces, sería Afrodita, amamantando a Eneas; en su actitud hay cierta indiferencia hacia el hombre que la observa, a quien ni siquiera le devuelve la mirada: muy bien podría ser ese gesto de «tímida aversión» al que tú aludes. —Agradecí su conformidad con una sonrisa discreta, nada fanfarrona—. El peregrino que la contempla con tristeza está claro que se corresponde con Anquises; el báculo o bordón sería el símbolo de su condena. Desde el cielo, Zeus descarga su ira. A mí la explicación de Alejandro me parece muy satisfactoria. ¿Tú qué opinas, Gilberto?

Gabetti había apagado la linterna, como si los reparos que se disponía a formular lo hiciesen sentirse ruin y necesitase el amparo de la noche:

—De satisfactoria nada —empezó—. En primer lugar, atenta contra la lógica narrativa, quiero decir, contra la secuencia natural de los acontecimientos: ¿cómo se justifica que Anquises ya se apoye en el báculo, cuando el castigo de Zeus todavía no lo ha alcanzado? El rayo aún está suspendido en el aire.

—Pero es que hay una cosa que se llama síntesis iconográfica —protesté, y mi protesta sonó como un clamor en el museo desierto—. Estamos cansados de ver, pongo por caso, cuadros que representan a Eva extendiendo una mano para recoger del árbol de la ciencia el fruto prohibido; todavía no ha consumado su pecado, y sin embargo con su otra mano trata de ocultar su desnudez: así se reúnen en una sola expresión la caída en la tentación y la primera consecuencia de esa caída, la vergüenza que le causa la exhibición de su cuerpo. Podría invocar otros muchos ejemplos: era muy corriente, sobre todo en el Renacimiento, que los pintores, cumpliendo la voluntad de sus clientes, contrajeran dos escenas complementarias, o incluso más, en una sola composición.

Los combates entre púgiles se dirimen por asaltos, y yo había sabido encajar los golpes de Gabetti, más ornamentales que efectivos; ahora me correspondía a mí llevar la iniciativa y noquearlo. Mi contrincante tardó en reaccionar; su voz ya no era jovial ni ostentosa:

—Sigo pensando que *La tempestad* no responde a ningún tema concreto, sino a una intuición del sentimiento: su fascinación deriva de su desafío a la lógica, del extraño aislamiento de las figuras, de la tormenta que se larva y no llega a desencadenarse. —Era la suya una enumeración divagatoria, un mecanismo de defensa similar al del boxeador que brinca y se pasea por la lona, pero rehúye el intercambio de puñetazos—. Ahora bien, si usted quiere convertirlo en un jeroglífico, por lo menos tiene que hacer encajar todas las piezas. Las columnas rotas, que son un elemento característico del cuadro, no las ha mencionado siquiera.

Esta vez sonreí con despiadada fanfarronería: no podía disgustar a Chiara, pues la noche, igual que antes había difuminado la mezquindad de Gabetti, difuminaba mi triunfalismo:

—Hombre, no me fastidie. Las columnas rotas representan el amor arruinado entre Afrodita y Anquises.

Chiara intervino, decididamente decantada por mí:

—O también podrían ser un augurio de la destrucción de Troya.

—También, por qué no —asentí—. Eso corroboraría la

existencia de una síntesis iconográfica: ya no serían dos, sino tres, los momentos compendiados en un solo cuadro.

Aunque la victoria me pertenecía, reconocí para mis adentros que el misterio es siempre superior a su resolución: el misterio nos aproxima a lo sobrenatural; su resolución, a lo puramente mecanicista. Iba a ensañarme con Gabetti, pero me pareció oír un ruido de pisadas sobre nuestras cabezas.

—¿Qué ha sido eso?

Gabetti encendió la linterna, y paseó su luz por la claraboya que se abría en el techo de la sala. Afuera, la oscuridad era inamovible y milenaria.

—Algún pájaro que anida en el tejado, no se preocupe.

Procedente del zaguán, nos llegó también un rumor clandestino: quien lo causaba quizá aspirase al sigilo, pero su desconocimiento del lugar le hacía tropezarse en las escaleras y rozarse contra las paredes. Casi podíamos escuchar su respiración acezante, dictada más por el nerviosismo que por la fatiga. Yo contuve la mía, y también Chiara y Gabetti contuvieron las suyas, inmersos los tres en el submarinismo del miedo. Quizá Gabetti fuese el menos arredrado, pero a él correspondía el recurso tardío de la intrepidez, después de haberse mostrado tan negligente con la seguridad del museo:

—Voy a ver qué pasa.

Nos dejó a solas con el cuadro de Giorgione, a solas también con una desazón que se iba internando en nuestra carne y se instalaba en la médula de los huesos. Chiara se apretó contra mí, me abrazó casi con ferocidad, aferrándose a mi gabardina y pegando su rostro al mío (la barba crecida le irritaría las mejillas); un temblor creciente se iba apoderando de su cuerpo, y se le remansaba en las rodillas. Gabetti había alcanzado las escaleras e inquiría al merodeador: «¿Quién anda ahí? ¿Quién anda ahí?», como si pronunciara una cantinela para exorcizar fantasmas. Volvió a decir «¿Quién anda...?», pero no pudo completar la frase, se oyó un impacto sordo y un estrépito metálico (la linterna rodaba por las escaleras), antes de que su cuerpo se derrumbara como un saco inerte.

—Espérame aquí, voy a ayudarlo —dije, llevando a Chiara al resguardo de la pared.

No llegué a separarme de ella, porque el cristal de la claraboya se quebró en mil añicos y un bulto se abalanzó sobre mí, haciéndome tambalear y caer. Empezaron a sonar las alarmas de la Academia, como sirenas de una fábrica insomne o campanadas apocalípticas. Un hombre mucho más fornido que yo me apresaba y me aplastaba con su cuerpo; los cristales de la claraboya me arañaban la espalda, atravesaban la gabardina y el jersey y la camisa y ensartaban sus diminutas esquirlas en mi piel, nada preparada para estos ejercicios de faquirismo. Mi agresor empezó a propinarme coscorrones contra el suelo, apretándome las sienes; tenía unas manazas de estibador, manos encallecidas de descargar mercancías o repartir sopapos, y unos brazos amazacotados, reventones de musculatura. A cada coscorrón, la consciencia me iba abandonando; por respeto a Chiara, sin embargo, me sobrepuse (el amor nos infunde una absurda temeridad, también un feroz instinto de competencia) y lancé las manos al cuello de mi asaltante, para estrangularlo o al menos entorpecer su respiración.

La alarma ululaba y me ensordecía los tímpanos, retumbaba dentro de mí, como un tumor que palpita, cada vez que mi cogote volvía a chocar contra el suelo, cada vez que los cristales de la claraboya me laceraban el cuero cabelludo y se clavaban en el hueso. Chiara había huido despavorida, quizá en busca de auxilio, quizá para brindar su auxilio a Gabetti, quizá por puro instinto de conservación. Si hubiese podido pararme a analizar mi estado de ánimo, habría descubierto que sólo el odio me mantenía en pleno uso de mis facultades. Mi agresor, en cambio, no daba muestras de ahogo, y sólo parecía preocupado por rematar la faena antes de que el estruendo de las alarmas convocase a la policía.

—Cabrón, te voy a matar —me deslizó al oído en un italiano rufianesco.

La boca le olía a caramelo de eucalipto y el pelo le descendía en una melena macarrísima y levemente ondulada, como de soldado asirio. Su oreja también era macarrísima, según pude comprobar cuando le lancé una dentellada: el lóbulo lo atravesaban al menos un par de pendientes de aro, y más arriba también discerní unas a modo de argollas o diminutas ajorcas que le taladraban el cartílago. Lo mordí con voracidad caníbal y escuché su grito de alimaña pillada en el cepo, mientras la sangre caliente y brusca se agolpaba en mi boca, mientras las ternillas de su oreja crujían entre mis molares y el lóbulo se desgarraba entre mis incisivos (los pendientes tenían un sabor ferruginoso, pero era muy difícil discernir el sabor del metal del sabor crudo de la carne). La hemorragia me desbordaba la boca, me inundaba el paladar y me atoraba la garganta, me incendiaba el esófago con su graduación etílica y me emborrachaba de victoria. El forzudo seguía gritando, sus alaridos eran más clamorosos que las alarmas del museo, y sólo cesaron cuando, apartándose, se resignó al amputamiento del lóbulo. De un salto, se encaramó a la claraboya, y trepó a pulso hasta el tejado; imaginé que en su huida iría dejando un reguero de sangre que tardaría en borrarse, porque ya no había nieve en las calles de Venecia que la absorbiese. Tumbado en el suelo, respiré el aire furtivo que entraba por la claraboya, y escupí la piltrafa sanguinolenta que se había quedado enganchada entre mis dientes. Al incorporarme, casi embisto contra *La tempestad*; llegué a rozarla con los dedos (pero sin infligirle un solo rasguño), y aspiré el olor del óleo, que pese a sus casi cinco siglos de antigüedad se mantenía fresco, casi anormalmente fresco. Habían dejado de sonar las alarmas.

—¿Estás herido?

Mis ojos ya se estaban haciendo nictálopes y me permitían

discernir las facciones de Chiara, todavía descompuestas por el pavor. Estaba orgulloso de mí mismo, pero ni siquiera tenía fuerzas para pavonearme.

—Sólo unas cuantas magulladuras —dije, restando importancia a la sangre que me apelmazaba los cabellos—. ¿Y tu padre?

El parentesco que los unía era inexpresable, pero quizá la paternidad siguiese siendo el vínculo que resumía o adecentaba otros vínculos.

—Ya se ha repuesto. Perdió el conocimiento durante unos minutos, pero no ha sido más que un susto.

—Un susto en el que casi nos va la vida —resoplé—. ¿Ha llegado la policía?

Me sacudí los cristales de la gabardina. Al caminar, el suelo emitía una música afilada.

—Precisamente los está llamando para que no vengan.

Y se alzó un silencio culpable. Articulé con débil asombro:

—¿Cómo que para que no vengan? Dos tipos entran en la Academia, seguramente con la intención de robar un cuadro, nos agreden y causan destrozos, ¿y pensáis ocultárselo a la policía?

Parecía mentira que aquellos labios que justificaban a Gabetti fuesen los mismos que yo había besado unas horas antes.

—¿Es que no lo comprendes? Si la prensa se entera de que la Academia se ha quedado sin vigilancia esta noche, montarían una campaña contra Gilberto, pidiendo su destitución. Imagínate la cantidad de mierda que le echarían encima.

—No más de la que se merece —me sublevé.

Fuera de la sala donde se había producido mi forcejeo, el museo conservaba ese aspecto intacto de los templos sin feligreses. Desde algún remoto despacho, me llegó la voz de Gabetti, adiestrada en el fingimiento y la frivolidad, disuadiendo a los policías y aconsejándoles que no alargasen su ronda hasta las proximidades de la Academia. «Las alarmas saltaron por accidente», se excusó con una risita de pecador venial. Sentí que sus palabras me despedían y a la vez me expulsaban, sentí que su risa celebraba mi desaparición, sentí con creciente pesar que yo había dejado de existir para él, quizá también para Chiara.

—No se te puede dejar solo. Vaya escabechina que te han hecho, pareces un *Ecce Homo.*

Tedeschi me había ordenado que me tumbase de bruces sobre la cama que utilizaba para su descanso, la cama señorial convertida en pocilga por la falta de aseo, con sábanas que habían sido de holanda y habían ido derivando hacia la arpillera, almidonadas por la mugre y los orines resecos. Tampoco allí, en el palacio abandonado que Fabio Valenzin había elegido como escenario de su muerte, había suministro de electricidad; Tedeschi se alumbraba con una lámpara de petróleo que embrutecía sus facciones y derramaba una claridad oleaginosa sobre las sábanas, uniformando las manchas y suavizando su tacto.

—A ver, fuera la camisa, deja que te inspeccione esas heridas.

La camisa era un jirón de tela acuchillada por los cristales, un harapo que hacía coincidir sus desgarrones con las llagas de mi espalda, y se adhería a las postillas, como una segunda piel. Tedeschi me despojó de ella sin demasiados miramientos, reavivando algunas hemorragias, y a continuación derramó un chorro de vinazo sobre la carne dilacerada.

—Cuidado, que esto te va a escocer.

Pero su advertencia era tardía, porque ya el vinazo se infiltraba en las heridas, desinfectándolas con su graduación de coñac y también con los gérmenes solidarios que Tedeschi le había inoculado a través de su saliva. Con un paño que seguramente desconocía los prejuicios de la profilaxis me procuró una friega, y con dedos de herbolario me fue desbrozando las esquirlas de vidrio. Yo mordía la almohada y me dejaba escarbar, aunque dudase de la eficacia de aquella cura.

—Pues yo te hacía con Giovanna Zanon, follando como un enano, y mira tú por dónde me vienes hecho una piltrafa —dijo Tedeschi.

Aún me quedaba una reserva exigua de humor:

—¿Y cómo crees que habría venido si de verdad hubiese estado follando con esa bruja? Seguro que en el armario guarda una fusta para azotar a sus amantes.

—Bueno, siempre será preferible una zurra mientras te trajinan que una zurra a palo seco, ¿no te parece? Pero en serio, Ballesteros, no deberías meterte en tantos líos; lo mejor en estos casos es sentarse a esperar.

Entre las molduras del techo dormían las palomas, abufadas y con la cabeza debajo del ala, como monstruos mutilados que aguardan el disparo que los sobresalte y restablezca su anatomía.

—Tampoco tú has estado sentado —refunfuñé—. Chiara, la hija de Gabetti, me dijo que habías estado espiándola. ¿Te parece bonito desproteger la maleta?

Tedeschi había completado la reparación de la espalda y me empapaba las descalabraduras del cogote con otro chorro de vino.

—Yo no estaba espiando a nadie, lo que pasa es que la gente es muy susceptible: esa muchacha, en concreto, debió de creerse que yo era un violador o algo parecido, y no paró hasta darme esquinazo. También merodeé por el palacio de Giovanna Zanon, a ver si dabas señales de vida. Pero nada, tú ves un coño y ya te olvidas de tus obligaciones. —Me enojó la grosería de Tedeschi, sobre todo porque la jornada no me había deparado esas visiones—. Y tenemos una obligación pendiente, ¿o es que esperabas que yo solito me pusiese a dragar el canal? —El vinazo había derretido los coágulos de sangre, y Tedeschi me rebuscaba las brechas del cuero cabelludo—. Joder, ese tío te ha dejado la cabeza hecha picadillo. ¿No te duele?

—Hostia, tú qué crees. —Me desesperaban las preguntas retóricas—. Pero él también se llevó lo suyo, de momento no creo que vuelva a ponerse pendientes.

Todavía me perduraba en el paladar el regusto de la oreja desgarrada. Habíamos despertado con nuestras voces a una paloma que nos miraba sin parpadear, con ojos de azabache líquido.

—¿Y no pudiste reconocerlo?

—Qué va, allí no se veía nada, Gabetti se había llevado la linterna. —Escupí una hebra que se me había quedado atrapada entre dos muelas: no supe si sería algún resto de comida o algún resto de mi trifulca—. Pero ese individuo era nuevo para mí, no lo había visto en mi vida. Un tío con unos brazos como jamones; el aliento le olía a caramelo de eucalipto, tenía pendientes en las orejas y melena, una melena de macarra de discoteca, peinada hacia atrás con gomina, con los aladares muy rapados, y un poco ondulada.

Tedeschi me había arrancado de la nuca un puñalito de cristal que me mostró como si fuese una pepita de oro.

—También tú tendrás que dejarte melena para disimular las cicatrices del cogote —dictaminó sin piedad—. A ese individuo lo he visto yo, siempre iba acompañado por otro igual de fortachón, sólo que con el pelo cortado a cepillo.

Había completado su cirugía de urgencias, y me lo anunció con un cachete en las mejillas. Al incorporarme sobre la cama, tuve la sensación de estar cosido por dentro, con suturas que estuviesen a punto de reventar.

—El del pelo a cepillo sería el que se enfrentó con Gabetti en la escalera. —Como al enfermo le consuelan los achaques del prójimo, también a mí me congratulaba que Gilberto Gabetti hubiese recibido su ración de puñetazos—: ¿Y de qué los conoces, a esa pareja de dos?

La alcoba mostraba la misma grandeza ruinosa y desangelada que ya había tenido la oportunidad de constatar a la luz del día, pero la lámpara de petróleo le añadía lobregueces de bodegón o caverna. De una pared, espetadas en ganchos, colgaban cuatro o cinco palomas que goteaban su muerte por el pescuezo.

—Una vez se citaron aquí con Valenzin para hablar de negocios —rememoró Tedeschi—. Aunque solía prescindir de mí, esa vez me pidió que me quedara, y también me pidió que cargase la carabina, por si las moscas. Valenzin era un poco acojonado en su trato con sicarios; todo el valor que exhibía en sus fraudes se empequeñecía ante una montaña de músculos. Aquellos tipos eran lacayos de algún ricachón, no te pienses que venían por su cuenta, eran más lerdos que orangutanes. Tanto ellos como Valenzin empleaban una jerga muy vaga, hablaban de un «chisme» para referirse al asunto de su transacción, sólo eran concretos cuando discutían cifras y el sistema de pago a plazos. El «chisme» no debía de ser moco de pavo, porque manejaban muchísimos ceros, una fortuna que cortaba la respiración. Cuando por fin se marcharon los matones, Valenzin me dijo: «Después de ésta me retiro, Vittorio. En serio que me retiro.» Pero lo decía sin esa alegría que solía agitarlo en las vísperas de un golpe morrocotudo, lo decía incluso con remordimiento, no sé si ante la expectativa de la jubilación o porque lo martirizase algún escrúpulo de conciencia. Aunque no creo, Valenzin no reparaba en esas minucias.

Pero yo sabía que, al menos en el amor, sí era escrupuloso, sabía que un disgusto íntimo lo ensuciaba de esterilidad.

—¿Y nunca llegaste a saber en qué consistía ese golpe? —pregunté, con esa desesperación abatida de quien maneja todas las piezas de un rompecabezas, pero no dispone de inteligencia para encajarlas—. ¿Nunca llegaste a saber si efectivamente lo perpetró?

—Ni puta idea. —Tedeschi asomó sus dientes famélicos—. Vete tú a saber si Valenzin no planeaba alguna jugarreta y el ricachón le mandó a sus sicarios para que ajustaran cuentas. Aunque, la verdad, no me puedo creer que Valenzin fuese tan imbécil como para citarse a solas con esos tipos, máxime si había intentado timarlos. También habría que preguntarse qué los impulsó a irrumpir tan chapuceramente en la Academia: repartiendo mamporros quizá no tuviesen rival, pero para atracar museos les faltaban neuronas, no se puede llegar a los sitios jodiendo las claraboyas y armando un escándalo de mil demonios. Yo me había quedado un poco traspuesto, mientras te esperaba, y las alarmas me sirvieron de despertador, también las palomas se desmandaron con el alboroto, pobrecitas, pronto padecerán insomnio.

La maleta de Valenzin, en cambio, perseveraba en su letargo, acurrucada debajo de la cama, junto al orinal que Tedeschi había vuelto a proveer.

—¿No has intentado abrirla? Puede que dentro encontremos una respuesta.

—Pues claro que lo he intentado. —Chasqueó la lengua en señal de enojo—. Con ganzúas, con llaves maestras, con escoplos, hasta he probado con el infiernillo de gas, empleándolo como si fuera un soplete: nada de nada. Sólo he conseguido chamuscarle el pellejo, pero he preferido no recurrir a métodos más drásticos, no sea que se desgracie la mercancía. —Hizo una pausa incrédula, o por lo menos suspicaz—. Si es que hay alguna mercancía, a lo mejor el «chisme» que le hubiese garantizado la jubilación a Valenzin, al final se le resistió, o bien Valenzin desistió por reparos morales, de ahí que esos ceporros lo intentaran por su cuenta.

La lámpara de petróleo extendía un corro de luz sobre el suelo entarimado, y alargaba la sombra de su llama hasta la pared, enturbiando el aire con un humo muy espeso y requemado. En Venecia el delito circula por cauces subterráneos, es un magma que reparte solidariamente su calor, aunque dosifique sus temperaturas: del cohecho al asesinato, pasando por el latrocinio, todos los venecianos que había conocido participaban de su calidez. Esta convicción me abatía y apabullaba, me instalaba el mismo desaliento que debió de acometer a Yavé cuando no encontró en Sodoma ni siquiera diez justos que merecieran el perdón.

—A ti lo que te pasa es que estás coladito por la chica de Gabetti, y te jode que no acabe de ponerse de tu parte —me zahirió Tedeschi—. Chico, tienes que hacerte cargo: tú acabas de llegar, con Gabetti la unen muchas complicidades.

—Gabetti es un delincuente público y notorio —dije, repitiendo los calificativos que había escuchado por la mañana en labios del inspector Nicolussi—. A saber qué chanchullos se traerá entre manos, para no querer que la policía investigue el intento de robo.

Tedeschi se encogió de hombros. La llama de petróleo historiaba su rostro con cicatrices que quizá fuesen una radiografía de su alma.

—Si de verdad se trae algún chanchullo ya nos enteraremos —dijo con esa flema cazurra que tienen los hombres rústicos, a quienes la experiencia les ha enseñado que el tiempo decanta las conductas, como sazona las frutas y dirime las cosechas—. Lo importante es que nadie se sienta vigilado. Tú no te apures, que ellos solos nos irán mostrando sus cartas.

Ya me las habían mostrado, siquiera parcialmente, pero entre tanto exhibicionismo perduraba en mí la impresión de que todos estuviesen jugando con una misma baraja trucada, anunciando envites y proponiendo faroles que ocultaban su verdadera baza. Tedeschi me proponía actuar de espectador pasivo ante el juego, pero había lances que exigían la intervención de un espectador que se adelantara a las intenciones segundas o terceras de los contendientes. Quizá yo era la persona menos idónea para esta labor, quizá los muchos años de transigencia y servilismo académico me habían inmunizado contra la sutileza de algunas mentiras, contra la ambigüedad de algunas versiones. Le conté a Tedeschi los descubrimientos que me había ido deparando la jornada, las vaguedades y contradicciones que se derivaban de algunos testimonios, le conté la conversación robada a Dina y Nicolussi, las aflicciones de Chiara y las insidias de Giovanna Zanon.

—Me han invitado, ella y su marido, a una fiesta de disfraces que celebran mañana, para inaugurar el carnaval. —Reprimí un escalofrío al imaginarme ataviado con el disfraz del médico de la peste, el mismo que había elegido el asesino de Valenzin. Para espantar la congoja, bromeé—: Así podré comprobar si de verdad esconde una fusta en el armario.

Tedeschi trasegó el último sorbo de vino que restaba en la botella después del dispendio curativo; se había incorporado también de la cama y se desabotonaba la camisa.

—En fin, de momento vamos a intentar rescatar ese anillo. Siempre se me dio muy bien bucear.

Tenía el torso atezado, sin concesiones a la grasa, perturbado solamente por la caligrafía de los músculos. Me sentí un poco abochornado, con mis adiposidades y michelines a cuestas: mi barriga era casi tan fofa y fluctuante como mi experiencia vital. Tedeschi se asomó a la ventana y oteó la plazoleta, cuyo único inquilino era aquel farol tacaño que albergaba dentro de sí un cementerio de insectos. El canal se mantenía quieto, urdiendo su brebaje de aguas fecales.

—¿Dónde dices que cayó, más o menos?

—Justo debajo de la balconada central, en mitad del cauce.

Recordé la trayectoria descendente del anillo (mi memoria persistía en esta imagen y la ralentizaba), trazando una estela de meteorito que se extingue, antes de ser deglutido por el canal. Tedeschi se inclinó sobre el alféizar, para estudiar el terreno; su piel parecía impermeabilizada contra el frío, lubricada por una invisible capa de espermaceti. A mí, por el contrario, el aire húmedo se me infiltraba en las llagas de la espalda, como vapor de yodo, y me llenaba de escalofríos; me embutí en la gabardina, que tras la pelea en la Academia tendría que entregar al trapero.

—Vamos allá, pues.

Se descalzó las botas de pescador, muy festoneadas de barro, y se aligeró también de los pantalones; no usaba calzoncillos, y el falo se le columpiaba entre los muslos, como un abalorio. Atravesamos el *piano nobile*, con su perspectiva de puertas decrecientes que la noche hacía indistintas y perdurables como un pasadizo; los espejos no nos reflejaban, quizá habían renunciado a su función reproductora, para desentenderse de los crímenes que en aquel palacio se pactaban o consumaban. Qué fácil y acomodaticio es cerrar los párpados, qué placentero dejar que la cera crezca en los oídos, qué benéfico volver la espalda y no inmutarse, qué grato rehuir los pleitos y declinar las responsabilidades. Habíamos salido a la plazoleta, y avanzábamos pegados a la fachada del palacio, por el reducido andén que había recorrido Fabio Valenzin cuando la sangre se le escapaba por el boquete del pecho. Tedeschi, antes de zambullirse, me miró de hito en hito:

—¿No te estarás rajando ahora?

Entendí que no debía mostrarme voluble ni claudicante después de haberlo embarcado en una misión insólita. Las ventanas del Albergo Cusmano tenían echados los postigos (una ventana con los postigos echados es como un espejo sin azogue o un hombre que vuelve la espalda): imaginé, en alguna de aquellas habitaciones clausuradas, mi equipaje abierto y quizá entumecido; imaginé también a Dina tumbada boca arriba en la cama, con toda la noche concentrada en su pubis: seguramente ya habría reparado en el robo de la maleta y sus ojos estarían agigantados por el insomnio; también lo habían estado en las vísperas del conyugicidio (una muerte por asfixia tapa una muerte por envenenamiento, como la nieve tapa la obscenidad de la sangre), pero entonces la sensación de alerta le habría infundido valor, ahora la sensación de alerta le inspiraría desvalimiento, también esa tristeza irremisible que padecen los animales acorralados.

—¿Rajarme yo? Para nada.

A Tedeschi, el nivel del agua le alcanzaba las tetillas y se las erizaba; sus pies se estarían hundiendo en el cieno del fondo, cuya consistencia execrable yo había probado ya, un par de noches antes. Se sumergió, acostumbrando la vista a la opacidad de aquel recinto líquido; cuando volvió a salir para reponer sus reservas de aire, sucio de algas y de lodo, me recordó a esos penitentes hindúes que se bañan en el Ganges, para purificarse, y vuelven a casa con los mismos pecados y un barniz de mierda por añadidura. Se repitieron las inmersiones, en número de hasta siete u ocho, cada vez más cortas porque sus pulmones se iban esquilmando, lo mismo que mis esperanzas (o temores) de que apareciese el anillo; quizá la corriente lo hubiese hecho víctima de sus zarandeos (pero aquel canal no era visitado por las corrientes), quizá hubiese rodado hasta el Adriático, para desposarse simbólicamente con las olas. O quizá el anillo no hubiese existido nunca.

—¡Lo encontré, por fin, al hijo de la gran puta! —masculló Tedeschi retornando abruptamente de sus espeleologías.

Lo traía prendido entre los dientes famélicos: era un anillo de oro, muy espeso de quilates y bruñido aún, a pesar de haber anidado entre basuras. Tedeschi trepó a la orilla, con esa exultación chorreante que tienen las estatuas de bronce cuando un arqueólogo las rescata del fondo del mar, y escupió el anillo a mis pies: era una joya ostentosa, casi zafia de tan ostentosa, con un sello demasiado amplio, incluso para el dedo pulgar, y muy nítidamente troquelado. Cuando me agaché para examinarlo más de cerca ya lo había tomado Tedeschi entre sus manos nervudas; noté que se había astillado las uñas de tanto arañar el cauce. Leyó con esfuerzo la inscripción que circundaba el sello:

—*Moriatur anima mea cum philistiim.* ¿Tú entiendes lo que quiere decir?

La desnudez de Tedeschi no resultaba obscena, porque no había miradas concupiscentes o acusatorias que lo espiaran. Desempolvé mis remotas nociones de latín y traduje, guiado más por la proximidad fonética que por una genuina certidumbre:

—Algo así como «Muera mi alma con los filisteos», pero no creo que la traducción nos solucione gran cosa —dije.

—¿Cómo que no? ¿Es que en la escuela no te hacían leer la Biblia? —me preguntó con una especie de felicidad hermenéutica—. Eso fue lo que gritó Sansón antes de palmar; la zorra de Dalila lo esquiló y lo entregó a los príncipes filisteos, que le sacaron los ojos y lo encadenaron a una rueda de molino. Luego lo amarraron a las columnas del palacio, para que la gentuza se descojonara de él, pero Sansón se encomendó a Dios y recuperó su fuerza: sacudió las columnas, y el palacio sepultó a los filisteos. Mira el dibujo del sello: la referencia está clarísima.

Me tendió el anillo para que examinara el emblema en relieve que ilustraba la inscripción: sobre un muro de mampostería, figuraban dos columnas rotas, columnas más bien estilizadas y sin basamento, exactamente iguales a las columnas que aparecen en *La tempestad*, detrás del peregrino. Me sentí agitado por una pululación interna, por una forma de oscuro pavor que se inmiscuía en mi inteligencia.

VIII

Hace falta una paciencia numismática para ordenar un rompecabezas, hace falta espigar entre las posibilidades casi infinitas de combinación e ir encajando los contornos mordidos de cada pieza. A veces, los vínculos entre las piezas son tan tenues que parecen evanescentes, a veces intuimos que una falla podría destruir esos vínculos, pero espantamos esa idea y proseguimos nuestra proeza (porque, poco a poco, y a medida que avanzamos, nos creemos revestidos de cierto heroísmo intelectual), hasta que, cuando ya casi tenemos ordenado el mapa de las piezas, descubrimos que no basta con hacer coincidir sus contornos, es preciso también que el dibujo resultante sea verosímil y no arbitrario, es preciso que esos vínculos que al principio eran tenues y casi evanescentes se vayan poblando de una íntima coherencia, hasta completar una figura cabal. De nada sirve el respeto por las geometrías si, hacia el final de nuestra tarea, nos topamos con discontinuidades en la figura: entonces somos víctimas de una intolerable carga (hemos dilapidado demasiadas energías), y la ofuscación nos impide recapitular nuestros pasos, preferimos apartar de un manotazo todo el edificio que hemos erigido sobre cimientos falsos. El enojo y el despecho nos inclinan a la demolición, aunque más tarde nos arrepintamos, cuando ya el suelo está regado de piezas que han recuperado su caos primigenio.

Algo parecido me ocurría a mí: había seguido escrupulosamente los métodos de la investigación académica para dilucidar el asunto de *La tempestad*, me había esforzado por hacer coincidir sus contornos, empleando cinco años en la composición de una urdimbre irreprochable según los principios de la lógica, pero dos días en Venecia me habían enseñado que la lógica no sirve para la vida, del mismo modo que la inteligencia no sirve para el arte, porque el arte es una religión del sentimiento. Dos días en Venecia habían refutado cinco años de trabajo, habían pisoteado mis convicciones teóricas y me habían arrojado a un páramo de desorientación. *La tempestad*, ese cuadro que yo había diseccionado y recompuesto con paciencia numismática, no era sólo un objeto de disfrute estético, o la palestra donde los especialistas dirimían sus desavenencias: también era el objeto de la devoción o el trastorno de quienes se creían sus propietarios morales o, por el contrario, se sentían expropiados de él, y eso los sublevaba; también era el campo de batalla donde esos hombres y mujeres dirimían sus conflictos, el escenario donde se explicaban sus quimeras y anhelos y frustraciones.

El hallazgo del anillo imponía algunas consideraciones que, sin alcanzar el rango de certezas, me inclinaban a pensar que *La tempestad* no era sólo un entramado de símbolos. Quizá en ese cuadro también contendían las rapiñas más estrictamente materiales, las avaricias menos metafóricas, los instintos de supervivencia y depredación. Quizá esos instintos y avaricias y rapiñas fuesen pulsiones tan irrefrenables y devastadoras que alguno de esos contendientes había estado dispuesto a inmolarse, con tal de arrastrar a sus adversarios, como había hecho Sansón: «Muera mi alma con los filisteos.»

—El asesino de Valenzin no quería dejar pistas —reflexioné en voz alta, de regreso al palacio. El anillo parecía palpitar en mi mano como una piedra candente—. Acaba de disparar a su víctima, que agoniza a sus pies, pero, en lugar de rematarla, prefiere cerciorarse de que no lleva consigo ningún objeto o documento que pueda involucrarlo. Descubre entonces, en su dedo anular, una sortija muy valiosa, muy voluminosa también, que no hubiese pasado desapercibida para la policía. El asesino sabe que esa sortija lo delata, quizá porque él mismo se la había regalado, quizá porque su sello alude vagamente a un asunto que atañe a ambos, y, en su precipitación, sólo busca el modo de deshacerse de ella. Le quemaba tanto en la mano, era tan arriesgada su posesión, que no quiere mantenerla en su poder ni un solo minuto: sabe que los canales de Venecia son una bodega que se traga todos los secretos, y se acerca al balcón para arrojarlo desde allí. Entretanto, Valenzin aún consigue enhebrar unos pasos, tambaleante, y salir a la plazoleta, para reclamar auxilio, pero le fallan la voz y las piernas, en realidad ya es un muerto que camina.

Tedeschi tardaba en asimilar mi reconstrucción de los hechos; las zonas de sombra estimulaban su mal humor:

—¿Y por qué lo comprometía tanto un anillo?

—Aquí ya nos movemos entre hipótesis, pero entre hipótesis bastante probables —repliqué, procurando que mis iluminaciones no le resultasen jactanciosas—. Las columnas rotas se corresponden, como te dije, con las columnas que pintó Giorgione. Añade a esta coincidencia el asalto tan chapucero, un poco como a la desesperada, de esos dos gorilas a la Academia: quizá se disponían a hacer, por orden de su amo, lo que Valenzin no había hecho. Yo creo que Valenzin fue contratado para robar *La tempestad*; también creo que el anillo era un obsequio de su cliente, una bagatela en comparación con lo que percibiría a la entrega, pero en cualquier caso una bagatela que le serviría a Valenzin como recordatorio de su compromiso.

—Un compromiso que incumplió y le costó la vida —concluyó Tedeschi, doblegado por el desánimo—. Mucho me temo, entonces, que la maleta no guarde nada. Sin embargo, el asesino se llevó las llaves, de eso no hay duda: Valenzin jamás se separaba de ellas; cuando quedábamos citados aquí, para advertirme de su llegada, las hacía entrechocar a modo de sonajero.

La mirada de Tedeschi era errabunda, como la de alguien que posee unas premisas pero no sabe articular las deducciones que descifren su perplejidad. Me arrogué ese mérito:

—Quizá la maleta guarde alguna otra prueba concluyente que perjudique a quienes lo contrataron. A buen seguro, Valenzin se protegía las espaldas con algún papelote comprometedor.

La lámpara agotaba ya su provisión de petróleo y soltaba un humo narcótico que nos atufaba y nos impedía discurrir. La llama murió entre boqueadas, con un estertor final que se fue adelgazando en la noche como el silbido de una emanación de gas. Por la balconada del *piano nobile* entraba una luz mortecina y ojival, puñales de luna que se alargaban sobre el suelo defecado por las palomas y trepaban hasta la pared del fondo, lamiendo los espejos donde ya sólo se reflejaban los muertos, donde quizá Valenzin había tenido la oportunidad de verse por última vez, con esa difuminación espectral que se instala en las retinas cuando la sangre las ofusca con su clamor. La noche se extendía despiadadamente; así la habría percibido también Fabio Valenzin, como una ceguera que cobijase dentro de sí el fuelle roto de una respiración.

—¿Dónde dormirás esta noche? —me preguntó Tedeschi, intuyendo que no iba a hacerlo en el palacio—. ¿En casa de Gabetti?

—Me temo que allí ya no sería bien recibido. —Una tristeza trashumante lastraba mis palabras—: Nunca es bien recibido quien sabe demasiado. Volveré al Albergo Cusmano.

—Seremos vecinos, pues —celebró Tedeschi. A él no parecía arredrarle la noche—. Avísame si la viuda te tiene preparada alguna encerrona.

—Te avisaré, descuida —dije, sin saber a qué tipo de encerrona se refería.

Un viento apátrida soplaba en la plazoleta, rizaba el agua del canal y me bautizaba las llagas por debajo de la gabardina. El letrero fluorescente que anunciaba el Albergo Cusmano había sustituido su zumbido por un chisporroteo de electrocución, como si por fin hubiese cedido a los cortocircuitos; también la puerta cedió a mi empuje, no hizo falta doblegar su resistencia. Un desorden brusco alteraba el vestíbulo del hostal: los muebles derrengados sobre la alfombra, las sillas patas arriba, los libros de entradas donde Dina censaba el tránsito fantasmagórico de huéspedes esparcidos aquí y allá, le conferían un aspecto como de desván borracho. Sorteé los obstáculos, venciendo ese disgusto que debe de producirle al ladrón aséptico volver al escenario de sus saqueos y comprobar los estragos que ha causado otro colega posterior y menos cuidadoso que él, quizá también más furibundo y con inclinaciones homicidas.

—¡Dina! —grité, súbitamente acongojado.

Subí las escaleras de tres en tres, urgido por un presentimiento fúnebre; los peldaños tenían una consistencia de fango que dificultaba mi ascenso. Desde el primer rellano, avisté el corredor con las puertas de las habitaciones entornadas o abiertas de par en par que denunciaban un registro tan exhaustivo como el que había sufrido el vestíbulo, pero no me detuve a evaluar los destrozos de ese registro, quizá Dina hubiese sido víctima de otros destrozos menos reparables, quizá ese ladrón tardío había descargado sobre ella su furor al comprobar que alguien se le había adelantado.

—¡Dina! ¿No me oyes?

No buscaba una respuesta, sólo amontonaba palabras que me sirviesen de antídoto contra el terror, palabras que retardaran su muerte o promovieran su resurrección, palabras como responsos o como conjuros para tranquilizar la conciencia y ahuyentar la culpabilidad. Yo la había imaginado, apenas unas horas antes, tumbada boca arriba en la cama, con toda la noche concentrada en su pubis y los párpados alerta, pero no había sabido interpretar la fijeza de su mirada; ahora me imaginaba esa mirada con un coágulo de muerte en cada retina, supurando ese brillo póstumo que aflora después de la asfixia o el estrangulamiento. Pulsé el interruptor de la luz, para corroborar estos vaticinios. Con alivio descubrí que estaba viva, que todavía sus ojos bizantinos parpadeaban y emitían un llanto mudo de rabia o desesperación.

—Creí que te habrían hecho algo peor. Dios mío, Dina, en seguida te suelto.

Afuera, el viento golpeaba las contraventanas y las hacía retemblar en los batientes, como un peregrino que demanda posada, exigiendo la observancia de alguna obra de misericordia. Dina había sido amordazada con esparadrapo; sus muñecas y tobillos estaban apresados, también con esparadrapo, al respaldo y las patas de una silla. En la sien derecha, tenía un chichón que se iba decantando hacia el cardenal en las proximidades de la ceja, pero no exhibía otros signos de violencia. Aunque la silla estaba tumbada sobre el suelo y la falda de Dina recogida en un acordeón de arrugas (vislumbré sus muslos muy blancos y desbordados por la celulitis, quizá se rozasen entre sí a la altura de la ingle) y sus zapatos de tacón se le hubiesen escurrido de los pies, supe que nadie la había descalzado ni derribado ni sofaldado; ella sola, en su afán por liberarse, había incurrido en estos desarreglos. Alcé la silla y le acaricié la sien vulnerada; su llanto seguía siendo mudo (los sollozos se le quedaban atrapados en la mordaza), pero más copioso, como si la tensión acumulada en soledad se hubiese por fin liberado. Tenía las facciones congestionadas y las aletas de la nariz dilatadas como ollares, en un esfuerzo respiratorio.

Corrí al lavabo, en busca de unas tijeras, para cortar las ligaduras.

—Aguanta un poco, Dina, ya no estás sola.

Su aprehensor había sido concienzudo e inclemente, había rodeado sus muñecas y tobillos con varias vueltas de esparadrapo que le habían entorpecido la circulación de la sangre y le habían dejado un círculo de lividez, la misma marca que dejan los elásticos de un sostén en la espalda o una sortija en el dedo anular. Apenas se supo libre, Dina se arrancó los restos de esparadrapo como si fuesen parches de una depilación; se le levantaron ronchas en la piel, pero el dolor no asomó a sus ojos, las lágrimas lo anestesiaban. Me abrazó con debilidad filial; los sollozos que no podía expectorar por culpa de la mordaza repercutían en sus senos y los conmovían con un temblor blando y asimétrico. Me sentí depositario y culpable de ese temblor:

—Tranquila, lo peor ha pasado, estás conmigo, estás a salvo —dije, y al bálsamo de mis palabras añadí el bálsamo de mis dedos enjugando el sudor de su frente, apartando la alarma de sus párpados—. Ya no te harán más daño.

Aún tuve que hacerle un poco de daño, pues, aunque tenía el pelo recogido en un moño que dejaba la nuca al descubierto, algunos cabellos habían quedado pillados bajo la mordaza; los fui cortando con cuidado de no hacerle trasquilones, y dejé que fuese ella la que tirase del esparadrapo: también las mejillas se le inflamaron instantáneamente con una roncha, y los labios se le despellejaron y se ensuciaron de una sangre que tardaría en restañar.

—Pensé que me ahogaba, pensé que nadie vendría a socorrerme. —Hablaba con esa avidez y esa fruición y ese anquilosamiento de quien recupera el lenguaje después de un silencio de meses o de años—. Cómo te lo podría pagar, ha sido tan horrible.

Se alisó las plisaduras de la falda, miró consternadamente

las medias reducidas a jirones que se le amontonaban en los zancajos, pero se consoló cuando comprobó que yo estaba aún más desastrado. El viento embestía las contraventanas y silbaba entre sus resquicios.

—Contándome la verdad —dije, quizá algo imperiosamente—. ¿Quién te ató a la silla? ¿El mismo que puso patas arriba el hostal?

Miré con disimulo el hueco que había dejado la maleta de Valenzin, entre la pared y el armario, un hueco que había tenido aspecto de madriguera y ahora mostraba esa desolación profanada de los nichos vacíos.

—¿Venía en busca de la maleta?

Dina me miró todavía sin comprender, con estupor o aturdimiento, y su mirada se fue ahondando, hasta derivar de la gratitud sumisa hacia el desdén, como si por cansancio me absolviese de mi vileza, aunque no me la perdonase aún.

—Así que te la habías llevado tú —dijo, con una seriedad demasiado sobria, con el mismo resquemor que ya había apreciado en su conversación con Nicolussi, mientras los espiaba desde el soportal—. He podido morir por tu culpa, y me pides que te cuente la verdad.

—Por favor, Dina, descríbeme al tipo que ha hecho esto. —Volví a acariciarle la sien abultada por el golpe, pero esta vez ella se retrajo, como herida por un calambre—. Dímelo, es importante.

Me contempló con infinito asco o infinita misericordia; quizá me estuviera aborreciendo minuciosamente, quizá hubiese olido los efluvios que desprendía el vinazo que Tedeschi había empleado para desinfectar mis heridas.

—Vaya, a ti también te han vapuleado de lo lindo.

Asentí, exagerando mi aflicción y mi solidaridad. Personas a quienes acababa de conocer me habían hecho destinatario de confidencias falaces o por lo menos interesadas, habían improvisado historias aproximadamente falsas y se habían aprovechado de mi ingenuidad o falta de prevención; ahora ya estaba avisado, quería enterarme de la verdad y abolir tanta mistificación. La verdad —me daba cuenta por fin— se desenvuelve mejor en el laconismo, la locuacidad es un ornamento que nos salvaguarda y hace pasar desapercibida la mentira. Dina se dejó caer sobre la cama, vencida por la inanición o los remordimientos: también ella me había mentido, también ella me había vapuleado con declaraciones que hubiese preferido no escuchar. El somier recibió la carga de su cuerpo con un quejido de manso desaliento; el sonido me resultaba familiar, porque lo había escuchado antes a través de los tabiques, recién llegado a Venecia, con los sentidos avivados por el deseo.

—No llegué a verle la cara, se la cubría con una máscara de carnaval —dijo en un susurro, y cruzó los brazos sobre los senos, para reprimir el temblor que de nuevo los agitaba.

—La máscara del médico de la peste —asentí—. ¿Y no te fijaste si llevaba una melena muy macarra?

Guardó silencio, un silencio inescrutable que quizá fuese el preludio del llanto o de la cólera:

—Pero con qué derecho me pides que te cuente. —El temblor de los senos se le había extendido al resto de su cuerpo, como se extiende en el agua la onda de una piedra que se hunde—. Ahora mismo voy a llamar a la policía.

Quiso incorporarse de la cama, pero la sujeté por los hombros y la zarandeé: me horrorizó que mis manos también pudiesen ejercitarse en la violencia.

—¿Llamar a la policía? ¿Y qué les dirás? ¿Que estabas conchabada con Nicolussi, como en el asesinato de tu marido? ¿Que juntos habíais decidido ocultar una prueba, pero que esperabais sacárosla de la manga cuando la ocasión fuese propicia? —Me sacudía una exaltación muy parecida a la fiebre, y mis palabras eran ásperas y disonantes, como pronunciadas por despecho—. ¿Les dirás que el español se adelantó a vuestras maquinaciones? No creo que estés en disposición de llamar a nadie.

Dina había cerrado los ojos bizantinos para favorecer la introspección o borrar mi presencia, había apretado los labios adustos hasta resumirlos en una línea que se pretendía inexpugnable.

—Por favor, suéltame.

Su voz era casi mineral, como rescatada de algún yacimiento fósil, una voz que imploraba y a la vez se desvanecía en un desmayo. Insistí:

—Tenemos que confiar el uno en el otro, Dina, no nos queda otro remedio. —Aflojé las manos que un momento antes habían sido agresivas, las aflojé y dejé abandonadas sobre sus hombros, con laxitud y prosopopeya, como hacen los curanderos y los sacerdotes—. Perdóname por el daño que haya podido hacerte: cuando me llevé la maleta no pensaba en las consecuencias de mi acto. De todas maneras, lo que yo hubiese hecho o dejado de hacer no te habría ahorrado el mal trago. Ese individuo, quienquiera que fuese, te habría hecho la visita igual. Por lo menos así la maleta está a salvo.

Me avergonzó pensar que su sufrimiento habría sido estéril, si a la postre la maleta no contenía más que camisas arrugadas y calzoncillos con zurrapas; me sobrecogió pensar que Tedeschi pudiera también sufrir baldíamente por un armatoste vacío. Cuando Dina volvió a parpadear, observé que sus ojos se movían de un lado a otro con ligeros espasmos, como se mueven los ojos de una paloma cuando le retuercen el pescuezo.

—Y las horas de angustia que yo he pasado, ¿eso no cuenta? ¿Tú sabes el suplicio que es estar amarrada a una silla, durante horas y horas, sin poder reclamar auxilio? He llegado a desear la muerte.

Sus labios, desgarrados por el esparadrapo, exudaban por cada grieta una sangre diminuta y simultánea, como motas de óxido que delatasen la pervivencia de un antiguo rencor. Era la suya una rabia inútil, pero una rabia que anhelaba ser compartida.

—Claro que cuentan, Dina —dije—. Y porque cuentan tenemos que procurar que no se repitan. Tienes que contarme cómo ocurrió todo.

Contó y contó, al principio entrecortada por ese espanto que nos acomete cuando rememoramos una pesadilla reciente, más tarde (a medida que las últimas hilachas de esa pesadilla se difuminaban) con ira, y también con un secreto afán de revancha. Después del entierro de Fabio Valenzin, todavía en el cementerio de San Michele, había acordado con Nicolussi postergar el descubrimiento «accidental» de la maleta hasta el día siguiente. De regreso al hostal, Dina encendió la radio del vestíbulo y escuchó los boletines informativos, que ya incorporaban a la narración más o menos insípida de los hechos un esbozo hagiográfico de Fabio Valenzin. Ningún signo de desorden le hizo recelar el robo de la maleta. Su primera reacción, cuando descubrió el hueco vacío entre la pared y el armario, no fue de alarma, sino más bien de atolondramiento, como si alguien hubiese introducido cambios en la disposición del mobiliario. Poco a poco, ese atolondramiento inicial fue agravándose de vértigo: huir habría sido la solución más espontánea, pero cierto sentimiento de opresión la paralizaba. No se atrevió tampoco a telefonear al inspector Nicolussi, que quizá ya estuviese de vuelta en la prefectura, pues el vínculo de clandestinidad que los unía (más clandestino que el adulterio o la asociación ilícita), no recomendaba estas comunicaciones súbitas; estaba habituada a sobrellevar la culpa en soledad, así que procuró serenarse con argumentos optimistas o endebles: a fin de cuentas, el contenido de esa maleta no le concernía, su desaparición la aligeraba de cargas que no había asumido por voluntad propia. Interrumpió sus cavilaciones un campanilleo procedente del vestíbulo; la inercia del optimismo la convenció de que se trataría de algún húesped desprevenido (yo mismo, por ejemplo), que mitigaría su culpa y su desvalimiento. No había hecho más que asomarse a la penumbra del pasillo cuando recibió el golpe en la sien, un golpe muy eficaz, quizá asestado con la culata de una pistola, que la derrumbó en los sótanos de la inconsciencia. Fue un derrumbamiento plácido e indoloro, y tan rápido que no le dejó margen para la curiosidad o el miedo o la protesta.

—El despertar fue menos plácido —dijo Dina. Se había llevado una mano a la sien contusa, y se palpaba la hinchazón—. Me palpitaba la cabeza, y apenas podía respirar, por culpa de la mordaza; tampoco podía moverme, pero la sensación de ahogo o inmovilidad era llevadera, comparada con el estruendo que me llegaba de las otras habitaciones. Supe entonces que mi asaltante también buscaba la maleta, y presentí que el fracaso de su búsqueda lo descargaría sobre mí: es menos duro morir que aguardar tu muerte, imaginarla por anticipado y no poder sortearla ni poder invocar la piedad de tu ejecutor. Había perdido la conciencia del tiempo, no sabía si llevaba desvanecida horas o minutos, tampoco sabía si ese registro iba a durar eternamente, a mí así me lo parecía. Al fin se hizo el silencio y apareció ante mí aquel espantajo: iba embozado en una capa que se remataba con una capucha, sólo le asomaba esa máscara de porcelana, la nariz de pajarraco y dos orificios en sombra que apenas desvelaban su mirada. Era una visión monstruosa.

Y hablaba con palabras sonámbulas, en un tono neutro que parecía referirse a un pasado tan intimidatorio que extendía su contaminación hasta el presente. Hice girar la falleba que mantenía clausurada la ventana y empujé los postigos de madera, para que por fin el viento dejara de reclamar su derecho de admisión.

—¿Y cómo era su voz? —pregunté.

La mía se dispersó en la noche, como se dispersan las cenizas de un cuerpo calcinado cuando las azota la intemperie.

—Ojalá hubiese pronunciado alguna palabra; una blasfemia o una maldición o un insulto habrían sido preferibles a su silencio —dijo Dina—. Se acercó a mí y apoyó el cañón de la pistola en mi frente, justo en el entrecejo. Escuché su respiración acezante, quise suplicar y caer de rodillas, quise gemir e implorar su perdón, pero sólo pude llorar sin sollozos, llorar y sacudir la cabeza a derecha e izquierda, hasta borrar el contacto del metal sobre mi piel. Apartó el cañón de la pistola, quizá en ese momento se sintió magnánimo, y me escrutó desde detrás de la máscara, hasta que por fin entendió que yo tampoco conocía el paradero de la maleta. Todavía me parece escuchar su resuello.

Como un fuelle roto, pensé. Ese mismo resuello, con su cadencia secreta y acuciante, se confundía con el rumor del viento y se infiltraba en mi organismo (pero mis sentidos estaban averiados), era el estertor de una ciudad que había asesinado el sueño, la respiración afanosa y unánime de Venecia recorriendo subterráneamente los canales, repitiéndose en las bóvedas de piedra, en los soportales donde acechaba la humedad, en las callejuelas como arrecifes, en las catacumbas anegadas por la desidia y los fantasmas, en la severa desolación de los palacios sin inquilinos y las iglesias sin feligreses. La noche era multiforme y plural, y se confabulaba contra mí: me poseyó un miedo casi cósmico, pero comprobé que ese miedo era el mejor revulsivo contra las tristezas sentimentales y el decaimiento físico.

—Todavía sigue resonando en mis oídos —dijo Dina, sin esperanza de que remitiera.

Pronto amanecería: aunque la luz ni siquiera se hubiese insinuado, el aire había adquirido ya esa frialdad recién inaugurada que tienen los cuchillos antes de asestar su golpe. En retribución o justa correspondencia, tendría que haberle resumido a Dina el saldo de revelaciones contradictorias que me habían dejado los últimos acontecimientos, pero preferí atajar:

—¿Te suena de algo este anillo?

Dina lo examinó muy someramente, con esa fatigada indolencia que emplean los expertos en sus peritajes.

—Es el mismo que llevaba Valenzin la noche que lo mataron, ¿no?

Recurrí a la ironía:

—Vaya, no sabía que fueses adivina.

—No lo soy, Valenzin estuvo aquí antes de que tú llegaras. —Quiso sonreír con una mueca exhausta, pero el rostro se le contrajo en un espasmo de dolor—. Tenía alquilado un cuarto con línea exterior que no usaba casi nunca, sólo para hacer llamadas o recibirlas. A veces se pasaba horas y horas esperando que sonase el teléfono. A veces ni siquiera lo descolgaba, un par de timbrazos podían ser la contraseña para actuar.

Imaginé a Fabio Valenzin en esa espera tensa que precedía a sus actuaciones, oyendo el crecimiento insomne de su barba, oyendo la metamorfosis paulatina de sus latidos (pero Chiara me había asegurado que era inmune a las emociones, que estaba recubierto por un caparazón de insensibilidad), antes de que sonase el teléfono, como un disparo o una estampida. Lo imaginé inmóvil ante el espejo del lavabo, quizá buscando en su reflejo indicios de una transfiguración que lo convirtiese en un hombre nuevo, hábil para el amor, quizá reafirmándose en su cinismo, repeliendo los escrúpulos de conciencia que comenzaban a debilitarlo, repeliendo también la proximidad de algún sentimiento que contrariaba sus planes.

—¿No te comentó quién se lo había regalado?

—Apenas entablábamos conversación —dijo Dina. Su voz se iba empapando de luctuosidad—. Yo le subía una taza de café, creo que el café lo reconfortaba o le hacía más llevadera la espera. Valenzin me lo agradecía muy cortésmente, pero sin efusividad, hablaba lo imprescindible y como a regañadientes, pero esa noche me retuvo en su habitación, parecía triste o abrumado, como si presintiese su muerte, y esa tristeza le transmitía una especie de locuacidad meditabunda. No buscaba en mí una interlocutora, tan sólo una oyente para su monólogo.

Pero la verdad se desenvuelve mejor en el laconismo, la locuacidad es un ornamento que nos salvaguarda y hace pasar desapercibida la mentira, quizá también una medicina que nos fortifica frente a las premoniciones.

—Manoseaba ese anillo mientras hablaba, le apretaba un poco en el dedo e intentaba aflojárselo en vano. Recuerdo su comentario macabro: «Menos mal que no dejo herederos. A los muertos les cercenan los dedos para despojarlos de las sortijas», dijo, y no me sobresaltó tanto la truculencia como esa convicción que se adivinaba en sus palabras; parecía un condenado al patíbulo que ya intuye lo que ocurrirá después de su ajusticiamiento. «¿Por qué seremos tan desagradecidos con los muertos, por qué nos comportaremos como buitres ante su cadáver?», me preguntó, pero no esperó mi respuesta, más bien deseaba una ratificación o un asentimiento. Me contó una leyenda sobre la muerte de Giorgione, el pintor renacentista.

—No es una leyenda —la interrumpí con puntillosidad—, hay cartas y documentos que la prueban. Giorgione contrajo la peste, y fue abandonado por sus protectores y mecenas, los mismos que tantas veces habían recurrido a él para que amenizara sus fiestas. Cuando supieron que había fallecido, enviaron a sus criados al taller del artista, para que se llevaran los cuadros que le habían encargado, pero nadie se preocupó de proporcionarle un entierro digno. Se supone que los restos de Giorgione, confundidos con miles de restos anónimos, fueron transportados a alguna isla alejada e incinerados allí. Pero Valenzin se quejaba más de la cuenta: Gabetti le pagó unas exequias bastante decorosas.

—Quizá se refería más bien al destino de sus pertenencias —me rebatió Dina—. Nos hemos comportado como aves de rapiña ante su cadáver, disputándonos la maleta.

Entendí que estaba formulando un reproche, aunque hubiese empleado un tono neutro y distante. Empezaba tímidamente a clarear, pero la luz tenía una consistencia calcinada, y se posaba sobre los objetos añadiéndoles ancianidad, en una especie de clarividencia futura, la misma clarividencia futura que había asistido a Fabio Valenzin en sus postrimerías.

—¿Y qué más dijo?

—No dijo más porque sonó el teléfono. —Dina empezaba a sucumbir al tedio que nos produce un cuestionario oficial—. Debía de estar esperando una contraseña, porque los dos primeros timbrazos los escuchó sin inmutarse, pero el tercero lo descolocó un poco, y no digamos el cuarto, eran timbrazos excedentes y no convenidos. Cogió el auricular con premura y también con pesadumbre, como si se estuviera cumpliendo alguno de sus presentimientos; sólo habló con monosílabos, pero eran monosílabos que asentían, no había en ellos esa fría determinación que debe exigirse en un profesional. «En seguida voy», concluyó, antes de colgar; había perdido la compostura, ni siquiera me dio instrucciones, en previsión de que pudieran llamarlo en su ausencia. Tampoco me explicó adónde iba, por supuesto. Pero ahora ya sabemos que fue a ese palacio.

—Y que fue a encontrarse con su muerte —dije en el mismo tono absorto que Dina había empleado para referir los acontecimientos de aquella noche—. Y que lo hizo sin oponer resistencia, como si se rindiera a la fatalidad.

Me senté junto a ella, en el colchón viudo, que aceptó mi peso sin exhalar un solo gemido.

—Recuerdo que lo compadecí por tener que salir en una

noche tan desapacible —continuó Dina—. Nada más abandonar el hostal recibió otra llamada, quizá la señal que estaba esperando: dos timbrazos y silencio.

—¿Y por qué no fuiste a avisarlo?

—Me pagaba por guardarle la maleta y reservarle un cuarto con línea telefónica directa, no figuraba entre mis atribuciones hacer de recadera —se apresuró a responder—. Además, al poco llegaste tú; no ando tan sobrada de clientes como para permitirme el lujo de desatenderlos.

Asentí, al principio con tímido orgullo, pero en seguida con mordacidad:

—Tampoco debieras permitirte el lujo de espantarlos con la historia del asesinato de tu marido, aprovechándote de su credulidad. —Dina ensayó un breve gesto compungido, casi un puchero—. Bastantes quebraderos de cabeza tenía yo, para que encima me vinieran contando pecados ajenos. No tengo vocación de cura, ¿sabes?

Dina me observó con una especie de divertida atrición, como si me compadeciera por no querer asumir mis aptitudes para el sacerdocio. Quizá el celibato imprima carácter.

—Pero yo no quería confundirte más —dijo. Había pudor y zalamería en sus palabras, una mezcla muy compensada—. Acaso actué egoístamente, no lo sé, pero necesitaba tenerte a mi lado, necesitaba que conocieras por mis labios lo que puesto en labios de otra persona habría sido deformado. En Venecia nada funciona con tanta diligencia como el servicio de infamias y chismorreos.

Venecia me había enseñado que las infamias se reproducen como el cáncer (basta la sugerencia de una frase y el abono de una saliva que lubrique o halague nuestros oídos); también me había enseñado que la verdad es siempre parcial y refutable, puesto que depende de la perspectiva de quien la formula, una verdad particular puede falsear los hechos o no entenderlos o desvirtuarlos en su beneficio.

—¿Y te parece que tu versión no estaba ya suficientemente deformada? Omitiste tu complicidad con Nicolussi. ¿Quién me asegura que no hayáis tramado juntos la muerte de Valenzin? ¿Quién me asegura que no estáis representando una pantomima, para embaucar a un pobre incauto como yo?

El acaloramiento había trepado a mi garganta, compensando la tiritona que me producían la fiebre y el insomnio, también el relente de la madrugada. Me asustó la bajeza de mis palabras cuando reparé en los signos demasiado verídicos de violencia que Dina mostraba, las excoriaciones que el esparadrapo había dejado en sus muñecas y en sus tobillos, el chichón que abultaba su ceja y manchaba su párpado, como un rímel obsceno. Las palabras son armas arrojadizas y punzentes, parecen incruentas cuando la boca las fabrica, pero recién emitidas se aguzan como proyectiles y acribillan a nuestro interlocutor.

—Estás siendo muy injusto conmigo, no deberías ensañarte tanto —dijo Dina, acuciada otra vez por los sollozos.

Se incorporó sobre la cama, para no atragantarse, y se abrazó a mí, infringiendo las distancias que exige el mantenimiento del celibato. El contacto de sus senos avivó mi deseo, pero se trataba de un deseo sin exaltación, un deseo postrado y casi exangüe que nada tenía que ver con aquella lujuria indiscriminada que me había fustigado cuando la vi por primera vez. Acaricié a Dina por encima del suéter negro que maceraba y oprimía sus senos, pero lo hice sin afanes colonizadores.

—Puedes quedarte, si quieres —me susurró—. Me moriría de miedo aquí sola, recordando lo ocurrido.

Besé la ceja rota de Dina, también su párpado tumefacto y la comisura de ese párpado, allá donde se agolpaban las grietas de la edad, las resquebrajaduras que el tiempo le iba escribiendo con irrevocable sigilo. Besé las arrugas de su frente y los pómulos ajados que ya anunciaban flacideces y descolgamientos en las mejillas, besé sus labios con sabor a herrumbre o sangre oxidada, sus labios que se abrieron con una obsequiosa negligencia (si la contradicción es admisible), como si renunciaran a su adustez, y sumé mis manos a la prospección muda de la saliva. Dina tenía unos senos blandos y asimétricos (así los imaginaba yo, bajo el suéter que los enjaulaba) y unos pezones borrosos como semillas que aguardan su germinación: en silencio los escuché crecer y endurecerse, en silencio escuché cómo se concretaban hasta adquirir una rugosidad erecta, mientras la carne que los sustentaba persistía en su morbidez. Abarqué los senos de Dina con ambas manos, procurando que mi tacto no fuese tosco ni depravado, pero mis manos se mostraban inhábiles en la exploración, porque guardaban la memoria de otra exploración a la que aún se mantenían leales, mis manos aún retenían el tacto ilusorio de otro cuerpo menos túrgido y de otros senos más menguados que ni siquiera habían llegado a rozar (o sólo los habían rozado a través del cristal), los senos de Chiara, como páginas de un libro que se desencuadernan. También mis labios se resistían a la promiscuidad, preferían afianzarse en el recuerdo de otros labios con sabor a lanolina y rendirse a la llamada indescifrable de otros dientes y preservar la tibieza de otra saliva que les había dejado su roce frugal. Me aparté, para restablecer la distancia que exige el celibato, con esa sensación de fracaso que nos transmiten las derrotas, cuando no llegan a dirimirse en el campo de batalla.

—Lo siento, Dina, debo marcharme, esto no me parece serio —me excusé.

Sentí también una especie de nostalgia futura por los amores que nunca llegaría a consumar, por las mujeres que me rechazarían o darían largas a causa de mi pusilanimidad, por las noches fatalmente numerosas que aún tendría que sobrellevar a solas, aplastado por el peso incólume de mi espalda, de la que ningún dios se dignaría arrancar una costilla.

—¿Qué te pasa?

—Nada. A lo mejor es que verdaderamente tengo vocación de cura.

Al moverme se reavivaba el escozor de mis llagas, y también el escozor de las agujetas que empezaban a imponer su tiranía. Pero mis escozores físicos eran un trasunto de otro escozor acaso más humillante.

—Mañana vendrá la policía a registrar el hostal —me previno Dina. También sus palabras eran arrojadizas y pungentes—. Les pienso contar que fuiste tú quien se llevó la maleta.

A Dina la falda se le había replegado hasta el nacimiento de los muslos, que iban ganando en amplitud a medida que ascendían y se rozaban entre sí a la altura de la ingle: imaginé que en esa zona sustituirían su consistencia de harina caliente por otra consistencia más erosionada.

—Lo tengo bien merecido, por meterme donde no me llaman —dije, cuando ya me retiraba.

«En Venecia no llegan a desencadenarse los fenómenos, la vida pende, sostenida de un hilo, desafiando las leyes físicas, y esa inminencia que no llega a definirse nos causa aprensión y desasosiego», me había dicho Chiara, comparando el asunto de *La tempestad* con los hábitos que regían el funcionamiento de una ciudad que vivía como enajenada, de espaldas a la razón. Aprensión y desasosiego fueron las sensaciones que me asaltaron cuando empujé la puerta de mi cuarto, aunque más apropiado sería hablar del cuarto que Dina me había adjudicado, pues aún no había pernoctado en él. Aprensión y desasosiego sentí al reflejarme en el espejo del lavabo, un espejo raquítico y tenebroso que había perdido el azogue y quizá ya sólo anotase el tránsito de los muertos; aprensión y desasosiego sentí al asomarme a la ventana y volver a enfrentarme con el palacio que vigilaba Tedeschi y, un poco más al fondo, con el campanario de la iglesia de San Stéfano, escorado hacia la derecha, como un faro que se rinde al oleaje; aprensión y desasosiego sentí, en especial, al reconocer mi equipaje sobre el colchón de la cama, aún no deshecho, respetuoso de los dobleces y ordenado con esa meticulosidad que los célibes depositamos en la recolección de nuestros enseres. Y eran la misma aprensión y el mismo desasosiego que nos produce entrar en una cámara mortuoria y sorprender la inmovilidad de unos objetos que su antiguo dueño había dispuesto así un segundo antes de expirar. Mis ropas estaban entumecidas por el frío, almidonadas por una humedad que las hacía rasposas y antipáticas, como si las dos noches que habían permanecido allí hubiesen bastado para que abdicaran de su ductilidad y se transformaran en mortajas. Para ahuyentar estos pensamientos me hice la ilusión de que esas noches no habían transcurrido en realidad, sino que constituían emanaciones de una pesadilla que sólo había acontecido en mi imaginación: fue una ilusión efímera, aunque convincente, pues en Venecia el tiempo se suspende y ralentiza, se estanca y convierte en una sustancia pastosa como los sueños.

También las sábanas tenían un tacto de mortaja o de nieve, de una aspereza gélida que fue remitiendo a medida que mi cuerpo les fue contaminando su temperatura. Aún perduraba en mis manos, como la palpitación de un corazón dúplice, la gravidez de unos senos que ya nunca se me volverían a brindar, y a los que había renunciado por un prurito de lealtad que ya se me antojaba ocioso: si algo nos caracteriza a los célibes es nuestra actitud ascética ante el amor (todos los célibes albergamos un adolescente póstumo), una actitud que nos hace sublimar lo que debiera entenderse como pura fisiología. Y más lacerante aún era constatar que estas sublimaciones no me eximían de la fisiología: yo seguía cultivando mis erecciones, y tenía que desahogarlas o reprimirlas en soledad con demasiada frecuencia, lo cual puede llegar a convertirse en un suplicio a determinada edad. Siempre he envidiado a los hombres que afrontan el amor como un tránsito de cuerpos que no compromete a nada y queda impune, una mera sucesión de episodios que los sentidos no registran ni los remordimientos perpetúan: quizá porque soy un hiperestésico, quizá porque padezco conflictos de conciencia, sigo perseverando en una concepción atribulada del amor que incluye fastidiosas renuncias y molestias indelebles. Me tumbé boca abajo en la cama, que ya iba perdiendo su condición de mortaja, para reprimir el advenimiento de posibles erecciones, y también para favorecer la curación de las cicatrices todavía supurantes que condecoraban mi espalda. Había atrapado en el puño la sortija de Fabio Valenzin, a la que ya atribuía virtudes de amuleto. *Moriatur anima mea cum philistiim*, rezaba la inscripción.

Los ruidos seguían transmitiéndose a través de las paredes: pude escuchar las abluciones de Dina, el chirriar de los grifos y el estruendo de la cisterna, también pude escuchar su trajín inquieto sobre la cama (el somier delataba los acosos del insomnio), y esta exacerbación de mis facultades acústicas, auspiciada por la noche, acrecentó mi desamparo y mi soledad, que ya no eran impresiones pasajeras, sino síntomas de una condena inapelable. El asalto al museo de la Academia por parte de unos desconocidos, mi confrontación dialéctica con Gabetti, la ambigua duplicidad de Chiara, las veladas insinuaciones de Giovanna Zanon, la presencia ubicua y acechante de un asesino protegido detrás de una máscara, la posesión de una maleta que se negaba a manifestar su contenido, todo el cúmulo de revelaciones parciales y monstruosas que me había sacudido durante el día se abalanzaba ahora sobre mí, tejiendo su telaraña de desazones. Cifré en la inconsciencia mi única posibilidad de salvación: me parecía que el descanso impondría una distancia benefactora y actuaría como salvoconducto en medio de tanta incertidumbre.

Me equivocaba. El sueño me despedazó con visiones incoherentes que acrecentarían mi malestar (pero quizá todos los sueños adolezcan de incoherencia, y sea el desvarío de quien los incuba lo que les concede cierta apariencia inteligible): llegué a percibir caóticamente el paisaje de *La tempestad*, pero esta vez despoblado de personajes y arrasado ya por la tormenta que se anuncia en el cuadro; llegué a percibir el olor purificado de la tierra que acaba de recibir una descarga líquida y el rumor casi arborescente de la maleza que crece, al cobijo de la humedad, un rumor que tenía algo de respiración acezante o jadeo amortiguado, un rumor con cadencia de fuelle roto que se iba agigantando a medida que yo me acercaba al lugar que la mujer ocupa en la composición de Giorgione, en la margen derecha del riachuelo: allí, oculto detrás de un arbusto y hecho un gurruño, estaba el paño de lino que le había servido a la mujer como esclavina que mitigase su desnudez y también como alfombra que atemperase el cosquilleo de la hierba en sus nalgas. Yo me agachaba para recoger ese paño, que tenía un tacto entumecido, y escuchaba el levísimo crepitar de la tela entre mis manos, tan parecido al levísimo crepitar de la nieve cuando la pisan, tan parecido a una virginidad que se infringe o una inocencia que se abofetea: entonces descubría, en mitad del paño, una mancha de sangre de contornos muy sinuosos, una mancha aún tibia que me ensuciaba las manos y la mirada. Emergí del sueño como de una ciénaga viscosa.

—Tranquilo, Ballesteros, no se sobresalte.

Reconocí la voz del inspector Nicolussi, envejecida por la nicotina y demasiado meridional para lo que debe exigirse en un veneciano de pura cepa. Debía de llevar un rato espiando mi sueño, o premeditando el modo de despertarme, porque había arrimado una silla hasta la cabecera de mi cama y se había repantigado en ella, mientras consumía con avidez un cigarrillo. Me escocían los ojos, no tanto por el humo como por el soñado color carmesí que todavía me ofuscaba. Procedente de las habitaciones contiguas me llegó el eco de un registro policial, o más bien de un simulacro de registro. Nicolussi se frotó la barba facinerosa que quizá se hubiese afeitado unas horas antes y sin embargo le volvía a asomar.

—Ya me ha contado Dina sus hazañas —dijo. Con la brasa del cigarrillo casi extinto encendió otro nuevo, pero estas manipulaciones no lo despistaban de mi escrutinio: por detrás del humo me vigilaba, reacio al parpadeo, para no estimular la secreción de los lacrimales—: Le doy cinco minutos para que me diga dónde ha escondido la maleta de Fabio Valenzin. No se le ocurra andar con engañifas, le advierto que no estoy para juegos.

Al recostarse sobre el respaldo de la silla, vislumbré la culata de su pistola, anidando debajo del sobaco; su gabardina parecía avejentada por los madrugones, y exigía una jubilación inmediata. Nicolussi había hablado con una ecuanimidad pontificia, anunciando su ultimátum como si comentara alguna menudencia atmosférica, pero yo sabía que esa ecuanimidad era impostada, sabía que Nicolussi era un hombre diezmado por las prevaricaciones. Entró en la habitación uno de sus subalternos, un pipiolo recién incorporado al cuerpo que seguramente confundiría los registros policiales con la caza de gamusinos.

—No hemos encontrado nada sospechoso, señor —informó—. ¿Manda algo más?

—Espérenme abajo, en seguida me reúno con ustedes —dijo Nicolussi. Cuando el pipiolo desapareció, me urgió con rudeza—: Mire, Ballesteros, no me gustaría amargarle sus vacaciones, yo sé que a ustedes, los turistas, les encanta el carnaval veneciano, no me obligue a enchironarlo.

Por la ventana entraba una luz convaleciente y pálida que lamía las paredes y moría sobre la pila del lavabo, vomitando sus gérmenes. El silencio catacumbal de Venecia había sido suplantado por una algarabía babélica que se congregaba en la plaza de San Marcos y se iba ramificando por los distritos más refractarios a la civilización. Imaginé al asesino de Valenzin camuflado entre la multitud de turistas, pasando desapercibido entre el abigarramiento de disfraces y el anonimato impertérrito de las máscaras, fundiendo su respiración con otras respiraciones que, involuntariamente, le prestarían su complicidad y su beneplácito. Para espantar esta visión, dije:

—¿Enchironarme para después devolverme la libertad por falta de pruebas, como ya le ocurrió con Tedeschi? Tenga en cuenta que, legalmente, esa maleta no existe.

Nicolussi seguía afectando aplomo, pero había comenzado a remejerse en la silla:

—Le repito que no estoy dispuesto a seguir su juego.

—Tampoco está en disposición de exigir nada a nadie —respondí con irritada sequedad—. Si usted me apresara, solicitaría declarar ante un juez, podría contarle sus apaños con Dina.

—Usted no sabe nada —musitó. Su rostro, sin embargo, se había demudado, sólo la barba facinerosa y el humo de su cigarrillo maquillaban su zozobra—. No me venga con monsergas.

—No sé mucho, hay terrenos que prefiero no pisar, allá cada cual con su conciencia, pero así y todo sé algunas cosas: usted se enamoró de Dina y cometió irregularidades que no merecen ser aireadas. —Me asustó mi propia voz, fría y petulante, como habituada al chantaje—. Ocultó pruebas tras el asesinato de su marido; a lo mejor, incluso, colaboró en su ejecución.

Nicolussi expelió una bocanada de humo por las comisuras de los labios, hinchando los carrillos hasta someterlos a una presión de caldera que revienta. El humo se remansó, tapando el brillo de sus pupilas, la segregación inconsciente de lágrimas que teñían su mirada de una humedad febril. El humo de un cigarrillo tapa la fiebre de una mirada, como una muerte por asfixia tapa una muerte por envenenamiento, como la nieve tapa la obscenidad de la sangre. Dina había entrado medrosamente en el cuarto; me traía en una bandeja un desayuno que me rescataría de la inanición: el olor hospitalario de los huevos fritos me anegó de beatitud.

—¿Por qué se lo has dicho? —la interpeló Nicolussi con una premiosidad que por un momento desmentía la subyugación que Dina ejercía sobre él—. ¿Tanta confianza te merece un extraño a quien apenas conoces?

Dina se había colocado un apósito sobre la ceja herida; a la hinchazón de la equimosis se le habían sumado unas ojeras que ahondaban su tristeza.

—Ella no me ha dicho nada —intervine ante el azoramiento de Dina—. Escuché una conversación entre ustedes, por accidente. Fue ayer por la mañana, antes del entierro en San Michele. Había venido en busca de mi equipaje, pero me venció la curiosidad y me llevé en su lugar la maleta de Valenzin. Menudo armatoste, no hay manera de descerrajarlo.

Al inclinarse Dina para depositar la bandeja sobre mi cuerpo yacente reconocí, con un sentimiento mixto de misericordia y de pérdida, las marcas que el esparadrapo le había dejado en las muñecas, como ajorcas de una esclavitud inmerecida. También reconocí la morbidez de sus senos, a pesar del suéter que los apresaba; el sentimiento de pérdida fue entonces más punzante, pero la misericordia cambió de destinatario: me compadecí de mí mismo.

—Querrá decir que usted no ha sido capaz de hacerlo —me corrigió Nicolussi, algo malhumorado; estaba perdiendo la compostura—. Si no se hubiese metido donde no le llaman, a estas horas quizá ya conoceríamos su contenido.

Quise sonreír, pero tanto cerrilismo me desalentaba, y la sonrisa se quedó en una especie de mueca exhausta:

—Por favor, Nicolussi, no diga estupideces. Si yo no me

hubiese metido donde no me llaman, la maleta estaría en poder de ese espantajo que visitó el hostal. A estas horas, el pájaro ya habría volado para siempre; gracias a mí, todavía sigue pendiente de recuperarla.

El inspector se puso en pie, tambaleándose bajo el peso de los remordimientos. La luz de la calle apenas tropezaba contra su rostro, lo atravesaba con limpieza y lo volvía transparente.

—¿No me estará proponiendo algún tipo de chanchullo?

Esta vez sí sonreí con involuntaria soberbia:

—Es gracioso escuchar esas palabras puestas en su boca. Usted me exige sinceridad, y a cambio sólo me ofrece hipocresía. ¿No cree que le falta autoridad moral para mostrarse escrupuloso a estas alturas? —Hice una pausa para que pudiese digerir la reconvención—. No le estoy proponiendo ningún chanchullo, aunque no entiendo qué le costaría acceder a un hombre con sus antecedentes. Sólo le pido que mi colaboración permanezca en el anonimato, no quiero que mi nombre figure en ningún sumario, no quiero responder a más interrogatorios ni comparecer como testigo ante ningún tribunal.

—Pero yo no puedo permitir esas irregularidades... —dijo.

—Ha permitido otras muchas más graves, no me sea tiquismiquis —lo corté—. Ha ocultado pruebas y encubierto delitos. Comprendo que las razones que lo impulsan a prevaricar son poderosas, incluso loables, comprendo que anteponga sus sentimientos a sus deberes como funcionario, comprendo que desee mantener impune a Dina: yo en su lugar haría lo mismo. Pero no me venga con pamplinas, ni se haga el mártir: le entregaré la maleta, siempre y cuando usted me mantenga al margen de las investigaciones.

Callé, con la sensación un poco vergonzante de haber mentido, siquiera por omisión: cada vez estaba más convencido de que la maleta de Valenzin guardaba un contenido trivial y nada revelador, seguramente camisas sucias y calzoncillos con zurrapas; también estaba convencido de que el denuedo que empleaba en su rescate el asesino no obedecía tanto al interés de destruir alguna pista que lo incriminase como a ese prurito de higiene que sobreviene a los delincuentes, tras la comisión de sus fechorías, y que los impulsa a desandar los vericuetos del crimen, para exterminar las huellas de sus pisadas, y aun los efluvios de su aliento: un prurito que los atormenta y obnubila y propicia su delación.

—Lo que reclama Alejandro es de justicia —opinó Dina, adelantándose a Nicolussi.

Me había designado por mi nombre de pila, para desconcierto del inspector, que me miró con una consternación impávida (si la contradicción es admisible), como debe de mirar el marido que consiente el adulterio de su mujer a los amantes que la visitan sin coartarse ante su presencia. El sonrojo veló mi rostro.

—Será mejor que se lo piense mientras desayuno y me aseo un poco —dije, procurando que la concesión no sonase restrictiva ni imperiosa.

—Se lo pensará —afirmó Dina, tomando a Nicolussi por los hombros y conduciéndolo hasta la puerta de la habitación.

Cuando me quedé solo, me apliqué al desayuno con una voracidad que habría resultado indecente en público. Escuché sus pasos alejándose por el pasillo y subiendo la escalera: taciturnos y reptantes los de Nicolussi; más decididos y afianzados sobre el tacón los de Dina. Aunque no alcancé a descifrar su conversación, el distinto timbre de sus voces me permitía deslindar sus parlamentos: Nicolussi más bien monologaba y exponía sus reticencias; Dina lo interrumpía de vez en cuando con acotaciones que iban venciendo esas reticencias, acotaciones muy concisas que minaban los titubeos de Nicolussi. Al tratar de incorporarme sobre la cama, se me clavó en un costado el anillo de Fabio Valenzin, dejándome impreso el tatuaje de su sello. Mientras la piel recuperaba su tersura (apenas un segundo, lo que el viento tarda en borrar un mensaje escrito en la arena), recordé que Dina conocía su existencia: me alarmó que pudiera mencionársela a Nicolussi, y que esa mención bastara para azuzar su curiosidad y sus indagaciones; me alarmó que en el curso de sus indagaciones lograra sonsacarme los vínculos que yo había establecido entre ese anillo y el asesinato de Valenzin, vínculos que se explicaban a través del cuadro de Giorgione.

Me duché en el retrete comunal de la pensión con una parsimonia poco frecuente en mí (la voluptuosidad del agua está reñida con el celibato), dejándome adormecer por el estruendo del calentador; como soy propenso a las alegorías, quise creer que la higiene corporal me lavaría otras podredumbres más íntimas. En los azulejos del retrete se iba condensando el vapor, como una floración de pensamientos impuros: en mi memoria todavía persistían las fotografías de Chiara, posando desnuda para Fabio Valenzin, en la misma postura que la mujer protagonista de *La tempestad*, todavía persistía en mis labios la llamada indescifrable de sus dientes, todavía persistía en mis dedos el tacto huidizo de su espalda, el tacto mudo de su vientre y el tacto todavía núbil de sus senos. Cerré los grifos con premiosidad, antes de que el vapor me asfixiara; como soy propenso a las alegorías, quise creer que al clausurar la estampida del agua estaba conjurando también la pujanza del deseo. Pero el deseo no admite esclusas.

—Trato hecho, Ballesteros. Usted me entrega la maleta y yo lo dejo en paz.

Me sobresaltó la presencia de Nicolussi, ya repuesto de sus vacilaciones, apostado junto al retrete como un guardián de mi castidad. Una vaharada de calor se instaló en el pasillo; empleé la toalla para guarnecerme la espalda, donde se agolpaban las cicatrices de mi reyerta.

—Con una condición —apostilló, desviando por pudor o misericordia la mirada de mis partes pudendas—: márchese de Venecia tan pronto como le sea posible. Es muy difícil mantener a raya a los periodistas.

—No se preocupe. Nada me ata a esta ciudad.

Estaba mintiendo indecorosamente: Venecia me había atrapado con demasiadas ligazones, me había engullido en una trama de incertidumbres cuya solución exigía mi presencia allí, también me había deparado la incertidumbre acaso más perniciosa del amor, y la evidencia severa de mi soledad. Me encerré en la habitación para completar mi aseo y vestirme, con exasperante lentitud, como esas actrices que se regodean en su acicalamiento, mientras una legión de admiradores merodean su camerino, aguardando la oportunidad de asaltarlas. El espejo del lavabo me iba revelando el rostro de un resucitado a medida que la maquinilla me desembarazaba de la barba. Nicolussi protestó:

—Dése prisa, no tenemos toda la mañana.

Me precedió en el descenso hasta el vestíbulo, bamboleándose como un atlante que ya planea una temporada de holganza, harto de cargar con tantas culpas propias y ajenas. Dina había bajado antes, y entretenía la espera de los pipiolos que Nicolussi se había traído como acólitos en aquel simulacro de registro; eran dos mozallones de uniforme, irreprochablemente estultos, que respondían con monosílabos a las vaguedades de Dina. La cercanía de su superior les infundió una docilidad expectante, que Nicolussi se encargó de defraudar:

—Ustedes se quedarán aquí, haciendo guardia. Llamen a prefectura, para que vengan a turnarlos, dentro de seis o siete horas.

Seguramente, habían ingresado en la policía para prolongar una adolescencia saltimbanqui, y la encomienda de una misión sedentaria los encorvaba moralmente; aunque Nicolussi había enunciado esa misión con una indolencia protocolaria, se atisbaba al fondo de su voz la preocupación de quien delega a regañadientes, la pesadumbre sin alivio ni remisión de quien ama en secreto. Dina y Nicolussi apenas se miraban, o se miraban con esa brevedad que impone el adiestramiento en la clandestinidad. Ya en la plazoleta alcé la vista y la paseé por la fachada del palacio, esperando encontrar, en alguna de sus ventanas, la sombra vigilante de Tedeschi. Le anuncié a Nicolussi:

—No le extrañe que la maleta esté vacía. Yo más bien pienso que a Valenzin lo mataron por algo que no llegó a hacer.

Cuando salté por encima del precinto amarillo que rodeaba el palacio y empujé la puerta, Nicolussi chasqueó la lengua.

—Cómo no se me ocurriría antes —murmuró reprobatoriamente.

—No se lo censure. A todos nos ocurre un poco lo mismo: extraviamos un objeto y nos empeñamos en buscarlo en los lugares más peregrinos, pero al final siempre aparece enfrente de nuestras narices.

Las palomas fustigaron el silencio y se arracimaron en el cielo raso, descascarillando con sus aleteos los frescos de algún epígono de Tiépolo. Nicolussi se llevó la mano al sobaco donde anidaba su pistola.

—¿Y ha dejado la maleta sin protección durante todas estas horas?

La mierda de las palomas crujía bajo nuestros pies, como un hojaldre antiguo.

—Tedeschi se ha encargado de guardarla: tiene vocación de cancerbero —dije, con cierta pomposidad, para que Nicolussi ponderara mi previsión—. Y va armado con una carabina que debió de pertenecer a Garibaldi por lo menos, cualquiera se le acerca —bromeé, pero Nicolussi no hacía concesiones a la hilaridad, enarbolaba la pistola con ambas manos y encañonaba los espejos que habían dimitido de su función reproductora—. ¡Tedeschi, no te alarmes, soy yo!

Sonó mi voz en el hueco espiral de la escalera y se extendió por el *piano nobile*, como un huésped que desea probar la hospitalidad de cada aposento. Nicolussi se permitió la sorna:

—Parece que su compinche no responde. —Amartilló su arma y me apartó de un empellón—. Déjeme delante.

El palacio no había perdido aún el aire de barracón abandonado que le infundía la noche. Caminé casi de puntillas, imitando los andares sesgados de Nicolussi; respirábamos al unísono, con idéntico nerviosismo e idéntica bronquedad (y eso que yo no fumaba). Eché en falta los olores excrementicios que rodeaban a Tedeschi.

—El pájaro ha volado —dijo Nicolussi devolviendo la pistola a su funda. Una rabia erosionada por el desaliento se dibujaba en su expresión—. Para otra vez le recomiendo que sea más precavido en la elección de sus amistades.

El aposento que Tedeschi utilizaba como garita o cuartel mostraba esa desolación de los templos que han entregado sus ídolos. Me dolía reconocer la traición:

—¿No lo habrán asesinado, como a Valenzin?

—Sí, hombre, sí —asintió, destemplado—. Y después de asesinarlo, lo han despedazado, han guardado sus trocitos en la maleta y lo han arrojado al canal. No sea iluso, Ballesteros: Tedeschi se ha largado con el botín.

IX

—Se supone que debe guiarnos la imparcialidad —dijo el inspector Nicolussi con cansada ironía. Hablaba como si estuviese tratando de invocar a un hombre anterior a él, un hombre remotísimo y ya aniquilado cuyo cadáver, sin embargo, aún habitase dentro de su cuerpo y enquistase sus pulmones. Yo no estaba muy seguro de querer escuchar aquel ejercicio de retrospección, pero tampoco me podía negar a escucharlo, y además ya era demasiado tarde para desertar: Nicolussi anudaba las palabras como si articulase una plegaria—. Se supone que en este oficio tenemos que mantener a buen recaudo los sentimientos, no importa tanto que se desboquen nuestras bajas pasiones, pero los sentimientos que no asomen. Se permiten las corruptelas, siempre que no perjudiquen cierta apariencia de honorabilidad; se transige con las negligencias, siempre que no trasciendan: a veces, incluso, las negligencias y las corruptelas se alientan desde altas instancias, para que no decaiga nuestro ímpetu corporativo. Pero no podemos temblar, el titubeo no se observa en nuestro código de conducta: si alguno de nosotros se decanta por la piedad, se tambaleará su prestigio y ya padecerá hasta los restos el estigma de su flojera. —Nicolussi se quedó callado, víctima de un ensimismamiento o un ataque de amnesia; cuando reanudó su monólogo parecía un orador hastiado de su propio discurso—: Yo me había curtido como policía en Nápoles, había prosperado en el escalafón alternando sabiamente la imparcialidad y las bajas pasiones, sin recaídas en el sentimiento: sólo así se puede sobrevivir en el sur; quien no sabe bandearse termina loco o arrumbado en una cuneta, con un disparo en la sien; año tras año, solicitaba el traslado a Venecia, mientras acumulaba méritos y cicatrices. A esta ciudad te destinan cuando consideran que ya te han exprimido al máximo; es la dudosa recompensa que reservan a quienes precisan una cura de reposo o una jubilación anticipada: sólo cuando nos ven muy resabiados o languidecentes, cuando intuyen que puede empezar a temblarnos el pulso, nos envían aquí. Nuestro cometido en Venecia es más ornamental que efectivo: pastoreamos turistas, atendemos reclamaciones menores, patrullamos los monumentos más significativos, deportamos pordioseros y maleantes, denegamos o concedemos visados y permisos de residencia a delincuentes internacionales, dependiendo de las divisas que su tráfico ilícito pueda reportar... —Su voz se había hecho cínica o aflictiva, o cínicamente aflictiva, y yo me permití sonreír ante lo que se me antojaba una hipérbole—. No, en serio, existen instrucciones tácitas que nos aconsejan ser permisivos con determinados criminales, hacer la vista gorda ante conductas no muy ortodoxas, si esas conductas colaboran en la prosperidad de Venecia. Los nativos no suelen causarnos problemas: como todas las especies en peligro de extinción, se esfuerzan por preservar su hábitat, y el hábitat predilecto de los venecianos es la discreción, sobreviven en el reducto mínimo de unas costumbres nunca alteradas por el aluvión turístico, atrincherados ante el mundo que les circunda; otra cosa muy distinta ocurre en el barrio de Mestre, en la *terra ferma* que se extiende al otro lado del Ponte della Libertà: allí la vida todavía se desenvuelve según pautas menos anodinas, allí todavía se mata y se roba y se viola, pero Mestre queda fuera de mi jurisdicción. Los venecianos han renunciado al delito, al menos en sus manifestaciones más espontáneas, su instinto de conservación les recomienda no infringir las leyes —dijo. Yo pensé: «Pero sólo en sus manifestaciones más espontáneas. En Venecia el delito circula por cauces subterráneos, es un magma que reparte solidariamente su calor, aunque dosifique sus temperaturas»—. Por otra parte, nuestras actuaciones se rigen siempre por la misma consigna: conviene acallar las repercusiones de los crímenes, conviene que el escándalo no altere el ritmo vegetativo de la ciudad y de sus habitantes, entre otras razones porque el escándalo espantaría a los turistas. Yo era un recién llegado cuando Dina asesinó a su marido, pero ya había tenido tiempo para asimilar esta consigna: sin exceder los estrictos mecanismos de la imparcialidad, debía procurar que la investigación no causase revuelos más allá del revuelo doméstico que en Venecia se ocasiona cuando se infringe la discreción. —Nicolussi debía de considerarme permeable y receptivo, porque prosiguió—: Pero yo no contaba con mi flaqueza, confiaba en mi veteranía y en los modales que había ido adquiriendo tras muchos años de oficio: la imparcialidad exige un trato aséptico y profesional con los convictos, pero yo me salté esa exigencia, el dolor de Dina me concernía demasiado, llegué a asumir como propios los móviles que habían dictado su acción, me decanté por la piedad cuando conocí los infiernos que previamente había transitado; por primera vez en mi carrera dejé que asomaran los sentimientos y no la neutralidad o las bajas pasiones, y quise exonerarla de un castigo que no merecía. —Ya no había cinismo en sus confidencias, tan sólo una aflicción que se intercalaba de instantáneos accesos de nostalgia. A él tampoco le había costado imaginarse a Dina con los ojos agigantados por el insomnio (los párpados caídos hubiesen mitigado la pureza del horror), recordando el tacto depravado de unas manos que habían macerado sus senos, el tacto incisivo de unos dientes que habían lastimado sus pezones, el tacto molusco de un falo que se repliega después de inocular su veneno—. Primero entendí su desgracia, luego me enamoré de ella, me enamoré sin esperanza de que ese amor fuese fructífero o correspondido, era un amor que ni siquiera podía manifestarse; cualquier observador externo lo habría calificado de cohecho. Alteré las circunstancias del crimen, oculté pruebas, suplanté la negligencia de los jueces, y conseguí que atenuaran su condena. Me tembló el pulso.

Se sumió en un mutismo sólo quebrado por las expectoraciones: si dejaba de fumar, aunque sólo fuera momentáneamente, se le instalaba en mitad del pecho una angina que le recordaba su dependencia. Me había invitado a comer en una *trattoria* del distrito de Dorsoduro, muy próxima al paseo de los Zattere, desde el que se avistaba la isla de La Giudecca, entre bancos de niebla que alcanzaban una consistencia arácnida y desdibujaban su litoral hasta aproximarlo a la silueta de un cetáceo a la deriva, giboso y asaeteado por gaviotas que se nutrían de su carroña. Nos habíamos internado por Dorsoduro huyendo de la algarabía artificiosa que infamaba los alrededores de San Marcos, huyendo de la vulgaridad postiza que se había adueñado de la ciudad tras la inauguración de los carnavales. Recordé con una punzada de nostalgia a Tedeschi, que abominaba de los turistas y los saludaba con improperios; pero Tedeschi me había traicionado, había dejado de ser ese dragón que custodia el tesoro en las mitologías para reconciliarse con el ladrón que llevaba dentro de sí.

—No se torture, Nicolussi —dije. Empezaba a notar un impúdico deseo de corresponder a sus confidencias, para compartir yo también los secretos que poco a poco se me iban pudriendo en las trastiendas del alma—. ¿Quién no ha infringido alguna vez el deber de neutralidad?

Lo infringe el médico que ausculta a su paciente y de súbito se sorprende acariciándola con lascivia, lo infringe el cura que escucha en el confesionario a su feligresa y comparte gozosamente sus pecados, lo infringe el profesor que atiende a sus alumnas en las tutorías y aspira el perfume abrupto de su juventud. No lo había infringido yo, que sólo soy profesor ayudante y no dispongo de tutorías (salvo cuando sustituyo al catedrático Mendoza), o sólo lo había infringido ilusoriamente.

—¿Cómo quiere que no me torture? —Nicolussi me respondía introduciendo nuevas preguntas—. Durante más de cinco años he tenido que convivir con la misma certeza: amo a una mujer, pero mi amor está prohibido. Tendría que escapar de esta ciudad miserable.

Se frotó la barba de puercoespín como si quisiera borrarla o hacerla más dúctil.

—Hágalo, Nicolussi —le aconsejé con esa ligereza que nos proporciona sabernos forasteros—. Pida un traslado, o búsquese otro trabajo lejos de aquí, y llévese a Dina con usted.

Frunció los labios en un rictus de decaimiento o conformidad. Me sentí, entonces, más hermanado a Nicolussi, porque comprendí que era cobarde, comprendí que el celibato le había gangrenado la capacidad resolutoria y lo había ensuciado con el betún de la derrota. Por el canal de La Giudecca desfilaron hasta media docena de góndolas, formando cortejo; iban abarrotadas de japoneses que, acurrucaditos en los asientos de peluche, escuchaban con embelesamiento unánime (tan unánime como sus fisonomías) a uno de los gondoleros, que interpretaba barcarolas y romanzas con voz de gramófono desafinado. La niebla los deglutió piadosamente antes de que tanta cursilería promoviera mis primeras arcadas.

—Creo que yo también debería contarle algunas cosas —musité—. Después de lo ocurrido, le debo una explicación.

La deserción de Tedeschi me había hecho más vulnerable y había desmontado mis certidumbres, mis escasas certidumbres. El inspector Nicolussi había cursado una orden de búsqueda y captura contra él, pero al no conocérsele otro paradero o residencia que el palacio de cuya vigilancia respondía, las probabilidades de recuperar la maleta eran más bien exiguas y dependientes del azar: se estaban rastreando los burdeles más ínfimos (donde Tedeschi había dejado constancia de sus hazañas) y se inquiría entre las colonias de pescadores que aún sobrevivían en las islas de la laguna, pero de Tedeschi sólo se obtenían referencias caducas o contradictorias.

—Adelante, soy todo oídos —me animó Nicolussi—. Sólo lamento que antes eligiera como confidente a Tedeschi. A estas horas, el cabronazo ya habrá *colocado* la mercancía de la maleta.

—Es que, según mis hipótesis, en esa maleta no hay mercancía que valga.

El paseo de los Zattere se poblaba de gaviotas que se sostenían inmóviles en la niebla, como trofeos de un taxidermista. Con cierto regodeo en los preliminares, le tendí a Nicolussi el anillo rescatado del canal y le referí una secuencia plausible de acontecimientos, desde que Valenzin se comprometiera a robar *La tempestad* para un comprador que selló el pacto obsequiándolo con esa joya, hasta la culminación de su asesinato, después de que Valenzin faltara a su compromiso. Tampoco omití el asalto posterior a la Academia: el cliente chasqueado habría enviado a sus sicarios a completar una faena que ejecutaron con torpeza, pese a las facilidades procuradas por Gabetti, que esa noche, en un alarde de magnanimidad, había concedido un permiso a los vigilantes del museo.

—Busque en un diccionario de heráldica la procedencia del emblema y la inscripción que figuran en el anillo, y tendrá resuelto el caso —profeticé con un optimismo del que ahora me avergüenzo—. O bien localice a un tipo musculoso, con melena de macarra y la oreja mordida: le apuesto lo que quiera a que él, o su compinche, es el espantajo que se oculta tras la máscara del médico de la peste, el mismo que mató a Valenzin y registró el Albergo Cusmano en busca de la maleta.

Nicolussi manoseaba el anillo y lo exponía a la luz cautiva que se filtraba entre la niebla, leyendo con dificultad el lema póstumo de Sansón, *Moriatur anima mea cum philistiim.* Tras el examen lo soltó desdeñosamente sobre la mesa, como si fuese una escoria sin valor; la combustión de una cerilla añadió aspereza a su escepticismo:

—Lo que no me cuadra es que Valenzin, siendo un ladrón tan ducho, no pudiera robar *La tempestad.* Usted mismo me ha señalado que las medidas de seguridad de la Academia son insuficientes.

—A lo mejor sí pudo, pero no quiso hacerlo —dije—. ¿Y si lo asaltó algún escrúpulo moral?

Yo sabía que en *La tempestad* había hallado Valenzin un reflejo de su existencia (quizá fuese propenso a las alegorías, como yo mismo), una figuración estética que reproducía sus desazones: no se puede sostener indefinidamente una relación asimétrica, por mucho tesón que pongamos en su mantenimiento. Quizá, por lealtad a Chiara, Fabio Valenzin había desistido de su fechoría.

—¿Escrúpulo moral? —Nicolussi saboreó con fruición la primera calada del cigarrillo, como si fuese una respiración asistida—. Alguien como Valenzin, que ha llegado a la falsificación después de fracasar en la pintura, carece de sentido moral. Más bien me lo imagino padeciendo de victimismo: se vería a sí mismo como un artista incomprendido y denostado por un público zafio que no reconoció sus virtudes a tiempo y lo arrojó a los arrabales de la delincuencia. —El humo que expelió era poroso y aligerado de sustancias nocivas, después de cribarse en los bronquios—. Es más, ni siquiera creo que tuviese conciencia de estar delinquiendo. Por supuesto, sabía que su oficio era contrario a la ley, pero no más que evadir impuestos. ¿Quién renuncia a hacer este tipo de apaños, pudiendo hacerlos y habiendo observado las precauciones debidas? Falsificar cuadros o traficar con obras de arte, según su peculiar modo de ver las cosas, eran delitos desde un punto de vista técnico, que no real, puesto que no perjudicaban a nadie. Valenzin no extorsionaba a los inocentes, no despojaba a los pobres, no era un chantajista ni un mafioso. Dudo mucho que se dejara distraer por escrúpulos morales.

Nicolussi hurgó en su cartera y extrajo unos billetes que habían perdido ya el braille sinuoso del papel timbrado, billetes de tacto demasiado honesto que Valenzin hubiese descartado en sus transacciones. Pagó la comida y se levantó de la mesa como si le acuciara alguna decisión que no quisiera postergar.

—Voy a enseñarle algo que le interesará.

Lo seguí dócilmente hasta el embarcadero de los Zattere; el agua del canal expiraba en la escalinata de la iglesia dei Gesuati, con un chapoteo que propiciaba el florecimiento del verdín y la proliferación de mejillones sobre el mármol; la fachada de la iglesia parecía una madrépora gigante y respetuosa de las simetrías, en medio de la bruma. El embarcadero se bamboleaba como una boya, embestido por las olas.

—Me sorprendió que no hubiese oído hablar de Fabio Valenzin —me dijo Nicolussi con la vista clavada en el extremo más occidental de La Giudecca: allí se alzaba un edificio colosal de ladrillo bermejo, con un aspecto entre gótico y fabril que me turbó—. Un experto en arte como usted debería conocer a los falsificadores más famosos.

—Esas disciplinas no se enseñan en la universidad —me excusé—. Conozco al húngaro Elmyr de Hory, por la película que le dedicó Orson Welles, y a un holandés que falsificó a Vermeer, allá por los cuarenta.

—Hans Van Meegeren. —Nicolussi me sobresaltó con este inopinado alarde de erudición—. A ambos los pillaron; ambos eran astutos, pero la soberbia los hizo incurrir en errores simples. Hory se dejó chulear por un par de efebos extorsionadores; lo sometían a un ritmo de producción estajanovista, y en cierta ocasión, con las prisas, al firmar una falsificación de Matisse, olvidó escribir la *e* final: ésa fue su perdición. Van Meegeren llegó más lejos en su osadía: utilizó las caras de Rodolfo Valentino y Greta Garbo como modelos de sus falsos Vermeer.

Se acercaba un vaporeto con los fanales encendidos, como un animal nictálope que merodea las costas de un continente perdido.

—Es usted un especialista en la materia.

—Qué va, qué va —dijo Nicolussi con calculada humildad—. Me he documentado, simplemente. ¿Y sabé por qué unos individuos tan chapuceros como Hory y Van Meegeren son más célebres que Valenzin? Porque fallaron, y el escándalo que siguió a su procesamiento magnificó sus dotes. A Valenzin, en cambio, no había manera de cazarlo en un renuncio. Y eso que ahora hay adelantos técnicos que en la posguerra no se habían inventado: el carbono catorce, los rayos infrarrojos, el índice de refracción, en fin, usted ya sabe.

—Sí, sí, los adelantos técnicos —asentí, para no desmerecer sus erudiciones, pero me inquietaba más saber adónde nos dirigíamos. El vaporeto se detuvo en el embarcadero para recogernos—. Oiga, Nicolussi, ¿qué demonios quiere enseñarme?

La Giudecca, embalsamada por un aura lechosa, era el espejo de decrepitud en el que se miraba Venecia: exceptuando algunas iglesias diseñadas por Andrea Palladio, el perfil de la isla era menestral y proletario, con bloques de pisos en cuyos patios, acondicionados como tendederos, flameaban los blusones y los mandiles y los monos azul mahón. Nicolussi había vuelto a aceptar la vivacidad como inquilina de su mirada.

—Calma, Ballesteros; en seguida lo verá. Nos dirigimos al Molino Stucky, una fábrica de harinas que quebró hace décadas, condenando al desempleo a mucha gente. A los padres de Dina, por ejemplo. —Guardó silencio durante unos segundos, en homenaje o recordatorio de la mujer que amaba—. ¿Ve esa mole del fondo? Pues ahí vamos.

Abandonado a su ruina y asediado por el agua como un buque derrelicto, el Molino Stucky me apabullaba con sus dimensiones de castillo kafkiano; el ladrillo bermejo, que la niebla agrisaba hasta hacer lúgubre, recubría un torreón de hasta siete pisos, muy concurrido de ventanas con cristales rotos, sombrío como un baluarte que hubiese alquilado el marqués de Sade para perpetrar sus sevicias.

—La Interpol llevaba un par de años detrás de su pista, pero lo máximo que había conseguido era imponerle alguna condena menor, por descubrirle con un pasaporte o un visado falsos. —Yo apenas escuchaba a Nicolussi, estremecido ante aquel delirio arquitectónico—. Había acusaciones contra él por falsificador, pero Valenzin había desplegado entre él y sus intermediarios una red de seudónimos que velaban su identidad.

—Usted conocía su identidad, Nicolussi —lo corté, algo irritado—. Su identidad y sus negocios, usted mismo podría haberlo llevado a los tribunales.

El vaporeto hizo varias escalas antes de llegar al amarradero de Sacca Fisola, al pie del cual se erigía el Molino Stucky. Los niños de La Giudecca pescaban platijas a la sombra de su fachada, despreocupados como las aves y los lirios del Evangelio.

—Ya le dije antes que un delincuente que genera divisas es intocable en Venecia. —Se había apoyado en la borda y se abismaba en la contemplación de la espuma que el vaporeto levantaba a su paso—. Además, se necesitarían testigos que le hubiesen visto pintar las falsificaciones y entregarlas a sus clientes. ¿Y qué decir de esos clientes? Ninguno se arriesgaría a salir del anonimato y declarar que le había comprado a Valenzin tal o cual cuadro, para beneficiarse de alguna exención fiscal. Eso por no hablar de los museos o instituciones públicas que hubiesen pagado un potosí por esas falsificaciones: ¿cree usted que darían la cara? Y las familias adineradas que han invertido sumas inmensas, ¿cree que reconocerían el timo, para que toda su inversión se fuera a pique? Las falsificaciones, en arte, son como las cotizaciones en bolsa: mientras dura la conspiración de silencio, la cotización se mantiene al alza; existen demasiados intereses entrelazados como para que esa conspiración se disuelva. Imagínese a Valenzin compareciendo ante un tribunal y descargando su culpabilidad sobre los marchantes que le han ayudado a vender, sobre los expertos que autentificaron sus fraudes, sobre los museos que los adquirieron... Hubiese sido un desbarajuste.

Atracó por fin el vaporeto, junto a la desembocadura de un canal que derramaba un líquido oleaginoso, de una fetidez que mezclaba la putrefacción con el aroma requemado de los carburantes. La fábrica de harinas Stucky, construida a finales del siglo pasado por un empresario teutón, era una versión neogótica del infierno; aunque deshabitada, todavía parecía brotar de sus muros un quejido de almas molturadas. Nicolussi aprovechó un boquete abierto en la alambrada para adentrarse en un solar erizado de matojos y de cascotes. Había ratas gordas como gatos que fornicaban y se apareaban entre las inmundicias, y se propinaban dentelladas en el trance del orgasmo. Reprimí un repeluzno.

—Desde hacía unos meses seguíamos los movimientos de Fabio Valenzin —dijo Nicolussi. Menos melindroso que yo, repartía patadas entre las ratas, desbaratando sus coyundas—. Pero no ha sido hasta después de su muerte cuando descubrimos el laboratorio.

—¿Laboratorio? ¿Qué laboratorio?

Habíamos alcanzado el muro lateral de la fábrica; Nicolussi empujó un portillo que se abría a un subterráneo. Una escalera muy pina, como rescatada de una pintura de Chirico, se arrojaba a la oscuridad.

—Baje y compruébelo usted mismo.

El pasadizo que nos condujo hasta el sótano nos obligaba a agacharnos, para no sentir en las coronillas el aliento ahorcado de los murciélagos que pendían del techo: habían elegido como albergue aquel lugar por su temperatura de horno. Expresé mi extrañeza:

—Esperaba que hubiese aquí más humedad.

—Valenzin lo tenía todo previsto: luz eléctrica y calefacción a destajo, para acelerar el proceso de secado.

Nicolussi pulsó un interruptor, y se encendieron unos focos halógenos cuya potencia hubiese bastado para alumbrar un hipódromo. Los murciélagos chillaron al unísono y formaron sobre nuestras cabezas un enjambre membranoso, golpeándose entre sí en busca de una salida. Un depósito de gasóleo suministraba combustible a varias estufas que repartían un calor abrasivo. En mitad de la cripta había un par de caballetes armados con una tabla y un lienzo respectivamente, en cuyas superficies, embadurnadas con un pringue que no alcancé a discernir, se entreveían pinturas del *Cinquecento* de factura más bien desaliñada; sobre una mesa de aluminio se agolpaban, como potingues en un tocador, frascos que contenían sustancias muy diversas: aceite de linaza, trementina, colorantes y pigmentos que abarcaban una gama infinita, bálsamo de copaiba, betún de Judea, barnices, soluciones alcalinas y otras muchas que harían tediosa su enumeración. Había también un hornillo de atanor y otros artilugios herederos de la alquimia.

—No entiendo, Nicolussi.

—Pues debería esforzarse. ¿No es usted profesor de arte? —resopló el inspector—. Mire: esa tabla y ese lienzo son auténticos. Valenzin, a buen seguro ayudado por Tedeschi, se los procuraba en asaltos a parroquias rurales; las pinturas carecen de valor, pero el soporte le servía para, una vez retirada la capa de óleo originaria, ensayar ahí sus falsificaciones. ¿Lo ve?

—Alargó los dedos y los mojó en el pringue que manchaba su superficie—. Los empapaba con una solución alcalina, los dejaba reposar durante unos cuantos días y luego retiraba cuidadosamente la pintura ya reblandecida con una espátula. Trabajaba sobre lienzos y tablas de la época para que no lo delatase el carbono catorce. También había hallado un método para sortear la prueba de rayos infrarrojos: la pintura disuelta con alcaloides la cocía en el atanor, y así disociaba sus componentes; obtenía un polvillo que mezclado con aceite de linaza, colorantes y hollín le proporcionaba un óleo con quinientos años de antigüedad. ¿Qué le parece? ¿Era espabilado el chico, eh?

Asentí, con mudo pasmo, también con mudo horror. Nicolussi me adiestró en otras trampas menores de la falsificación: para simular las craqueladuras, Valenzin aplicaba directamente sobre el lienzo un barniz muy empleado por los restauradores que otorga a los cuadros una pátina dorada inconfundible; cuando el barniz aún estaba fresco, pintaba sobre él, y dejaba que, al secarse, resquebrajara el óleo, con pequeñas grietas que parecían un sistema cardiovascular en miniatura. Para los bastidores y los marcos, usaba madera de la época, que envejecía con trementina y betún de Judea y exponía a los desaires de la carcoma; Nicolussi me apuntó hacia un rincón del sótano: en una vitrina de cristal, refocilándose en un lecho de virutas, hormigueaban cientos de larvas.

—Exponía a la luz de los focos el trabajo resultante, que aún así tardaba en secarse varios meses —me informó—. Un óleo, aunque aparentemente se seca en un par de días, puede continuar húmedo durante años: bastaría con frotar un algodón empapado en trementina para hacer desaparecer sus colores. De ahí que Valenzin se asegurase de exterminar todo vestigio de humedad antes de poner en circulación su mercancía.

Los focos halógenos me socarraban la piel, también las certezas que había elaborado sobre cimientos movedizos. Recostados sobre la pared del fondo, había lienzos de diversos tamaños, esta vez de aspecto contemporáneo.

—Por supuesto, antes de abordar un trabajo de esta magnitud, Valenzin tomaba apuntes y esbozos, hasta adecuar su pincelada a la del artista que pretendía emular. Se había formado falsificando a los surrealistas, así que su trazo era muy puntilloso, el idóneo para imitar a los pintores del Renacimiento.

Al igual que los cuadros de Chiara, los apuntes de Fabio Valenzin eran técnicamente irreprochables, pasmosos en la captación de la luz y en sus estrategias compositivas, de un virtuosismo que sólo se puede aprender en el trato con los maestros, pero la originalidad exige que ese trato sea insumiso. Me entretuve repasando sus apuntes: Valenzin reproducía miméticamente las *Madonnas* de Giovanni Bellini, las multitudes hieráticas de Carpaccio, los paisajes de Giorgione. El verdadero arte reproduce o interpreta la vida, pero el arte espurio la traiciona y enjaula, la embalsama y momifica. Entre los apuntes descubrí tres o cuatro bosquejos de la mujer que protagoniza *La tempestad*, con una pierna flexionada hacia atrás y otra también flexionada pero levemente erguida, con el vientre como una guitarra muda y los senos como animales núbiles y perplejos; Valenzin había obtenido ese suave empaste del pincel que convierte a Giorgione en el mejor pintor de la carne desnuda, pero al llegar al rostro de la mujer se había cansado de ser fidedigno: reconocí el pelo apenas rubio y las orejas como caracoles o jeroglíficos, reconocí la barbilla ojival y el cuello practicable para la tarea de los besos, reconocí los labios meditativos y la nariz escorada hacia un lado (pero las asimetrías no perjudican la belleza), reconocí los pómulos muy discretamente patricios y los ojos campesinos de Chiara, ojos acendrados en el dolor, que me miraban con una voluptuosa tristeza. Nicolussi se me acercó por detrás y me echó una mano sobre el hombro:

—¿Usted cree de veras que un individuo así podía albergar escrúpulos morales?

X

La niebla había alcanzado una frondosidad de bosque cuando regresamos a Venecia, una calidad compacta que ahogaba las distancias y envolvía los palacios de la Riva degli Schiavoni en una especie de serenidad letal que prefiguraba su hundimiento y los ejercitaba en su vocación futura de mausoleos. Era una niebla que descendía horizontalmente (si la contradicción es admisible), como sucesivos sustratos de una ceniza que, al contacto con el agua, adquirieran una opacidad húmeda, como generaciones de hojarasca que, al ser removidas, transmitieran la caricia mustia de la muerte. No me atreví a volver la cabeza, para evitar la visión del Molino Stucky desvaneciéndose como un acantilado en la lejanía gris. Había anochecido ya, y el vaporeto cumplía su itinerario con ese negligente sentido de la orientación que poseen las almas transmigradas cuando recuperan los paisajes de una vida anterior, los escenarios ya abolidos de un pasado que sólo existe en su memoria. Tampoco me atreví a recapitular los últimos acontecimientos: dejé que mis cavilaciones se impregnaran de la niebla circundante, para evitar la adopción de estrategias, para rechazar también el acoso de indescifrables acertijos. El agua olía a caravanas de cadáveres, y la luz de las farolas que ribeteaban la Riva degli Schiavoni no lograba traspasar el cedazo de la niebla. Nicolussi volcaba su aliento sobre el anillo de Valenzin, y después lo frotaba en la manga de su gabardina, como si quisiera sacarle lustre.

—Esta noche me voy a entretener investigando la prosapia de este anillo. ¿Usted qué hará? ¿Dormirá en el Albergo Cusmano?

—Allí es donde me hospedo, ¿no? —dije—. Aunque, ahora que lo pienso, estoy invitado a un baile de máscaras. Una fiesta de alto copete. Lo había olvidado por completo.

El motor del vaporeto había sustituido su trepidación por un ronquido blando, como si alguna madeja de niebla se hubiese enratado entre las aspas de su hélice.

—Hay que ver, recién llegado y codeándose con la aristocracia. ¿Y quién es su anfitrión?

—Anfitriona, más bien. Giovanna Zanon, la ex de Gabetti. Está casada con un magnate hotelero.

Detecté en la voz de Nicolussi un retintín de guasa:

—Por Dios, Giovanna Zanon, no hace falta que me dé más explicaciones. Ya vi cómo le tomaba del brazo en el cementerio, menuda está hecha. ¿Así que no tardaron en intimar, eh?

Enfilábamos hacia la plaza de San Marcos, que la niebla convertía en un pabellón para tuberculosos. Su basílica había cobrado un aspecto plebeyo, como de cobertizo donde se resguardan las cosechas, y sus cúpulas de oro parecían almiares de una paja sequiza.

—En absoluto —respondí con absurdo enojo—. Me llevó a su palacio para que emitiera un dictamen de experto.

También me había llevado para instilarme su odio y encizañarme contra Chiara, pero yo había sabido sobrevivir a las insidias, basta con no volver la cabeza, basta con evitar las recapitulaciones.

—Caramba, cuánto lo lamento —se condolió Nicolussi—. Dicen las malas lenguas que no hay quien la supere en la cama. Al parecer, se entrenó mucho en el adulterio mientras estuvo casada con Gabetti. ¿Qué tendrá el adulterio, que nos entregamos más fogosamente a él que al matrimonio?

—No me diga, yo estoy soltero y a mucha honra —me desentendí, sin remitir en mi enojo.

El vaporeto se fue escorando hacia el embarcadero, como si encallase a regañadientes en un tálamo. En San Marcos había una multitud deshilachada de turistas que alimentaban a las palomas (tuve un recuerdo de añoranza para Tedeschi, que prefería retorcerles el cuello), se fotografiaban (pero la niebla les depararía un panorama espectral y deshabitado cuando revelaran el carrete) y aplaudían cansinamente los compases de una orquesta que más bien parecía una fanfarria, pagada por el Ayuntamiento con las divisas que le reportaba su permisividad ante el delito. Lo que pervivía del carnaval veneciano era apenas —como me había señalado el magnate Taddeo Rosso— un simulacro o artificio para atraer turistas; pero lo más estupefaciente era que los turistas picasen, atraídos por el reclamo, y se obstinaran en divertirse en una ciudad tan poco preparada para la diversión.

—También yo estoy soltero, hombre, no se me subleve —dijo Nicolussi—. Ahora en serio, esa Giovanna Zanon es un elemento de mucho cuidado. En la prefectura la teníamos fichada como una de las principales clientas de Valenzin.

—Precisamente me enseñó una tabla de Bellini, para que la autentificara. De inmediato pensé que se trataba del cuadro que falta en la iglesia de la Madonna dell'Orto, pero después de haber visitado el laboratorio de Valenzin, no pondría la mano en el fuego.

Los andares sesgados de Nicolussi pasaban de incógnito entre la niebla y los grupos de turistas disfrazados. De vez en cuando, entre la proliferación de máscaras, distinguía la silueta rapaz del médico de la peste, como la reminiscencia fugaz de una pesadilla.

—Giovanna Zanon, como tantos nuevos ricos, tiene el vicio

del coleccionismo, que su marido le sufraga sin rechistar —dijo Nicolussi—. No me extrañaría que Valenzin se estuviese pitorreando de ella.

Todavía atravesaban la plaza de San Marcos los pontones que me habían dado la bienvenida tres días antes, aunque ya la pleamar había sucumbido, concediendo a Venecia un enésimo aplazamiento de su cataclismo. Como andrajos de esa amnistía, perduraban los charcos de agua salobre entre las junturas de las losas, colaborando en la corrosión de la piedra. Nicolussi se detuvo al llegar al barrio de la Mercería.

—El Albergo Cusmano pilla casi de camino a la prefectura. Lo acompañaré, no sea que se pierda.

—No, déjelo, Nicolussi, creo que daré un paseo. —Rechacé su amabilidad y su compañía porque no quería pensar, y su charla azuzaba mi atención, y una atención alerta estimula la secreción de pensamientos—. Me marcharé de Venecia sin haber visto nada, a este paso. ¿Qué le contaré a mis amistades?

—Con que les cuente la tercera parte de lo sucedido durante su estancia, lo tomarían por un fantasioso, ¿no le parece? En Venecia ocurren cosas que en cualquier otro lugar del mundo nuestros sentidos se resistirían a aceptar.

No lo vi alejarse, porque la niebla se lo tragó apenas se hubo separado de mí un par de metros. «En Venecia todo sucede sin llegar a suceder —pensé, repitiendo o parafraseando el oráculo de Chiara—, las amenazas quedan suspendidas en el aire y los rayos no llegan a desencadenar la lluvia, la vida pende de un hilo y el tiempo se ralentiza, como en el cuadro de *La tempestad*.» Quizá Valenzin, al retratar a Chiara en la misma postura que Giorgione eligió para inmortalizar a la mujer de su cuadro, había querido preservarla intacta, en un ejercicio de reverencia admirativa, suspenderla en un ámbito de intangibilidad. Comprendí que mi misión debía consistir justamente en lo contrario: si quería redimir a Chiara, tenía que devolverla a la vida, tenía que salvar la distancia que media entre la idea y la experiencia del amor, entre la adoración y la efusividad de los sentidos, un propósito cuya mera formulación me arrojaba toneladas de derrota sobre la espalda. Deambulé por callejuelas que ya se iban quedando desiertas, cruzándome con esporádicos turistas que se tapaban el rostro con caretas, para camuflar su tedio; antes de doblar cada esquina, me sacudía una misma zozobra: en la revuelta de la pared podía estar esperando mi verdugo, emboscado en su disfraz de médico de la peste, con la bala exacta que recompensara mis intromisiones. ¿Por qué no desistir? ¿Por qué no darse la vuelta y tomar el vaporeto que me llevase hasta el aeropuerto de Marco Polo? ¿Por qué no renunciar a la empresa inalcanzable del amor?

Caminaba sin rumbo, entre el tumulto sordo de la niebla, tropezándome con canales que brillaban como un asfalto líquido que ya pronto se solidificaría, convirtiendo en fósiles todos los reflejos que se habían asomado a su superficie. Caminaba sin rumbo, pero me guiaba esa oscura querencia que conduce a los animales hasta su redil o establo, esa brújula intuitiva que todos llevamos dentro cuando queremos forzar un encuentro. El distrito de Cannaregio se poblaba a aquellas horas de gatos sin pedigrí que tenían algo de príncipes abdicados; entraban y salían de los palacios ruinosos, en un zafarrancho de maullidos, y procreaban allí, ignorantes de que fuera posible establecer distingos entre la idea y la experiencia del amor. Mi vagabundaje se prolongó durante más de una hora, a través de andenes estrechísimos que me obligaban a afinar el equilibrio para no caer al agua. Me sorprendió, por contraste, la amplitud del atrio que antecedía a la iglesia de la Madonna dell'Orto; seguramente, a la claridad del día, o sin el cansancio previo del vagabundaje, no me hubiese parecido tan espacioso.

Empujé la puerta del templo, sin esperanza de que fuese

a encontrarlo abierto. Pero lo estaba: al otro extremo de la nave central, encaramada en los andamios del ábside, Chiara se afanaba en la restauración de los Tintorettos. Con unas pinzas retiraba escamas de pintura descascarillada; los hongos atacaban el lienzo con una especie de psoriasis que sólo se curaba con una laca resinosa. Las figuras de *El Juicio Universal* se contorsionaban en escorzos muy violentos, como si Chiara las estuviese despulgando y les hiciese cosquillas. El foco que la alumbraba (no era halógeno, según constaté para mi tranquilidad) arrasaba los claroscuros y empalidecía los tonos oliváceos que Tintoretto había tatuado en la piel de los condenados.

—Por fin apareces. Nos tenías muy preocupados, a Gilberto y a mí —me dijo cuando entré en el corro de luz que propagaba el foco—. Te marchas sin decir adónde y nos dejas en vilo a los dos.

Recurrí al sarcasmo:

—Haber llamado a la policía para que me localizaran. —Y, con mucho aspaviento, rectifiqué—: ¡Oh, perdón! Olvidaba que no queríais que la policía se acercase a la Academia, para que no se enterasen del intento de robo. Perdón, perdón, qué indiscreto soy.

Chiara me miró con una mezcla de orgullo herido y ternura que me desarmó; la luz del foco prolongaba oblicuamente su sombra sobre el lienzo de Tintoretto, hasta incorporarla al coro de bienaventurados que rodeaban a Cristo, ostentando los atributos de su martirio.

—No esperaba de ti esa bajeza, Alejandro. —Empleaba una voz caritativa que me hizo sentir miserable—. Tú no te imaginas la polvareda que se habría levantado si determinada gente se entera de lo que ocurrió ayer en la Academia. Gilberto tiene muchos enemigos entre los mandamases.

—Se los habrá ganado a pulso —murmuré.

Se mordió el labio inferior para contener el temblor de la

ira. Yo había besado ese labio, también el superior, había probado su sabor meditativo y de lanolina. Sus mejillas se habían arrebolado, pero apenas pude examinar los estragos del arrebol en su tez, porque me había dado la espalda. Con ayuda de una espátula, mezclaba sobre una repisa del andamio un conglomerado con aspecto de jarabe que aplicó en las suturas del cuadro.

—Claro que se los ha ganado a pulso. Los politicastros piensan que la Academia es patrimonio suyo, y que pueden disponer de sus fondos a su antojo. Más de una vez han querido aportar cuadros a exposiciones itinerantes, para quedar bien con las autoridades europeas, cuadros que no se podían trasladar, porque estaban hechos trizas y requerían una restauración urgente. Gilberto ha tenido que enfrentarse a la opinión pública y a los politicastros, él solito, para salvar del deterioro definitivo más de un cuadro. Y luego, en represalia, esos mismos politicastros le han negado su apoyo. Durante la Segunda Guerra Mundial, los nazis se llevaron unas cuantas obras de la Academia; Gilberto solicitó que se enviara un suplicatorio al gobierno alemán, demandando su restitución, pero nadie atendió sus solicitudes. La Academia es el museo que menos subvenciones recibe, entre los de su categoría; esos carroñeros del Ministerio de Cultura quieren que la incuria lo obligue a dimitir. Pero Gilberto aguantará. ¿Comprendes ahora por qué no convenía pregonar el intento de robo?

Asentí, humildemente asentí. Había dejado la puerta abierta y la niebla se adentraba de puntillas en las naves laterales, como uno de esos feligreses avarientos que oyen misa en los escaños más alejados del altar y nunca contribuyen con su limosna a la prosperidad del cepillo. Chiara llevaba el mismo jersey de faena, holgado y un poco masculino, que le conocí en nuestro primer encuentro: su hechura caediza le anulaba los senos, también los omóplatos y las clavículas, que eran los arbotantes de su cuerpo.

—No tenemos presupuesto para reparar los desperfectos que ocasionan las inundaciones —continuó; su voz se iba haciendo antigua y un poco rugosa; era la misma voz que le había escuchado en otras ocasiones, con una semilla de desequilibrio entre las cuerdas vocales—, tampoco para el mantenimiento y conservación de las obras. Gilberto ha tenido que mendigar mecenazgos privados, yo he tenido que trabajar gratis en la restauración de cuadros que no hubiesen resistido un invierno más. Pero no me quejo, lo hago con gusto, es mi obligación y también mi designio. Tintoretto, que es mi santo tutelar, hizo lo mismo: trabajó sin recibir nada a cambio, murió arruinado y sin poder pagarse un médico, pero contribuyó al engrandecimiento de Venecia.

Había en su determinación un espíritu de renuncia abnegada, esa vocación de sacrificio que consume a los santos y a los fanáticos, y los arroja a las proezas más altruistas o pavorosas.

—Pero debes sentirte orgulloso. Tú solito ahuyentaste a los ladrones, Gilberto debería contratarte como vigilante.

Otros motivos de orgullo me enaltecían: yo había socavado la resistencia de Chiara y había decantado su neutralidad durante nuestra visita a la Academia.

—Espero que no me tomes por vanidoso, pero debo confesarte que me ilusiona mucho más haber conseguido imponer mi interpretación de *La tempestad*. Ya ves que Gabetti, quiero decir Gilberto, no logró rebatirme, y eso que me sometió al tercer grado.

—No estuvo muy brillante, tienes razón —dijo—. Quizá le inspires simpatía y quiso ser benévolo contigo, o intuyó que yo no hubiese aceptado una escenita de humillaciones, y no se atrevió a contrariarme.

Me iba restando méritos como quien despoja de pétalos una flor, con una levedad botánica que no hacía menos condenable la mutilación. Protesté:

—Pero tú misma reconociste que mi explicación era satisfactoria. Anquises, Afrodita, Eneas, la ira de Zeus, la premonición de la guerra de Troya. ¿O es que ahora te vas a desdecir?

La niebla asaltaba las capillas laterales, se inmiscuía en la piedra y la atacaba en su médula. Las contorsiones de Chiara en el andamio dejaban chiquitos, en comparación, los intrincados retorcimientos y perspectivas que torturaban las composiciones de Tintoretto.

—Era una explicación *intelectual* satisfactoria —puntualizó, depositando un énfasis despectivo sobre el epíteto—. Pero ya se han aportado otras explicaciones intelectuales coherentes, no vayas a creerte un pionero: el rayo podría simbolizar la maldición divina que expulsa a Adán y Eva del Paraíso; Caín se amamanta en las ubres de Eva, que ha «parido con dolor», según el anatema del Génesis; el peregrino podría ser Adán, sosteniendo un bastón que representa el cansancio y la vejez que lo acechan, tras haber probado el fruto prohibido. Las dos columnas rotas serían el emblema de la muerte: «Ya que polvo eres, y al polvo volverás.» Estoy improvisando, habría otras cincuenta interpretaciones igualmente plausibles. —Mencionó esa cifra al albur, para empequeñecer mi hipótesis, en la que había dilapidado mi juventud—. Pero el arte que requiere elaboraciones intelectuales para su disfrute no es verdadero arte. Un cuadro que precisa explicaciones no es un buen cuadro: podrá ser un ejemplo de virtuosismo, un calculado jeroglífico, pero no un buen cuadro; una vez entendidas sus claves, podremos traducirlo, pero seguirá sin emocionarnos. No hay verdadero arte sin emoción, y *La tempestad*, por fortuna, nos emociona por sí misma, sin recurrir a cábalas. Quizá no sea un ejemplo de virtuosismo técnico, pero emociona.

Me llené de despecho y soliviantada decepción:

—Por esa regla de tres, cualquier chapuza sería arte, con tal de que nos suscite una lagrimita.

—No me has entendido, Alejandro —protestó. Con un pulverizador aplicaba una especie de laca sobre las suturas que antes había rellenado con aquel conglomerado que parecía un jarabe—. La fuerza del sentimiento puede suplir lo que falta en una obra de arte, puede transformarla y purificarla. Fíjate en Tintoretto: se entregaba a su trabajo con una fe tan arrasadora que nos traspasa de emoción; quizá, para nuestra sensibilidad moderna, nos resulte algo tosco o, como tú lo calificaste, desbocado, algo primario o incluso bruto, pero la franqueza de su arte lo hace más original que el de cualquiera de sus coetáneos. El secreto está en la fe: ahora tendemos a valorar a los pintores con mucho método y mucha ciencia, a los pintores incrédulos que han cursado estudios académicos y dominan ciertas nociones básicas; creemos que un artista debe ostentar una formación casi científica para que satisfaga nuestra bendita inteligencia. Pues bien, yo prefiero un arte algo más bárbaro: nunca he visto que nadie se emocione ante un cuadro de Leonardo; en cambio, he visto a muchas mujeres arrodilladas ante una Virgen de Tintoretto.

La admiré sin paliativos, fervorosamente, incorporando cada molécula de mi carne a ese deslumbramiento que me producían sus palabras.

—Y yo conozco a una que se arrodilla ante su tumba —dije, casi absorto.

La admiraba también en sus contradicciones: ella era la primera perjudicada por su vindicación del arte entendido como religión del sentimiento, pues sus pinturas (según había comprobado cuando subí a su estudio en la buhardilla), irreprochables desde un punto de vista técnico, adolecían de mimetismo, esa variante imitativa de la mediocridad. La admiraba con su mediocridad a cuestas, también con ese principio de locura o fanatismo que la hacía inmolarse por una ciudad que no agradecería sus desvelos. Estaba empezando a anteponer la experiencia sobre la idea del amor.

—Por hoy ya es suficiente —decidió Chiara, apagando el foco que nos iluminaba—. Vámonos de aquí.

Descendió a oscuras por el andamio, y así se evitó mi espionaje, que hubiese sido admirativo, pero a la vez concupiscente, porque el pantalón del chándal seguía hundiéndose entre sus nalgas, con esa terquedad dúctil (si la contradicción es admisible) que tienen las prendas desgastadas por el uso. La luz del foco había hecho pasar desapercibida la llama de una lámpara votiva que alumbraba el altar lateral, donde reposaban los huesos de Tintoretto; ahora que la oscuridad me hacía torpe y cegatoso, la llama cobraba un prestigio de incendio mínimo en mitad de la iglesia, que era un páramo asolado por la niebla. Me acerqué hasta el andamio para recibir a Chiara.

—Qué haces, no seas descarado. —Intentó zafarse de mi abrazo sin demasiado empeño. El olor del aguarrás en sus ropas me trastornaba un poco—. ¿No ves que estamos en una iglesia?

—Pero está cerrada al culto, Dios no se va a enfadar.

Le di de sí el cuello del jersey, venciendo mi pusilanimidad, para besarla en la confluencia de las clavículas, donde el hueso se repliega y deja una concavidad que se adapta como un estuche a los labios del que rinde pleitesía. Chiara quiso protestar, pero la amordacé con mi saliva, también con mi lengua que se aprovechaba de su condición invertebrada para enumerar sus dientes y recorrer la anfractuosidad de su paladar; al placer de la saliva se sumaba el placer del sacrilegio.

—Anda, vámonos a casa, que nos excomulgan.

Notaba cómo crecía su temperatura por debajo del jersey y del chándal, notaba el temblor moreno de sus muslos de falsa delgada y notaba también el abandono de sus brazos, que me recordó el abandono de las palomas cuando Tedeschi les retorcía el pescuezo. Se sobrepuso, sin embargo, al deseo, y recogió el capacho donde guardaba sus trebejos. Yo la seguía de cerca, insistiendo en los itinerarios de la saliva, la rodeaba por la cintura y le mordía el pelo, el amor es omnívoro además de un poco caníbal. La llama votiva, que iba quedando atrás, alcanzaba a iluminarla muy tenuemente, apenas lo justo para deslindarla de la oscuridad. La acorralé contra la capilla donde, según se explicaba en el rótulo, había residido una *Madonna con Niño* de Giovanni Bellini, antes de ser expoliada. No quise retrasar la liquidación de mis sospechas:

—¿Sabes que ese cuadro está en el palacio de Giovanna Zanon? Fue tu amigo Fabio Valenzin quien lo robó.

La pared de la capilla rezumaba un agua procedente de alguna filtración subterránea, quizá de las catacumbas excavadas en los cimientos de la iglesia. Era un agua ferruginosa que tenía el mismo sabor milenario que la piel de Chiara. Le sofaldé el jersey para colmar mis manos, cada mano como un molde que encuadernara sus senos.

—No lo robó, lo que tiene esa bruja es una falsificación —me susurró—. Fabio era muy mañoso.

—¿Una falsificación? ¿Y entonces el original?

Le hablaba muy cerca de los labios, para aspirar su aliento y la blancura ilesa de sus dientes. Sus pezones crecían, como erupciones de un metal blando.

—¿Quieres que te lo enseñe? ¿De veras puedo fiarme de ti?

En lugar de responder, me apreté aún más contra ella, para que pudiera notar mis costados incólumes, deseosos de donar una costilla. En las bóvedas de la Madonna dell'Orto también se juntaban la piedra y la niebla, en una ósmosis geológica.

—Anda, acompáñame.

Se habían disipado mis recelos, y la noche ya no me sacudía con la zozobra de las esquinas y el tumulto sordo de los fantasmas que la habitaban. Chiara cerró la puerta de la iglesia con un pesado llavón que guardaba en el capacho, dentro de una faltriquera de gamuza. En la Fondamenta della Sensa, junto a la casa de Tintoretto que Chiara y Gabetti habían acondicionado como vivienda, un cónclave de gatos lanzaba maullidos a la luna que había dejado de alumbrarles.

—Habrás reparado que la humedad de la Madonna dell-'Orto es demoledora para los cuadros —me dijo Chiara—. Yo misma restauré hace menos de diez años *El Juicio Universal*, y ya ves en qué estado se encuentra. Para que la restauración fuese eficaz, habría que desmontarlo de la pared y trasladarlo a un lugar seco, mientras los materiales se fijan, pero dadas sus dimensiones resulta imposible. El proceso de desecación puede durar meses —me informó superfluamente: en mi visita al laboratorio de Valenzin ya me había familiarizado con estas prórrogas—; si el proceso se interrumpe, las fallas de la pintura no tardan en reaparecer con una mayor virulencia. Con el lienzo de *El Juicio Universal* ya me he resignado a repetir la restauración cada poco; pero la *Madonna con Niño*, mucho más manejable, me permitía trabajar con ella en casa.

Subíamos por los peldaños desnivelados que a mi llegada me habían obligado a descalzarme, conquistados por el *acqua alta*: Chiara encabezó el ascenso hasta alcanzar el rellano del piso bajo, donde se alineaban los aposentos que habían servido de taller a Tintoretto; una vez allí, se asomó al hueco de la escalera y voceó:

—¡Gilberto! ¿Has vuelto ya? —Aguardó una respuesta mortificándose los labios meditativos y quitándose la goma que aprisionaba sus cabellos en una coleta; la opresión de la goma había dejado su impronta, una doble ondulación o concavidad que acentuaba el parecido de su melena con un instrumento musical—. Se habrá entretenido en la Academia, reparando los destrozos de la otra noche. Bueno, pues como te iba contando: quise traerme la *Madonna* de Bellini, pero no contaba con la oposición de la Superintendencia de Bienes Artísticos, donde se congregan algunos de los detractores más furiosos de Gilberto. Alegaron que la tabla se hallaba en unas condiciones pésimas que imposibilitaban su traslado, ¡un traslado de cien metros escasos! Pero al denegarme el permiso, estaban vengándose del hombre que tantas veces había ridiculizado su ignorancia y les había impedido disponer a su antojo de los fondos de la Academia para engrosar exposiciones de lucimiento.

Los talleres de Tintoretto, muy luminosos de día, retenían aún un rescoldo de luz en el revoque de los tabiques, una vaga fosforescencia que parecía levitar en el aire y se materializaba en formas inconcretas, como ectoplasmas venidos del más allá. Chiara me franqueó una poterna que se agazapaba en el extremo más recóndito del pasillo. Unos baldosines de ladrillo recubrían el suelo.

—Este cuarto lo reservaba Tintoretto para sus investigaciones y estudios —me dijo Chiara—. Nadie podía entrar en él, salvo sus parientes más allegados.

Hablaba con orgullo de albacea, como si correspondiese a ella resucitar o mantener ese estricto derecho de admisión; me congratulé por haber superado la criba. Chiara pulsó un interruptor; la Virgen y el Niño de Bellini, separados apenas por esa pulgada que media entre el amor y el erotismo, se resintieron con la estampida de la luz.

—Me llevé un berrinche cuando me comunicaron la denegación del permiso. Hasta que una noche se me presentó Fabio con un envoltorio bajo el brazo. «A ver si este regalito te alegra la cara», me saludó, era un poco imprevisible. Arranqué el embalaje y me topé, para mi desconcierto, con la tabla de Bellini. A duras penas logré que se explicara: «Un cliente me ha encargado su robo, pero pensé que me apetecía endosarle una falsificación. Hace mucho que no practico; con tanta inactividad voy a empezar a perder facultades.» —Chiara probó a sonreír, pero sus labios estaban lastrados por una inescrutable melancolía—. Todavía no me había recuperado de la sorpresa y él ya me volvía la espalda para marcharse. Le pregunté: «¿Y cuando lo haya restaurado, qué?» Fabio se encogió de hombros, nada parecía alterarlo: «Pues dejas que se seque. Ya me encargaré yo de devolverlo a su sitio.» «Pero tu cliente se enterará del engaño», le objeté; no estaba muy segura de querer participar en aquel embolado. «¿Y qué va a hacer? ¿Denunciarme? Le tocará tragar y mantenerse calladito. Además, vete tú a saber dónde estoy yo para entonces.» Fabio siempre se ahorraba las explicaciones. —Concluyó en un tono opaco y enajenado, como si pensara en voz alta—: Ahora ya sabemos dónde tiene su residencia.

Observé con minuciosidad la tabla, reconociendo las marcas del estilo belliniano que ya había reconocido previamente en la copia que poseía Giovanna Zanon, ignorante todavía del virtuosismo fraudulento de Valenzin; Chiara no aguardó mi dictamen:

—Me tocará devolverlo a mí. —Su melancolía derivaba hacia una forma de ira que resultaba injusta, pues Valenzin no había incumplido adrede su promesa—. Siempre le gustó hacer las cosas a medias.

—¿Y cómo sabes que éste es el auténtico? Te advierto que Valenzin no descuidaba detalle.

La ira se le disipó para dar paso a cierta jovialidad presuntuosa:

—A mí me lo vas a decir, que aprendí el oficio con él. —De nuevo me azotaron los celos retrospectivos—. Es curioso que falsificadores y restauradores tengamos una formación idéntica y recurramos a los mismos trucos. Fabio era insuperable en su gremio, pero aun en sus más inspirados trabajos había indicios que lo delataban para un ojo avezado: el envejecimiento natural de los colores no puede improvisarse así como así, con el paso de los siglos se producen reacciones químicas que alteran su tonalidad cromática, incluso ocurre que colores contiguos que hace quinientos años estaban perfectamente delimitados se integran. Como comprenderás, una reacción química no se suple con unos brochazos de aceite de linaza: los colores de la falsificación serán siempre más planos. Esto, que pasa inadvertido para un lego, yo lo detecto en seguida.

—Eres una experta —dije enlazándola por la cintura—. La próxima vez que Giovanna Zanon me pida un informe, me permitirás que le suelte estas erudiciones.

—¿Es que quieres impresionarla?

Hizo con la espalda un esguince arisco, pero sus muslos de falsa delgada aceptaban la cárcel de los míos, nuestras temperaturas se integraban en una reacción química que no requería el concurso de los siglos.

—De alguna manera me tendré que consolar si no logro impresionarte a ti.

Por un momento, me vi desde lejos, como un espectador distante que asiste con estupor a su propio desdoblamiento: el celibato más o menos sostenido en los últimos años me había impedido atender las leyes del cortejo, pero ahora descubría que su observancia no dependía tanto de la práctica como del instinto, existen disciplinas cuyo aprendizaje se hereda en los genes y se transporta en la sangre, en combinación con los leucocitos. Aventuré una mano por debajo del elástico de su chándal, ya no era la mano de gañán que había inspeccionado el culo demasiado plano de Giovanna Zanon, sino una mano estilizada y flamígera, casi tan estilizada y flamígera como mi propia alma. Tampoco el culo de Chiara era un culo antipático y tributario de las liposucciones, allí el hueso pasaba inadvertido y la carne se hacía mollar, camuflaba su musculatura y se emborronaba de docilidad, a medida que las nalgas se alejaban de su arranque, a medida que iban olvidando su condición de penínsulas comunicadas con la espalda y adquirían pesantez de islotes. Le acaricié la pelvis, apenas tapizada por la piel, y las caderas de repente copiosas, para demorarme en esas superficies trémulas y claudicantes donde se adormece la celulitis. Pistoleras o cartucheras, las llamamos en términos coloquiales, y Chiara estaba doblemente armada.

—Qué vergüenza, no me toques ahí, estoy celulítica perdida.

—Qué dices de celulítica, estás perfecta para mi gusto.

Chiara dejó el capacho sobre el suelo, apagó el foco y me empujó hasta el pasillo, cerrando tras de sí la poterna, para evitarle a la *Madonna* de Bellini espectáculos que infringían la castidad. Posé mi rostro sobre su esternón, para aturdirme en sus latidos de paloma asustada.

—Mejor que subamos a la buhardilla, ven.

Me tomó de la mano, era placentero abdicar de la iniciativa, dimitir de la responsabilidad y dejar conducirse por Chiara hasta su estudio, en los altillos de la casa. El aire se adensaba, hasta recuperar esa consistencia anfibia que en mi anterior visita me había hecho jadear. Mientras se esforzaba en encajar la llave en la cerradura, volví a morderle el cabello que todavía conservaba la impronta de la goma y el rastro indeleble del aguarrás. La noche era como un mazacote de tinta, pero por la lucerna seguía filtrándose una claridad de otro mundo, verdosa y fluctuante. Tendido sobre la cama o jergón y muy bien empaquetado en su funda de plástico, había un disfraz del médico de la peste; la máscara, vuelta hacia el techo, alargaba su nariz como los muertos alargan sus uñas, con sigilo póstumo.

—Joder, qué susto, ¡qué hace eso ahí! —exclamé, sacudido por un escalofrío.

Chiara soltó una risa descacharrada, quizá también un poco traviesa.

—Te lo trajo esta tarde un criado de Giovanna Zanon, con esta nota. —Extrajo de la funda de plástico un sobre de papel japonés, estampado con filigranas y arabescos—. No me habías dicho que fueses a asistir a su baile de máscaras, ya voy comprobando que eres de los que exigen sinceridad pero a cambio no ofrecen nada.

La nota incluía algunos arrumacos epistolares que promovieron mi bochorno; Giovanna Zanon tenía una letra picuda, de un goticismo mortuorio, muy a juego con su anatomía. Junto a los arrumacos, proponía una hora aproximada en que su chófer pasaría a recogerme, a bordo de una lancha motora. El póster de *La tempestad* apenas era un rectángulo de sombra sobre la pared, como la embocadura de un pasadizo que cobijase en su interior sentimientos procelosos, marejadas del espíritu que amenazaban con desatarse.

—¿Qué más quieres que te ofrezca, si estoy rendido ante ti? —acerté a balbucear; la sinceridad no me eximía de la cursilería—. Dímelo.

Chiara expulsó de la cama el fardo del disfraz, propinándole ese manotazo que reservamos a las cucarachas y demás faunas inmundas. Aparecieron entonces las sábanas revueltas y sin almidón, sábanas de un lino muy desgastado que no crepitarían cuando tapasen un cuerpo, las sábanas y la nieve se reponen en seguida de los pisotones y de la sangre, pero los ojos de un hombre humillado no se reponen jamás. Chiara se había sentado en una esquina del colchón, y yo me hice un sitio a su lado.

—No me cuentas nada de ti —me reprochó—. Andas todo el día por ahí y vuelves tan campante, sin dar explicaciones.

—Pero qué quieres que te cuente.

Pasé la mano por encima de su cabeza, sin llegar a rozársela, trazando un nimbo imaginario; sus cabellos se erizaban, imantados por la electricidad estática.

—Lo que haces. Tú ya lo sabes casi todo sobre mí, es justo que te reclame correspondencia.

Le volví un poco la cara, hasta obtener su medio perfil. Utilizando los dedos, le partí el pelo en crenchas y se lo recogí entre el pulgar y el índice, simulando una coleta de la que dejé escapar unos mechones o guedejas que le caían con una levísima ondulación sobre las mejillas.

—A Fabio Valenzin lo mataron los tipos que entraron anoche en la Academia —dije, demorándome en la contemplación de aquel rostro que hubiera pintado Giorgione—. Había acordado con ellos entregarles *La tempestad*, pero se echó atrás, o a lo mejor quiso colarles una falsificación.

Un estremecimiento luctuoso fue ahogando su respiración, hiriendo su mirada, desprestigiando su belleza, mientras le refería sucintamente los hechos, según la percepción un tanto fragmentaria que yo poseía de esos hechos: el hallazgo del anillo, la visita del espantajo al hostal de Dina, la pérdida de la maleta y la desaparición de Tedeschi, el descubrimiento del laboratorio en el Molino Stucky, seguían formando un rompecabezas de episodios dispersos que aún precisaban una argamasa que los trabase. Sentí, a medida que avanzaba en mi narración, que Chiara se iba arrugando y dejándose gobernar por sentimientos fúnebres. «Cuando hablamos de un amigo muerto —me había dicho—, estamos hablando de nuestra propia muerte, de esa parte de nosotros mismos que el otro se lleva consigo y se extingue con él. No lloramos por el amigo, sino por lo que ese amigo nos arrebata. Los muertos se abastecen con nuestra propia muerte.» Y eran demasiados los cadáveres y los enfermos terminales que la iban poblando de paulatinas muertes: no sólo Valenzin; también Gabetti, que le había imbuido esa conciencia de sacrificio y había querido aislarla en una cápsula de cristal, incontaminada de gérmenes patógenos; también Venecia, que la arrastraría en su desplome definitivo.

—Tienes que marcharte de esta puta ciudad. Vente conmigo a España, una buena restauradora como tú sería muy apreciada allí. Te sobraría el trabajo.

La tendí sobre la cama y le ayudé a desprenderse del jersey; su vientre ya no era una guitarra muda, sino más bien un violín a punto de romper las cuerdas. Acerqué el oído a su ombligo, para escuchar la relojería de su cuerpo, la ciudad subterránea de sus vísceras.

—Eso que me pides es una locura —murmuró—. Mi sitio está aquí.

Acaricié su vientre, como una caja de resonancia o un hemisferio donde cupiesen los infinitos avatares del universo. El vientre de Chiara tenía ese abombamiento dulce que la naturaleza ha depositado sobre las mujeres y que algunas se obstinan en exterminar con ejercicios abdominales; tenía esa tersura ligeramente abultada de los días fértiles, esa fiebre honda y religiosa de la ovulación.

—¿Todavía sigues pensando que la salvación de Venecia depende de ti, como cuando eras niña?

Le bajé los pantalones del chándal y las bragas, que fueron a reunirse en los zancajos, en un acordeón de arrugas. Antes de cubrirla reparé en el vello de su pubis, que era ralo y de una claridad que concordaba con sus cabellos; recuerdo que esta concordancia me desconcertó un poco: yo pensaba que el vello del pubis siempre era negro y tupidísimo.

—No puedo marcharme, Alejandro. —Había retrasado su respuesta, para facilitar mi acceso—. ¿Te vendrías tú a Venecia, acaso?

Sus muslos eran glabros, y al abrirse desprendían un calor satinado y casi nutritivo. Los abarqué por su cara exterior, donde la celulitis incipiente los perturbaba con hoyuelos y diminutas abolladuras.

—Pero eso no arreglaría nada —dije—. Debes escapar de aquí.

—Ahora cállate, que me despistas.

Cerró los ojos campesinos y hundió la cabeza en la almohada, su garganta se arqueó, revelando una arquitectura de tendones que fui enumerando con la lengua. Sus senos, que eran menguados y apenas reseñables, se subsumían entre sus costillas; intenté adunarlos, mas en vano: sólo los pezones, como erupciones de un mineral blando, incorporaban su volumen a un cuerpo mucho más endeble de cintura para arriba que de cintura para abajo. Con vana devoción, noté que el pezón izquierdo tardaba más en ponerse erecto (pero la asimetría acrecienta la belleza), o quizá estuviese erosionado por alguna mutilación o defecto congénito. Entré en ella con impericia, un poco a trancas y barrancas, pero el deseo actuaba de lazarillo y guiaba mi ceguera; por dentro, su carne era un magma que no permitía el ensimismamiento táctil, ya no cabía distinguir un tacto huidizo de otro tacto áspero o confiado, una misma calidez membranosa servía para alojarme, una misma opresión mojada me conducía hasta los recintos ocupados por su fiebre. Infringí mi silencio para susurrarle esas ternezas que se dicen en estas circunstancias, y miré sin pestañear su rostro como un vasto incendio o una maraña inextricable de cabellos que se le adherían a la frente por culpa del sudor, pero sus ojos no se abrieron ni siquiera cuando la acometió la inminencia del orgasmo y su vientre perdió tersura para ganar convulsión (pero la belleza o es convulsa o no es nada) y sus labios se abrieron para exhalar un gemido. Recuerdo que en el momento vertiginoso en que fui a emitir mi semilla en aquel reducto blando, concebí la esperanza de que no fuese una semilla estéril, deseé absurdamente que se entrelazase con la suya y juntas procreasen y se sustentasen mutuamente durante nueve meses; fueron pensamientos de catequista que en seguida cedieron paso a otros más sombríos, que incluían a Gabetti atrincherado en algún recodo de la casa, sus ojos de iris azul esmaltados de odio, sus ojos donde convivían mansedumbre y barbarie decantándose hacia la ferocidad. Me fui apaciguando, al unísono con Chiara, que por fin me miraba y sonreía, se tapaba el rostro con las manos y lo mostraba para volver a sonreír, como si no diese crédito a lo que acababa de suceder, pero a la vez lo celebrase.

—Vente conmigo a España —insistí.

—Ay, Alejandro, por favor, no me hagas pensar, me atan demasiadas cosas.

Le besé la vulva, que tenía un aspecto de actinia dormida y un sabor de algas, menos salobre que viscoso. Me acurruqué contra ella, me adapté a su postura y la obligué a recoger las piernas en posición fetal. Con los brazos le rodeaba el vientre, que otra vez era una guitarra muda, tras recibir mi semilla.

—¿Quién te ata? ¿Gabetti? Los hijos abandonan a los padres, tarde o temprano. Es ley de vida.

Sobre la lucerna se derrumbaba el cielo de Venecia, poroso de niebla y de fantasmas. Que Chiara se refiriese siempre a Gabetti por el nombre de pila, mientras yo persistía en el apellido, me hacía barruntar síntomas de escisión:

—Yo a Gilberto no lo abandonaré nunca. —Su voz se había hecho intransigente, como contaminada de tragedia—. Le debo todo lo que soy.

—Pero si él de verdad te quiere, no debería retenerte.

Me respondió con altiva satisfacción:

—Nadie me retiene. Me retengo yo misma, y con mucho gusto.

Aborrecí a aquel hombre, que se había asegurado una vejez pacífica, mientras mi espalda seguiría incólume, a muchas leguas de allí. Me aferré a Chiara, como si quisiera vivir uterinamente dentro de ella.

—¿Y cuando te enamoraste de Valenzin? —la apremié—. ¿Entonces no te ataba Gabetti?

—A Fabio lo amé desde niña, ya te lo dije. —Quizá sus palabras encubrían un fondo de hastío—. Y luché por curar su enfermedad, luché por atraerlo hacia mí, pero fracasé. Yo pretendía que abandonase sus delincuencias y se quedase en Venecia, con Gilberto y conmigo, pero sobrevaloré mis fuerzas, el delito formaba ya parte de su naturaleza, le había enquistado el alma. Fabio era incapaz de discernir entre el bien y el mal, igual que era incapaz de distinguir el arte de la realidad; para él formaban parte del mismo fingimiento. —Hablaba con palabras de ceniza, como si hubiese destapado una urna cineraria y toda la polvareda del pasado la ahogase—. He padecido mucho por su culpa, ya te lo he contado, no frivolices sobre ese asunto.

Y supe entonces que esa ceniza la había calcinado por dentro, y que tendría que cumplir una larga convalecencia antes de reverdecer. Supe también que había consagrado mi semilla y mi amor a una mujer que no los haría fructificar, aunque se esforzase en ello, porque su cuerpo y su alma estaban en barbecho, reponiéndose de un dolor demasiado vívido. Ya no me afligían los celos retrospectivos, sino la convicción menos nimia de haber llegado demasiado tarde, una convicción aciaga de desposeimiento e inutilidad, y también el presagio de un futuro atormentado por el recuerdo implacable de Chiara, una condena perpetua que me obligaría a rememorar las circunstancias de su rostro, la cartografía de su piel, las huellas efímeras que el placer había dejado en su mirada, las huellas más perdurables que el sufrimiento había inscrito por debajo de su mirada, en esos recodos inaccesibles a la medicina de las caricias. Me acongojaba saber premonitoriamente que acababa de perder a Chiara, después de haberla poseído por primera y única vez, y me abrumaba saber que esa pérdida no incluía el consuelo de la desmemoria: tenaces y populosos perdurarían los instantes que había consumido a su lado, bajo el estímulo de los sentidos. Para mi desgracia, soy un hiperestésico.

—Ojalá hubieses llegado antes, Alejandro —me dijo—. Ojalá yo hubiese tenido coraje para empezar de nuevo.

Me aferré aún más a su vientre en barbecho, que yo había imaginado grávido y dispuesto a aceptar mis donativos, me aferré con ese arrebatamiento que precede a las separaciones. Aunque la lucerna nos preservaba de la intemperie, sentí como si la niebla se inmiscuyese en mi organismo, como antes se había inmiscuido en la piedra de la Madonna dell'Orto, en un proceso de ósmosis que concluiría con mi aniquilación.

—¿Podrás perdonarme? —preguntó aún Chiara; su voz ya estaba aniquilada, o por lo menos inservible para la redención.

—Claro que sí, tú no tienes la culpa.

Me acuciaban las lágrimas, y las cicatrices de la espalda, que la felicidad había anestesiado, volvían a reclamar su protagonismo.

—¿Y qué harás a partir de ahora?

—Nicolussi me pidió que abandonara Venecia, a cambio de no mencionarme en las diligencias —repuse—. Yo tenía planeado desobedecerle, quedarme aquí hasta que se resolviera el asesinato de Valenzin y apareciera su maleta. —Me detuve a recapitular, tampoco convenía que las desilusiones me abocaran al cinismo—. Bueno, en realidad estaba postergando mi marcha por ti. Supongo que ahora ya no tiene sentido.

—Pero viniste a completar tus estudios. No debes renunciar por...

Le amordacé los labios con la mano, antes de que siguiera aportando razones triviales o desmayadas que justificasen mi estancia allí: aquellos labios me habían amado, y no soportaba que me manchasen de piedad.

—¿Renunciar a qué? —El desengaño me agriaba y envejecía—. Me importan un comino Giorgione y su maldito cuadro. Sólo lamento haber malgastado mi juventud en estupideces. ¿Cuál ha sido la recompensa? Ninguna, soy un perfecto fracasado y un pardillo, tengo veintinueve años y ni siquiera he encontrado a alguien que me haga compañía. Con un poco de suerte, y si me someto a los caprichos de mi jefe, obtendré plaza de funcionario en la universidad; entonces podré repetir lo que hicieron conmigo: podré putear y humillar a mis subordinados. Menudo panorama.

Chiara se encogía entre mis brazos, como un animal aterido. Quizá mis quejas le sonasen a reproche:

—Si yo pudiera hacer algo por ti.

La besé en la oreja, en el laberinto de cartílagos que encubrían un mensaje jeroglífico.

—Si pudiéramos hacer algo el uno por el otro se acabarían las complicaciones. Pero hay cosas que no dependen de nuestra voluntad. Anda, descansa, quiero oír cómo duermes antes de marchar al baile de máscaras.

—¿En serio que piensas asistir?

—Debo despedirme de Giovanna Zanon y de su marido, la cortesía que no falte —dije con sincero sarcasmo—. Pero no te preocupes, tú serás la última de quien me despida, así me llevaré a España más reciente tu recuerdo.

Me lo llevaría, reciente y preciso, y de regreso a casa lo desmenuzaría en pequeñas y calculadas dosis (el recuerdo no admite las consideraciones abstractas): un día recordaría su melena, como un violín derramado; otro, su risa descacharrada; otro, su celulitis incipiente, perturbando la cara externa de sus muslos. Recordaría, una por una, las fotografías y los bosquejos que Fabio Valenzin le había tomado; recordaría su aliento entrecruzándose con el mío, y recordaría también sus palabras de ceniza, sus palabras desgajadas y exhaustas, recordaría el tacto siempre variable de su piel (salvo por dentro, que era uno e indistinto), recordaría las veces que mis ojos la habían adorado con su anuencia o su desconocimiento, y recordaría los ojos de Gabetti tropezándose con los míos, en una adoración conjunta. Calculé que ese catálogo de recuerdos bastaría para mantenerme ocupado hasta la jubilación de mi memoria, y que su cultivo me haría aún más ensimismado y misántropo y proclive al celibato. Recordaría, con más nitidez si cabe, su progresiva decantación hacia el sueño, el acompasamiento de su respiración, adecuándose al pulso de su sangre, a la imprecisa topografía de las sábanas. Me mantuve inmóvil durante un largo rato, sosteniendo su vientre, abrigando su espalda hasta obtener el tatuaje de sus vértebras en mitad del pecho, facilitando su postura fetal y manteniendo sobre mis muslos la morbidez de los suyos, muslos de falsa delgada que no dejaban asomar el hueso. Escuché el ruido amortiguado de la lancha que venía a recogerme, por encargo de Giovanna Zanon, y me separé de Chiara, cuidándome de no perturbar su quietud. El colchón retuvo todavía mi peso, durante unos minutos, mientras me vestía y colgaba sobre los hombros la capa del médico de la peste, los mismos minutos que la almohada tardó en aliviarse de mis pensamientos y las sábanas en reponerse de mi presencia. Antes de marchar, la ungí con un beso junto al nacimiento de sus cabellos, para que mis labios incorporasen a su colección de recuerdos el sabor del sudor que impregnaba su frente: era un sabor ferruginoso, como el del agua que se filtra en las paredes de una iglesia, pero estaba caliente y supuraba tristeza.

El chófer o criado de Giovanna Zanon se impacientaba y hacía sonar un claxon en mitad de la niebla. Corrí a reunirme con él, sin encajarme todavía la máscara que completaba mi disfraz. En el portal casi me abalanzo sobre Gabetti; su sombra, aunque erguida, se apoyaba sobre la pared con ese fastidio que exhiben quienes respetan la puntualidad, para censurar su tardanza a quienes la quebrantan.

—Buenas noches, Ballesteros —me saludó—. No conviene hacer esperar a la gente.

Hizo una señal en dirección a la lancha, que cabeceaba en el canal, emitiendo un petardeo asmático, pero había demasiado encono en sus palabras para que sólo aludiesen al chófer de Giovanna Zanon: también él me había estado esperando, para hacerse el encontradizo y poder mencionar mi derrota. Volvimos a mirarnos con ademán retador, delimitando nuestro terreno, como cuando nos sorprendimos mutuamente en el espionaje de Chiara. Tenía una apostura flaca y apergaminada, pero los ojos de iris azul le restaban longevidad. «Yo he oído a Gilberto llorar muchas noches, mientras Valenzin le enseñaba a Chiara asignaturas que él no dominaba», me había dicho Giovanna Zanon.

—Ha sido una espera corta —me disculpé—. Y, además, usted gana: Chiara seguirá siendo el báculo de su vejez.

Gabetti sonrió con deleznable exultación:

—Naturalmente, querido amigo. ¿Es que alguna vez llegó a pensar que se iría con usted, un extranjero advenedizo?

Esponjado por el orgullo, parecía indicarme el camino de salida. Me aventuré entre la niebla, en busca de la lancha, antes de que añadiera a su victoria dialéctica la propina del regodeo o el ensañamiento.

XI

—Ya pensé que no llegarías nunca. —Giovanna Zanon había bajado a recibirme al vestíbulo. Iba disfrazada de Dominó, con una vestidura talar muy vaporosa que le cubría hasta los tobillos y una especie de muceta o esclavina negra que contrastaba con la peluca rubia y empolvada que se le derramaba en tirabuzones sobre los hombros; como anfitriona de la fiesta, se había permitido la licencia de sustituir la máscara por un antifaz que revelaba el hojaldre de arrugas en las comisuras de sus labios, también la amenaza carnívora de sus dientes—. Pero hazme el favor de cubrirte el rostro: la gracia del carnaval está en el anonimato. Espero que no estés tan desagradable como la otra vez; ni siquiera dejaste una dirección donde se te pudiera localizar.

Hasta el vestíbulo llegaban voces procedentes del *piano nobile*, carcajadas huecas y desaprensivas pronunciadas a destiempo y una música extrañamente despedazada, como una misa de difuntos interpretada al ritmo de una polca. Giovanna Zanon había mandado encender las arañas del techo.

—No le ha costado mucho localizarme, en cualquier caso.

—Sólo tuve que hacer algunas deducciones. —Me había tomado del brazo; su mano, enfundada en un mitón, dejaba al descubierto los dedos de uñas esmaltadas—. Considerando lo muchísimo que te obsesionaba esa pelandusca de Chiara, no había que ser un lince para imaginarse que buscarías su proximidad. Encargué que te dejaran el disfraz en casa de Gilberto, y ya veo que acerté.

Al subir por la escalinata que conducía al *piano nobile*, dejamos atrás el gabinete que custodiaba la falsificación de Bellini. A la criada filipina la habían colocado, a modo de testaferro o estatua reverencial, en el rellano, disfrazada de Colombina, con un mandil sobre la falda de volantes que se ahuecaba, sostenida por un polisón; aunque seguía encorvándose al paso de su ama, lo hacía con un envaramiento de autómata.

—El señor es el último invitado que nos faltaba, Isabella —la aleccionó—. Puedes trancar la puerta y atender la cocina.

La criada bajó atropelladamente, tropezándose con el vuelo de la falda. Giovanna Zanon me ayudó con las abrochaduras de la máscara.

—¿Sabes que te favorece mucho? Ya no pareces tan ingenuo.

Se había prendido al antifaz un velo morisco, también muy vaporoso, que le ocultaba la tirantez de las mejillas y las arrugas del cuello que no había podido adecentar el bisturí.

—A partir de este momento somos dos perfectos desconocidos —me dijo; sus ojos seguían destilando un brillo tártaro, como de vinagre, a través del antifaz—. Quién sabe los encuentros que nos tiene reservada la noche.

—O encontronazos —la disuadí; casi no reconocía mi propia voz, la concavidad de la máscara la hacía demasiado torva, a juego con mi estado de ánimo—. Le advierto que no estoy para carantoñas.

Giovanna Zanon se carcajeó con libidinosidad; el velo de gasa no bastaba para atemperar su aliento: había bebido algún licor dulzón y empalagoso, quizá estuviese borracha, o nebulosamente lasciva.

—Pobrecito mío, no está para carantoñas. —Me alzó el capuz y me examinó con gestos de aprobación—. Seguro que te has llevado alguna decepción amorosa. Y mira que te avisé: la huerfanita es propiedad exclusiva de Gilberto. Pero el carnaval hace olvidar todas las penas, ya lo verás.

Giovanna Zanon reanudó el ascenso hasta el *piano nobile*; por debajo de la vestidura talar se le transparentaban las piernas zancudas y unas bragas demasiado churriguerescas para mi gusto.

—Nuestros invitados son personas respetabilísimas, por supuesto —me informó—, sólo que hoy aprovechan para desquitarse y perderse el respeto. En esta fiesta está permitido todo, no te extrañes si te proponen alguna deshonestidad. —Se volvió con ímpetu; también las bragas se le transparentaban por delante, el vello de su pubis se anunciaba negro y tupidísimo, vulgarmente disuasorio—. Espero que me concedas el primer *baile.*

—No creo que a su marido le gustase la idea —objeté, sin disimular la desgana.

—¿Mi marido? —Giovanna Zanon volvió a carcajearse; era una risa cuya desfachatez se alargaba hasta degenerar en una especie de flojera hilarante: quizá hubiese mezclado los licores dulzones con una raya de cocaína—. Taddeo es un hombre muy permisivo y decente. ¿O es que no sabes que los matrimonios decentes sólo dormimos juntos en los palcos de la ópera? —Rectificó sobre la marcha—: Bueno, ahora ya ni eso, desde que se quemó La Fenice.

El salón donde se celebraba la fiesta me inspiró cierta opresión metafísica: el suelo reproducía los escaques de un tablero de ajedrez, y las paredes estaban forradas del mismo terciopelo burdeos que tapizaba los divanes de la lancha motora que me había traído hasta allí (no vacilé en atribuir esas elecciones decorativas, tan calenturientas y prostibularias, a Giovanna Zanon); los frescos del techo ilustraban coitos mitológicos o bestiales (el rapto de Europa, la dorada lluvia jupiterina refrescando a Dánae, Pasífae poniéndole los cuernos a Minos) que no desentonaban con el espíritu de la velada. Varios músicos disfrazados de diablejos o *Mattaccinos* tocaban instrumentos de cuerda, ensayando melodías que nadie bailaba, un batiburrillo de notas disonantes, entre el réquiem y el cancán, que me había desorientado al principio y poco a poco me iba instalando en un ámbito de receptiva irrealidad. Cuando concluían una pieza, se levantaban de sus taburetes, dejaban sus instrumentos en el suelo y voleaban unas hondas cargadas con una munición de huevos. Los huevos alcanzaban velocidad de proyectil y se estampaban sobre el suelo, dejando allí su papilla viscosa, sobre las paredes de terciopelo que de repente parecían prestigiadas por Tàpies o Pollock, sobre los invitados que trataban de esquivarlos con fintas agachadizas, patinando a veces en las escurrajas del suelo. A Giovanna Zanon le alcanzó un huevo en el busto; la clara le empapó la gasa del vestido y puso en evidencia los senos de silicona y las motas del canalillo, mientras la yema le pingaba sobre el vientre, como una cera derretida. Uno de los invitados se abalanzó sobre ella, la acorraló contra la pared y, haciendo visera con la máscara, empezó a lamerle toda aquella pringosidad, hasta embadurnarse el rostro, con esa avidez agropecuaria que muestran los animales en el abrevadero. Giovanna Zanon reía y lanzaba grititos de histérica, reclamaba auxilio pero sujetaba a su agresor por el cogote, como me había sujetado a mí por la frente, mientras me instilaba sus infamias. Me aparté con repulsa, pero allá donde desviaba la mirada me topaba con escenas similares.

—Es una tradición del carnaval; el *Mattaccino* lanza huevos a la multitud, que acepta de buen grado el embadurnamiento.

Distinguí la voz sojuzgada e inepta de Taddeo Rosso, el magnate hotelero que compartía las siestas operísticas de Giovanna Zanon. Su perfil de gárgola se acentuaba con un antifaz que incorporaba una nariz aberenjenada; se había engominado su bigotito fascistoide, para aguzar sus guías, y embadurnado de colorete las mejillas. No había otras concesiones coloristas en su disfraz: la gorguera blanca, en contraste con el jubón y las calzas y los gregüescos de veludillo negro le conferían un aspecto funerario.

—Ahora somos colegas —me dijo—. Usted es el médico de la peste, y yo soy *Il Dottore.*

Se palmeó la tripa que había exagerado con un relleno de borra, mientras me estrechaba la mano efusivamente. También él mostraba lamparones de huevo en el jubón, y reía sin venir a cuento, con una risa ventrílocua que, cuando le llegaba a los labios, ya remitía. Hablaba con lentitud y muchas perífrasis, como si lo hubiesen envenenado con narcóticos; su voz apenas se discernía entre el jaleo de la orgía, pero deduje, por los ademanes que hacía con el brazo, que me estaba detallando la genealogía de sus invitados: había allí luminarias locales e internacionales, algún ministro cesante, estrellas del celuloide un poco matariles, empresarios con antecedentes penales, marquesas arruinadas, un par de modistos sodomitas y pandillitas de efebos y vírgenes fiambres contratados para la ocasión que se dejaban inspeccionar la mercancía.

—Por supuesto, los gastos corren de mi cuenta —especificó Taddeo Rosso—. Puede elegir a la chica o al chico que más le guste y hacer con ellos lo que se le antoje.

La orquesta de diablejos atacó otra melodía de aquelarre cuando por fin se agotaron sus reservas de huevos. Las vírgenes fiambres se cubrían el rostro con *morettas,* unas máscaras ovales que no llegaban a encajarse en su barbilla, aunque resguardasen sus demás rasgos faciales; llevaban todas el mismo uniforme grotesco, con un corpiño muy escotado que dejaba libres sus senos; como las cerilleras de los cabarés, se colgaban del cuello un cajón que hacían desfilar entre los invitados. En lugar de tabaco, ofrecían cocaína y canutos.

—No, gracias, más tarde, quizá —me escabullí, para desconsuelo de Taddeo Rosso.

—¡Pero hombre, si esto es ambrosía de los dioses!

Espolvoreó un frasco que contendría un gramo de cocaína entre los senos de la muchacha, que arrastraban ese cansancio gemelo que afea las jorobas de un camello cuando se agotan sus reservas. En lugar de inhalar la cocaína, Taddeo se rebozaba en ella y ensuciaba los senos de la muchacha con el colorete de sus mejillas; el bigotito le quedaba nevado, y se lo relamía.

—Bueno, ¿qué le parece la fiesta?

—Estupenda. —La máscara me evitaba el esfuerzo del fingimiento—. Le felicito por su buen gusto.

La cocaína le procuraba un bienestar lelo. Giovanna Zanon se dejaba perseguir por el individuo que se había refocilado entre sus inmundicias, y a su persecución se iban incorporando otros invitados que correteaban con una torpeza de paquidermos, embotados por el alcohol y las drogas. Se oyó el chapoteo de una vomitona, regando en cascada las baldosas.

—Felicite más bien a Giovanna —reconoció con modestia Taddeo Rosso—. El fundamento histórico lo pongo yo, pero ella se encarga de la escenografía. Es una suerte estar casado con una mujer así, ¿verdad?

El espectáculo de la depravación ajena me infundía una suerte de apatía. Me acometió la necesidad de huir, como a veces nos acomete en sueños la necesidad de resolver el embrollo que oprime nuestra inteligencia.

—¿Así cómo? —le pregunté.

—Pues así, tan imaginativa. —Mientras me decía esto, me conducía a un rincón de la sala más alejado de la orquesta, para favorecer la complicidad—. Llega cierta edad en que uno ya cree haberlo probado todo; conocer en ese momento a alguien como Giovanna es una bendición.

Se asomó a una puerta entornada, tras la cual se alineaban media docena de camareros, disfrazados de Polichinela, el charlatán saltimbanqui de la *commedia dell'arte*: blusones blancos resaltando una giba postiza en la espalda, sombreros muy alargados en forma de capirote trunco y máscaras con una gran nariz corva formaban su atuendo. Taddeo Rosso chasqueó los dedos, y los camareros se repartieron por la sala con bandejas de canapés y bebidas.

—Hay que mantener llenos los estómagos para que la animación no decaiga —explicó Taddeo Rosso—. No sabe cuánto me ha costado aleccionar a estos zopencos: no tenían experiencia en hostelería.

Se apreciaba en los camareros, en efecto, cierta tosquedad: se acercaban demasiado imperiosamente con las bandejas, y su insistencia estorbaba las aproximaciones sexuales y los amagos de coyunda entre los invitados; tampoco faltaba el camarero que, con perfidia o resentimiento de clase, vertía una copa en el escote de una invitada o la embestía por detrás, para que notase entre las nalgas la pujanza proletaria de su virilidad.

—Pensé que serían miembros del servicio.

—Qué va, qué va, Giovanna y yo nos arreglamos con muy pocos criados —dijo, como si se restase importancia—. A estos cazurros los he recolectado entre la escoria: pescadores y gondoleros sin trabajo; si hubiese contratado camareros profesionales me habrían salido el doble de caros. —Quedaba pintoresca en un magnate hotelero esta tacañería—. Usted no sabe la cantidad de pejigueras que te exige ahora cualquier pinche de cocina; los sindicatos les han lavado el cerebro, así no hay manera de que prospere una nación. Pero hablábamos de Giovanna.

El surtido de efebos y vírgenes fiambres se iba esquilmando, a medida que discurría la velada. Giovanna Zanon se había moderado en sus correrías, y actuaba más ortodoxamente de anfitriona, reuniendo en su derredor un corro de invitados a quienes explicaba el reglamento de un juego lúbrico o esotérico.

—Me comentaba que a su edad ya creía haberlo probado todo.

Taddeo Rosso se atusó las guías del bigotito, en actitud risueña o decadente; la cocaína se le desprendía como si fuera caspa, y se le refugiaba entre los pliegues de la gorguera. Me fatigaba la cháchara del magnate, y empezaba a acuciarme un sentimiento de postración.

—¡Ah, es usted un tunante! —me regañó—. Pero no me refería a lo que está pensando. Antes de conocer a Giovanna, los negocios me absorbían por completo; con ella he descubierto otras facetas de la vida. Antes, por ejemplo, invertía mis dividendos en cuentas suizas y propiedades inmobiliarias; Giovanna ha despertado mi interés por el arte.

—Ya lo pude comprobar el otro día. Magnífica esa *Madonna* de Bellini —repuse, procurando que la sorna no me delatase.

—¡Y eso es sólo un botón de muestra! Tal vez le apetezca echar un vistazo a mi pinacoteca. En mi familia no había tradición de coleccionismo, pero gracias a Giovanna, mis descendientes heredarán una fortuna en obras de arte.

Se abismó en embarazosas cavilaciones al recordar que aún no había procreado. Giovanna Zanon, que había terminado de explicar las instrucciones del juego que proponía, ordenó a los invitados que se dispersasen por el salón y las estancias limítrofes. Un camarero me golpeó por detrás con la bandeja de las bebidas, ocasionando un pequeño estropicio de vidrios rotos.

—¡Maldito botarate! —lo increpó Taddeo Rosso—. Mire por dónde anda.

Una tufarada de sudor rancio me golpeó las narices, como traída desde un pasado reciente y familiar. Me volví para corroborar mi corazonada; las manos nervudas que sostenían patosamente la bandeja y la dentadura famélica que asomaba por debajo de la máscara de Polichinela facilitaban la identificación del camarero. Alguien había apagado la gran araña del salón, y en el desbarajuste propiciado por la oscuridad pude escabullirme con Tedeschi.

—No pensé que fueras un traidor —lo recriminé—. Pero está visto que no se puede fiar uno de nadie. ¿Dónde has metido la maleta? Tienes a la policía en jaque.

Para mi sorpresa, Tedeschi parecía enojado; se zafó de mi acoso con un movimiento abrupto, casi una contorsión.

—Aquí el único traidor que hay eres tú, pedazo de cabrón. —Me costaba descifrar su dialecto—. Quedamos en que no íbamos a contarle a nadie lo que sabíamos. Pero estaba claro que eres un rajado. Te vi desde el palacio conversando muy amigablemente con la dueña del hostal y me dije: «Tate, este tío va a cantar como un lorito.» Menos mal que me largué.

Tras la estampida de los invitados se había abierto un silencio quebrado por risitas y murmullos. Giovanna Zanon había encendido las velas de un candelabro, y recorría el salón con andares sonámbulos; al apartar unos cortinajes, desveló el escondrijo de un invitado que se resistía a cumplir el castigo que le adjudicaban las reglas del juego.

—Nada, nada, a desnudarse —lo atajó Giovanna Zanon—. No queda otro remedio.

Quien sufría los rigores del castigo era un anciano enteco, quizá algún dignatario en excedencia, disfrazado de Pantalón; la barbita puntiaguda y postiza, las babuchas turcas, las calzas y el jubón rojos le conferían cierto aspecto de sátiro que se disipaba a medida que se iba despojando de prendas. Daba un poco de grima (y también vergüenza ajena) contemplar su desnudez, sus piernas sarmentosas de reúma, el pecho esmirriado y cubierto por un vello cano.

—También los calzoncillos —le recordó Giovanna Zanon.

El anciano tuvo que apoyarse en la pared para no perder

el equilibrio. Tenía un falo pendulón y nada venerable que suscitó el recochineo entre los demás invitados, que habían elegido un escondrijo menos notorio. Giovanna Zanon apagó las velas de un soplido y exclamó:

—¡Relevo!

Los invitados intercambiaron sus escondites, en un tráfico de carreras y encontronazos, mientras el anciano, aquejado de Parkinson o lujuria, no acertaba a encender la cerilla que debería renovar las llamas del candelabro para que el juego prosiguiera. Tedeschi me condujo a través de un pasillo que multiplicaba las sombras y los ecos, hasta una *loggia* o galería porticada desde la que se avistaba el jardín del palacio, como un patíbulo donde proliferasen las estatuas decapitadas; también se avistaba el mapa borroso de Venecia bajo la epidemia de la niebla. Señaló hacia la laguna, más allá del cementerio de San Michele, más allá del horizonte irreconocible.

—Búscame en la isla de Torcello, te estaré esperando —me dijo—. Pero ni se te ocurra venir acompañado, tengo que enseñarte algo muy importante.

Se me agolparon una docena de preguntas, pero me faltó resolución para formularlas en orden, y además alguien se aproximaba a la galería. Apenas acerté a farfullar:

—La isla de Torcello. —Memoricé aquel nombre que ni siquiera me sonaba—. ¿Y cómo te localizo?

—Antes te habré localizado yo a ti, no te preocupes.

Tedeschi se quitó el capirote y la máscara de Polichinela y salvó de un brinco el balaústre del balcón; un rumor de vegetación tronchada amortiguó su caída. Se extinguieron sus pasos entre callejones borrosos; la niebla, como la nieve, se repone en seguida de los pisotones. Sólo las farolas, de trecho en trecho, se atrevían a descifrar la noche con redondeles de luz que se iban gastando en la lejanía, como los contornos de una moneda falsa cuando circula de mano en mano. Aspiré el aire húmedo de Venecia, para anestesiar la lucidez y los recuerdos, para anestesiar también un miedo sin genealogía que se iba apoderando de mí. Chiara estaría durmiendo muy cerca de allí, habría aprovechado mi ausencia para colonizar la cama, le gustaba dormir en diagonal y removerse entre las sábanas, como un cachorro que se despereza; a Gabetti le habría sorprendido no encontrarla en su habitación y habría subido hasta la buhardilla, quizá estuviese velando su sueño con embriagada ternura, después de todo él era el centinela de ese sueño y no yo, un extranjero advenedizo.

—¿Cómo es que no participas en el juego?

Giovanna Zanon se me había acercado por detrás con el mismo sigilo que emplearía Gabetti en su espionaje. El disfraz de Dominó y la peluca de tirabuzones, en conjunción con la niebla, la aproximaban físicamente a esas estantiguas que asaltaban a los caminantes de antaño, para reclamarles unas misas que las librasen del purgatorio o unos achuchones que les compensaran la abstinencia de ultratumba.

—Estaba buscando a su marido —mentí—. Cuando se apagaron las luces lo perdí de vista. Había prometido enseñarme su pinacoteca. Desde que se casó con usted se ha convertido en un gran aficionado a la pintura, según me contó.

—Aficionado es poco decir. —Siempre se refería a Taddeo Rosso en un tono mixto de desdén y lástima—. Pero no soy yo la responsable de su frenesí; me limité a sugerirle que invirtiera en arte, que nunca pierde su valor. Como Taddeo es un niño y quiere acapararlo todo, empezó a comprar cuadros como quien compra cromos, por puro prestigio social. Además, contagió este frenesí a su círculo de amistades, no puedes imaginarte el instinto de competencia que hay entre los millonarios. Gracias a Taddeo, Valenzin hizo el agosto.

El juego que se desarrollaba en el salón iba incorporando nuevas víctimas o beneficiarios, y expandiéndose a otras regiones del palacio, donde ya degeneraba en cópulas que respetarían el anonimato impuesto por las máscaras.

—Pero Valenzin era un estafador, usted lo sabía de sobra —dije.

Giovanna Zanon se había apretado contra mí, prefería los achuchones a las misas; su aliento seguía siendo dulzonamente beodo a través del velo, y las manchas de huevo habían dejado una costra reseca sobre la gasa de su túnica, como vestigios de una vomitona. Reprimí el asco.

—Ya previne a Taddeo sobre este particular, y le encarecí que ni se le ocurriera comprar pinturas con menos de un siglo de antigüedad, en especial si eran de la escuela surrealista. Le exigíamos a Valenzin que nos documentase cada cuadro que nos vendía.

La niebla crecía, como un humo dormido, y embalsamaba la ciudad. La iglesia de los Jesuitas, que apenas distaba cincuenta metros del palacio de Giovanna Zanon, se veía como a través de un catalejo empañado.

—¿Y cómo se documenta un cuadro? —inquirí.

—Según de dónde proceda. Si se compra en una subasta, no hay problema, siempre viene acompañado de un certificado de autenticidad que firman varios expertos. —Aquí recordé que a Gabetti, en el verano del 62, lo habían despedido de una casa de subastas porque Fabio Valenzin le había colado una remesa de Modiglianis falsos—. Si el cuadro se compra a un particular, debe autentificarlo un experto.

—¿Y si es robado? —insistí con creciente regocijo—. Porque Valenzin también se dedicaba al latrocinio.

—¡Nada más fácil que documentar un cuadro robado! —Giovanna Zanon rió fieramente—. Los periódicos siempre se encargan de pregonarlo, y publican fotografías, por si cae en manos de alguna alma cándida que lo quiera devolver. Valenzin acreditaba sus robos con un exhaustivo dossier de prensa: era vanidoso y le gustaba seguir la repercusión de sus andanzas. —Su aliento, demasiado inminente, se colaba por los orificios de mi máscara y la empañaba; pensé que, más o menos así, se contagiarían la peste los antiguos venecianos, más o menos así respirarían sus vapores mefíticos—. Y existe otra ventaja en los cuadros robados: salen mucho más baratos que los adquiridos según un procedimiento legal, porque el ladrón necesita desprenderse a toda costa de la mercancía, y no actúan los intermediarios.

La fiesta había alcanzado ya ese punto de saturación o resaca que favorece las diásporas; en la *loggia* habían instalado su campamento una pareja de muchachas desnudas (quizá vírgenes fiambres contratadas por Taddeo Rosso) que se anudaban y se daban el lote, con más amodorramiento que lujuria.

—Sin embargo, usted llegó a dudar de la autenticidad de la *Madonna* de Bellini —dije—. Incluso me trajo aquí para que le diera mi opinión de experto.

Giovanna Zanon me introdujo las manos por debajo de la capucha, me anudó el cuello con más lujuria que amodorramiento y empezó a masajearme la nuca con sus dedos de uñas esmaltadas; me hizo daño al arrancarme una de las postillas que anidaban entre el cuero cabelludo como recordatorio de mi combate en la Academia.

—Pero, tontito, si lo que quería era seducirte —ronroneó—. Me pareciste tan ingenuo y desvalido...

Aparté sus brazos con cierta aspereza; quizá el celibato imprima carácter, pero mucho más lo imprime el recuerdo de otra piel.

—Claro, y todas las infamias sobre Chiara formaban también parte de la seducción, ¿verdad?

Por el pasillo que conducía hasta la *loggia* se acercaban dos hombres, engolfados en una conversación que sólo alcancé a oír fragmentariamente, pues incluía sobrentendidos y secreteos; por algunas palabras sueltas, deduje, no obstante, que comentaban algún asunto delicado, quizá alguna venalidad o contubernio al margen de la ley. Reconocí en una de las voces el timbre sojuzgado de Taddeo Rosso; la otra, en cambio, era una voz estentórea, de vocación despótica, que ponía reparos a las melifluidades de su interlocutor y a veces rezongaba una blasfemia. Pertenecía esta voz a un hombre de complexión casi tan altiva como su disfraz: el sombrero de tres picos, el casacón dieciochesco, la camisa alechugada en las bocamangas se completaban con un antifaz de severa palidez. Se notaba por su actitud afectada que había rehusado participar en el juego nudista que Giovanna Zanon había inaugurado.

—Debes mantener la calma —pude escuchar a Taddeo Rosso—. Y atar en corto a esos dos, allá donde van dejan marca.

El otro asintió con una especie de enfurruñamiento. Taddeo Rosso aludía a un par de tipos fortachones que se asomaron a la *loggia*, guardando esa compostura entre inquisitiva y remolona que se exige a los guardaespaldas, para que su presencia en los lugares públicos no atente contra la discreción, pero a la vez sea disuasoria. Ambos iban vestidos de Arlequín, con un juboncillo de losanges que casi hacían estallar con su musculatura y un gorro de trapo, rematado de cascabeles; sus máscaras, de rasgos aproximadamente simiescos, incorporaban unas cejas muy hirsutas. Los habría tomado por repeticiones clónicas de un mismo modelo, si uno de ellos no hubiese llevado el pelo cortado a cepillo, a diferencia del otro, que ostentaba una melena como de guerrero asirio o macarra de discoteca, un poco ondulada y con los aladares muy rapados. Me sobrecogió la misma pululación interna que ya había experimentado cuando Tedeschi me tendió la sortija con el emblema de las columnas; cuando reparé en la oreja mutilada del Arlequín melenudo, la pululación se convirtió en un hormigueo que preludiaba la parálisis. Me incliné sobre el balaústre del balcón, para considerar las probabilidades que tenía de resultar ileso tras el salto.

—¿Te pasa algo? —me preguntó Giovanna Zanon.

Las cicatrices de la espalda, que ya creía secas, empezaron a supurarme.

—Nada. ¿Cómo se llama el hombre que acompaña a tu marido?

Había recurrido al tuteo, que hasta entonces había descartado en mi trato con Giovanna Zanon, instado por esa urgencia patética de quien necesita captarse aliados, pero ella se lo tomó como un signo de claudicación o reblandecimiento.

—Daniele Sansoni —me informó—. Es uno de esos millonarios que compiten con Taddeo por ver quién atesora más cuadros. Otro cliente asiduo de Valenzin.

Me apoyé sobre una de las columnas que sustentaban la galería; no me habría importado que hubiese cedido, aplastándome debajo, con tal de que su derrumbamiento hubiese sepultado a los demás: *Moriatur anima mea cum philistiim.*

—Se ha enriquecido con el negocio de las exportaciones y sufre delirios de grandeza —proseguía Giovanna Zanon—. Ha comprado más de una docena de títulos nobiliarios y se ha inventado un escudo de armas que reproduce en sus tarjetas de visita y se hace bordar en los bolsillos de sus chaquetas. Fíjate si estará mal de la cabeza que hasta se cree emparentado con Sansón, el de la Biblia.

Los esbirros o guardaespaldas de Sansoni se entretenían reanimando a las dos muchachas desnudas que, tras perpetrar el numerito lésbico, se habían desmayado, víctimas de una lipotimia, y ahogado entre sus propios vómitos. Las reanimaban con sopapos que sonaban como restallidos.

—Bueno, yo tendría que irme, se me hace tarde.

Me pareció que las estatuas decapitadas del jardín bajaban de sus pedestales y rodeaban el palacio, como en una redada policial, pero la niebla me dictaba visiones absurdas, y mis sentidos estaban averiados.

—Espera, que te lo presento —se me adelantó Giovanna Zanon—. Deberías ver su colección de pintura: sólo le interesan los cuadros con ruinas o columnas rotas, quizá le recuerdan a su antepasado ficticio. La mayoría se los vendió Valenzin, y ahora teme que sean falsos: podrías sacarle un buen pellizco a cambio de un dictamen pericial. —Intenté oponer alguna excusa, pero Giovanna Zanon ya gritaba—: ¡Eh, Taddeo! ¡Conviene que Sansoni conozca a nuestro amigo español, es catedrático de arte y distingue una falsificación a la legua!

La exageración de mis méritos atrajo la atención de Sansoni, también la de sus matones, que se miraron entre sí y desistieron de reanimar a las muchachas. Taddeo Rosso tardó en reaccionar, pero lo hizo con aspavientos que conmemoraban nuestro reencuentro tras la separación forzada por el apagón de luz; el relleno de borra se le había descolocado, y le asomaba entre las botonaduras del jubón, acentuando su parecido con un espantapájaros. Un miedo caudaloso me envaró durante las presentaciones, de las que no participaron los guardaespaldas de Sansoni: se mantenían en un discreto segundo plano, con los dedos pulgares afianzados en la pretina que resaltaba sus cinturas.

—Así que su especialidad consiste en detectar falsificaciones —dijo Sansoni; su voz, además de estentórea, era oblicua: la dejaba escapar por una esquina de la boca, como algunos fumadores dejan escapar el humo. Un colmillo chapado en oro prestigiaba su dentadura.

—No exactamente —balbucí—. En realidad, me dedico a la investigación.

—Pero tiene un ojo clínico infalible —intervino Taddeo Rosso—. Nos ha autentificado el Bellini del gabinete.

Sansoni se caló el tricornio hasta las cejas, para que no se le ladease; llevaba prendida del ala una escarapela con el blasón apócrifo de su apellido.

—Yo podría encargarle algún trabajito, ¿sabe? —me tanteó. Por el modo avieso de fruncir los labios se entendía que el trabajito estaría sobradamente remunerado—. Contando con que sea usted de confianza y tenga un rato disponible.

El envaramiento me volvía casi mudo. Giovanna Zanon suplió mi falta de discurso:

—Yo respondo por él. —Me había tomado del brazo para subrayar su madrinazgo—. Y ratos disponibles le sobran: el pobrecito ha hecho el viaje en balde; venía a estudiar ese cuadro de Giorgione, *La tempestad*, pero Gabetti no hace más que ponerle trabas.

El Arlequín de la melena macarra, que había permanecido hasta entonces muy absorto en la tarea de arrancarse padrastros de las estribaciones de las uñas, pegó un respingo que no pasó inadvertido ante su amo. La altura de casi seis metros que me separaba del jardín me sugería un diagnóstico de fracturas y contusiones, contando con que no cayese mal y me descalabrase, pero mi permanencia en la *loggia* no me auguraba diagnósticos más benévolos.

—¿Cuál es el secreto? Queremos enterarnos —dijo Taddeo Rosso, bobaliconamente, cuando el Arlequín de la melena bisbiseó algo al oído de su amo.

Todavía en esa indecisión que precede a los ademanes más resolutivos pude contemplar las muescas que había dejado en la oreja del macarra; la herida había empezado a encarnar, pero le dejaría un costurón blanquecino. Sansoni tensó la mandíbula ante las confidencias de su secuaz, un gesto que no aconsejaba postergar más la huida. Me encaramé sobre el balaústre del balcón (no me asistía la agilidad de Tedeschi, que pudo salvarlo de un brinco) y escruté la niebla que me serviría de lecho o mortaja.

—¡Es él! ¡Lo sabía, jefe! Hay que pillarlo como sea.

El aire me confundió por un segundo con un pajarraco, hinchó mi capa para favorecer el vuelo y penetró velocísimo a través de los orificios de la máscara, suministrándome su impulso y aboliendo las leyes de la gravedad, como suele ocurrir en los sueños, pero en seguida me retiró su apoyo y dejó que me precipitase sobre un aligustre del jardín. Caí de bruces sobre las ramas y me incorporé antes de percibir el dolor de las contusiones; cuando inicié la carrera ya me hostigaban las sombras de dos Arlequines: los losanges de sus disfraces incorporaban un imprevisto colorido a la noche. Al pasar junto a la fuente de zócalo, me aparté la careta del médico de la peste y la arrojé al aljibe; por las cuencas vacías de los ojos se escaparon burbujas que parecían lágrimas huecas, mientras la porcelana se hundía lentamente entre la hojarasca del fondo. La niebla bautizaba mi rostro y me reconciliaba con mi fisonomía. Bordeé un costado del palacio y me interné en un callejón que casi no me admitía entre sus paredes; sospeché que los matones de Sansoni tendrían que atravesarlo de perfil para no desbordarlo con su corpulencia. La luz de las farolas era muy cicatera, apenas una rendija entre la uniformidad de la bruma; cada vez que una encrucijada se interponía en mi carrera, doblaba siempre a la derecha: alguna superstición muy arraigada me indicaba que así me alejaría del centro del laberinto. La capa entorpecía mi carrera y se frotaba contra las esquinas, como si quisiera llevarse la memoria táctil de sus desconchones. Atravesé plazoletas que convocaban en su seno todos los ecos y reverberaciones de la ciudad, en una especie de fantasmagoría acústica; pisé soportales cuya techumbre me obligó a agacharme, puentes ciegos que desembocaban en la noche, como trampolines para los suicidas; la fatiga ya me relajaba cuando, al fondo de un pasadizo, avisté el muelle de Fondamenta Nuove. No resonaban pasos detrás de mí, y llegué a pensar que había despistado a mis perseguidores. Entonces oí un cascabeleo a mis espaldas, y noté un aliento calentándome el cogote.

—¿De verdad que pensabas darnos esquinazo, españolito?

Reconocí el acento rufianesco y la halitosis disfrazada entre caramelos de eucalipto. Los guardaespaldas de Sansoni me tomaron en volandas y me acercaron hasta el malecón; también ellos se habían despojado de las máscaras hirsutas y simiescas, pero sus rasgos faciales no desmerecían de las máscaras, incluso las aventajaban en fealdad. Un frío azul se inmiscuyó en mi sangre, aplacando su hervor; intuí que iban a apalearme e infligirme sevicias sin cuento, pero la curiosidad por adivinar los métodos de tortura que elegirían se sobreponía al pavor que me inspiraba la inminencia de esas torturas.

—Primero vamos a ponerte en remojo —dijo el macarra de la melena asiria.

Se me antojó un castigo preliminar bastante benévolo, teniendo en cuenta que yo era un regular nadador. Me arrojaron a la laguna después de columpiarme someramente, y celebraron con risotadas mi zambullida. El agua tenía una gelidez que me taladraba los huesos y un sabor ácido, como de vertidos industriales; quise asomar la cabeza, para renovar el aire tras la primera inmersión, pero descubrí que me era imposible: la capa, al empaparse, pesaba como una rueda de molino y tironeaba de mí, como si reclamaran mi presencia en algún cementerio o sustrato abisal. Pataleé en el interior del agua, intentando desasirme de la capa, buscando las abrochaduras que la mantenían aferrada a mi cuello, pero eran abrochaduras demasiado complicadas que incluían corchetes y nudos de doble lazada. Me llegaban en sordina, distorsionadas por una lejanía de siglos, las risotadas de mis verdugos, asomados al malecón, y los losanges de sus disfraces se fundían en una amalgama de colores imprecisos. Los primeros síntomas de la asfixia incluían una presión en las sienes que se iba espesando, hasta degenerar en jaqueca, y los dedos se anquilosaban, perdían su pericia táctil, mientras los pulmones aceptaban en sus cavernas el agua que los retrotraía hasta un pasado remotísimo, quizá antediluviano, cuando aún no eran pulmones sino agallas y el mar era una especie de útero donde se gestaba el nacimiento de nuevas especies. Era pavoroso y placentero descender muy lentamente por los eslabones de la evolución animal, era opresivo y liberador disgregarse y renunciar a la condena perpetua de los recuerdos, renegar de la inteligencia y de la memoria, ceder al reclamo de los fondos marinos y expulsar esa última reserva de aire que se nos clava en el paladar. Unas manos obstinadas en dilatar mi agonía o posponer mi retroceso evolutivo me devolvieron a la superficie, me subieron a pulso hasta el malecón, me oprimieron el pecho hasta achicar el agua que lo anegaba. En la duermevela de la inconsciencia, noté que alguien me abría la boca hasta casi descoyuntarme la mandíbula y depositaba en su cavidad un aire requemado por la nicotina y el alquitrán, un viento simún que reavivaba la fragua de mis pulmones y los desengañaba de sus veleidades submarinas. Con innumerable cansancio y gratitud, distinguí la barba facinerosa de Nicolussi lastimándome los labios.

—Hemos llegado a tiempo de chiripa —dijo, y, propinándome un cachete en la mejilla, añadió—: Bienvenido al mundo de los vivos.

XII

De las horas que sucedieron a mi rescate guardo un recuerdo fragmentario, una acumulación de impresiones dispersas que apenas logro deslindar. Las palabras de Nicolussi me llegaban a retazos, como al enfermo recién evacuado del quirófano deben de llegarle los diagnósticos halagüeños del cirujano que acaba de intervenirle con anestesia, en un batiburrillo inconexo que actuaba como una especie de cantinela en medio del sopor, un flujo de murmullos que sólo muy de vez en cuando mi oído individualizaba, en esos intervalos mínimos en que el desmayo concedía una tregua a la lucidez. Tengo vaga conciencia de haber sido trasladado en volandas hasta una lancha motora y reclinado en un escaño de madera; tengo vaga conciencia de haber sido cobijado en una manta y cacheteado con insistencia, pero sin saña, mientras la lancha se ponía en marcha y una sirena perforaba la noche con sus alaridos; tengo también vaga conciencia de haber vomitado sin espasmos un líquido cenagoso que mezclaba el agua de la laguna y mis jugos gástricos. Nicolussi me había tomado la cabeza entre sus manos, para que no me ahogase entre mis propios vómitos, como yo había tomado la cabeza de Fabio Valenzin, sosteniéndola por la nuca, cuando la sangre ya se le agolpaba entre los dientes. La sirena de la lancha incorporaba a su estrépito luces giratorias, en una intermitencia que me deslumbraba y ensordecía y obligaba a dimitir de los sentidos, mientras Nicolussi me hablaba palabras idénticamente ininteligibles, exhortaciones de ánimo supongo, que yo ni siquiera me molestaba en comprender, mucho menos en hilvanar, un runrún que me arrullaba y adormecía.

En mi desvanecimiento llegué a confundir el alarido de la sirena con el llanto de un niño. Yo volvía a pasearme por el paisaje de *La tempestad*, del que habían desertado las figuras, cruzaba el puente sobre el riachuelo y seguía desde la orilla al niño que se llevaba la corriente, era un recién nacido abandonado en un capacho de mimbre, envuelto en un paño de lino con vestigios de sangre, quizá la sangre que su propia madre había vertido durante el parto. La corriente era impetuosa, anormalmente impetuosa para un riachuelo que discurre por un valle, y el cesto de mimbre se mantenía a flote a duras penas, el agua trazaba remolinos para sortear el obstáculo de los peñascos y se rizaba de espumas entre los juncos. Yo me adelantaba al curso de la corriente para recoger el capacho allí donde se estrechaba el cauce, sin mojarme los pies. El llanto del niño era monstruoso y apremiante; si no remitía pronto degeneraría en una congestión, era un llanto de orfandad o desvalimiento, o quizá acuciado por el hambre, quizá reclamaba una madre que lo amamantase con voluptuosa tristeza. Me agachaba sobre la hierba y veía aproximarse el capacho, intentaba discernir las facciones del niño y asignarle por su parecido unos progenitores, pero cada facción contenía una vertiginosa sucesión de parecidos, en cada facción se congregaban los rasgos patricios de Chiara y los rasgos judaicos de Gabetti y los rasgos demacrados de Fabio Valenzin, también mis propios rasgos, entrelazados sucesiva o simultáneamente con los otros. Tendí los brazos hacia el cesto de mimbre, urgido por un instinto de paternidad, pero las aguas ya se lo tragaban, aprovechando un hondón del cauce, y con el cesto de mimbre se tragaban al niño y se tragaban su llanto, un rosario de burbujas como lágrimas huecas dejaba constancia muda del hundimiento. Aunque me apresuraba a revolver la hojarasca del fondo, no encontraba rastro del niño, en cambio mis manos se tropezaban con un objeto de porcelana fría y blancura abominable, la máscara del médico de la peste.

Me desperté en una habitación sin ventanas, de paredes forradas de corcho; enfrente de mí, una luna de cristal me mostraba lo que estaba sucediendo en la habitación contigua: los invitados al baile de disfraces de Taddeo Rosso y Giovanna Zanon desfilaban por una tarima y posaban, de frente y de perfil, ante los subalternos de Nicolussi, se dejaban tomar fotografías que figurarían en su expediente policial y quizá algún día sirvieran para ilustrar sus epitafios. Aún perduraban en los semblantes de los invitados los signos de la borrachera y la degeneración, agravados por una perplejidad que no alcanzaba el rango de enojo, pues los excesos de la fiesta los mantenían en una nebulosa de laxitud. Nicolussi les tomaba declaración, sentado ante una mesa de baquelita que parecía diseñada para las intervenciones quirúrgicas. Los fluorescentes de la habitación contigua irradiaban una luz anémica que se hacía pavonada al traspasar el cristal.

—No te preocupes, ellos no pueden vernos —me indicó Dina—. Los refleja un espejo.

Entonces reparé en mi desnudez: alguien me había despojado de mis ropas mojadas, quizá la propia Dina, y me había tumbado en un diván de escai negro que la policía emplearía en sus sesiones de psicoanálisis o tortura. Me cubrí pudorosamente con una manta que se arrebujaba a mis pies, pero ya era demasiado tarde: Dina habría tenido tiempo de examinar a conciencia mis hombros más bien enclenques, mi espalda incólume que aún conservaba todas sus costillas, también mi sexo esmirriado y recluido en el prepucio que unas horas antes había traicionado su vocación de celibato y había renegado de su impericia. Dina sonrió compasivamente cuando hice ademán de taparme.

—Te he traído ropa limpia —dijo—. Y también una tisana; tómatela, te sentará bien.

Desenroscó la tapadera de un termo y vertió parte de su contenido en una taza de plástico; el olor medicinal de la tisana me devolvió por un instante a la infancia, cuando mi madre, descreída de los antibióticos, me reparaba los catarros con infusiones de flor de malva. Le hice un hueco a Dina para que se sentara en el diván; su culo seguía siendo blando y asimétrico, aunque la falda lo estrangulase, pero ya no estimulaba mi deseo, tan sólo un difuso sentimiento filial.

—¿Llevo mucho tiempo dormido? —pregunté en un esfuerzo por reconstruir las horas preliminares.

—Calculo que cinco o seis horas. Ya habrá amanecido hace rato.

Era imposible comprobarlo en aquella habitación clausurada a la claridad exterior. La tisana tenía un sabor ecuménico, como si mezclara en su composición los infinitos ingredientes de la botánica. Estaba endulzada con miel y, al desfilar por mi garganta, aquietaba las náuseas.

—Se ha vuelto loco, completamente loco —dijo Dina, levantando la barbilla y apuntando con ella hacia la pantalla de cristal.

Aunque afectaba desaliento, se rastreaba en su voz un fondo de ufanía.

—¿Quién? ¿Nicolussi?

Dina asintió lentamente, como ensimismada. El moratón de su ceja había perdido aparatosidad, pero extendía su cerco hasta la sien y el pómulo, como una lepra macilenta. Nicolussi interrogaba a Taddeo Rosso y Giovanna Zanon, que lo miraban con resentimiento impávido, como autómatas que han renunciado al parpadeo; el desaliño de sus disfraces los hubiese hecho pasar por mendigos con excentricidades indumentarias. El rostro de Giovanna Zanon, además, se iba desfigurando en una especie de metamorfosis paulatina: los afeites de la cosmética y los apuntalamientos del bisturí se le habían derrumbado al unísono, inaugurando una nueva fisonomía donde se agolpaban las arrugas y las flacideces; sólo sobrevivían al estropicio sus ojos de vinagre añejo. A una señal de Nicolussi, un subalterno se aproximó con la tabla de Giovanni Bellini que yo sabía falsa, la *Madonna con Niño* pintada por Fabio Valenzin. Giovanna Zanon apenas se inmutó, pero su marido empezó a manotear con aspavientos que regocijaron a Nicolussi. Hasta nosotros no llegaban las palabras que se pronunciaban en la habitación contigua, y la escena discurría, muda y gesticulante, como una película de argumento archisabido.

—Se ha vuelto loco —repitió Dina con inescrutable deleite. Se había incorporado del diván y acercado al cristal hasta rozarlo con sus manos—. Antes de rescatarte a ti había mandado rodear el palacio y capturar a todo bicho viviente. Los calabozos de prefectura están abarrotados.

El vaho de su respiración se condensaba en el cristal pero en seguida se desvanecía, reclamando una nueva aportación de su aliento. Dina aplastó los labios adustos contra la luna y dejó allí estampada su huella dúplice, veteada de diminutas grietas. Casi simultáneamente, Nicolussi se masajeó el cogote. Me pregunté si habría notado el cosquilleo de una saliva ilusoria, igual que Chiara había notado mi presencia en el balcón, noches atrás, y había correspondido a mis caricias, rebulléndose entre las sábanas como un cachorro que se despereza. Recordé el tacto huidizo de su espalda, el tacto confiado de sus muslos, el tacto indistinto de sus entrañas, en un breve anticipo de la condena que me había sido deparada.

—Había personas muy influyentes en esa fiesta —dijo Dina—. Y los ha detenido sin cargos.

—¿Sin cargos? Pues le va a costar muy cara la broma. Esa gente no parará hasta defenestrarlo.

—Supongo que eso era lo que pretendía.

El fondo de ufanía que había sorprendido al principio en su voz se iba perfilando de inequívoca felicidad. Supe que Nicolussi, tras vincular el emblema de la sortija con los pujos nobiliarios de Daniele Sansoni y localizar el paradero del magnate, había solicitado una orden de registro en el juzgado de guardia y organizado una operación de asalto al palacio de Taddeo Rosso y Giovanna Zanon que contrariaba los métodos de la policía veneciana, regidos hasta entonces por la permisividad y la remolonería. Dina me pareció, de repente, más esbelta, y eso que había renunciado a los zapatos de tacón; por debajo del suéter negro, sus senos se erguían convocados por una renovada juventud.

—¿Es que no te das cuenta? —dijo—. Le abrirán expediente, seguramente lo degraden y le busquen destino en otra ciudad. Ya nunca más tendremos que fingir ni vernos a escondidas.

Sentí una alegría sincera por ambos, pero sobre todo por Nicolussi, que ya no tendría que sobrellevar en secreto su amor, ni soportar el peso incólume de su espalda. Esa alegría inicial no tardó, sin embargo, en derivar hacia el desarraigo, cuando consideré mi porvenir, mucho menos benigno: a mí nadie me abriría expediente ni me degradaría, nadie me buscaría otro destino que me aliviase el recuerdo incesante de Chiara, el fantasma de Chiara como un tumor crónico habitando mis costillas y mi memoria.

—No sabes cuánto lo celebro, Dina. En serio —dije, pero mi voz sonaba polvorienta y antiquísima, como lastrada por un equipaje de siglos.

—Y tú has sido el causante de todo —me halagó—. No sé de qué hablaríais ayer, cuando marchasteis del hostal, pero el caso es que se ha convertido en un hombre distinto.

Me ruborizó que me atribuyese méritos inmerecidos. Yo me había limitado a escuchar el monólogo retrospectivo de Nicolussi, me había mostrado permeable a su aflicción por urbanidad o simpatía, pero sin atreverme a influir en sus decisiones. Aunque, quizá, al hacerme depositario de su secreto, Nicolussi no buscaba tanto mi intervención activa como mi aquiescencia silenciosa; quizá cuando hacemos confidencias únicamente buscamos el acatamiento y la pasividad de nuestro confidente.

—¿Qué te pasa? ¿Por qué estás tan triste? —me preguntó Dina.

—¿Triste? Qué va, si acaso un poco melancólico. Esto parece que va tocando a su fin.

Sus ojos bizantinos me escrutaban, sin llegar a entender las razones de mi mal. Estuve tentado de exponérselas, para obtener la recompensa del acatamiento y la pasividad, pero cierto pundonor me impedía mostrarme débil. El celibato exige un aprendizaje del engreimiento en sus muy variadas formas, y una de ellas (quizá la más costosa) consiste en desarrollar defensas contra la piedad ajena, aun a costa de recluirnos en el autismo.

—Podrás volver a España hoy mismo. Aldo me encargó que te reservara plaza en el primer vuelo.

—¿Aldo? ¿Quién es Aldo?

—¿Pues quién va a ser? También él tiene nombre de pila, ya no necesito fingir.

Esbocé una sonrisa de un cinismo involuntario.

—Perdona, me había acostumbrado a su apellido —dije. Me soliviantaba que hubiesen decidido desprenderse de mí sin consultarme—. ¿Pero es que ya da por cerrado el caso? No creo que Sansoni y sus esbirros vayan a confesar tan fácilmente. ¿Y qué pasa con la maleta de Fabio Valenzin? Que yo sepa, no ha aparecido todavía. —En realidad, no me molestaban tanto los apremios de Nicolussi como la certeza de la condena que me aguardaba tan pronto como me alejase de Venecia—. Nicolussi puede necesitarme aquí. Se le avecinan unos días complicadísimos.

Dina sacudió la cabeza a derecha e izquierda, denegando con benevolencia:

—Tu presencia sólo añadiría más complicaciones, Alejandro —me censuró—. ¿A qué vienen esos bandazos? ¿No querías mantenerte al margen de la investigación? Pues eso es lo que intenta Aldo, mantenerte al margen. No olvides que te ha salvado la vida, algún deber de lealtad tendrás con él.

Agaché la mirada, un poco humillado por sus recriminaciones. En la habitación contigua, Nicolussi ya había despachado a Taddeo Rosso y Giovanna Zanon, después de someterlos a un interrogatorio que, a buen seguro, infringía todas las garantías procesales; parecía inmunizado contra el cansancio, como esos médicos de campaña que trabajan a destajo, reparando las carnicerías de la pólvora, sin esmerarse demasiado en las precauciones higiénicas. Mientras le suministraban otra remesa de detenidos, distrajo la espera palpándose la gabardina, hasta dar con un paquete de cigarrillos que aún sobrevivía a su voracidad; extrajo uno que apenas conservaba su apariencia cilíndrica y lo prendió con la llama de un mechero que le acercó uno de sus subalternos. Una nube de humo se remansó delante de su rostro, como una máscara improvisada y fluctuante.

—Así que uno de esos tipos fue el que me ató a la silla y me hizo pasar ese mal rato —murmuró Dina—. Qué hijos de puta.

Daniele Sansoni había entrado en la sala de interrogatorios, flanqueado por dos policías de uniforme que más bien parecían sus lacayos, a juzgar por las atenciones que le dispensaban. Menos ceremoniosos habían sido los encargados de custodiar a sus esbirros; los guiaban a empellones, y ni siquiera les acercaron una silla para que pudieran descansar.

Nicolussi peroraba con desgana, quizá estuviese recitando a Sansoni los derechos que lo asistían y que previamente había conculcado. Sacudió sobre la mesa de baquelita el paquete de cigarrillos; entre briznas de tabaco cayó la sortija con el emblema de las columnas rotas. Daniele Sansoni encajaba las acusaciones del inspector sin cejar en su altivez; aunque lo habían despojado de su careta, su rostro imitaba la severa palidez de la porcelana. Sonrió oblicuamente, asomando su colmillo de oro por una esquina de la boca, cuando el subalterno que antes le había prendido el cigarrillo a Nicolussi dejó sobre la mesa el sombrero de tres picos que Sansoni había elegido para la fiesta de disfraces, con la escarapela que ostentaba el blasón de su apellido, coincidente con el emblema de la sortija.

—No confesarán tan fácilmente, pero tendrán que sudar para rebatir las pruebas que los incriminan, ¿no te parece?

—Sí, quizá tengas razón.

Y, sin embargo, otra versión posible de los hechos que desmentía y anulaba la que hasta entonces yo mismo había sostenido se prefiguraba ya, en algún recodo de mi inconsciente, sin llegar a concretarse. Me azoré al recordar que Tedeschi me había citado en la isla de Torcello, donde quizá me aguardase la resolución definitiva del enigma. Nicolussi había concluido la perorata y apuraba su cigarrillo con delectación o soberbia detectivesca; ya no quedaban residuos aflictivos en su mirada, ni signos de dubitación que lo apartasen de su deseo. Daniele Sansoni y sus esbirros, en cambio, guardaron ese mutismo de los acusados que lo confían todo a la pericia de sus abogados. Ninguno de los tres se avino a firmar sus respectivas declaraciones, pero el silencio no requiere firmas que constaten su elocuencia. Los detenidos ya desfilaban hacia el calabozo cuando Nicolussi se volvió hacia el cristal para sonreír, con ese atolondramiento un tanto pueril del actor que busca el objetivo de la cámara. No tardó en reunirse con nosotros.

—Has estado estupendo, Aldo. —Dina ya no le hablaba con ese resquemor o censura que habían enturbiado sus conversaciones cuando a Nicolussi aún lo diezmaban los conflictos morales—. Pero deberías fumar un poco menos.

Empezaba a mostrar los primeros síntomas de esa euforia organizativa que acomete a algunas mujeres en las vísperas de su boda, una euforia que se ensaña en los hábitos ajenos y se robustece en los propios. Se abrazaron sin pudor, los senos de Dina se aplastaron contra el pecho del inspector, que quizá estuviese escuchando cómo se endurecían y concretaban bajo el suéter negro.

—Vístase, Ballesteros —me exhortó Nicolussi sin desasirse aún de Dina. Ni siquiera me dejaba expresarle mi gratitud por haberme restituido a la vida—. Quiero que me acompañe a la Academia.

Protesté tímidamente:

—Usted prometió que me mantendría apartado de la investigación.

—Y cumpliré mi promesa. Precisamente porque quiero cumplirla a toda costa necesito que Gabetti declare en contra de Sansoni y sus matones, sobre el intento de robo de *La tempestad* —dijo—. Esta tarde vendrá el juez a interrogarlos, no puedo fundamentar todas mis sospechas en el hallazgo de la sortija. Si por lo menos tuviésemos la maleta en nuestro poder...

No había reproche en sus palabras, si acaso una reprensión venial.

—Gabetti no colaborará —intenté disuadirlo—. En su momento prefirió callar para evitar los acosos de la prensa. Sus enemigos, que al parecer son numerosos, exigirían su cabeza si trascendiera que dejó el museo sin vigilancia.

Nicolussi sonrió con sorna o condescendencia:

—Ya me ocuparé yo de que no trascienda ese detalle, no se preocupe. —Me hablaba con una lentitud casi didáctica, como si me estuviese explicando los trucos de su oficio—. Pero aquella noche las alarmas del museo sonaron, eso Gabetti no podrá negarlo: incluso llamó a prefectura para disuadir a la patrulla que ya se disponía a partir. Nada más natural que un policía diligente como yo quiera cerciorarse de que, en efecto, no sucedió nada, mediante una inspección rutinaria. Tiene que ayudarme a convencerlo.

Dina me apretó el brazo, solicitando mi anuencia. Su proximidad era intimidatoria y convincente, infundía valor y sojuzgaba a partes iguales; no era de extrañar que a Nicolussi le hubiese temblado el pulso cuando la conoció. Me resistí sin demasiada firmeza:

—Pero usted no es un policía diligente. Y yo no le serviría de ayuda: Gabetti no me traga.

—¿No era usted su protegido? —Nicolussi encendió otro cigarrillo, todavía se resistía a dosificar sus vicios—. Salió en su defensa tras el asesinato de Valenzin.

—Supongo que lo hizo por espíritu corporativo —me excusé—. En nuestro gremio es habitual que nos prestemos estos apoyos, en previsión de que algún día tengamos que reclamarlos. Pero las circunstancias han cambiado, ahora más bien querrá perderme de vista.

Nicolussi torció la boca en un rictus de contenida rabia:

—Entonces haremos como que usted ha denunciado el intento de robo —dijo—. Así no le quedará otro remedio que colaborar para librarse del escándalo.

Asentí, resignado al papel de Judas que me tocaría desempeñar en la farsa: existe una tendencia en el hombre, poco estudiada por la psicología, que consiste en obrar sin más razón que porque no debemos hacerlo, como si la certeza del pecado o error que un acto implica interviniese como fuerza irresistible que nos obliga a ejecutarlo. Esta rara tendencia, que quizá no admita análisis, me inclinó a la vileza:

—Cuente conmigo, Nicolussi.

Mientras me vestía con la ropa que Dina me había traído del hostal (la ropa que yo ni siquiera había desdoblado, entumecida y áspera como una mortaja), me asaltó ya ese abatimiento que ensombrece el ánimo de los delatores cuando han consumado su crimen y, para huir de la reprobación social, se ensimisman en la reprobación que les dicta su propia conciencia y rumian su culpa y se dejan aniquilar por el fantasma del hombre que señalaron con el dedo. Y, junto al abatimiento, la repulsa ante mi propia abyección: al delatar a Gabetti no sólo estaba favoreciendo su destitución, también estaba traicionando a Chiara, que sólo mientras Gabetti conservara su puesto podría seguir ejerciendo de ángel tutelar sobre Venecia. Nicolussi se estaba haciendo arrumacos con Dina en el pasillo, para pasmo de sus subalternos; en la prefectura se respiraba ese aire de provisionalidad que precede a las mudanzas.

—Espérame en el hostal, Dina —dijo Nicolussi.

Había un sol matinal y desinfectante rodando por el cielo, quizá el primer sol neto que alumbraba desde mi llegada a Venecia. En el Campo de San Stéfano, a la sombra de su campanario, habían instalado un teatro de guiñol donde se representaban los amores burlescos de Pierrot y Colombina, para recreo de turistas. Cruzamos el Gran Canal por el puente de madera que, como una reminiscencia japonesa (pero en Venecia ningún exotismo desentona), enlazaba los distritos de San Marcos y Dorsoduro. Nicolussi ya no caminaba sesgadamente o de perfil, sus andares se habían hecho despreocupados e incluso gandules, como los de esos paseantes que no tienen más ocupación que desgastar las suelas de los zapatos. Los palacios del Gran Canal, dispuestos en formación de revista, se disputaban el reflejo de las aguas, que los mejoraba, al desposeerlos de esa belleza un poco merengosa y repetitiva de cierta arquitectura civil. La estela de un vaporeto redujo a escombros aquel espejismo de piedra.

—Lamento mucho que sus vacaciones se hayan malogrado de esta manera —dijo Nicolussi—. Quizá todavía esté a tiempo de improvisarlas en otra ciudad.

—No eran vacaciones, sino un viaje de estudios —lo rectifiqué algo molesto—. Pero no lo lamente, usted no ha tenido la culpa. La culpa la tiene siempre el que viaja, que no se detiene a calcular los desarreglos que van a introducirse en su vida. Prometo ser sedentario a partir de ahora.

Me sentí tan viejo como las pirámides o el desierto. Nicolussi me palmeó la espalda:

—Hombre, no caiga en el derrotismo. Tampoco es para tanto; ya verá cómo se repone en seguida.

Me auguraba un porvenir plácido, con esa ligereza solidaria que emplean quienes ya disfrutan de la placidez después de un período de convalecencia. En la Academia entraban sólo los turistas menos adocenados (las excursiones organizadas no la incluían en sus itinerarios) o más proclives al vagabundaje, aunque de vez en cuando se colaba de matute algún japonés que recorría las salas a la carrera, para no perder el barco que lo llevaría hasta Murano y Burano, emporios de la bisutería. El vestíbulo del museo aún conservaba una atmósfera de humedad rancia y salobre, como de galeón que hubiese permanecido en remojo durante siglos y que, aprovechando el ímpetu de un cataclismo, hubiese ascendido a la superficie del mar. Nicolussi avisó al taquillero que deseaba entrevistarse con el director, y se identificó pomposamente, haciendo hincapié en un rango del que pronto sería privado. Gilberto Gabetti nos hizo esperar casi un cuarto de hora, pero su saludo no incluyó ninguna disculpa; se atusó el cabello albino, en un gesto de acicalamiento que quedaba impostado en él, y nos tendió su mano aquejada de vitíligo; al estrechársela, su piel me transmitió un tacto de animal batracio.

—Ballesteros, qué sorpresa, yo lo hacía rumbo a España —dijo con una sonrisa que aspiraba a ser protocolaria pero se quedaba en artera—. Y usted, Nicolussi, menudo lío ha organizado. Por la radio no dejan de hablar de la redada de anoche. Dicen que ha destapado usted solito una trama de tráfico ilegal de obras de arte.

Nicolussi se encogió de hombros antes de que le colgase más medallas; también su modestia era impostada.

—Algunas versiones apuntan, incluso, que el asesino de Fabio Valenzin podría contarse entre los detenidos. ¿Es eso cierto?

—De eso quería hablar con usted. De eso y del robo fallido de *La tempestad*.

Gabetti apretó los labios, hasta reducirlos a una línea sin volúmenes. Eran labios desgastados por la austeridad, apenas aptos para la tarea de los besos, que sin embargo inspiraban una impresión lúbrica. Con un ademán plenipotenciario, nos invitó a que le precediéramos en el ascenso por las escaleras. Las paredes de la Academia aún seguían florecidas de hongos.

—Sinceramente, no sé a qué se refiere —mintió—. Pero será mejor que conversemos en mi despacho.

Me había dirigido una mirada de aborrecimiento, como un precipicio de gelidez. Gabetti nos guiaba a través de un pasillo vedado al público, de una tristeza lóbrega y burocrática, con un suelo de madera que las restricciones presupuestarias habían impedido encerar en los últimos decenios.

—Sabe muy bien a qué me refiero, Ballesteros fue testigo —alegó Nicolussi para terminar de hundirme en la ignominia—. Anteanoche, dos individuos intentaron llevarse a la desesperada ese cuadro.

El despacho de Gabetti proclamaba el ascetismo de su inquilino: ningún colgajo infamaba la blancura antigua de las paredes, ningún papelote asomaba entre los cartapacios que se distribuían simétricamente por el escritorio. Gabetti nos invitó a tomar asiento en unas sillas de respaldo labrado, algo desencoladas ya en las junturas. Por la ventana entraba un cielo casi monástico, de un azul que bebía en los ojos de Gabetti.

—Ballesteros ha sido testigo de demasiadas cosas, quizá le conviniera tomarse un descanso —dijo, con aparente debilidad, como si cada palabra le provocase una hemorragia interna—. Ése es el problema de los jóvenes, se creen tan sobrados de energías que quieren presenciarlo todo, probarlo todo, entenderlo todo, pero a la postre no comprenden nada.

Volvió a atusarse el pelo albino; lo hacía con infinita veneración hacia sí mismo, como si temiese que tanta blancura se fuese a desmoronar en un lentísimo alud de nieve.

—Pero Ballesteros no ha declarado contra usted —se apresuró a puntualizar Nicolussi; su intento de rehabilitarme era tardío—. Se ha limitado a informarme. Y a usted sólo le pido que identifique a los asaltantes, que, por cierto, fueron los mismos que mataron a Fabio Valenzin. Nadie tiene por qué enterarse de si el museo estaba o no desguarnecido esa noche.

Gabetti había entrelazado las manos en actitud meditativa u orante; no atendía a Nicolussi, se limitaba a introducir pausas retóricas en su monólogo:

—Siempre pecando de petulancia, los jóvenes —siguió, pero yo había clausurado ya mi juventud, la había dispendiado en investigaciones estériles y penosos servilismos académicos: soy un adolescente póstumo, o un viejo prematuro—. Confieso que yo también padecía esa enfermedad; pero les estoy hablando de una época anterior a las guerras púnicas.

Rió con desganada coquetería antes de solicitar a través del interfono que le retrasaran algunas citas y compromisos; esta petición de aplazamiento me hizo barruntar que se disponía a pontificar. A menos que Nicolussi se atreviera a atajarlo.

—Yo también cultivé esa petulancia, qué le vamos a hacer, me la inculcaron en la universidad y, por lo que veo, nada ha cambiado desde entonces. —Se estaba desviando del asunto que nos ocupaba; su voz era balsámica y divagatoria, pero escondía el puñal de la agresión, y yo era su destinatario—. Anteanoche traje a Ballesteros a la Academia, en efecto, para que viera *La tempestad*. Este muchacho me despierta una simpatía irracional, quizá porque me recuerda al hombre que fui y albergaba la esperanza de desengañarlo. —Entornó los párpados, con vocación a la magnanimidad o a la ceguera, pero Gabetti no era ciego ni magnánimo—. Una lástima, tuve que dejarlo por imposible, está demasiado corrompido por el adoctrinamiento, es un verdadero entendido en arte, pero su capacidad de comprensión está anulada. Entender de arte está al alcance de los mediocres: bastan un poco de paciencia y aplicación y ciertas dosis de perspicacia crítica; *comprender* el arte es otra cosa, accesible sólo a unos pocos elegidos. Los entendidos creen que una pintura es un objeto inerte que hay que investigar, analizar y juzgar, pero la pintura, si es auténtica, no admite estas taxidermias, es una criatura viva ante la cual no podemos actuar como críticos: requiere nuestra comprensión. Y comprender significa aceptar sin reservas, casi intuitivamente, pero de un modo todavía más firme y conclusivo. Comprender es un acto de fe, por eso la percepción del arte está emparentada con el impulso religioso.

Respiraba con dificultad, como a través de un enfisema. Nicolussi se sublevó:

—Todo esto me parece muy interesante y aleccionador, pero no viene a cuento. —Esta osadía le valió que Gabetti lo obsequiara con la misma mirada de aborrecimiento que antes me había dirigido a mí—. Céntrese en lo que ocurrió a continuación.

—Me centraré si me da la gana, usted no es quién para darme órdenes —lo increpó Gabetti. Era un sibarita de los preliminares, también un sibarita de la crueldad, y no admitía los apremios—. A Ballesteros le gusta analizar y encajonar el arte mediante interpretaciones más o menos historicistas. No se da cuenta, el pobre insensato, de que una pintura es algo misterioso que no se puede enjaular. Y esa incapacidad para la comprensión lo mismo la aplica a *La tempestad* que a la vida: pero la vida no puede ser espiada, indagada ni entendida. Ni la vida ni las mujeres, Ballesteros.

Comprendí (o quizá sólo entendí) los meandros de su estrategia, y la humillación que me reservaba en la desembocadura de esos meandros. Me levanté de la silla, impelido por un resto de dignidad:

—¿Adónde quiere llegar? ¿No le parece que ya me ha maltratado bastante?

Busqué en su rostro un vestigio de indulgencia, mas en vano. Miré por última vez a Gilberto Gabetti, miré su cabello níveo y sus facciones judaicas, injuriadas por el vitíligo pero todavía altivas, y sus labios afilados por la continencia o la maldad, y sus ojos donde convivían mansedumbre y barbarie, decantándose por fin hacia la beatitud, cuando su victoria ya se había consumado y el extranjero usurpador y advenedizo, que era yo, retrocedía y se retiraba del campo de batalla. Cuando ya le volvía la espalda, oí su risa ahogada:

—Vaya, lo siento, nada escuece tanto como la verdad —dijo.

Nicolussi quiso retenerme, pero le importaba más sonsacar a Gabetti que sanar mi orgullo herido. Mientras desandaba los pasillos que conducían hasta la Academia, fui notando cómo me crecía en la garganta una inminencia de llanto: es cierto que nada escuece tanto como la verdad, es cierto que estoy incapacitado para la vida, por eso me hundo en la maraña de los recuerdos, por eso me refugio en la pasividad y el celibato. Y, más que esa certeza, me oprimía la sospecha de que el futuro no me depararía otros paisajes: era insalvable mi soledad, era irremisible mi aislamiento, la vida seguiría discurriendo intangible al otro lado de un muro, aunque fuese un muro de vidrio y yo pudiera verla discurrir, e incluso hacerme la ilusión de rozarla. Atravesé la sala de techo artesonado que albergaba los cuadros del *Trecento,* atravesé también las salas sucesivas hasta llegar al gabinete donde se exponía *La tempestad.* Quizá Giorgione, al pintar unos personajes aislados del mundo que les circunda, había querido representar ese mal crónico que me aquejaba. Una mampara obstaculizaba el acceso al gabinete, y un cartel excusaba su clausura en cuatro idiomas distintos, invocando inconcretas reformas. Infringí la prohibición del cartel, aprovechando que nadie me vigilaba, y me deslicé detrás de la mampara. El suelo del gabinete había sido barrido, y los cristales de la claraboya repuestos, aunque todavía perduraba en el aire el olor de la masilla fresca, un olor entre químico y estabulario. Una luz sin mellas, casi cruda, se posaba sobre el lienzo de Giorgione, acentuando algunos defectos que en mi anterior visita sólo había podido atisbar fragmentariamente (Gabetti lo alumbraba con una linterna, pero el alumbramiento era defectuoso y parcial, siempre quedaban zonas de sombra): a *La tempestad* le faltaban, en efecto, la matización cromática y el tenebrismo que aparecen en las reproducciones fotográficas, le faltaba naturalidad en el empaste y difuminación en los contornos, le faltaba también morbidez en la pincelada, esa morbidez que hizo de Giorgione el mejor pintor de la carne. Tuve que aproximarme algo más al cuadro para corroborar lo que al principio tomé por una ilusión óptica: los rasgos de la mujer que amamanta a su hijo y contempla al espectador con una voluptuosa tristeza se correspondían con los rasgos de Chiara, la barbilla ojival y los labios meditativos, la nariz escorada hacia un lado (pero las asimetrías no perjudican la belleza) y los ojos campesinos. Como una revelación súbita, me fue entonces deparada la resolución del enigma; aún tenía que dilucidar algunos pormenores, algunas circunstancias menores o afluentes, pero su meollo ya me había sido deparado.

XIII

—Siento que tenga que marcharse, de veras —insistió Nicolussi en un tono exculpatorio—, pero es lo mejor para usted y para mí. Los acontecimientos se precipitan, hay un enjambre de periodistas merodeando por prefectura y esta tarde el juez tomará declaración a los sospechosos. Además, mis días aquí están contados.

Lo decía sin pesadumbre, alojado ya en ese lugar futuro donde anida la felicidad, un lugar que nunca ha figurado en mis mapas. Había conseguido que Gilberto Gabetti se prestara a identificar a los esbirros de Sansoni como autores del robo fallido de *La tempestad*, y a la satisfacción que le producía el esclarecimiento del caso se sumaba esa satisfacción más liberatoria y pujante de quienes, por fin, ajustan cuentas con su pasado y reniegan de la pusilanimidad. Dina me ayudaba a hacer el equipaje apenas deshecho, restablecía los dobleces de las camisas y las apilaba con manos de novia antigua que, durante años, se ha ejercitado en esta tarea, ordenando su ajuar.

—Ni siquiera te llevas un recuerdo de Venecia —dijo algo conmiserativamente.

Pero los recuerdos los llevaba en el equipaje menos ligero de la memoria, y eran profusos como mi sangre. Los presentimientos de desastre que me habían acompañado desde mi llegada a la ciudad habían ido extendiendo su carcoma lenta, según la ley inexorable que rige los maleficios, y me habían vaciado del hombre que yo era, inexperto y frustrado y célibe, para suplantarlo por otro que a esas mutilaciones agregaba la conciencia dolorosa de no haberlas sabido curar. Un taxi acuático me esperaba orillado en el canal.

—Le sobra tiempo —me previno Nicolussi—. Su avión no sale hasta las cinco.

Contemplé desde la ventana el campanario de la iglesia de San Stéfano, escorado hacia la derecha, como un faro que se rinde al oleaje; contemplé la tristeza verde y longeva del agua que circundaba la plazoleta y la fachada del palacio que había acogido la cita postrera de Fabio Valenzin; contemplé la balconada con balaústres y arcos de alabastro donde las palomas se entrenaban en el zureo y el funambulismo y la defecación, olvidadas ya de aquel disparo que había perturbado su sueño. Quizá la amnesia sea la única forma estable de felicidad.

—Le pediré al taxista que me dé una vuelta por las islas de la laguna —mentí—. ¿Y usted qué hará a partir de ahora?

Nicolussi hablaba con una especie de ironía absorta, con ese distanciamiento que se emplea cuando nos sabemos invulnerables a todos los contratiempos, por aciagos que sean:

—Me abrirán un expediente disciplinario, supongo. Más de un detenido en la redada de anoche ha presentado denuncia por abuso de autoridad. —Paseó una mirada anhelante por la habitación, hasta tropezarse con la de Dina—. No creo que las denuncias prosperen, pero me destinarán a otro sitio, para evitar fricciones; mientras me llega la orden de traslado, estaré ocupado con el asunto de Valenzin. Después, quién sabe. —Se detuvo, buscando el beneplácito de Dina—. Ahí es ella la que manda, quizá hasta nos casemos.

Se abrió un silencio de presentida dicha que los abarcaba a ambos y me excluía a mí. Me envileció esa melancolía que debe de afligir a los seres invisibles:

—En fin, no alarguemos más la despedida —dije.

Dina reaccionó, enumerando una retahíla de buenos propósitos, encuentros que nunca llegarían a verificarse, contactos epistolares y telefónicos que se apalabraban, ante la inminencia de la separación, pero luego se postergarían, porque la pereza y la distancia nos disuaden de mantener esas lealtades precarias:

—Ya recibirás noticias nuestras —resumió—. Anda, dame un abrazo, no seas tan arisco.

Ni siquiera sentí ese ramalazo incongruente de deseo que otras veces me había causado la proximidad de Dina, la adusta exuberancia de su cuerpo. Ambos me acompañaron hasta la puerta del hostal, obligados por un absurdo deber de hospitalidad. Nicolussi evitó las solemnidades:

—Que haya suerte. Y no caiga en el derrotismo, lo que dijo Gabetti no son más que pamplinas.

Me monté en el taxi acuático, que reculó hasta que su quilla pudo enfilar en dirección al Gran Canal; la hélice del motor se atoraba entre las algas y el cieno, y obligaba a la embarcación a avanzar mediante tirones. Dina y Nicolussi se iban achicando en la lejanía, pero antes de hacerse indiscernibles desaparecieron de mi campo visual.

—¿Adónde le llevo? —me preguntó el taxista sin descuidar el timón.

—A la isla de Torcello —dije. Aún tenía una cita pendiente con Tedeschi.

El sol avanzaba raudo hacia su cenit, y se estrellaba contra los palacios, sacándoles relumbres de oropel. Al discurrir por el Gran Canal, tuve la impresión de permanecer inmóvil mientras aquel gran decorado de cartón piedra era evacuado de Venecia, con destino a otros escenarios cosmopolitas. El taxista me miró con extrañeza:

—¿Está usted seguro? Torcello es un páramo en esta época del año.

No obtuvo respuesta, y se encogió de hombros, acatando

mercenariamente mi mandato. Ingresamos en la laguna a través del Arsenal; el olor portuario del mar reavivó las angustias de mi reciente inmersión, cuando a punto estuve de ahogarme. Dejamos a mano derecha el cementerio amurallado de San Michele, nimbado por un vapor que quizá lo ocasionase la traspiración unánime de los muertos que se pudrían bajo tierra. Una claridad casi malva, con vetas discordantes de un oro ácido, teñía la atmósfera a medida que nos acercábamos a Murano; desde allí se divisaba Venecia como un inmenso bancal de arena con destellos de mica, como un país aparte, anclado en una atmósfera irreal. La lancha daba sonoros tumbos sobre las aguas grisáceas de la laguna, sin variar su ruta, rumbo a Torcello, que ya mostraba su litoral pantanoso en lontananza. Las gaviotas rasgaban el silencio, como buitres bautizados de blanco.

—¿Dónde quiere que lo deje? —dijo el taxista.

Había apagado el motor, y dejaba que la lancha se deslizara a la deriva, al arrimo de unos juncos que bordeaban la orilla. Me miraba con asco y benevolencia, como se mira a los suicidas que eligen un paraje exótico para su muerte.

—Métase en la isla y dé una vuelta despacio.

Nos internamos por un canal con pretensiones fluviales que arrastraba, sin embargo, un agua viscosa y resignada a la putrefacción. En siglos remotos, Torcello había sido una tierra feraz y opulenta, pero las infiltraciones marinas la habían convertido en un tremedal inhóspito del que había ido desertando la población; sólo algunos pescadores sobrevivían al paisaje, habitando cabañas como palafitos a cuya puerta se asomaban para verme pasar. El canal se había interrumpido, estrangulado por las malezas y los detritos, ante una iglesia que mezclaba elementos de las arquitecturas románica y bizantina.

—Ya no se puede seguir —ladró el taxista; su fastidio iba degenerando en cólera—. ¿Nos damos la vuelta?

—Espéreme aquí. Voy a echar un vistazo a los alrededores.

Tuve que pagarle por adelantado y muy pródigamente, para contrarrestar su desconfianza. Me interné por una senda tapizada de hojarasca que la humedad aligeraba de crujidos, ablandándola hasta fundirla con el barro. Los vecinos de Torcello (los escasos vecinos de Torcello) delimitaban sus propiedades con cipreses que les servían a la vez de mojones y vallados; la luz del sol, al atravesar su ramaje, se quedaba yerta y como enferma de malaria. Rodeé el ábside de la iglesia, saltando entre los abrojos y hundiéndome a veces hasta los tobillos en la tierra mucilaginosa. Reconocí a Tedeschi por el timbre de sus carcajadas; celebraba mis tropiezos y resbalones, sentado en un poyo, junto a una de aquellas cabañas como palafitos.

—Se nota que no eres de campo —me saludó—. Hay que ver qué patoso.

Le cubría las rodillas una red de pesca, y retejía sus mallas con una aguja del tamaño de un punzón.

—Pues yo no le veo la gracia, Tedeschi. No hay quien dé un paso en este barrizal.

Se levantó del poyo y se sacudió los fondillos del pantalón antes de tenderme una mano muy sucia de escamas.

—Ya veo que has vuelto a tu antiguo oficio —dije.

—Digamos que estaba harto de comer palomas. —Me franqueó la puerta de la cabaña, y me invitó a pasar: percibí el olor nauseabundo y agrio del pescado en escabeche, y la bofetada húmeda de la oscuridad—. Aquí nací yo. Aquí vivía mi familia antes de que tuvieran que emigrar, cuando empezaron a echar vertidos en la laguna.

Junto al olor nutritivo del escabeche, asomaba aún el olor decente de la pobreza, como una reliquia que se obstinase en reclamar su culto. La cabaña, destartalada por la intemperie, había renunciado a los tabiques divisorios, y su techumbre abría boquetes al cielo. Tedeschi había dispuesto un camastro en un rincón; junto a él se alineaban los enseres de su existencia esteparia: un transistor, una lámpara de petróleo, un infiernillo de gas y una carabina veterana en las escaramuzas de Garibaldi; también estaba allí la maleta de Fabio Valenzin, protuberante como un galápago. A pesar de la mudanza, Tedeschi seguía velando por el tesoro, como los dragones de las mitologías.

—Menuda la que ha montado Nicolussi —dijo, y asomó con regocijo su dentadura famélica—. Hay que tener unos cojonazos para armar la escabechina que ha armado entre los ricachones de la ciudad. En los boletines de la radio no paran de hablar del asunto, hasta han mencionado la sortija que rescatamos del canal, como una de las pruebas más decisivas para determinar la autoría del asesinato. Pero de ti no han dicho ni pío, con lo que habrás colaborado.

—Nicolussi y yo hicimos un pacto: a cambio de mi ayuda, se comprometió a mantenerme en el anonimato.

Tedeschi se acuclilló y posó reverencialmente las manos sobre la maleta de Valenzin, como si fuera a oficiar una misa encima de ella.

—Pero lo que no sabes es lo que guarda la maleta. —Tedeschi levantó la tapadera, alargando el suspense—. Conseguí abrirla a fuerza de limar las cerraduras.

Me adelanté sin fatuidad, más bien con una fatigada tristeza:

—Claro que lo sé, Tedeschi. El cuadro de *La tempestad.*

Se me quedó mirando un poco pánfilamente, como si le resultaran indescifrables mis mecanismos deductivos. Balbució:

—Me has chafado la sorpresa. ¿Y cómo lo has averiguado?

—Valenzin era un virtuoso del fraude, pero hay detalles que no pasan desapercibidos para un experto —dije, esta vez con fatuidad; me avergoncé por arrogarme méritos que no me correspondían—. Lo que hay en la Academia es una falsificación, de algún modo Valenzin consiguió entrar allí y dar el cambiazo.

La maleta, revestida con planchas de un metal refractario a los escáneres, estaba dividida longitudinalmente en tres compartimentos, como estratos que, a mayor profundidad, agravasen su contenido delictivo. En el primero, se amontonaban las camisas sucias y los calzoncillos con zurrapas; en el segundo, Valenzin guardaba las pruebas documentales de sus transacciones, fajos de billetes, certificados falsos de autenticidad (si la contradicción es admisible) y una lista desglosada de sus clientes en la que consignaba los encargos con esa meticulosidad que precede al chantaje; en el tercer compartimento, embalado con aislante de fibra de vidrio y envuelto en una funda de plástico con burbujas, estaba el lienzo de Giorgione: conservaba su bastidor primitivo, y también la matización cromática que se echaba en falta en la falsificación de Fabio Valenzin. El color verde que predomina en la composición se mezclaba con azul de cobalto en el cielo preñado de nubes, se encrespaba de sombras movedizas en el follaje de los árboles, se irisaba en las aguas del riachuelo y se matizaba de ocres en la hierba, para respaldar el advenimiento de la mujer que se muestra desnuda al espectador, apenas velada por un arbusto y por un paño que trepa a sus hombros, a modo de esclavina. Por primera y única vez me enfrentaba al cuadro cuya exégesis había ocupado mi juventud; tuve la impresión fatídica de que todos mis esfuerzos habían sido baldíos, quizá mis explicaciones servían para entender el cuadro, pero no para comprenderlo. Tedeschi había guardado un silencio reverencial o funerario; al rato dijo:

—Pero tú estuviste en la Academia, y no notaste el cambiazo.

Me defendí atolondradamente:

—Era de noche, y además tuve que preocuparme de salvar mi pellejo. —También en ese momento, mientras respondía a Tedeschi, estaba intentando salvar algo más valioso que mi pellejo, algo que ya había perdido para siempre—. Comprenderás que no estaba yo en disposición de distinguir esas sutilezas. Cuando pude examinarlo con más detenimiento, en seguida reparé en ello.

Desde la cabaña se avistaba una extensión de marismas que encogía el ánimo. O quizá mi encogimiento fuese más intrínseco, y el paisaje se limitase a incorporar su cortejo panteísta. Tedeschi habló con una voz oxidada, como emitida desde el interior de un yelmo:

—Pensé que te interesaba descubrir la verdad, pero ya veo que no.

—¿Y qué es la verdad? —Crecía dentro de mí una desolación de náufrago—. La verdad está hecha de falsedades parciales. ¿Acaso crees que Fabio Valenzin merece la recompensa de la verdad? Era un tipejo sin escrúpulos morales. La policía ya ha conseguido unos sospechosos; si no lo mataron ellos, podrían haberlo hecho, con eso debe bastarnos. Ya hemos demostrado que ni tú ni yo estábamos involucrados, qué nos importa lo demás.

Tedeschi asintió lentamente, como quien se desliga de una empresa que otros le han adjudicado, declinando responsabilidades cuando comprende que sus patronos ya no lo respaldan. Intuía que la verdad me había sido revelada, pero también intuía las razones que me asistían para encubrir esa verdad. Íntimamente, le agradecí ese gesto de amistad y pudor.

—Ya. ¿Y qué hacemos con la dichosa maleta? —dijo.

—Llevarla a prefectura. Te servirá para congraciarte con Nicolussi, contiene papelotes que lo reafirmarán en su versión de los hechos y le servirán para montar un escándalo todavía mayor. —Callé por un segundo, y compuse un mohín que reclamaba su complicidad—. El cuadro, si no te importa, me encargo yo personalmente de devolvérselo a Gabetti; aquí, en cambio, conviene la discreción, no quisiera que por nuestra culpa lo destituyesen.

No había malignidad en su voz, tan sólo un cierto recochineo:

—Quién te ha visto y quién te ve. Antes decías que Gabetti era un delincuente público y notorio. Pero, claro, está la chica de por medio.

Envolví *La tempestad* en su funda de plástico. El óleo se estaba empezando a descascarillar, los ensamblajes del bastidor se habían resentido con tanto traslado y la madera se había abarquillado, precisaba una restauración concienzuda. Tedeschi me apretó el brazo con su mano que era casi una zarpa; su aliento seguía desprendiendo una fetidez sin tapujos, también ese calor de madriguera donde aún es posible el triunfo de algunas pasiones universales.

—Ha sido un placer, Ballesteros. Ya sabes dónde tienes un amigo.

Marché, antes de que la insidiosa piedad me abatiese, por las mismas sendas y lodazales que ya habían guiado mis pasos y emporcado mis zapatos. Sonaba una campana con un tañido de esquila rota, desacompasadamente, como si la hiciesen repicar desde sacristías de ultratumba, y los cipreses que delimitaban las propiedades se afilaban de augurios fúnebres. El taxista, cuando me vio llegar, no disimuló su sorpresa; me habría tomado por un misántropo con veleidades suicidas, y quizá estaba esperando que sonase la detonación que le sirviese de pistoletazo para partir.

—Regresamos a Venecia —dije—. A la Madonna dell'Orto.

Volvimos a discurrir por canales de aguas retenidas, cubiertas de un verdín gelatinoso que se hacía puré entre las hélices del motor; en las orillas, sucias como muladares, crecía una maleza sin savia sobre las osamentas de animales que se habían acercado desprevenidos a beber aquella agua y habían muerto en el acto. Apoyé *La tempestad* en la borda de la lancha y la contemplé como quería Gabetti, sin pretensiones críticas, como se mira una criatura viva; entonces me di cuenta de que el cuadro de Giorgione no precisaba interpretaciones bíblicas o mitológicas, emocionaba por sí mismo y comunicaba al espectador la ilusión de haber sido pintado ex profeso para él, como si de una radiografía de su alma se tratase; entonces dejó de ser un objeto de estudio más o menos valioso, y se hizo expresión de mis propios anhelos. En *La tempestad*, como me había señalado Chiara, estaban la aprensión y el desasosiego de las tormentas que quedan suspendidas en el aire, y también ese sentimiento de pérdida y mutilación que ocasionan las tormentas del espíritu cuando ya son irrevocables. Comprender *La tempestad* era zambullirse en los intrincados vericuetos del sufrimiento, en la maraña de recuerdos que empezarían a asediarme tan pronto como marchase de Venecia. La luz del invierno era por primera vez esbelta y como recién lavada.

—¿Manda alguna cosa más? —me preguntó el taxista.

Había arrimado la lancha a la escalinata que ascendía hasta el atrio de la Madonna dell'Orto. Como mi estancia en Venecia no me había deparado gastos, tenía reservas dinerarias suficientes como para permitirme el lujo de la esplendidez: volví a pagar por adelantado y sin tacañería.

—Aguarde un rato, que todavía tiene que llevarme al aeropuerto.

Cargué con el cuadro y entré en la iglesia, que parecía desierta. El ábside central, iluminado en otras ocasiones por el foco que ayudaba a Chiara en su trabajo, se ahondaba de penumbras y apenas hacía visibles las pinturas de Tintoretto. Hasta allí sólo llegaba una luz polinizada y gris, como de incienso, poco acorde con la luz del exterior; en el altar lateral, en cambio, seguía brillando la llama que Chiara encendía en memoria de Tintoretto, insomne como aquellas lámparas de aceite que las vírgenes prudentes portaban, en la parábola del

Evangelio, cuando salían al encuentro del esposo. Al pie del andamio que enrejaba *El Juicio Universal* se hallaba el capacho donde Chiara guardaba los trebejos de su oficio. Aparté la tapa de mimbre y removí los tubos de óleo y los pinceles, antes de tropezarme con la máscara del médico de la peste, de una porcelana fría y blanca y abominable; me miraba desde sus ojos huecos y parecía respirar entre mis manos, con una cadencia secreta y acuciante (pero mis sentidos están averiados) que reverberaba en las bóvedas de piedra.

—Sabía que terminarías averiguándolo —dijo Chiara a mis espaldas—. Lo supe desde el principio. Y tampoco yo he hecho muchos esfuerzos por ocultártelo.

Tardé en distinguirla, sentada en un escaño de la nave lateral, en esa zona discretamente tenebrosa que ocupan las beatas, al acabar la misa, para bisbisear sus letanías. Me pareció más delgada, quizá porque el asesinato, como la ropa de luto, estiliza la figura; avanzó hacia el ábside con los brazos cruzados sobre el pecho, como si quisiera encuadernar sus senos, que yo había intentado adunar la noche anterior. La llama de la lámpara acuñaba en bronce su perfil.

—Mira lo que te he traído —dije, y enarbolé el cuadro de Giorgione.

Chiara se abrazó a mí, con torpeza o desesperación, como si quisiera premiarme y a la vez buscase consuelo; noté la tersura blanda, levemente abombada de su vientre, donde yo había entregado mi semilla, que quizá no fuese una semilla estéril y se hubiese entrelazado con la suya, para sustentarse mutuamente durante nueve meses, pero son pensamientos de catequista. Correspondí a su abrazo, después de depositar en el suelo *La tempestad*, y volví a albergar su llanto, como ya había hecho nada más conocerla, su llanto que dejaría en las solapas de mi gabardina un rastro de sal cuando se evaporase.

—Alejandro, no sabes cuánto te lo agradezco, pensé que ya nunca lo recuperaría —sollozaba de pura dicha, pero era una dicha egoísta—. Cuando registré el Albergo Cusmano y no encontré la maleta ya me temí lo peor; luego, cuando me dijiste que ese Tedeschi se la había llevado, estuve a punto de desfallecer: pensé que lo habría introducido en el mercado negro, y que ya estaría en manos de algún marchante.

—Pues ya ves que no, aquí lo tienes —dije—. Y debes estarle agradecida a Tedeschi: si no hubiese desaparecido con la maleta, *La tempestad* habría pasado a disposición policial. El inspector Nicolussi no hubiese tardado en caer en la cuenta de que lo que se expone en la Academia es una falsificación.

Chiara se agachó, para recoger el cuadro de Giorgione, le quitó la funda de plástico y lo expuso a la luz de incienso que entraba por las troneras del ábside. Sus ojos campesinos se bruñían de secreto temblor a medida que avanzaban en su reconocimiento.

—Puedes estar orgullosa —murmuré—. Sigues siendo el ángel tutelar de Venecia.

Pero ella ni siquiera me escuchaba; el alborozo que le producía la recuperación del cuadro le infundía una especie de enajenación que la aislaba del mundo. Las religiones, como todas las manifestaciones del fanatismo, tienen ese inconveniente.

—¿No crees que merezco una explicación? ¿O es que soy de usar y tirar? —insistí, enconado por el despecho.

Pero ese despecho ya no lo podía achacar a los celos retrospectivos que me suscitaba Valenzin, ni siquiera al dominio que Gabetti ejercía sobre ella; más bien se trataba del despecho que nos causa el engaño, la utilización fenicia de nuestros sentimientos. Chiara se volvió con cierta cautela retráctil, si la contradicción es admisible. En las comisuras de sus labios se dibujaba esa expresión de serenidad o desaliento que ya se había convertido en un hábito perenne de su alma.

—No tienes derecho a decir eso.

—¿Que no tengo derecho? —me asustó mi vozarrón, resonando como una blasfemia en mitad de la iglesia—. Me habéis mentido unos y otros, habéis estado a punto de volverme loco con vuestros engaños, y ahora resulta que no tengo derecho.

Pero yo sabía que la verdad no existe, se compone de falsedades parciales o piadosas, la verdad depende de quien la formula, nadie es infalible ni omnisciente ni bienintencionado. Chiara me hablaba con dureza, o quizá con severidad legítima:

—No recurras al plural, yo jamás te he engañado —dijo—. No te hice concebir ilusiones, desde el principio te dejé muy claro que no pensaba abandonar a Gilberto para marchar contigo. Tampoco te engañé cuando te conté lo que había llegado a sentir por Fabio.

—¿Lo que habías llegado a sentir por Fabio? Nadie mata lo que ama.

Me miró desde esa lejanía que habitan quienes viven desgajados de sí mismos. Podría haber impedido que aligerara su conciencia, pero, después de acarrear tantas confesiones y culpas ajenas, ¿qué importaba un exceso de carga?

—Nadie mata lo que ama, salvo si nos mueve otro amor más fuerte. Fabio era huésped asiduo de nuestra casa —comenzó Chiara; la penumbra o los remordimientos le excavaban recónditas arrugas—. Gilberto, aunque desaprobaba sus actividades, le profesaba una simpatía que venía de lejos, una simpatía beligerante y nostálgica, como de viejos enemigos que se conceden el beneficio mutuo del respeto. Habían tenido varios encontronazos en el pasado, cuando Gilberto trabajaba como perito o tasador para las casas de subastas. Luego hubo una época en que se distanciaron: Gilberto ocupaba cargos de responsabilidad y Fabio empezó a traficar con obras robadas por países de América y Extremo Oriente. Gilberto se había instalado en Venecia, primero como asesor de la Academia y miembro de su patronato, más tarde lo nombrarían director. Los disgustos profesionales no se compensaban con una paz familiar; se había casado con Giovanna Zanon, pero el matrimonio fracasó desde el comienzo, ella se negaba a procrear, supongo que no soportaba los deterioros que impone la maternidad. Gilberto consiguió que, al menos, accediera a consentir una adopción; así yo me convertí en su refugio y en su acicate, también en una prolongación de sí mismo, alguien en quien poder sobrevivir y a quien poder legar el amor por el arte, su único patrimonio. De vez en cuando recibíamos la visita de Fabio, siempre dando esquinazo a la policía.

Se detuvo un segundo, intoxicada de recuerdos. Las infamias de Giovanna Zanon volvieron a destilarme su veneno, tan culpable es quien escucha como quien habla: «Gilberto la quería incontaminada y para él solo, como Dios quiere a sus monjas de clausura, con el cutis intacto y la entrepierna también intacta. Fabio Valenzin representaba para ella el mundo exterior, con su abanico de peligros y fascinaciones.»

—Y cada visita suya era un acontecimiento.

—Un acontecimiento y un altercado. —Chiara intentaba adoptar un tono neutro, como si estuviera refiriendo la vida de otro—. Yo era niña o adolescente, cada aparición de Fabio me perturbaba y estremecía, me descubría mundos que estaban a muchas leguas de Venecia, me hablaba de ciudades y de gentes cuya existencia yo ni siquiera sospechaba. También gastaba una infinita paciencia conmigo: por entonces, yo hacía mis primeros pinitos en la pintura, y Fabio me enseñaba las técnicas y trucos del oficio. Inconscientemente, me fui convirtiendo en la pieza más preciada de esa partida de ajedrez que Gilberto y Fabio disputaban desde hacía años, una pieza que justificaba sus estrategias dispares: Gilberto a la defensiva, intentando conservarme a toda costa, para perdurar a través de mí, como si yo fuera el tesoro de su baluarte; Fabio al ataque, abriendo brecha en ese baluarte y utilizándome como ariete, sin importarle demasiado mi pérdida. A medida que estabilizaba su clientela y asentaba sus contactos, Fabio fue viajando menos, instaló su campamento en Venecia y su presencia dejó de ser un acontecimiento, pero nunca un altercado.

Tenía seca la boca, sus labios meditativos se hacían de pergamino, como si las palabras fuesen una escritura corrosiva.

—Te enamoraste de él —dije para exonerarla de algunos pasajes que ya había rememorado en otra ocasión.

—Era tan ingenua o presuntuosa que me creí capaz de curar su mal. Pero Fabio estaba vacunado contra todas las medicinas, nunca pudo corresponderme, aunque lo intentase a su envilecida manera. —Se notaba un rescoldo de ira en su voz, pero sofocado por un resignado sarcasmo—. Durante años perseveré en mi amor, durante años me inmolé y fui ese ariete que abría brechas, la pieza capturada que Fabio podía mostrar como trofeo ante Gilberto. Incluso lo ayudé en algunas de sus falsificaciones, llegó a convencerme de que no era delito engañar a los delincuentes. Hubo algo en lo que no transigí: «Nunca se te ocurra llevarte nada de Venecia», le advertí, pero el ámbito de mi prohibición fue poco a poco convirtiéndose en el objeto de su avaricia. Existía, además, otro estímulo para infringir mi advertencia: Venecia era el asilo espiritual de Gilberto, cada robo que efectuase dentro de su jurisdicción era un mordisco que asestaba a su viejo rival.

—Una pieza comida al enemigo —dije—. Y tú eras la reina que sólo se arriesga cuando se aproxima el final de la partida.

Las figuras de Tintoretto, en las paredes laterales del ábside, adquirían un descoyuntamiento que anticipaba su disgregación.

—Fabio ya había planeado el jaque mate, aún no me explico qué pudo impulsarlo a esa villanía. Unos meses antes, había timado a Giovanna Zanon y Taddeo Rosso, vendiéndoles por una millonada la supuesta *Madonna* de Bellini, tú ya conoces la historia. Taddeo Rosso le había presentado a otro millonario, un tal Daniele Sansoni, que cultivaba la rara manía de coleccionar pinturas que contuviesen alguna columna rota en su composición. Fabio le endosó de inmediato un falso Delvaux, con mujeres desnudas entre las ruinas de un templo dórico, su especialidad de juventud. Pero Sansoni aspiraba a poseer piezas que sobrepujaran a la *Madonna* que Taddeo Rosso exhibía en su gabinete; inevitablemente, salió a relucir *La tempestad*, por la que Sansoni estaba dispuesto a desembolsar una cantidad increíble, incluso para las pretensiones de Fabio, que no eran modestas, ni siquiera comedidas. Todo esto lo supe por el propio Fabio: me lo refirió entre comentarios jocosos, y me enseñó el anillo que le había regalado Sansoni, como prueba de un «pacto entre caballeros»; recuerdo que utilizó esta expresión. También me confió sus intenciones: pensaba aliñar una falsificación de *La tempestad* y cobrársela a Sansoni como si fuese auténtica; después desaparecería con el botín, por una larga temporada, para sortear las represalias del cliente chasqueado. Rizando el rizo de la audacia, Fabio me dijo que aspiraba a hacer de esa falsificación su testamento artístico, y que para ello contaba con mi participación: «Quiero que vuelvas a posar para mí.» La broma me pareció peligrosa e inconveniente.

—¿Y por qué te prestaste a posar, entonces?

Tardó en contestar, quizá se avergonzaba de su debilidad, o de su connivencia con el delito.

—Por un lado estaba el miedo a contrariarlo: tenía el don de anular mi voluntad. Por otro, ya había sido su modelo en otras ocasiones, no podía negarme. En un par de semanas de encierro en su taller del Molino Stucky, tuvo lista la falsificación; pero aún había que esperar a que la pintura se secase, para que el fraude fuese más verosímil. Un día me llamó por teléfono, para decirme que ya había acordado con Sansoni la entrega, que sería a la medianoche del día siguiente. Me extrañó su exaltada locuacidad, siempre se había mostrado reservado, casi críptico, en estos asuntos; fue entonces cuando me dijo que tenía alquilada una habitación en el Albergo Cusmano, que le servía como santuario para esconder sus latrocinios. Aunque su voz me llegaba un poco distorsionada a través del auricular, supe que ese ataque de incontinencia verbal, tan impropio en él, no podía ser la antesala de una despedida; cuando finalmente me propuso que me marchara con él, tuve que hacer acopio de fuerzas para replicarle con una negativa: todavía me quedaba algún residuo de mi antiguo amor. Insistió, invocó propósitos de enmienda, suplicó una segunda oportunidad; casi no pude repetir la negativa, ya me amordazaban las lágrimas. Antes de colgar, con una voz mucho más sombría, Fabio me obligó a anotar un número de teléfono, por si cambiaba de opinión. Esa noche no dormí, me agitaban deseos contradictorios.

Su perfil, de repente, tenía la delicadeza precaria, pero inmutable, de esas estatuas que sobreviven en su pedestal después de un cataclismo. «Quiero amor o la muerte, quiero morir del todo, / quiero ser tú, tu sangre», pensé, rememorando al poeta.

—Pero te quedaste por lealtad a Gabetti —dije.

—A él y a todo lo que él significa, quizá por lealtad a una idea, aunque te parezca estúpido. Mi sitio está aquí, al lado de Gilberto, rodeada de las cosas que él ama. —Admiré y lamenté otra vez su vocación de sacrificio—. Venecia amaneció anegada por el *acqua alta*, al día siguiente; uno de los edificios más perjudicados por el flujo de las mareas es la Academia, por encontrarse a orillas del Gran Canal, cerca ya de su desembocadura. Aunque todos los empleados del museo se afanaron en el achique como si en ello les fuera la vida, Gilberto tuvo que solicitar el concurso de los bomberos; estuvo ocupado todo el día, haciendo gestiones y mendigando ayuda a las instituciones. Durante una de sus ausencias, en medio del jaleo que imperaba en el museo, desapareció *La tempestad*; el robo se realizó desde la claraboya del tejado, pero no tan burdamente como pretendieron ejecutarlo los secuaces de Sansoni, sino a través de un complicado sistema de poleas que delataba la acción de un ladrón avezado. Gilberto me llamó desde la Academia, a punto de derrumbarse, con la voz quebrada por el horror: él sabía tan bien como yo quién era el autor del robo, pero no se atrevía a formular su nombre, por elegancia espiritual. Le pedí que se tranquilizara y le aseguré que en un par de horas el cuadro estaría de vuelta en la Academia.

Su respiración era entrecortada, también ruidosa, como la de un animal herido por el hierro; no era la respiración de quienes asesinan a la ligera. Volví a recordar al poeta: «Muero porque me arrojo, porque quiero morir, / porque quiero vivir en el fuego, porque este aire de fuera / no es mío, sino el caliente aliento / que si me acerco quema.» Yo habría muerto o matado por el aliento de Chiara, de haber tenido arrojo, pero soy un pusilánime.

—Marqué el número que Fabio me había dictado la noche anterior —continuó—. Había perdido la locuacidad y la exaltación, me hablaba con monosílabos o evasivas, quizá los remordimientos le impedían ser más explícito. Me citó en el palacio que hay enfrente del Albergo Cusmano, pero no se ahorró la desfachatez de precisarme que sería una cita breve, pues tenía compromisos pendientes. Supe entonces que no se dejaría arrebatar *La tempestad* tan fácilmente, supe que me chantajearía y volvería a utilizarme como pieza de su ajedrez; noté que me crecía un odio implacable, que nada tenía que ver con ese otro odio, más impetuoso, pero más pasajero, que nace de las vísceras. Antes de marchar, cogí una pistola que Gilberto guarda en su mesilla de noche, un recuerdo de su juventud combatiente, que todavía hoy sus enemigos difunden para desacreditarlo.

La máscara del médico de la peste nos miraba desde el fondo del capacho, con esa persistencia insomne que tienen los cadáveres abandonados a la intemperie, cuando ya los buitres les han devorado los ojos.

—¿Por qué te disfrazaste?

Se había recostado sobre los andamios que protegían *El Juicio Universal*, como si ella misma quisiera someterse al veredicto divino que se impartía en la región superior del cuadro.

—Sería exagerado decir que me disfracé —esbozó una sonrisa aletargada, apenas perceptible—. Tomé una vieja capa del ropero, para envolver *La tempestad*, que esperaba recuperar a toda costa, y ya de paso me llevé también la careta: intuía que mi cita con Fabio podía acabar estrepitosamente, y pensé que si me enmascaraba evitaría que alguien pudiera reconocerme, de regreso a casa. Estábamos en vísperas del carnaval, así que mi indumentaria no llamaría en exceso la atención. Fabio acudió muy puntual a la cita; me extrañó mucho su actitud: era a la vez insolente y compungida. Le pedí que me devolviera el Giorgione; él se carcajeó, pero había en su expresión una inmensa tristeza. Luego hizo alguna mención obscena a Gilberto, a mi relación con Gilberto; fue una bajeza que hasta ese momento sólo había escuchado procedente de labios enemigos, una bajeza que goza de cierto predicamento en Venecia. —Me ruboricé y sentí miserable, porque en algún momento yo también había otorgado verosimilitud a esa bajeza, aunque mis labios no la hubiesen repetido, pero tan culpable es quien escucha como quien habla—. No sólo hizo mención, también introdujo circunstancias aberrantes, enumeró algunos pormenores que sólo podría concebir la imaginación más perversa. Cuando por fin calló hizo entrechocar las llaves de la maleta, a modo de sonajero. «Tendrás que pasar por encima de mi cadáver para conseguirlas», me retó, o quizá me estaba suplicando que lo matase. Apenas sé manejar la pistola; le disparé a quemarropa en el pecho, pero ni aun así conseguí abreviarle la agonía.

Imaginé otra vez la escena: por la balconada del *piano nobile* entrarían puñales de luna que iluminarían los espejos de la pared, esos espejos donde quizá Fabio Valenzin había tenido la oportunidad de verse por última vez, con esa difuminación espectral que se instala en las retinas cuando la sangre las ofusca con su clamor.

—Le cogí las llaves y le arranqué la sortija que le había regalado el millonario Sansoni; estaba tan asustada que no se me ocurrió adjudicarle otro destino mejor que el fondo del canal —proseguía Chiara—. Fabio, entonces, se sobrepuso y echó a andar en dirección a las escaleras; iba dejando tras de sí un reguero de sangre que no se agotaba nunca. Quise detener su huida, pero te vi, a través del balcón, asomado a una ventana del Albergo Cusmano, y me paralizó el miedo. Tuve que marchar por una puerta trasera, sin poder llevarme la maleta; y al día siguiente, cuando volví al Albergo después del entierro de San Michele, te habías adelantado. Todavía lamento ese golpe que tuve que propinarle a la dueña del hostal, pero no me estaban permitidas las contemplaciones.

Me excusé un poco absurdamente:

—Siento haberte causado tantos problemas.

Le acaricié la frente por última vez, le aparté por última vez las guedejas o mechones que cubrían sus orejas, por última vez contemplé su rostro amado que contenía el mundo, su rostro donde graciosos pájaros se copiaban fugitivos, volando a la región donde nada se olvida.

—Mucho más complicado fue ocultarte el robo de *La tempestad* —de nuevo sonrió reclamando mi clemencia—. Tuve que echarte unas pastillas somníferas en el vaso de leche que te calenté, justo después de conocernos. —Parecía hablar de un tiempo remotísimo, pero el tiempo en Venecia se ralentiza y estanca, es una sustancia pastosa como los sueños—. Mientras dormías, Gilberto y yo fuimos a La Giudecca, al taller de Fabio, donde aún estaba la copia de *La tempestad*, y la instalamos en la Academia, ocupando el sitio del original. Montamos esa pantomima de la visita nocturna al museo para que no repararas en el cambio y a la vez te quedases tranquilo: no podíamos aplazar más el motivo de tu viaje. No contábamos, desde luego, con el asalto de aquellos dos tipejos.

Había vuelto a cruzarse de brazos, para encuadernar sus senos, y se estremecía contra su voluntad.

—Desde que te conocí, el motivo de mi viaje dejó de importarme, en realidad —dije.

Soy proclive a la grandilocuencia, quizá por culpa del celibato, aunque en ese momento me movía más bien el recuerdo de su infracción.

—A mí también dejaron de importarme muchas cosas. De continuo, tenía que pararme a pensar: «Vamos, Chiara, no puedes abandonarte.» Pero aun así me abandonaba a ratos, no podía mantenerme alerta sin interrupción.

Alzó la mirada, como si buscase antídotos al abandono en la reanudación de sus labores restauradoras.

—Me gustas mucho, Alejandro. Pero llegaste demasiado tarde. —Había recobrado esa determinación y ese espíritu de renuncia que consume a los santos y los arroja a las proezas más altruistas o pavorosas—. Y ahora debes marcharte.

Aún logré arrancarle un último beso, aún logré socavar su resistencia y robarle su saliva, que tenía un sabor de lenta espina. La luz de incienso era una espada mortal sobre mi cuello.

—Márchate, Alejandro, por favor.

Despegó su vientre del mío, y trepó al andamio, arrasada por una enfermedad que no admitía redención. La obedecí, aunque las rodillas me temblaban, como debieron de temblarle a Anquises cuando el rayo de Zeus lo hirió y ya nunca más pudo mantenerse erguido sin ayuda de un báculo. Mis pasos resonaron en las bóvedas de piedra, viejos como el mundo; antes de salir de la nave, me volví, para verla por última vez e incorporar esa visión al almacén de mis recuerdos: había encendido el foco que alumbraba las figuras de Tintoretto, y se aprestaba a proseguir su restauración, que sólo interrumpiría cuando Venecia dejase de ser una ciudad para convertirse en un cementerio submarino con palacios como mausoleos y grandes plazas para que paseen los muertos.

XIV

Otros rostros se alejan y precipitan en la común argamasa del olvido, pero no el de Chiara. El tiempo ya ha recuperado su fluencia, pasan los meses insensiblemente, pasan los años como carrozas de banalidad, y perduran sus facciones y su voz y el tacto de su piel, mientras todo lo demás tiende a la difuminación. Pronto dejaré de ser profesor ayudante, por fin el catedrático Mendoza considera satisfecho el cupo de servilismos que debía tributarle, y se ha decidido a amañar un tribunal de oposiciones, compuesto por amiguetes y deudos, que sancione mi ascenso en las jerarquías universitarias. El catedrático Mendoza todavía no me hace partícipe en sus intrigas académicas, pero ya no se limita a endosarme tareas denigrantes, también me endosa a sus amantes más destartaladas (de tercera o cuarta mano) y a sus alumnas más ceporras (de tercera o cuarta convocatoria), para que quebrante con ellas mi celibato y empiece a promocionar mi virilidad, un requisito imprescindible para alcanzar la cátedra antes de la jubilación. Me han asignado una asignatura estable, en la que enseño a mis alumnos el entendimiento y análisis del arte, pero nunca su comprensión, porque no conviene que muchachos aún imberbes se formen en la religión del sentimiento. También me están acondicionando un despachito contiguo al del catedrático Mendoza; es una suerte, porque así ya no tendré que atender a los alumnos más estrepitosos o pelotas, habrá otros postulantes menos avanzados en el escalafón que lo hagan por mí: en la universidad, como en las familias más menesterosas, se hereda todo.

Otros rostros se alejan y precipitan en la común argamasa del olvido, pero no el de Chiara. Sólo así puedo sobrevivir en esta letrina que es el presente, sólo así puedo sobrellevar la rutina infamante de las clases y las tutorías y los consejos de departamento, sólo así puedo reírle las gracias al catedrático Mendoza sin que me rechinen demasiado los dientes y escuchar sus proezas amatorias, que ahora —desde que planea promocionarme— ya no sólo debo ponderar admirativamente, sino también replicar con la narración de otras que las emulen: en estas minucias se demuestra que ha dejado de considerarme un subordinado y me ha incluido entre sus colegas. Otro síntoma de la confianza que ha depositado en mí se demuestra en la frecuencia con que me convoca a su despacho, para que presencie las broncas que propina a los becarios, casi siempre por razones nimias o arbitrarias, y también para que escuche con qué desparpajo se despacha telefónicamente con otros intrigantes de la capital que ocupan un puesto en el Ministerio de Cultura: se conoce que quiere inculcarme sus hábitos tiránicos y palaciegos. A veces, entre las clases y las tutorías y los consejos de departamento y las audiencias en el despacho del catedrático Mendoza hay intervalos de inactividad, y entonces el olor de la letrina que habito me abofetea las narices y la víscera de la dignidad, y casi lloro de coraje.

Otros rostros se alejan y precipitan en la común argamasa del olvido, pero no el de Chiara. Cuando concluyo la jornada, me encierro en casa y pienso sedentariamente en ella, la recuerdo con vocación filatélica, nunca en abstracto, sino con una concreción que no se agota ni se repite, hoy puedo recordar su melena como un violín que se deshilacha y mañana su risa descacharrada y pasado las huellas efímeras que el placer dejó en su mirada, cuando ese placer fue también el mío. Recordar a Chiara es una condena y una tarea inabarcable (pero aunque la lograra abarcar, la iniciaría de nuevo) y quizá un suplicio, pero acepto la tortura y el agotamiento y la cárcel de ese recuerdo, porque me mantiene vivo y me desinfecta de mi otra vida degradada. Al principio, temía que la erosión del tiempo falseara ese recuerdo o lo hiciese poroso; mis anteriores experiencias evocativas siempre habían sucumbido a la gangrena del olvido y a la sobreposición de unas evocaciones sobre otras, pero ahora ya puedo afirmar que mis temores eran infundados: las imágenes de Chiara se acumulan pero no se sobreponen, permanecen tenaces esperando su rescate y luego se archivan, prestas al inventario o la recapitulación. Como los dones no se reciben sin contrapartida, tengo que pagar la persistencia de mis recuerdos con insomnios que resisten todos los narcóticos y con incursiones en el ensimismamiento, pero merece la pena esa penitencia si a cambio puedo reincidir en mi pecado. Sólo dejo de recordar cuando duermo: aunque en sueños sigo cultivando a Chiara, lo hago de modo más imaginativo, sin sometimiento estricto a lo que ocurrió; así puedo fantasear con un presente distinto y más benigno, en el que los recuerdos de Chiara estuviesen suplantados por la carne de Chiara (su espalda al abrigo de mi vientre y de mi pecho) y por la respiración de Chiara. Pero conviene no excederse en lo que no fue ni es ni será.

Otros rostros se alejan y precipitan en la común argamasa del olvido, pero no el de Chiara. He olvidado la fisonomía de Daniele Sansoni, y también la de sus matones (aunque a uno de ellos lo seguiría reconociendo por la mutilación de la oreja), pero he podido leer en los periódicos italianos que fueron absueltos por falta de pruebas del asesinato de Fabio Valenzin. Ya casi soy incapaz de aprehender los rostros de Taddeo Rosso y Giovanna Zanon, a pesar de que pude reavivarlos cuando aparecieron fotografiados en esos mismos periódicos, bajo el rótulo de un escándalo que llegó a ocupar portadas, implicados en una trama de robos y tráfico de obras de arte que quedaría en agua de borrajas cuando se descubrió que sólo habían traficado con falsificaciones. El rostro de Nicolussi tampoco logro aprehenderlo, salvo por reminiscencias que me traen un olor a tabaco y una barba de crecimiento acelerado; celebro que haya dejado de ser un hombre diezmado por los conflictos de conciencia, celebro que haya podido escapar de Venecia y casarse con Dina en un juzgado de Nápoles: esto último lo sé porque la propia Dina cumplió someramente su promesa de escribirme y me envió una tarjeta postal, desde esa ciudad más sureña y acorde con el timbre de voz de Nicolussi, también más acorde con la exuberancia de Dina, que habrá renunciado a la adustez y a los suéteres negros, así sus ojos bizantinos destacarán más y también sus senos mórbidos que yo llegué a macerar con manos que se mostraban un poco inhábiles en la exploración, porque guardaban el rescoldo de otros senos más menguados. De Tedeschi, en cambio, no he vuelto a saber nada, y su fisonomía también sucumbe al olvido igualatorio, pero sigo añorando su aliento de bodega cuando lo comparo con el olor de letrina que desprende la universidad, sigo celebrando con nostalgia algunas pasiones antiguas y universales que lo adornaban, pasiones que no encuentro ya por ninguna parte. Al cadáver de Fabio Valenzin sólo le deseo que se haya podrido en la isla de San Michele, y que la fotografía que ilustra el epitafio de su tumba se haya desvaído tanto que sólo su dentadura de esqueleto saludable permanezca visible; ojalá Chiara lo haya olvidado, para reencontrarse con la mujer de carne y hueso que lleva dentro, la mujer que a veces arde de deseo y a veces se consume de tristeza. Quizá quien mejor sobreviva al deterioro del olvido sea Gilberto Gabetti, sus cabellos níveos y sus ojos donde convivían mansedumbre y barbarie y sus manos aquejadas de vitíligo se habrán decantado definitivamente hacia la vejez, y Chiara será su báculo y su orgullo y su ángel tutelar: desde la lejanía lo admiro y lo envidio y lo aborrezco.

Otros rostros se alejan y precipitan en la común argamasa del olvido, pero no el de Chiara. He comprado una lámina de *La tempestad*, un póster de tamaño natural que he clavado con cuatro chinchetas en la pared de mi habitación, justo enfrente de la ventana, para que cuando llueva, el reflejo de los hilos de agua sobre el cristal caiga sobre él, y derrita el rostro de la mujer que amamanta a su hijo con voluptuosa tristeza, de tal modo que yo pueda sustituir su borrosidad con las facciones de Chiara, facciones patricias salvo los ojos que me miran campesinamente. Cuando contemplo el cuadro de Giorgione (y son muchas horas al cabo de los días) no puedo evitar ponerme en el lugar del peregrino, que también disfrutó de los favores de esa mujer y debe conformarse con contemplarla desde la distancia. Cuando sueño con el cuadro de Giorgione (y también son muchas horas al cabo de las noches) no puedo evitar que mis pensamientos de catequista se hagan ilusión o quimera, y entonces creo que el niño que aparece en brazos de la mujer es el hijo que Chiara y yo hemos engendrado cuando mi semilla se alojó por única vez en su vientre, el hijo que crecerá y seguirá el oficio de su madre, para salvaguardar Venecia de los cataclismos y ordenarse sacerdote en el arte, que es una religión del sentimiento, aunque yo se lo oculte a mis alumnos. A los sueños sucede el despertar, y al despertar la certeza opresiva de que nunca tendré hijos, porque mi destino es la esterilidad y el celibato.

Otros rostros se alejan y precipitan en la común argamasa del olvido, pero no el de Chiara. A veces, mientras me lavo y me enfrento conmigo mismo ante el espejo del lavabo, me pregunto qué sería de mí si me faltase ese consuelo y esa condena. Como aún no estoy despejado del todo y las legañas y el abotargamiento embrutecen mi expresión, encuentro en seguida la respuesta: sería un animal que no se comprende a sí mismo, atrapado entre un presente mostrenco y un futuro que no existe. Así, por lo menos, tengo un pasado, y lo rememoro, y lo habito.

NOVELAS GALARDONADAS CON EL PREMIO PLANETA

—

1952. *En la noche no hay caminos.* Juan José Mira
1953. *Una casa con goteras.* Santiago Lorén
1954. *Pequeño teatro.* Ana María Matute
1955. *Tres pisadas de hombre.* Antonio Prieto
1956. *El desconocido.* Carmen Kurtz
1957. *La paz empieza nunca.* Emilio Romero
1958. *Pasos sin huellas.* F. Bermúdez de Castro
1959. *La noche.* Andrés Bosch
1960. *El atentado.* Tomás Salvador
1961. *La mujer de otro.* Torcuato Luca de Tena
1962. *Se enciende y se apaga una luz.* Ángel Vázquez
1963. *El cacique.* Luis Romero
1964. *Las hogueras.* Concha Alós
1965. *Equipaje de amor para la tierra.* Rodrigo Rubio
1966. *A tientas y a ciegas.* Marta Portal Nicolás
1967. *Las últimas banderas.* Ángel María de Lera
1968. *Con la noche a cuestas.* Manuel Ferrand
1969. *En la vida de Ignacio Morel.* Ramón J. Sender
1970. *La cruz invertida.* Marcos Aguinis
1971. *Condenados a vivir.* José María Gironella
1972. *La cárcel.* Jesús Zárate
1973. *Azaña.* Carlos Rojas

1974. *Icaria, Icaria...* Xavier Benguerel
1975. *La gangrena.* Mercedes Salisachs
1976. *En el día de hoy.* Jesús Torbado
1977. *Autobiografía de Federico Sánchez.* Jorge Semprún
1978. *La muchacha de las bragas de oro.* Juan Marsé
1979. *Los mares del sur.* Manuel Vázquez Montalbán
1980. *Volavérunt.* Antonio Larreta
1981. *Y Dios en la última playa.* Cristóbal Zaragoza
1982. *Jaque a la dama.* Jesús Fernández Santos
1983. *La guerra del general Escobar.* José Luis Olaizola
1984. *Crónica sentimental en rojo.* Francisco González Ledesma
1985. *Yo, el Rey.* Juan Antonio Vallejo-Nágera
1986. *No digas que fue un sueño (Marco Antonio y Cleopatra).* Terenci Moix
1987. *En busca del unicornio.* Juan Eslava Galán
1988. *Filomeno, a mi pesar.* Gonzalo Torrente Ballester
1989. *Queda la noche.* Soledad Puértolas
1990. *El manuscrito carmesí.* Antonio Gala
1991. *El jinete polaco.* Antonio Muñoz Molina
1992. *La prueba del laberinto.* Fernando Sánchez Dragó
1993. *Lituma en los Andes.* Mario Vargas Llosa
1994. *La cruz de San Andrés.* Camilo José Cela
1995. *La mirada del otro.* Fernando G. Delgado
1996. *El desencuentro.* Fernando Schwartz
1997. *La tempestad.* Juan Manuel de Prada